La cerise sur le gâteau

W0390926

Du même auteur
aux Éditions J'ai lu

La main dans le sac, *J'ai lu* 5708

Dans la même collection

Jamais sans les hommes

Sarah Harvey

La cerise sur le gâteau

Traduit de l'anglais par Julie Guinard

J'AI LU

Titre original :
SPLIT ENDS

© Sarah Harvey, 2001
Éditeur original : Headline Book Publishing,
a division of Hodder Headline PLC, London

Tous droits de traduction, reproduction, adaptation,
représentation réservés pour tous pays

Pour la traduction française :
© Éditions J'ai lu, 2002

I

Pour la troisième fois, je me couche sur mon klaxon et le laisse sonner pendant cinq longues minutes. Peine perdue. Seul un visage furibond apparaît à la fenêtre de l'appartement situé sous celui de Tanya.

Tout en grommelant comme une petite vieille édentée, je fouille impatiemment dans mon sac à la recherche de mon portable et compose le numéro de ma copine. Elle décroche enfin à la douzième sonnerie et ronronne son « allô » de cette familière voix de gorge tellement sexy qui donne l'impression qu'elle postule pour le téléphone rose.

Agacée, j'aboie :

— Tanya ! Mais qu'est-ce que tu fabriques ? Ça fait vingt minutes que je poireaute !

— Ollie, ma puce ! s'écrie Tanya. Je me séchais les cheveux... Quelle heure est-il ?

J'ai beau lui crier dessus, elle se montre aussi chaleureuse et enthousiaste que d'habitude.

— 20 h 40.

Un petit cri, et elle raccroche.

Deux minutes plus tard, la porte d'entrée de l'immeuble baroque de Mayfair où Tanya loue un appartement à très bas prix à son riche paternel s'ouvre en grand, et elle jaillit sur le trottoir comme un lévrier au départ d'une course.

Lorsqu'elle monte dans ma voiture, je réalise que ce n'est pas parce que nous sommes atrocement en retard qu'elle semble si pressée, mais parce qu'elle est quasiment nue. Elle se jette sur la banquette arrière de ma BMW adorée, quoiqu'un peu sale, vêtue en tout et pour tout de sous-vêtements La Perla en soie mauve, de mules roses à pompon et talons hauts et d'un sourire épanoui.

— Désolée, mon chou ! lance-t-elle, rayonnante. Le plombier est passé, j'ai perdu la notion du temps.

Je la regarde dans le rétroviseur en roulant des yeux et soupire.

— Encore !

— Tu sais combien je suis pointilleuse sur le bon fonctionnement de ma tuyauterie.

Le plombier de Tanya est son amant de service. Chaque fois qu'elle trouve son installation un peu rouillée, elle appelle son numéro d'urgence, qui promet un déplacement dans l'heure. Malheureusement, « dans l'heure » s'applique au temps qu'il faut au plombier pour arriver, et non à celui qu'il passe à faire son travail.

Je démarre sur les chapeaux de roues, tandis que Tanya farfouille dans l'espèce de fourre-tout qu'elle a emporté. Elle en sort une trousse de maquillage qui renferme plus de produits que chez Selfridge et entreprend de se maquiller, ce qu'elle fait avec dextérité, malgré les virages que je négocie à la façon de Schumacher au Grand Prix de Monaco.

Le visage terminé, une petite chose noire des derniers soldes de Moschino surgit du sac. Tanya profite de ce que je viens de piler à un feu pour glisser son corps sublime dans la robe moulante, sous les yeux exorbités et incrédules du conducteur de la voiture voisine.

— Combien de temps il nous reste ? demande-t-elle, lorsque sa tête émerge du décolleté.

— Moins de trente minutes, et ça ne va pas s'arranger. On avait rendez-vous à 20 h 30 au bar. Dire que je me croyais en retard avant d'arriver chez toi !

— Oh, zut, pardon, ma puce !

Une paire de délicates sandales sort ensuite comme par enchantement du sac miraculeux et remplace les chaussons roses de poupée Barbie.

— Je ne sais pas ce qui est le plus angoissant : rencontrer le nouvel homme de notre meilleure copine ou se faire trimballer à l'arrière de ta voiture sans ceinture de sécurité, commente Tanya en éclatant de rire.

Elle lève les pieds vers le plafond pour enfiler ses chaussures, alors que je file façon Starsky et Hutch en pleine course-poursuite, prends un virage à la corde et l'envoie se cogner dans la portière la tête la première.

— Surtout avec les jambes en l'air.

— Oh, ce n'est pas ça qui m'angoisse ! réplique-t-elle. Cette position, j'y suis habituée. Au fait, à quoi il ressemble ?

— Le nouveau mec de Grace ?

— Oui. Elle a bien dû te dresser un petit topo. Qu'est-ce qu'il fait ?

— D'après Gray, il est dans le cuir, ou quelque chose comme ça.

— Mmm, tout à fait mon genre !

Enfin habillée, Tanya se faufile entre les deux sièges avant et s'installe à côté de moi. Son petit postérieur gainé de Lycra grince sur le cuir du siège, et sa jupe remonte sur ses interminables jambes, musclées par de non moins interminables séances au gymnase en compagnie de son époustouflant entraîneur personnel.

Je précise :

— Il ne le porte pas, espèce de vieille obsédée. Il est dans la fabrication, la façon ou je ne sais quoi.

— Quel dommage ! Et qu'est-ce qu'elle t'a dit d'autre ?

— Il s'appelle Stuart, il est célibataire, il a trente-trois ans, sa propre entreprise, toutes ses dents et tous ses cheveux, et il habite en pleine campagne, quelque part au nord de Londres...

Tanya bâille, et son attention se relâche un peu plus quand elle repère à côté de nous un agent de police ma foi plutôt bien de sa personne, qui roule en moto à la même allure que nous. Je freine brutalement, dans une lamentable tentative de revenir aux cinquante kilomètres heure autorisés. Par chance, il est trop occupé à admirer l'éblouissant décolleté de Tanya, qui papillonne des cils à qui mieux mieux, pour remarquer l'infraction.

Pour la faire réagir, j'ajoute :

— Gray dit qu'il est monté comme un âne.

— C'est vrai ? s'exclame Tanya en pivotant immédiatement vers moi.

— Aucune idée, mais au moins, j'ai attiré ton attention. On est presque arrivées. Je te dépose devant, tu n'auras qu'à ramper plus bas que terre pour nous faire pardonner notre retard pendant que je cherche une place.

Il me faut encore quinze minutes avant de réussir à glisser ma voiture dans un créneau ridiculement petit, et je trottine vers le bar de Soho où nous avions rendez-vous avec Gray presque une heure plus tôt. Je regarde ma montre : 21 h 20. J'ai la réputation d'être systématiquement en retard, mais pour une fois dans ma vie j'aurais aimé arriver à l'heure, comme je l'avais promis.

Grace est ma meilleure amie.

Grace est une monogame en série.

Grace est une vraie romantique en quête du... Oui, vous l'avez deviné, du grand amour.

Et, bien entendu, sa recherche de l'homme parfait est passée par une longue succession d'hommes imparfaits. Notamment son dernier amoureux, Arty. Artire-au-flanc, comme nous l'avions surnommé. Il avait un indéniable et indéfinissable charme qui faisait que toutes les filles tombaient follement amoureuses de lui. Il ne s'agissait pas vraiment de sex-appeal (cela dit, Gray affirmerait peut-être l'inverse, ayant passé la plus grande partie de sa relation avec lui au lit), mais c'était le genre de type qu'on aurait tous voulu avoir comme meilleur copain : sociable, drôle, ouvert, il s'entendait avec tout le monde. Toutefois, Arty était aussi l'incarnation absolue de l'inconstance, d'où la rapide clôture du chapitre qu'il a partagé avec Gray, alors que nous avions tous espéré qu'il allait définitivement faire partie des meubles.

Cela n'a pas dissuadé Gray de trouver le grand amour mais, si elle s'est lancée tête baissée dans quelques aventures depuis qu'elle a quitté Arty, il y a six mois, les choses n'ont jamais duré assez longtemps pour qu'elle juge nécessaire de nous présenter ses soupirants.

Jusqu'à celui-ci.

C'est pourquoi j'aurais aimé être ponctuelle. Apparemment, Gray estime que Stuart mérite une présentation officielle, or elle ne le fréquente que depuis quelques semaines. Il doit être vraiment spécial pour avoir droit à un tel honneur.

Je pousse la lourde porte en verre du bar à vin, lieu de prédilection des fêtards avant l'ouverture des boîtes de nuit. Il ne me faut pas longtemps pour repérer Tanya parmi la foule animée. À ma grande surprise, elle n'est pas cramponnée au bar, à réclamer de l'alcool en matant les beaux mecs. Elle m'attend à l'entrée, ses lèvres charnues pincées. Depuis six ans que j'observe Tanya, je sais quand elle est soucieuse.

— Qu'est-ce qui se passe ? Ils sont déjà repartis ?

— Non, j'ai trouvé Gray. Enfin, du moins, je crois.

Elle me prend par le bras, m'entraîne dans la salle bondée et, d'un signe de tête, m'indique le bar, où Grace, ma plus vieille, ma plus chère amie (avec Tanya), ma fidèle complice depuis la sixième, est en train de se faire servir. Je lève la main pour attirer son attention, mais Tanya m'attrape le poignet au vol.

— Attends une seconde. Dis-moi ce qui cloche dans ce tableau.

Je ris nerveusement, mais l'air perturbé de Tanya m'intrigue, et je regarde un peu mieux. Ma foi, tout me paraît normal. Gray est debout devant un bar, un endroit plutôt habituel pour elle. C'est alors que je remarque la bouteille que lui tend le barman.

— Elle commande de l'eau minérale, dis-je.

— Et ?

— Eh bien, ça s'est déjà vu. C'est insolite, je l'admets, mais peut-être qu'elle a fait la fête hier soir et qu'elle a une méga gueule de bois. Si ça se trouve, son nouveau fiancé l'a emmenée en boîte.

— Possible, répond Tanya sans conviction. Mais il n'y a rien d'autre qui te paraît bizarre ?

À cet instant, la foule agitée s'écarte un peu, et mon champ de vision s'élargit.

— Elle est habillée comme sa grand-mère ! dis-je, incrédule.

— Son arrière-arrière-grand-mère, renchérit Tanya. Cette robe sort tout droit de l'Angleterre victorienne. Tu ne jureras point, tu ne coucheras point et tu ne travailleras point pour vivre.

Tanya prend une Marlboro, l'allume et inhale profondément, comme si le tabac allait lui donner la force de supporter la vue de notre Gray déguisée comme une bonne sœur un jour de sortie et apparemment décidée à entamer une cure de désintoxication alcoolique.

Effarée, je murmure :

— Si son col était plus haut d'un centimètre, elle suffoquerait.

Les cheveux cuivrés de Grace, qui retombent en général sur ses minces épaules en une masse de boucles plutôt indisciplinées, sont tirés en un chignon sévère, et elle a poussé la sobriété jusqu'à ne mettre qu'une touche d'ombre à paupières grise assortie à ses yeux gris et un soupçon de brillant à lèvres incolore au lieu de son habituel rouge à lèvres écarlate. La bouche qui arbore ce nouveau maquillage minimaliste s'étire en un immense sourire quand Gray m'aperçoit. Pourtant, je la fixe comme un cardinal qui vient de surprendre le pape en bermuda et twin-set.

— Ollie !

Son accueil, en revanche, est aussi exubérant qu'à l'ordinaire. Elle hurle mon nom d'une voix aiguë, puis, une bouteille d'eau minérale dans chaque main, elle joue des coudes à travers la cohue pour me rejoindre et me serre dans ses bras. On dirait qu'elle me retrouve après une séparation de plusieurs mois, alors qu'on s'est vues il y a trois jours.

— Tu as oublié de t'épiler les jambes ? lui dis-je, quand elle me libère enfin et régale de la même embrassade une Tanya encore sous le choc.

— Quoi ?

Gray lâche Tanya et me sourit distraitement. Je penche la tête de côté et la dévisage des pieds à la tête avec insistance.

— Ce côté ras le menton, ras les orteils, ce n'est pas vraiment toi, si ?

Le sourire absent de Gray se transforme en une mine radieuse, et ses yeux gris se mettent à pétiller.

— Je vous présente mon nouveau moi, déclare-t-elle en pouffant. Respectable avec un R majuscule.

Elle recule et fait semblant de tournoyer comme un top model. Dans son enthousiasme, elle percute violemment l'homme situé juste derrière elle, qui renverse son whisky sur l'ami avec lequel il devisait tranquillement. Furieux, il se retourne pour se plaindre à Grace, qui n'a absolument rien remarqué, et se retrouve nez à nez avec Tanya.

— Je préférais l'ancien toi, tu sais, avec un grand D, comme décoincée et décolletée, dis-je en regardant, amusée, l'homme d'affaires fondre aussitôt à la vue de notre délicieuse Tanya.

Gray se penche vers moi et m'annonce à voix basse, d'un air de conspiratrice :

— Eh bien, ce soir, j'ai même mis une petite culotte ! À vrai dire, j'espère un peu que ce sera le grand jour et qu'il va me l'arracher sauvagement !

— Quoi ? Tu veux dire qu'il ne s'est encore rien passé ? Ça fait trois semaines que tu vois ce type ! Qu'est-ce qui ne va pas, ma puce ? Normalement, il te faut moins de temps que ça pour les tester !

— Celui-ci n'est pas comme les autres.

— Quoi ? Mais tu as toujours affirmé que les hommes étaient tous les mêmes !

— C'est un timide.

— Timide ? Mais tu n'aimes pas les timides !

— Et il est très gentil, ajoute-t-elle.

Abasourdie et de plus en plus inquiète, je hurle :

— Mais tu détestes les gentils !

Elle sourit d'une oreille à l'autre, met ses deux bouteilles dans une seule main et m'entraîne à l'autre bout du bar.

— Viens, je vais te le présenter. Sois sympa avec lui. Il n'est pas très à l'aise en public.

— Je suis toujours sympa.

— Je sais, ma grande, mais Stuart l'ignore, lui. Et il doit trouver ça un peu angoissant de rencontrer la bande.

— Qui d'autre est là ?

— Quand je l'ai quitté, il parlait avec Louis, qui, contrairement à vous, s'est débrouillé pour arriver à l'heure.

— Et notre grande folle préférée a donné dans la sobriété, ce soir, ou a-t-elle gardé son habituel pantalon moulant en lamé doré ?

— Argenté.

— Pardon ?

— Le pantalon moulant de Louis est en lamé argenté. Le doré ne lui va pas au teint.

— En tout cas, j'espère qu'il n'a pas trop fait dans l'excentricité, sinon tous tes efforts de respectabilité vont être gâchés par tes amis. Comme d'habitude, Tanny a une robe grande comme un mouchoir de poche et un décolleté assez généreux pour y garer un vélo.

Je lui montre Tanya, qui a non seulement réussi à convaincre l'homme au whisky renversé de s'en commander un autre, mais aussi de nous offrir deux grands gin tonics en échange de son numéro de téléphone. Elle nous rejoint sur ses délicats petits talons, toujours ébahie à la vue de Gray couverte d'autant de vêtements.

— Jean et tee-shirt, annonce Grace en parlant de Louis. Mais le tee-shirt est un Morgan.

Je jette un coup d'œil vers le groupe bruyant installé dans le coin. Je reconnais aussitôt Louis, bien qu'il ait teint ses cheveux noirs hirsutes en bleu cobalt, probablement pour les assortir à ses yeux. Malgré ce détail, il a légèrement édulcoré son côté tape-à-l'œil pour l'occasion. En fait, il a l'air presque assagi, avec son jean – où l'on voit tout de même plus de trous que de tissu – et son petit haut Morgan noir et or orné d'un motif fleuri sur le devant. Le seul indice de son look habituel est le mascara bleu électrique qui encadre ses yeux bleus.

À part Louis, trois ou quatre autres personnes composent le petit groupe, des collègues de Grace, je crois.

Et il y a un autre homme debout à côté de Louis. Sa tête ne me dit rien, ce doit donc être le nouvel élu de Gray.

Du moins, je le suppose.

Car rien ne saurait être plus incongru.

Gray a des goûts très hétéroclites en matière d'hommes. Ceux sur lesquels elle a jeté son dévolu – et croyez-moi, il y en a eu – ont été très différents les uns des autres, mais tous partageaient au moins une caractéristique : l'assurance. Certes, ils avaient parfois un peu trop d'aplomb, mais cela vaut mieux que beaucoup trop peu, non ?

Ce type a l'air à peu près aussi sûr de lui qu'un eunuque dans un concours de slips mouillés. Il semble étrangement déplacé dans cette assemblée et si mal à l'aise que j'en suis gênée pour lui. Il tire en permanence sur le col de son polo, comme si deux mains en polyester se resserraient autour de son épiglotte.

Louis, qui est un vrai moulin à paroles, lui parle, mais visiblement Stuart n'écoute que d'une oreille et cherche Gray des yeux avec l'expression du montagnard égaré qui attend l'hélicoptère des secouristes. Il a des cheveux bruns et mous qui paraissent avoir été frottés à la cire tellement ils luisent de propreté, mais le pire, c'est sa coupe au bol. Ses larges yeux marron semblent plus grands à cause de ses lunettes en écaille, qui glissent perpétuellement sur son grand nez un peu rouge et qu'il ne cesse de remonter avec le long index de sa main droite.

Il a l'air sérieux, consciencieux, fiable et sain du premier de la classe d'une école privée. Et il est très silencieux. À l'évidence, il n'est pas dans son élément dans ce bar. Il se tient légèrement en retrait, presque caché derrière un pilier, comme pour se protéger de je ne sais quel danger, et regarde autour de lui le bruyant spectacle de la débauche éthylique avec la mine d'un curé qui se serait trompé d'adresse en allant à la réunion des œuvres de bienfaisance de la paroisse.

Je me tourne vers Tanya et fronce les sourcils. Elle l'a déjà repéré et le fixe, bouche bée. Elle pose une main sur mon poignet, m'attire légèrement en arrière et me siffle à l'oreille :

— Ça ne peut pas être lui.

Je suggère, sans y croire :

— C'est peut-être un ami de Louis.

— Tu vois du Lycra, des paillettes et du fond de teint ?

— Pas vraiment. Mais il faut dire que ça n'irait pas trop avec cette vieille veste Armani, ce pantalon en velours côtelé délavé et ce pull ras du cou.

— Cela exclut donc cette éventualité.

— Louis a peut-être changé de genre ?

— Bizarrement, je n'y crois pas trop. Non, ça ne peut être que lui.

— Alors, c'est Gray qui a résolument changé de genre, dis-je, incrédule.

Nos supputations sont avérées lorsque Gray, en rejoignant le petit groupe, prend la main de l'erreur de casting, les yeux brillants de plaisir, le soustrait à Louis – qui ne cesse pas pour autant de parler – et nous le présente.

— Voici Ollie et Tan, lui dit-elle. Mes deux meilleures amies du monde entier.

Elle inspire un bon coup et sourit, comme si elle allait révéler le nom du vainqueur d'un Oscar, pousse doucement en avant le timide délégué de classe et conclut :

— Ollie, Tan, je vous présente Stuart.

— Stuart avec un *u*, pas avec *e, w, a*.

— Pardon ?

— Stuart avec un *u*, répète-t-il avec un petit sourire, en avançant un peu plus la main vers moi.

— Oh, bien sûr, bien sûr ! dis-je.

Seule une moitié de ma bouche réussit à sourire.

— Je t'ai parlé d'Ollie, tu te souviens ? C'est elle qui tient ce restaurant à Battersea, déclare Grace avec fierté.

Stuart a les mains moites. Après une poignée de main un peu trop ferme, je me dérobe à son étreinte et me retiens de m'essuyer la paume sur mon jean.

— Et voici Tanya.

Stuart est le premier homme jamais présenté à Tan dont les yeux ne descendent pas immédiatement de son visage à sa poitrine. Un bon point pour lui. Je lui en veux un peu moins de m'avoir donné l'impression de serrer la main d'un grand poisson humide.

— Tanya est agent immobilier, mais on l'aime quand même, lui dit Gray en riant.

— Je suis conseillère en immobilier, corrige Tanya.

— Il y a une différence ?

— Seulement financière, dis-je pour plaisanter.

Grace aperçoit à cet instant sa patronne, qui franchit en hésitant la porte du bar, et lâche la main libre de Stuart, à laquelle elle se cramponnait un peu trop pour une fille qui n'est pas du genre à s'accrocher, justement.

— Oh, regardez, voilà Cornelia. Je vais aller la chercher. Elle déteste venir seule dans ce genre d'endroit.

En passant devant moi, elle ajoute à voix basse :

— Je lui ai promis un grand gin tonic parce qu'elle m'a laissée partir une heure plus tôt, ce soir. J'avais besoin d'un peu de temps pour me mettre sur mon trente et un.

— C'est vrai qu'il a bien dû te falloir une heure pour lacer ton corset, dis-je.

Grace me tire la langue et montre sa taille incroyablement fine.

— Un corset, moi ? Tu plaisantes ? Remarque, j'aimerais bien qu'on me le délace... lentement... ajoute-t-elle avec un clin d'œil.

— Trois heures pour se déshabiller, ça retarde peut-être un peu trop le moment crucial, ma puce, dis-je. Surtout le premier soir.

— Heureusement que je me suis contentée d'un slip comestible, hein ? glousse-t-elle dans mon oreille.

Elle pivote vers Stuart et lui adresse un grand sourire.

— Je vous laisse faire connaissance, tous les trois. À tout de suite.

— Sur son trente et un ? articule silencieusement Tanya, incrédule, en regardant Gray s'éloigner de sa démarche aguichante, sa jupe bruissant autour de ses chevilles de façon très déconcertante. La reine Victoria portait des vêtements plus gais quand elle était en deuil de Bertie !

Tout en priant pour que Stuart n'ait pas surpris ces dernières paroles, je me tourne vers lui. Il me sourit, il n'a pas dû entendre.

Je lui rends son sourire.

Il sourit.

Tanya sourit.

Il sourit.

Je souris encore.

Tanya me fait une grimace, qu'elle transforme rapidement en un sourire un peu tendu au moment où Stuart se tourne vers elle pour lui sourire de nouveau, mais toujours sans rien dire.

Curieusement, je semble moi aussi avoir perdu ma langue. Ce doit être contagieux. Je me creuse la tête pour engager la conversation.

— Alors, Stuart, tu habites dans le quartier ?

Je sais pertinemment que la réponse est négative, mais vous avez une meilleure idée, vous ?

— Non, heureusement. Ma famille possède un petit appartement à Kensington, mais je vis dans le Derbyshire.

— Heureusement, tu dis ? Tu n'aimes pas beaucoup Londres, alors ? demande Tanya avec une certaine condescendance.

Pour Tanya, citadine dans l'âme, emprunter l'autoroute M25 revient à s'expatrier dans le sud profond.

— Ce n'est pas ce que je préfère. J'avoue que je ne viens en ville que lorsque j'y suis absolument obligé.

Tanya me regarde en louchant, tandis que Stuart sourit une nouvelle fois avec nervosité, puis enfouit son visage dans son verre d'eau, où il parvient à le laisser pendant un temps record d'apnée, jusqu'à ce que Gray revienne en compagnie de Cornelia et le sauve de la noyade en eau douce.

J'ai croisé Cornelia deux ou trois fois. C'est une rousse au visage angélique, du genre bandeau dans les cheveux et chaussures à talons plats. Elle fait partie de ces personnes qui débordent d'énergie au bureau, mais deviennent de vrais pétards mouillés en société – pour quelqu'un qui dirige une boîte de relations publiques, c'est le comble. Il faut dire que notre Grace est une SPA à elle toute seule. Elle a le chic pour recueillir les chiens abandonnés et essayer de leur trouver, sinon un nouveau foyer, du moins une vie sociale.

Cependant, tout le monde n'a pas le cœur d'or de Grace, ni sa magnanimité. Maintenant que Cornelia est arrivée, les collègues de Gray décident soudain qu'il est temps de prendre congé. Tanya les regarde partir faire la fête ailleurs avec envie. Après avoir vainement tenté de brancher Stuart sur ses trois sujets de conversation préférés – le shopping, les boîtes de nuit et le sexe –, elle a baissé les bras et se dirige à présent vers le bar pour y commander un autre verre.

Grace a présenté Cornelia à Stuart et parle boulot avec sa patronne. À mon tour d'essayer de faire sortir Stuart de sa carapace ou, au moins, de son eau minérale. Après ce qui me paraît une éternité de conversation polie, quoiqu'un peu guindée, il retombe dans son mutisme et replonge le nez dans son verre, tel un sous-marin en eaux ennemies s'immerge pour échapper au danger.

Lorsqu'il en ressort enfin, je le laisse à une conversation inoffensive avec Louis, que je bénis du fond du cœur. Avec lui, si on n'a pas envie de parler, il suffit de faire semblant d'écouter et de murmurer quelques onomatopées de temps à autre pour qu'il garde le rythme. Tanya et moi allons conférer dans les toilettes pour dames.

— Alors, comment tu le trouves ? dis-je.

Je perche une fesse sur un lavabo et farfouille dans mon sac, en quête du maquillage que je n'ai pas eu le temps d'appliquer avant de partir, à cause d'une petite crise de dernière minute au restaurant.

— Il a un pantalon en velours côtelé ! commente Tanya en secouant la tête avec consternation.

— Je dois admettre qu'il fait très gentleman décontracté, dis-je. Mais je te parlais de sa personnalité.

— Quelle personnalité ?

— Ah, toi aussi... Il est peut-être simplement timide. Gray nous avait prévenues.

— En tout cas, il est plutôt falot.

— Qui est falot, les filles ? Vous médisez déjà du petit camarade de Gray ? Vous savez, je ne l'avais jamais vue se donner autant de mal pour impressionner un mec. Cette espèce de présentation officielle, c'est nouveau, ça aussi. D'habitude, lorsqu'on rencontre un de ses prétendants, c'est quand on les surprend tous les deux en train de se peloter dans un coin à une fête ou dans un bar.

Louis pose son postérieur à côté de celui de Tanya et allume une cigarette.

— Tu n'es pas censé être ici, dis-je en plissant les yeux à cause de la fumée, qui s'enroule en volutes autour de nos têtes.

— Mais vos toilettes sont tellement plus jolies !

Il me lance un regard éploré et désarmant, et ajoute :

— Vous savez quoi, les filles ? Je trouve que les toilettes, ce n'est absolument pas politiquement correct.

Il se tortille pour se regarder dans le miroir et ôte un infime paquet de mascara de sa paupière inférieure avec son petit doigt.

— Il devrait y avoir des toilettes pour dames, pour hommes et pour gays, conclut-il.

— Avec des petits tapis roses, dis-je d'un ton moqueur.

— Moi, je pense que ça devrait plutôt être unisexe, intervient Tanya.

Je lui adresse une grimace horrifiée.

— Ne me dis pas que tu aimerais faire la queue devant les urinoirs pour mater, quand même !

— Mmm, j'avais oublié cet avantage... fait Louis. Bon, alors, qu'est-ce que vous pensez de son amoureux ?

— Justement, on en parlait.

— Il n'est pas son genre.

— Gray n'a pas de genre. Ses goûts sont extrêmement éclectiques, c'est pourquoi elle est notre meilleure copine à tous les trois.

— La sainte, la garce et la bombe sexuelle, commente Louis en s'esclaffant. La bombe sexuelle, c'est moi, naturellement.

— Bien sûr. Et moi, je suis laquelle ? demande Tanya en rejetant la tête en arrière d'un air provocateur.

— Est-il nécessaire de le préciser ? dis-je. C'est moi qui n'ai pas eu de rapports sexuels depuis l'époque où A-ha était à la mode.

— C'est parce que tu es trop difficile.

— Je te rappelle que pour faire l'amour, il faut déjà avoir un homme.

— Ça dépend de ce qui t'excite, chérie, murmure Louis d'une voix sensuelle.

Je préfère ne pas relever et, tandis que j'essaie de remettre un peu d'ordre dans mes longs cheveux brun foncé, j'ajoute :

— Et je ne crois pas que j'en aie envie en ce moment.

— C'est vrai ? s'exclame Tanya, stupéfaite. Même pas pour le plaisir ? On n'est pas obligé d'avoir une relation sérieuse pour s'amuser un peu, tu sais.

— Je sais, mais si je cherche uniquement l'orgasme, autant m'acheter un vibromasseur... Au fait, on parlait de Stuart. Comment est-ce qu'on a pu en arriver au sexe ?

— Il est vrai que le lien n'est pas évident, lance Louis un peu méchamment.

— Tu ne l'as pas laissé tout seul, j'espère ? dis-je avec inquiétude. Je crois qu'il se sentait un peu mal à l'aise, là-bas.

— Rassure-toi, je l'ai confié à Cornelia. Ils se sont lancé un défi : c'est à celui qui fera mourir l'autre d'ennui en premier.

— Il faut reconnaître qu'il n'est pas à proprement parler fascinant, convient Tanya.

— Je ne m'attendais vraiment pas à ça, dis-je en secouant la tête.

— Gray se sent peut-être un peu désespérée...

— ... ou bien c'est le coup du siècle, suggère Louis.

— Pour tout vous dire, je crois qu'elle n'a pas encore couché avec lui.

— Pas possible ! s'exclament-ils en chœur.

— Si. Je n'ai pas encore eu le compte rendu habituel, et tout à l'heure elle m'a laissée entendre que, ce soir, elle lui ferait peut-être enfin tomber le Calvin Klein.

— Un homme comme lui ne porte pas de sous-vêtements Calvin Klein, décrète Louis, notre victime de la mode en titre.

— Ah, bon ?

— Non, lui, c'est le caleçon en popeline, déclare Tanya avec emphase. Et écossais, en prime.

— Mais comment ont-ils pu se rencontrer ? gémit Louis.

— Tu te rappelles, quand elle a fait une sortie de route en rentrant de chez sa grand-mère ?

Louis allume une autre cigarette et frissonne à cette pensée.

— Jamais je ne l'oublierai, murmure-t-il.

— C'est lui qui l'a trouvée, sortie de là et ramenée à la civilisation ou, du moins, au garage le plus proche. Son chevalier servant en Land Rover étincelante.

— Au moins, on sait qu'il est gentil.

— Très, très, très gentil.

— Et voilà qu'elle le soumet à notre approbation – ou notre réprobation.

Nous laissons le silence retomber un moment. Louis est le premier à reprendre la parole.

— Je ne voudrais pas paraître méchant, mais Gray n'aurait pas pris un gros coup sur la tête, quand elle a eu cet accident ?

— Stuart l'a draguée du fossé, puis il l'a draguée tout court, résume Tanya. Ça pourrait être le syndrome de l'infirmière et du patient.

— Qu'est-ce que c'est que ça ?

— Tu sais, quand quelqu'un s'occupe de toi, éponge ton front fiévreux, t'apporte des magazines, te borde dans ton lit. Tu te sens aimé et protégé. Les gens ont souvent bien plus besoin d'attention qu'ils ne le laissent paraître.

— Alors, il a été son héros.

— Si on veut, oui.

— Moi, je continue à croire à la théorie du coup sur la tête, insiste Louis d'un ton buté.

— On devrait quand même donner une chance à ce type, dis-je, car je me sens un peu coupable. On le connaît depuis à peine une heure.

Tanya hausse les épaules.

— Tu as peut-être raison. Mais il n'est vraiment pas le genre de Gray.

Je corrige :

— Il n'est pas notre genre, ce n'est pas pareil. Faisons un effort pour Gray. Et puis, on sait tous qu'elle est douée pour repérer et exploiter le potentiel de toute chose.

— C'est vrai, regardez sa maison. Quand elle l'a achetée, c'était un vrai taudis, commente Louis avec une pointe de sarcasme devant ma théorie simpliste.

Nous nous taisons un instant. Heureusement, car c'est le moment que Grace, la vessie gonflée d'eau minérale, choisit pour aller aux toilettes.

— Je me doutais bien que vous vous cachiez ici, nous crie-t-elle depuis sa cabine. Et je sais exactement de quoi vous parliez, alors pas la peine de faire semblant.

Elle tire la chasse d'eau et ressort. Doucement, elle pousse Tanya du lavabo pour se laver les mains et nous regarde dans le miroir.

— Alors, qu'est-ce que vous en pensez ? demande-t-elle.

Elle bouillonne d'excitation et attend nos commentaires avec un grand sourire.

— Allez, insiste-t-elle devant notre silence. Quel est le verdict ?

— En tout cas, il n'est pas du tout le genre d'homme auquel on s'attendait, dis-je prudemment.

Je lance un regard d'avertissement à Tanya, que je sais moins diplomate.

— Si on vous avait croisés tous les deux, on n'aurait sûrement pas pensé que vous sortiriez ensemble un jour, renchérit-elle en choisissant ses mots avec soin.

— Moi non plus, réplique Grace, radieuse. La première fois que je l'ai vu, je l'ai trouvé affreux ! Je veux dire, je lui étais vraiment reconnaissante de m'avoir sortie du pétrin mais, si vous m'aviez dit que je tomberais amoureuse de lui, je vous aurais ri au nez.

— Et qu'est-ce qui t'a fait changer d'avis ?

— Il gagne à être connu, murmure-t-elle avec un lent sourire.

— Ma grand-mère aussi, grogne Louis en levant les yeux au ciel.

Grace se tourne vers lui et l'ébouriffe avec affection.

— Hé, attention à ma coiffure ! gémit-il en se dérobant et en se passant les doigts dans les cheveux pour les redresser.

— Tu n'as qu'à être un peu plus gentil, le sermonne Grace. Je vous répète qu'il est timide, mais c'est un type charmant.

— Si tu le dis.

Louis passe ses mains sous le robinet d'eau froide et hérisse soigneusement ses mèches à l'aide de ses doigts mouillés.

— Oui, je le dis. Vous vous habituerez à lui, ajoute-t-elle en nous regardant d'un air implorant. Faites-moi confiance. Bientôt, vous l'aimerez autant que moi. En fait...

Son sourire se transforme en ce rictus malicieux que je connais et que j'adore depuis plus de dix-sept ans.

— ... ma seule inquiétude, c'est que lui ne s'habitue pas à vous. Personnellement, j'ai mis des années...

Stuart avec un *u* et Gray grimpent dans un taxi à 23 h 30 en se tenant la main.

— Elle est partie avant la fermeture... soupire Tanny en terminant son septième gin, où le tonic se fait de moins en moins abondant.

— Et sans moi, gémit Louis. Je croyais qu'on partagerait la course du retour !

Louis et Grace habitent tous les deux à Islington, Grace dans une petite maison qu'elle a rénovée en y consacrant beaucoup de temps et d'argent ces trois dernières années, et Louis dans une immense et vieille baraque qu'il loue avec huit de ses amis déjantés et qui, de ce fait, a été surnommée le Palais des fêtes roses.

— Ne t'inquiète pas, mon loukoum adoré, dis-je en lui prenant le bras. Je te raccompagne.

— Mais ça va te faire traverser toute la ville.

— Je sais, c'est pour te prouver que je suis une amie gentille, aimante et dévouée.

— Tu te sens coupable de lui avoir cassé du sucre sur le dos, hein ?

— À qui ? Stuart avec un *u* ? raille Tanya.

— Parfaitement, dis-je à Louis, en ignorant la grimace de Tanya. C'est pourquoi je compense par un excès de gentillesse envers toi. Profites-en, veinard.

Nous parcourons à pied le kilomètre et demi qui nous sépare de ma voiture, bras dessus, bras dessous, comme trois singes avec une démarche d'humains. Enfin, non, je mens, nous avons aussi une démarche de singes, par moments, mais étant donné que j'ai vingt-huit ans, Louis vingt-sept et Tanya tout juste trente-trois, c'est un peu gênant à admettre.

Louis, qui a atteint un stade d'ébriété proche du coma éthylique, s'engouffre à l'arrière de ma voiture, une bouteille de Bud encore à la main.

— Stuart avec un *u* ! déclame-t-il avec mélancolie.

Il avale une gorgée de bière et secoue la tête de gauche à droite.

— Il a bu de l'eau minérale toute la soirée !

— Moi aussi, dis-je. Enfin, presque.

— Oui, mais toi, tu conduis.

— On n'a pas besoin de boire pour être intéressant.

— Sans doute, mais là, je crois vraiment qu'il devrait essayer !

— Vous savez, je me demande si Gray ne fait pas une réaction par rapport à son dernier copain.

Tanya s'installe à l'avant, abaisse le pare-soleil pour observer son reflet dans le miroir de courtoisie et se remet du rouge à lèvres.

— C'est vrai, répond-elle. Arty était tellement volage qu'elle a choisi M. Sécurité.

— M. Bonnet de nuit, tu veux dire, grogne Louis des profondeurs de la banquette arrière.

— Hé, attendez un peu, dis-je. On a promis à Gray de le connaître un peu mieux avant de prononcer notre verdict définitif.

— J'ai essayé, Ollie, proteste Louis avec un brin de culpabilité dans la voix. Sincèrement. Mais autant vouloir faire fondre un iceberg avec un sèche-cheveux.

Je soupire et admets :

— On a tous essayé. Quand je pense qu'il n'a même pas ri à ma blague sur les bonnes sœurs !

— Ça, c'est plutôt une preuve de bon goût, déclare Tanya.

— Tout le monde la trouve drôle.

— Seulement parce que quand tu la racontes, on est tellement bourrés qu'on rigolerait même devant une diffusion d'un meeting politique.

— De toute façon, ça nous fait toujours rire, les meetings politiques.

— Moi, j'aimais bien Arty, gémit Louis.

— Arty était un ivrogne.

Son rouge à lèvres appliqué, Tanya ouvre son tube de mascara et s'attaque à ses cils. Du grand art, si l'on considère qu'elle se trouve dans une voiture et qu'elle n'est pas exactement sobre.

— Exactement, c'est aussi pour ça que je l'aimais bien. Il savait s'amuser, au moins.

Dans mon élan « restons raisonnables », j'interviens :

— Peut-être que Stuart est effectivement très timide. Et c'est vrai que nous sommes un peu difficiles à avaler, surtout la première dose.

— Tu nous compares à une potion amère ? Merci bien, se plaint Tanya. Moi, je me verrais plutôt comme une coupe de champagne, si vous voyez ce que je veux dire : personnalité pétillante, goût du luxe...

Je complète :

— Et éventée au petit matin ?

Louis secoue la tête d'un air abattu.

— Ça me fait penser à Marilyn Monroe et Arthur Miller, leur histoire.

— La putain et le puritain, se moque Tanya, qui sait parfaitement que la sublime Marilyn est l'idole de Louis.

— Ne vous inquiétez pas, dis-je. Je connais Grace. Quelque chose me dit que Stuart avec un *u* n'est qu'une passade. Elle en a marre des fêtards, et elle tente une expérience complètement différente. Je lui donne trois semaines pour dégoter le nouvel homme de sa vie.

— Espérons qu'il aura un peu plus de vie que ce vieux paillasson élimé par les bottes de tout le monde.

Je dépose Louis chez lui, c'est-à-dire à quatre rues de chez Grace, puis je repars vers Mayfair pour la deuxième fois de la journée. Je viens à peine de redémarrer que Tanya aperçoit une échoppe de plats à emporter encore ouverte. Tanya est une de ces veinardes qui pourraient remporter la médaille d'or pour la Grande-Bretagne aux Jeux olympiques de la malbouffe et en ressortir encore plus légère qu'avant d'avaler la première bouchée.

— Arrête-toi, je meurs de faim ! crie-t-elle.

— Tu n'es qu'une poubelle ambulante.

— Je suis une dynamo ambulante.

— Comme ton plombier ?

— Non, lui, c'est l'homme qui sait aller là où personne d'autre n'arrive. Arrête-toi, répète-t-elle, j'ai envie d'un hamburger.

— Comment peux-tu manger des cochonneries pareilles ? dis-je en frissonnant de dégoût.

— En ouvrant la bouche, tout simplement.

— Ah ah ah, très spirituel ! Tu ne veux pas plutôt revenir avec moi chez *Tates* et avaler quelque chose de correct ?

— Pour me faire pincer les fesses par ton obsédé de chef ? Non, merci, la cuisine de Claude est peut-être divine, mais lui, c'est un vrai cauchemar, surtout quand il a bu. Ce qui doit être le cas, à cette heure-ci, ajoute-t-elle avec un coup d'œil à sa montre Gucci.

— Il est un peu dérangé, comme tous les génies.

— C'est un euphémisme poli.

— Il est sympa quand il est sobre.

— Ce qui est plus rare qu'un passage de la comète de Haley, réplique Tanya. Est-ce qu'il essaie toujours de se taper ta serveuse et tout ce qui porte jupon ?

— Ne m'en parle pas ! L'autre jour, il a même pincé les fesses de Louis qui revenait dans la cuisine, les bras chargés d'assiettes sales. Il faut reconnaître que notre ami arborait un pantalon de chez Miss Selfridge. Claude a dû confondre avec le popotin de ma sublime serveuse en chef.

Tanya frissonne.

— Ce type est monstrueux. Je me demande pourquoi tu le gardes.

— C'est simple, il cuisine comme un dieu. Et il ne me coûte pas une fortune, vu qu'il s'est fait virer de presque tous les restaurants de Londres à cause de sa conduite révoltante.

— Écoute, je préfère encore risquer une bonne salmonellose.

Je cède donc et me range contre le trottoir. Dix minutes plus tard, Tanya revient, munie d'un énorme cornet de frites, d'un grand hamburger au bacon et du numéro de téléphone de l'adonis grec derrière le comptoir.

— Il n'y a pas que la restauration qui est rapide, ici, annonce-t-elle avec un grand sourire.

Elle décoche un clin d'œil au garçon, qui la regarde toujours, et me propose des frites tandis que je redémarre.

— Même dans un monastère, tu trouverais quelqu'un pour te draguer.

— Il a un frère. On pourrait peut-être sortir à quatre.
— Non, merci.
— Pourquoi ?
— Pas mon type.
— Qu'est-ce que tu en sais ? Tu ne le connais même pas ! réplique Tan, agacée. Honnêtement, Ollie, je me demande parfois si tu as un type d'homme ! À moins que tu ne sois homosexuelle et que tu n'aies jamais osé nous l'avouer.
— C'est exactement ça, dis-je, pince-sans-rire. Je n'ai jamais osé vous l'avouer.

Après avoir déposé Tanya chez elle, je rentre enfin à Battersea. Il est près de 1 heure du matin. J'arrive juste à temps pour aider Melanie, mon maître d'hôtel et quasiment unique serveuse, à finir de vider le lave-vaisselle industriel. Apparemment, la soirée a été assez calme, au restaurant.

Malgré les critiques de Tanya, et bien que j'aime à me croire indispensable, Claude, mon chef, a passé la soirée entière à jeun et semble s'en être très honorablement tiré sans moi. Après le départ de Melanie, je fais le tour du restaurant, soi-disant pour vérifier que les portes et les fenêtres sont bien fermées, les bougies éteintes, et qu'aucune cigarette ne fume dans un coin. Je procède à ce rituel tous les soirs après la fermeture, mais ce n'est pas seulement pour l'Inspection du travail. Cela me donne l'occasion de déambuler dans mon cher restaurant, de savourer le plaisir durement gagné d'avoir transformé en réalité tangible une ambition qui me tenait vraiment à cœur.

Il y a un peu plus de deux ans, j'ai renoncé à un emploi bien rémunéré dans le marketing pour me lancer dans ce rêve fou de devenir propriétaire de mon propre restaurant. Et ce rêve fou s'est soldé par une réalité tout à fait correcte. Après deux années d'un travail acharné, je crois que je touche au but. *Tates* ne rivalise pas encore avec les cafés branchés, et nous n'avons pas une liste de réservations pleine pour les deux mois à venir, mais, à mon extrême satisfaction, il faut réserver pour être sûr d'avoir une table. *Tates* était autrefois une boulangerie à l'ancienne, et j'ai voulu conserver le côté rustique du lieu : murs ocre peints à la chaux, sol en pierre, solides tables en bois. Les sièges, eux, forment un ensemble éclectique. Cela va des bancs d'église aux chaises en fer forgé noir, en passant par un faux trône tout en bois et dorures, que Grace a chipé pour moi dans une des productions d'opéra amateurs de sa mère et que j'ai placé à la tête de ma plus grande table.

Le restaurant lui-même consiste en une grande salle de forme assez étrange. Cela ressemble à un grand L inversé, avec des extensions à chaque bout qui procurent d'originales et charmantes petites alcôves parfaites pour les couples en quête d'intimité. Il y a deux cheminées. La première, qui accueillait autrefois un grand four à pain, occupe le centre de la pièce. On ne s'en sert pas, mais elle est du plus bel effet, avec sa grille et son arche en pierre. La seconde, assez grande pour faire rôtir un petit sanglier, si tant est que quelqu'un en ait l'intention, est encastrée dans le mur. Elle chauffe tout le bâtiment, et la salle de bains de mon appartement, située juste au-dessus, ressemble à un sauna été comme hiver.

De vieilles photos de famille noir et blanc ornent les murs. Je trouvais cela approprié, vu que j'ai donné mon nom de famille au restaurant. J'ai failli l'appeler « La boulangerie », choix plus évident et moins narcissique, mais j'ai tellement bossé pour ouvrir cet endroit que j'avais vraiment envie que le monde entier (mon banquier et les arrogants entrepreneurs en particulier) sache que mon projet avait fini par aboutir. D'où la plaque anormalement grande apposée au-dessus de la porte d'entrée, qui proclame : « Olivia Tate – Propriétaire ».

Les clichés sont amusants à regarder – pour moi, en tout cas – et ne manquent pas de mettre les membres de ma famille au supplice. Motif de dispute familiale mineure, notamment, une photo de mon frère Jack quand il avait deux ans, déguisé en Oui-Oui pour un anniversaire, l'air renfrogné, son chapeau à grelot jeté par terre dans un accès de colère enfantine. Extrêmement embarrassant pour un homme qui est à présent un avocat de haute volée. À côté de ce cliché, on peut voir ma sœur Ella déguisée en Dumbo, l'éléphant volant. Elle déteste cette photo – elle était plutôt grassouillette, enfant, et ne tient pas à ce que la moitié du quartier le sache. Il y a aussi ce merveilleux cliché de ma mère chaussée d'escarpins pointus, avec une choucroute sur la tête haute comme la tour Eiffel et plus de khôl que Morticia Adams, de quoi lui faire pousser les hauts cris à l'idée qu'un tas d'inconnus la voient ainsi. J'ai également mis des photos plus récentes, dont beaucoup de ma bande et de moi-même. Il s'agit en général de clichés où nous sommes tous plus ou moins éméchés et commettons des actes affreusement gênants.

Grace, Tanya, Louis et moi sommes les quatre mousquetaires.

Grace et moi nous sommes connues gamines, et j'ai rencontré Tanya et Louis alors que nous débutions tous à peu près au même moment au service commercial d'une grande entreprise tentaculaire.

Nous sommes très différents les uns des autres, mais nous partageons la même joie de vivre et un sens de l'humour complètement extravagant. À part mon restaurant, l'amitié qui nous unit est l'une des choses les plus importantes au monde pour moi. Je sais que n'importe lequel d'entre eux sera là pour moi en cas de crise. J'ai énormément de chance d'avoir beaucoup de bons amis. Et plus encore d'avoir trois amis précieux qui seraient prêts à marcher sur l'eau pour moi s'il le fallait.

Louis s'autoproclame « artiste ».

Le problème avec Louis, à mon avis, c'est qu'il ne sait pas encore quel genre d'artiste il veut être et qu'il a essayé à peu près tout. La musique a été son premier amour, et il braille encore des morceaux de rock étonnamment bons dans certains pubs de l'East End. Il écrit aussi un livre, depuis quatre ans, mais son intrigue change plus souvent que le look de Madonna, et je crois qu'il n'en est qu'au troisième chapitre. En ce moment, son grand projet, c'est de devenir comédien. Et il faut reconnaître qu'il s'en sort plutôt bien, pour l'instant. Il a déjà traîné dans les coulisses de toutes les séries télévisées les plus connues.

Pour se consacrer à son art, Louis a également abandonné une carrière prometteuse dans le marketing (il fut le dernier de nous trois à fuir le grand groupe susmentionné). Il se partage entre les castings, les concerts de rock, son fidèle ordinateur portable et *Tates*. Il travaille en effet pour moi, et je peux vous assurer que c'est le barman et le serveur le plus talentueux de tout Londres.

Quant à Tanya... Voilà comment nous l'appelons : la garce au cœur d'artichaut. Mais ce genre de petite pique est amical, et elle le sait. En fait, Tanya est un garçon dans un corps de femme. Je ne veux pas dire qu'elle aime les filles, non, mais elle a vis-à-vis du sexe une mentalité masculine : pour elle, c'est essentiellement récréatif, ça n'a pas de rapport avec les sentiments.

Elle jure aussi qu'elle n'est jamais tombée amoureuse, qu'elle doute même qu'un tel sentiment existe. Selon elle, l'amour n'est que de la luxure qui aurait déraillé. Cela ne l'empêche pas d'être d'une merveilleuse sollicitude avec ses amis. Malgré son optique haute couture de la vie, elle a été l'une des premières à enfiler une salopette et à se salir les mains quand j'ai eu besoin d'aide pour aménager *Tates*. Et si j'ai envie de m'épancher à une heure indue, c'est elle que j'appelle la première.

Et puis il y a Grace, brillante, belle comme une princesse, drôle, gentille, et à en juger par sa dernière conquête un peu poire. Elle joue souvent le rôle de mère dans notre groupe, et pourtant elle est aussi foldingue que nous.

Je plains Stuart avec un *u* d'être tombé sur une bande aussi soudée que nous. En toute franchise, même Mel Gibson aurait du fil à retordre si Gray le soumettait à notre approbation. Enfin, une fois qu'on aurait fini de baver et de lui réclamer des autographes, évidemment.

Sérieusement, le choix de Grace m'inquiète.

Chose curieuse, nous avons des goûts tellement différents que jamais aucun de ses petits amis ne m'a vraiment plu. Mais Stuart est bien le premier qui me déplaise carrément. C'est le genre de type qu'enfant, je fuyais dans la cour de récréation.

Enfin, chacun son truc. Si nous étions tous attirés par le même genre de personne, il y aurait beaucoup de solitaires dans ce monde, et seuls quelques rares élus connaîtraient l'amour... Mais je m'écarte du sujet.

Tout va bien, *Tates* est bien réel, je ne suis pas en train de rêver, je ne travaille plus dans cette boîte avec ces horaires de bureau que je détestais. Ouf !

Je monte dans l'appartement situé au-dessus du restaurant, où j'habite depuis deux ans. La décoration est minimaliste. En d'autres termes, c'est beaucoup trop petit pour moi et mes meubles. Les murs ont tous été peints en ocre par Tanya – qui fait des merveilles quand on lui met un rouleau dans la main – avec la peinture qui restait du restaurant. La plus grande pièce est ma chambre, mon havre, où trône un grand lit recouvert d'une couette rouge vif sous laquelle je me cache lorsque la vie me paraît un peu trop dure. Si vous ne me trouvez pas avachie sur l'immense table en bois de la cuisine de *Tates*, mon endroit préféré au monde, c'est que je suis sous ma couette, devant la télévision portable.

La salle de bains arrive en deuxième position sur la liste de mes prédilections. Elle a beau être minuscule, j'adore y mariner dans un bain moussant, en compagnie d'un bon bouquin et d'une bouteille, jusqu'à ce que ma peau prenne la consistance du raisin sec.

Mmm, le bonheur !

Puis vient le salon. Il y a tout juste la place pour un canapé, encore une série de photos de famille (j'aime assez la photo, je l'avoue) et une télévision que personne n'allume jamais qu'à 2 heures du matin. En raison de mes horaires de travail décalés, j'ai pris la très mauvaise habitude de regarder des téléfilms américains nuls et de m'endormir au moment précis où l'intensité dramatique atteint son sommet, c'est-à-dire à cinq minutes de la fin.

En général, je me réveille le matin, pas franchement reposée et terriblement frustrée de ne pas savoir si Sharon (la trentaine bien dépassée, brillante mais célibataire) a réussi à piéger Robert (potentiel homme de ses rêves, qui se révèle être un tueur en série) sans l'aide du policier sexy (beau ténébreux anticonformiste, avec plus qu'une matraque dans l'entrejambe, que je trouve par ailleurs beaucoup trop moulant pour traquer des criminels).

La dernière pièce est la cuisine. Je ne m'en sers que pour me faire du café, car je prends généralement mes repas au restaurant.

Vivre au-dessus de la boutique présente des avantages et des inconvénients. La fringale de minuit n'a jamais été aussi facilement assouvie, et donc aussi dangereuse. J'ai même sérieusement songé à poser un cadenas sur le réfrigérateur et à donner la clé à un des employés. Comment voulez-vous résister, quand vous savez qu'il suffit de faire quelques pas pour croquer dans un merveilleux gâteau au chocolat ?

Mais, tout compte fait, malgré mon absence de volonté, la vie me semble avoir un sens.

J'ai mes amis et *Tates*, qui, s'ils me causent parfois pas mal de soucis, me rendent incroyablement heureuse. Certes, il n'y a pas d'homme dans ma vie mais, contrairement à Tanya et Grace, je les considère plus comme un luxe que comme une nécessité.

Je me demande dans quelle catégorie entre Stuart.

Luxe, nécessité… ou folie passagère ?

Je me sens un peu coupable de nourrir de telles pensées, mais il faut bien admettre que c'est franchement étrange de voir une fille comme Grace sortir avec un homme du genre de Stuart avec un *u*.

Mais je suppose qu'il n'y a pas vraiment de quoi s'inquiéter. Grace a donné dans le sportif, l'orgueilleux, le coquin, le dynamique, l'exigeant et le tordu. Après tout, pourquoi ne passerait-elle pas par la case « assommant », histoire de s'en débarrasser une fois pour toutes ?

2

Comme prévu, les ourlets de Grace commencent à remonter au bout de quelques jours, centimètre par centimètre, certes, mais lentement et sûrement dans la bonne direction. Pourtant, quinze jours s'écoulent encore, et elle n'a toujours pas largué M. Raisonnable. En fait, malgré notre pronostic initial – nous étions sûrs qu'il ne ferait pas long feu –, les choses semblent devenir plutôt sérieuses entre eux, et à la vitesse grand V.

Depuis qu'elle est avec lui, nous ne l'avons vue que deux ou trois fois. Non qu'elle passe son temps avec lui – grâce à Dieu, il habite trop loin pour qu'ils puissent concrétiser l'étape « on ne supporte pas d'être l'un sans l'autre » inévitable dans toute nouvelle relation –, mais son portable est constamment coupé et sa ligne fixe occupée en permanence, soit parce qu'ils ont des conversations téléphoniques interminables, soit parce qu'ils communiquent en direct via Internet.

Ce jour-là, Tanya, Louis et moi sommes assis dans la cuisine de *Tates*. Louis et moi venons de terminer le service de midi et, affalés devant la table, nous avalons les derniers morceaux d'une tarte au chocolat terriblement noir qui figurait au menu du déjeuner.

Tanya se plaint d'avoir passé un nouveau samedi soir sans Grace, d'ordinaire toujours prête à faire la fête, flirter et danser jusqu'à ce que mort s'ensuive. Je lui demande :

— Mais tu t'es quand même bien amusée, non ?

Louis et moi avons travaillé tous les deux la veille, et nous sommes un tantinet jaloux de Tanya, qui a la chance de sortir quand elle le souhaite.

— Bien sûr, je m'amuse toujours. Mais sans Gray, ce n'est pas pareil. Vous savez qu'ils se sont inscrits au même forum de discussions, pour pouvoir se parler toute la nuit ? Je n'aurais jamais cru qu'un jour, Gray choisirait de rester enfermée devant son ordinateur le samedi soir au lieu de sortir. Par contre, j'ai deviné au premier coup d'œil que Stuart était un fou d'informatique, ajoute-t-elle avec une moue de mépris.

— Il est fou tout court, si tu veux mon avis, marmonne Louis.

— On devrait peut-être lui donner une deuxième chance, dis-je, vaguement magnanime.

Pour la huitième fois de la conversation, je répète :

— C'est vrai, si ça se trouve, il est vraiment d'une timidité maladive. On n'a qu'à organiser une autre soirée, histoire de le connaître un peu mieux, de le faire sortir de sa coquille.

Les deux autres échangent un regard sceptique et haussent les épaules.

— D'accord, soupire Louis.

— On peut faire ça pour Grace, oui, approuve Tanya.

— Si on allait chez *JoJo* ? suggère Louis.

— Quand je parlais de le faire sortir de sa coquille, je ne pensais pas exactement à ça.

— Oh, allez, sois sympa ! Je n'y suis pas allé depuis des siècles, et c'est tellement rigolo ! On pourrait dîner au *Groucho* avant, ou chez *Max*, c'est au coin de la rue.

— Je pensais plutôt à un resto et, éventuellement, à un petit tour à l'*Abigail's Party*.

Le visage de Louis se décompose. Je lui rappelle :

— Il y a plein de beaux mecs, là-bas.

— Oui, mais tous hétéros, répond-il, morose.

— Pas si sûr.

— En tout cas, si c'est plein de beaux mecs hétéros, on en trouvera peut-être un pour Gray, déclare Tanya avec espoir.

— L'objectif de la soirée, chers amis, consiste à mieux connaître Stuart, pas à s'en débarrasser. D'ailleurs Grace a l'air très heureuse avec lui.

— Va comprendre !

— Si Gray l'aime bien, il doit forcément avoir des qualités.

J'essaie de paraître raisonnable mais, mes sentiments étant les mêmes que ceux des deux autres, je manque de conviction.

— D'accord, concède Tanya en agitant sa fourchette, mais vous savez comme elle est avec les causes perdues.

— Elle a beau avoir le cœur tendre, elle n'était encore jamais sortie avec une de ses causes perdues, réplique Louis en versant de la crème fraîche dans sa cuillère, qu'il se met à lécher lentement.

— C'est pourquoi j'estime qu'on devrait faire l'effort de le connaître un peu mieux, dis-je. Ne serait-ce que pour Gray. S'il lui plaît, il doit y avoir une raison.

— Possible. Ou alors notre Gray n'est pas celle qu'on croit, déclare Louis.

— Qu'est-ce que tu racontes ?

Tanya lui donne une petite tape sur la main, alors qu'il essaie de lui chiper une bouchée de la tarte qu'elle n'a pas encore touchée.

— Mais tu n'en as pas envie, lui dit-il en battant ses longs cils d'un air désarmant.

— Peut-être que si, rétorque-t-elle. Ce n'est pas parce que je n'ai pas englouti ma part comme si je n'avais rien avalé depuis trois jours que je ne vais pas la manger... Mais qu'est-ce que tu voulais dire, au juste ?

— Eh bien, à voir la façon dont se conduit Gray, ces derniers temps, on croirait qu'elle a été enlevée par des extraterrestres et remplacée par un clone. Vous savez, en apparence, c'est bien Grace mais, à l'intérieur, c'est une entité de la planète Zarg.

Louis glisse sa fourchette vers mon assiette, cette fois, et dérobe le reste de ma tarte sans que je songe à le réprimander.

Dans un sens, il a raison, Grace s'est soudain transformée en une nouvelle personne. Elle a modifié ses inclinations et ses aversions pour qu'elles concordent avec celles de Stuart. Je suppose que tout le monde est un peu comme cela, jusqu'à un certain degré, quand démarre une nouvelle relation. Mais les goûts de Stuart sont tellement différents de ceux de Grace qu'en l'occurrence, le changement de personnalité est radical.

Le vendredi soir suivant, nous attendons Grace et Stuart, non sans nervosité, dans le restaurant que nous avons choisi.

Nous avons décidé d'être aussi aimables que possible, de faire réellement un effort pour apprivoiser Stuart. Rien d'outrancier, attention. Nous essaierons juste de le mettre à l'aise pour qu'il s'extériorise un peu.

Grace arrive, dans une jupe qui lui bat les mollets. Nette amélioration par rapport au style guindé de la première fois où nous l'avons vue en compagnie de Stuart, mais cette tenue reste nettement différente de son allure habituelle.

Elle arbore fièrement dans les cheveux un foulard en soie à motif fleuri. Rapidement, elle nous apprend qu'il s'agit d'un cadeau de Stuart. J'aurais dû me douter qu'il n'était pas étranger à cette nouveauté. Si Grace s'était elle-même acheté un accessoire de ce genre, elle se serait sans aucun doute arrangée pour qu'il lui donne un côté chic et bohème, mais là on dirait plutôt une ménagère BCBG tristounette.

Stuart, par contre, me semble un peu moins coincé que la dernière fois. Il s'est fait couper les cheveux assez court, ce qui lui va nettement mieux que la coupe au bol de la dernière fois. Il porte toujours la même vieille veste Armani, mais son pantalon en velours côtelé noir est neuf, et Louis me jure avoir remarqué une étiquette Paul Smith sur son polo noir.

Malgré tout, je continue à le trouver à peu près aussi séduisant qu'une limace.

Visiblement, Grace n'a pas ce problème. Pendant tout le dîner, Stuart et elle négligent leur assiette et se dévorent littéralement des yeux. On dirait deux adolescents. Ils se font des petits bisous dès qu'ils croient que personne ne les regarde, au grand dégoût de Tanya et de Louis.

— Franchement, Ollie, me souffle Tanya en jouant avec un morceau de radis, elle pourrait le lâcher un peu, ça me coupe l'appétit.

Je lève les yeux vers Louis, qui mange sans conviction ses foies de volaille, le regard fixé sur les deux tourtereaux, et je lui souris d'un air encourageant.

Dès qu'ils se détachent assez longtemps pour se rappeler qu'ils ont de la compagnie, Tanya lance à Stuart :

— Je m'étonne que nous ayons réussi à te faire revenir à Londres si vite, toi qui détestes tellement la ville.

En fait de deuxième chance, c'est un peu léger. J'adresse à Tanya un regard sévère, du genre « s'il te plaît », et elle me tire la langue.

— À vrai dire, Londres présente un nouvel attrait pour moi, répond Stuart.

Il sourit à Grace, lui prend la main et la serre entre les siennes. Mmm… Mignon tout plein, non ?

Un bon point pour Stuart. Même Louis réussit à sourire et, au prix d'un louable effort – qu'il en soit remercié –, il commence à interroger Stuart sur ses nouveaux habits. Malheureusement, Stuart perd aussitôt l'avantage en annonçant à notre pape de la mode, qui le complimente sur son polo Paul Smith, que ce n'est pas lui qui l'a acheté, qu'il s'agit d'un cadeau de Grace. Puis, comble de malheur, il se tourne vers Tanny et avoue qu'il achète rarement de nouveaux vêtements, car il déteste faire les magasins.

Autant annoncer en pleine réunion du MLF qu'on ne croit pas à l'égalité des sexes.

Tanya renvoie le serveur, qui nous apportait la carte des desserts, et regarde Stuart en plissant le nez, comme s'il sentait mauvais.

— Alors, comme ça, dit-elle lentement, en posant son menton sur ses mains jointes et en levant les yeux vers lui, tu détestes Londres et le shopping. Y a-t-il des choses que tu aimes ?

Impossible de ne pas remarquer l'ironie qui perce dans sa voix. Stuart est un peu embarrassé.

— Eh bien, j'adore le jardinage.

— Stuart fait pousser ses propres légumes, intervient Grace. C'est complètement bio. Il faudra qu'il t'en donne pour le restaurant, Ollie. Ça a un autre goût que ceux qu'on achète dans les supermarchés.

— Avec plaisir, dis-je avec enthousiasme, décidée à tout

faire pour ma meilleure amie. Qui veut commander autre chose à boire ?

— Je prendrais bien un autre gin, grogne Tanya. Double.

— Et toi, Louis ?

— Un arsenic. Double.

Heureusement, Grace n'a pas entendu.

— Rien pour nous, ma belle. On ne va pas tarder à y aller.

Déçue, je m'écrie :

— Vous partez ? Mais on est censés finir la soirée en boîte !

— Je sais, mais les boîtes, ce n'est pas vraiment le truc de Stuart, n'est-ce pas, mon chéri ?

Stuart secoue la tête. À vrai dire, ça ne me surprend pas. Néanmoins, tandis que Stuart, qui doit sentir la réprobation ambiante, s'enfuit vers les toilettes, j'insiste :

— Peut-être que ce n'est pas son truc, mais toi, tu aimes bien ça, non ? Allez, Gray, viens avec nous. Ça fait des siècles qu'on n'est pas sortis ensemble.

— Si Stuart n'a pas envie de nous accompagner, tu n'as qu'à le mettre dans un taxi, suggère Louis.

— Jusqu'au Derbyshire ? fait Grace en secouant la tête. Il dort chez moi, cette nuit. Je ne vais quand même pas le laisser rentrer tout seul. Et puis, je ne suis pas vraiment dans l'ambiance. Je suis un peu fatiguée, ce soir.

Fatiguée ? Jusqu'à présent, cette fille était capable de danser jusqu'à 4 heures du matin et de se lever à 6 heures le lendemain, radieuse et pimpante comme un matin de printemps.

Tandis que Grace et Stuart se dirigent vers la porte, main dans la main, je marmonne :

— Ce ne sont pas des légumes bio qu'il cultive dans son jardin. Ce doit être des substances étranges qu'il transforme en philtres d'amour pour piéger les femmes trop naïves !

— Tu crois qu'il me donnerait la recette ? demande Tanya.

— Tu n'en as pas besoin. Ce philtre, tu le produis à la place de la transpiration.

— Ce type, c'est le prince Charles sans le prestige ni les relations, murmure Louis en les regardant monter dans un taxi sans se lâcher la main.

Bilan de la soirée : pas terrible.

J'adore Grace, je souhaite de tout mon cœur apprécier l'homme qu'elle aime... Malheureusement, ce dîner n'a fait que confirmer ma première opinion : son Stuart est aussi excitant que du scotch à l'eau.

En tout cas, je crois avoir trouvé l'une des raisons pour lesquelles nous avons tant de mal à nous entendre avec lui : il est capable de rester assis à côté de Grace, de discuter avec elle, mais il n'essaie jamais d'engager la conversation avec quelqu'un d'autre. Il se contente de nous regarder pendant que Grace parle avec nous, une expression indéchiffrable sur le visage.

Tanya affirme que c'est du dédain, je ne suis pas d'accord. Je crois qu'il ne sait tout bonnement pas comment nous prendre. L'aguicheuse au décolleté invraisemblable, l'homosexuel au grand cœur et au charme exubérant, et moi, la seule d'entre nous à être vaguement « dans la norme ». Par rapport aux deux autres, je me sens même franchement terne. Mais une chose est sûre : nous ne correspondons pas au genre de personnes que Stuart avec un *u* a l'habitude de fréquenter, et ça m'étonnerait qu'il ait envie de mieux nous connaître.

Soudain, j'ai un petit coup de déprime.

— Ça ne me dit plus rien de sortir, finalement. Allez-y tous les deux, si vous voulez. Je crois que je vais finir mon verre et prendre un taxi.

— Je ne sais pas s'il concocte effectivement des philtres d'amour bio, mais en tout cas ce type doit utiliser un après-rasage parfumé au rabat-joie, ajoute Tanya. Je n'ai plus très envie de bouger non plus. Je peux dormir chez toi ?

Tanya et moi partageons un taxi et rentrons chez moi, laissant Louis, la reine de la nuit, rejoindre un groupe d'amis dans une boîte du quartier.

Après un rapide détour par le réfrigérateur pour satisfaire l'envie de dessert que Tanya n'a pas pu assouvir à Soho, nous montons à l'appartement.

Je me déshabille et tombe sur mon lit telle quelle. Tanya, elle, entreprend un long et fastidieux démaquillage. C'est peut-être pour cela qu'elle est toujours si jolie. Je ferais bien de l'imiter et d'adopter le régime démaquillant, tonique et crème hydratante avant que mes ridules ne se transforment en crevasses irréparables.

— Et notre fofolle échevelée et bambocheuse, qu'est-elle devenue ? dis-je avec un gros soupir, tandis que Tanya retire sa robe et grimpe de l'autre côté de mon lit.

— La bête a peut-être été domptée. Ne t'inquiète pas, ma puce, ajoute-t-elle en me serrant brièvement dans ses bras, tu sais ce que c'est. On est capable de tout quand on s'est mis dans la tête de plaire à un homme. Ça lui passera. Bientôt, elle recommencera à flirter dans les bars avec les types qui lui pinceront les fesses.

— Et sinon ?

Tanya secoue la tête.

— Ne te fais pas trop de souci. Sérieusement, comment cette histoire pourrait-elle durer ?

Elle n'a peut-être pas tort. Grace est brillante, pleine de vitalité, sociable ; elle adore faire la fête, la mode, les ourlets pas trop longs et les collets pas trop montés. Elle est comme Tanya, sauf qu'elle s'intéresse un peu plus au sort de l'humanité et qu'elle est légèrement moins obsédée par le sexe.

Stuart est effacé et timide, il déteste sortir, il déteste le shopping et il déteste Londres. Trois des choses que Grace préfère dans la vie. Il porte une veste Armani, soit, mais démodée et avec d'ignobles pantalons en velours côtelé !

— Je sais que les contraires s'attirent, mais là, ça frise le ridicule, poursuit Tanya.

Je hoche la tête.

— Ils sont à peu près aussi bien assortis qu'un plumeau à poussière et un cache-sexe. Et pourtant elle a l'air vraiment accro.

— J'ai quelques idées à propos de l'usage simultané d'un plumeau et d'un cache-sexe...

Tanya sourit, et je pousse un nouveau soupir, avant de dire avec espoir :

— Elle finira peut-être par se lasser.

— C'est sûrement l'attrait de la nouveauté, renchérit Tan.

— C'est vrai, elle n'était encore jamais sortie avec un bonnet de nuit.

— Elle ne s'était jamais couchée avant minuit.

— Elle n'avait jamais porté des foulards de mémère.

— Elle ne connaissait même pas le goût de l'eau minérale.

— Alors, tu vois, dis-je en guise de conclusion, elle fait un tas d'expériences nouvelles avec lui.

Nous émergeons tard le lendemain. Je n'ai pas entendu le réveil, et j'ai tout juste le temps de déposer Tanya chez elle en allant aux halles, avant de me lancer dans mes préparatifs pour le coup de feu du samedi midi. Deux heures plus tard, je rentre enfin au restaurant, ma voiture chargée à bloc de légumes frais, pièces de viande, fleurs et diverses victuailles.

J'évacue une partie de ma mauvaise humeur en déchargeant les cartons, et je commence à me sentir presque ragaillardie quand la deuxième distribution du courrier arrive. Vu la façon dont les choses se passent en ce moment, j'aurais dû deviner que mon entrain serait de courte durée.

— C'est une plaisanterie !

J'ai hurlé tellement fort que le facteur, qui lorgnait une tasse de café sur la cuisinière, fait un bond de trois mètres, attrape sa besace et court finir sa tournée, loin de la folle qui brandit un hachoir dans une main et une lettre fraîchement décachetée dans l'autre.

— Qu'est-ce qui ne va pas, ma grande ? demande Louis en accourant de la salle, où il dressait le couvert.

— Je ne peux pas le croire ! Alors que tout commençait à tourner à peu près rond...

Je me laisse tomber sur une chaise et secoue la tête.

— Qu'est-ce qui se passe, Ollie ?

J'agite la lettre dans sa direction.

— Voilà ce qui se passe !

— Qu'est-ce que ça dit ?

Je respire un bon coup pour essayer de me calmer.

— Ollie, tu es livide. Dis-moi ce qui ne va pas, à la fin !

— Tu connais le vieux M. Forsythe, le propriétaire de cet immeuble et des deux bâtiments mitoyens ?

Louis hoche la tête avec impatience et s'assoit en face de moi.

— Eh bien, il prend sa retraite.

— C'est tout ? Franchement, je croyais que tu allais m'annoncer que quelqu'un était mort ou je ne sais quoi, grommelle Louis, l'air gentiment désapprobateur. Bon, c'est dommage, mon chou, il était gentil comme tout, mais ce n'est quand même pas la fin du monde !

— Si, justement. Il vend ses biens à un promoteur immobilier, Louis !

— Tu plaisantes ?

C'est à Louis de blêmir. Je secoue la tête.

— C'est écrit noir sur blanc, dis-je en pointant un doigt vers la lettre. Les entreprises Slater. Ce sont eux qui ont racheté cette vieille usine à côté de l'héliport, il y a dix-huit mois, qui ont jeté tout le monde dehors et en ont fait un complexe résidentiel ridiculement cher ! Et tu sais ce qu'ils m'annoncent ? Ils augmentent le loyer de trente pour cent !

— C'est impossible, déclare Louis fermement.

— Malheureusement, si. Je sais que j'avais de la chance d'avoir un loyer relativement bas, mais de là à me réclamer une somme pareille... En fait, c'est un moyen comme un autre de me mettre à la porte.

— Ils ont le droit de faire ça ? Il n'y a pas des clauses dans ton bail stipulant qu'on ne peut pas augmenter ton loyer du jour au lendemain ?

— Mon bail doit être renouvelé dans trois mois. À cette date, libre à eux d'imposer leurs conditions.

— Nom de Dieu !

— Comme tu dis. Quelle merde !

Louis se lève et tire sa chaise à côté de la mienne.

— Ne t'affole pas, ma puce, dit-il en me serrant dans ses bras. Il y a forcément quelque chose à faire. On va trouver une solution.

— Ils donnent un numéro de téléphone, là. Ils disent que je peux les contacter si j'ai des questions.

— Tu vas le faire ?

— Et comment ! Je vais même les appeler tout de suite !

— Tu es sûre que c'est une bonne idée ? Tu devrais peut-être d'abord te calmer, respirer un peu…

— Il faut battre le fer pendant qu'il est chaud.

Sept minutes plus tard, je retourne dans la cuisine. Louis a eu la bonne idée de préparer du café, et il m'attend, les bras et la boîte de gâteaux ouverts.

— Alors ? demande-t-il en mettant une tasse entre mes doigts tremblants et en m'offrant un biscuit au chocolat.

— Je ne me trompais pas, dis-je en m'asseyant lourdement sur une chaise. Ils ont bel et bien l'intention de me flanquer à la porte.

— Qu'est-ce que tu en sais ? Ils te l'ont dit dans ces termes ?

— Ils ont dit que si je trouvais le loyer trop élevé, ils se feraient un plaisir de reprendre mon bail.

— Ah, oui ? Qu'est-ce que tu as répondu ?

— Je leur ai dit d'aller se faire foutre.

— C'est pas vrai ?

Je hoche la tête.

— Si, et j'ai demandé à parler au patron. Enfin, plus exactement, j'ai dit que je désirais m'adresser au joueur d'orgue, pas à son singe.

— Littéralement ?

— Littéralement, dis-je, un peu honteuse. J'étais folle de rage, et cette bonne femme était tellement guindée ! Ça me sidère moi-même d'être capable d'une telle grossièreté quand on me fait un sale coup.

— Et alors ? demande Louis, les yeux écarquillés. Elle te l'a passé, le joueur d'orgue ?

— Tu penses bien que non. Elle m'a fait patienter quelques minutes, avant de m'annoncer que M. Slater n'était pas disponible pour l'instant, mais qu'il comprenait ma position et réitérait son offre de reprendre mon bail à un « tarif très intéressant ».

— Qu'est-ce que tu as répondu ?

— Que son offre, il pouvait se torcher avec, ce salopard.

— Oh, Ollie, non !

Louis fait tomber son troisième biscuit dans son café, où il se ramollit aussitôt et se transforme en un magma répugnant.

Je hoche la tête avec un petit sourire crispé.

— Je sais, c'est dingue. Je n'en reviens pas moi-même.

— Tu as bien fait, assure-t-il.

— Si ce Slater s'imagine qu'il va m'éjecter d'ici aussi facilement, il se fourre le doigt dans l'œil.

— Parfaitement ! approuve Louis avec détermination.

— Je ne me laisserai pas faire. J'ai travaillé trop dur pour monter cette affaire. Ce n'est pas un petit connard de promoteur immobilier qui va venir me la faucher sous le nez !

J'appelle Tanya à son agence.

— Daniel Slater, murmure-t-elle, ce nom me dit quelque chose.

— Normal, tu es agent immobilier.

— Conseillère en immobilier, corrige-t-elle.

— Et lui promoteur. Tu l'as déjà rencontré ?

— Je ne pense pas, non. J'ai entendu parler de lui, mais je ne l'ai jamais vu en chair et en os. Je me demande à quoi il ressemble.

Je grommelle :

— Je le sais très bien, moi, à quoi il ressemble.

— Tu l'as vu ?

— Pas besoin. C'est un salaud. Quelqu'un qui accule des tas de pauvres gens à la faillite est forcément répugnant.

— Tu l'imagines petit, chauve et bossu, avec des verrues partout qui témoignent de sa méchanceté ?

— Exactement. Oh, Tan, qu'est-ce que je vais devenir ?

Elle ne répond pas tout de suite. Je devine qu'elle réfléchit, car je l'entends qui tapote son stylo sur son bureau.

— Tu sais, malheureusement, je ne vois pas trop ce que tu peux faire pour le moment, hormis attendre sa prochaine manœuvre.

— Tu crois qu'il veut transformer *Tates* en un immeuble de standing ?

— Je n'en sais rien, mais tu es dans un quartier qui devient très à la mode. Ce n'est pas pour rien qu'on l'appelle « la petite Chelsea », ce coin de Battersea. Attends de voir ce qui va se passer. J'ai comme l'impression que tu ne tarderas pas à avoir des nouvelles de Daniel Slater.

J'en viens à redouter l'arrivée du courrier.

Avant, même si le gros de mon courrier se résumait à des factures et à des relevés bancaires angoissants, c'était plutôt un moment de la journée que j'aimais bien. On ne sait jamais, on peut toujours avoir une surprise agréable : une lettre d'un ami, une invitation à une fête ou, pourquoi pas, un gros chèque.

Les prédictions de Tanya se réalisent, et je reçois bientôt une deuxième enveloppe blanche aux armes des entreprises Slater. Je suis tentée de la laisser sur la table et de passer toute la journée à la guigner d'un œil soupçonneux, mais Louis n'a pas cette patience et insiste pour que je l'ouvre. Comme il se penche par-dessus mon épaule pour essayer de lire en même temps que moi, je décide de lui épargner cet effort.

— « Cher monsieur... » lis-je. Bon sang ! Ils ne sont même pas fichus de connaître mon sexe ! Quant à m'appeler par mon nom, je peux toujours crever !

Ils ont dû jubiler, en rédigeant ce courrier.

— « À la suite de notre récente conversation téléphonique, nous avons le plaisir de vous confirmer notre offre de rachat de votre bail... » Incroyable ! dis-je avec colère, en lançant la lettre sur la table. Ces gens-là sont complètement bouchés, ma parole ! Je ne vends pas !

Je me précipite derechef vers le téléphone et tombe sur la personne avec laquelle je me suis accrochée la dernière fois.

— Je crains que M. Slater ne soit pas au bureau en ce moment, m'annonce-t-elle.

— Pas au bureau ? Tiens donc. Dites plutôt qu'il ne veut pas me parler !

Je raccroche avec rage, sans m'embarrasser des civilités d'usage (« merci pour rien et bon vent, pauvre crétine »), attrape mon manteau suspendu derrière la porte de la cuisine et mes clés de voiture posées sur le rebord de la fenêtre.

— Qu'est-ce que tu fais, Ollie ? s'inquiète Louis.

— J'y vais.

— Tu es sûre que c'est une bonne idée ?

— Non, mais tant pis.

— Et qu'est-ce que tu comptes faire, une fois là-bas, exactement ? demande-t-il, dans une vaine tentative de me raisonner.

— Assassiner quelqu'un.

Les entreprises Slater occupent les deux derniers étages d'un imposant immeuble de verre et d'acier de Euston Road.

Je franchis l'accueil cachée parmi un groupe d'employés qui reviennent de la pause déjeuner, saute dans l'ascenseur et monte directement au dernier étage, où je présume qu'un homme tel que Daniel Slater doit avoir son bureau.

Je ne me suis pas trompée.

La porte de l'ascenseur s'ouvre sur un hall dont la moquette bleu pâle a probablement coûté une petite fortune. Le mobilier en chêne doit aussi valoir extrêmement cher. Évidemment, il n'a pas de problèmes d'argent, ce fumier, avec tous les innocents qu'il plume.

Une femme d'une quarantaine d'années, impeccablement mise, est assise derrière un bureau perpendiculaire à la porte de l'ascenseur, telle une sentinelle. J'essaie de passer devant elle comme si de rien n'était, mais elle a la détente rapide.

— Puis-je vous aider ?

À la voix polie mais glaciale, je reconnais aussitôt le « singe » auquel j'ai parlé trois jours plus tôt, et très brièvement ce matin.

Elle embrasse d'un regard méfiant mon allure débraillée. Pour la première fois, je réalise que j'ai juste enfilé mon manteau par-dessus ma tenue de cuisine pas vraiment propre, avant de foncer ici tête baissée.

Je ne dois pas être belle à voir. En ce moment, elle est sûrement en train de presser un bouton sous son bureau pour appeler la sécurité. Je retire vivement mon filet et passe une main dans mes cheveux, ce qui les hérisse plus qu'autre chose. Tant pis. Je respire un bon coup et déclare d'une voix autoritaire :

— Je suis ici pour le compte de *Tates*, le restaurant de Battersea. Je viens voir Daniel Slater.

Elle hésite. Ravie de la facilité avec laquelle j'ai débité ce mensonge, j'ajoute avec hauteur :

— J'ai rendez-vous.

Un sourire peu aimable naît sur son visage parfaitement maquillé.

— Vous ne pouvez pas avoir rendez-vous, car M. Slater est actuellement à l'étranger, réplique-t-elle de sa voix pincée.

Elle est en droit d'avoir l'air hautaine, puisqu'elle vient de me surprendre en flagrant délit de mensonge, mais elle semble y trouver une telle délectation que cela me rend folle. Je regarde derrière elle. Sur une imposante double porte, une plaque en cuivre annonce : « Daniel Slater – Président ». Peut-être bien que cette ordure est en train de magouiller quelque part à l'étranger, mais je ne suis pas venue ici pour repartir la queue entre les jambes. Et puis, qu'est-ce qui me prouve qu'elle ne couvre pas son patron ? Si ça se trouve, il est tranquillement assis derrière son bureau.

Sans plus me soucier d'elle, je me dirige vers la porte.

Elle bondit de sa chaise.

— Excusez-moi ! Excusez-moi ! Vous ne pouvez pas entrer là !

Une petite note aiguë perce dans son ton maîtrisé. Je cours presque vers le bureau et ouvre la porte en grand.

La pièce est vide.

Et merde.

Elle avait raison. Maintenant, que faire ? Bah, de toute façon, je me suis déjà complètement ridiculisée. Autant finir en beauté.

Je suis peut-être puérile, mais je ne saurais décrire le bien que cela me fait de sortir cette fichue lettre de mon sac et de la déchirer en mille morceaux que j'éparpille sur le bureau parfaitement rangé de Dan Slater.

Je me retourne et m'arrête un instant, le temps de contempler avec condescendance Miss Dédain, qui ouvre et ferme la bouche comme un poisson, sans qu'aucun son en sorte, puis je repars vers l'ascenseur, la tête haute. Ma sortie altière et royale est malheureusement gâchée quand la porte de l'ascenseur se referme et que le torchon qui pendouille de la poche arrière de mon pantalon se coince dedans.

Quand je rentre, je trouve le restaurant fermé. Louis m'a laissé un mot : il doit aller retrouver des amis, mais je peux le joindre sur son portable si j'ai besoin d'une oreille compatissante… ou d'une caution pour me sortir de prison. Toutefois, il me conseille d'appeler plutôt Tanya, étant donné qu'il ne possède que douze livres cinquante et un mini-Mars à moitié entamé.

Je l'adore.

Il réussit à me faire sourire pour la première fois depuis le rictus maniaque que j'ai arboré dans le bureau de Daniel Slater.

Dans la voiture, je fronçais les sourcils comme une patiente myope qui essaie de déchiffrer des lettres chez un ophtalmo. Quelle mouche m'a piquée ? Certes, j'étais en colère, mais je ne suis pas si impulsive, d'ordinaire. Pas au point de me lancer dans une démarche aussi vaine que stupide.

Oui, j'ai besoin d'une oreille compatissante, mais aussi d'une oreille rationnelle. L'oreille de quelqu'un qui n'approuverait pas ce que j'ai fait simplement parce qu'il m'aime, quelqu'un qui ne serait pas systématiquement de mon côté même si je déclarais la guerre au Vatican. Quelqu'un qui n'aurait pas peur de me dire ce qu'il pense s'il estime que j'ai eu tort et qui serait prêt à m'aider à trouver une solution raisonnable à mes problèmes.

Je téléphone à Grace et apprends qu'elle n'est pas à son bureau aujourd'hui. Chez elle, je tombe sur le répondeur.

J'essaie son téléphone portable. Je n'ai droit qu'à la messagerie. Inutile d'être un génie pour deviner où elle est. Ou, plus exactement, avec qui elle est.

Grace est de plus en plus obnubilée par Stuart avec un *u*. Toutes ses phrases commencent par : « Stuart dit que… » Il est temps que j'aie une petite conversation avec elle. Oh, bien sûr, elle a le droit de vivre sa vie ! Nous étions peut-être un peu trop proches, quand nous étions toutes les deux célibataires mais, depuis qu'elle a rencontré Stuart, nous nous sommes éloignées à une vitesse terrifiante.

Elle me manque. J'ai l'habitude que Grace soit là quand j'ai besoin d'elle – évidemment, c'est réciproque. Finalement, j'appelle Tanya. Elle est au travail, mais trouve le temps de m'écouter pendant une demi-heure vouer aux gémonies « Satan » Slater et pleurer sur les meilleures amies insaisissables.

— Il faut qu'on se voie, déclare-t-elle, quand mes grommellements s'arrêtent enfin. Toi, Grace et moi. Ça vous fera du bien à toutes les deux.

À ma grande surprise, nous parvenons à convaincre Gray d'abandonner Stuart le temps d'une soirée entre filles chez *Tates*, juste toutes les trois. C'est un peu comme une réunion extraordinaire de francs-maçons : présence obligatoire. Argument convaincant, il y a du gâteau à la mélasse et à la crème anglaise au menu, ce soir, comme par hasard. C'est le dessert préféré de Gray.

Toutefois, la soirée ne commence pas sous les meilleurs auspices.

Grace arrive scotchée à son portable et passe vingt minutes blottie dans un fauteuil devant la cheminée, à roucouler au téléphone avec Stuart, qu'elle a apparemment affublé d'un surnom ridiculement sirupeux qui, d'après ce que j'entends, ressemble à Stuey Pooey. Tanya, qui s'est assise assez près d'elle, mais pas trop, histoire d'espionner la conversation sans se faire remarquer, feint de vomir dans son verre de vin.

Enfin, après cinq minutes écœurantes de baisers interminables et de « c'est toi qui raccroches en premier » et de « tu me manques », Grace raccroche.

— Vous savez, je pense sérieusement que ça pourrait être le bon, cette fois, annonce-t-elle, alors que nous nous mettons enfin à table.

Elle pousse un soupir satisfait et contemple d'un air rêveur le contenu de son verre. Je jette ma main en travers de la bouche de Tanya avant qu'elle ne hurle, puis, voyant que Grace relève les yeux, je la retire promptement et marmonne :

— Mais tu le connais depuis à peine deux mois.

— Combien de temps faut-il à l'amour pour naître ? demande-t-elle avec philosophie.

— Tu es amoureuse de lui ! s'exclame Tanya, avant que ma main ne puisse voler de nouveau vers sa bouche.

— À vrai dire, je n'en suis pas certaine, mais... c'est bien possible.

— Il faut que j'aille aux toilettes ! s'écrie Tanya en me prenant par le bras. Tout de suite !

— Qu'est-ce qui se passe ? s'étonne Grace, qui cesse soudain de sourire aux anges et nous observe avec surprise. Où allez-vous ?

— Euh... il faut juste que j'emprunte Ollie... enfin, euh... aux toilettes... Tu sais, j'ai... j'ai besoin de... d'un Tampax ! conclut-elle un peu trop fort, quand son cerveau trouve enfin une excuse plausible pour m'entraîner à l'écart. On revient tout de suite !

De plus en plus perplexe, Gray regarde Tanya me faire traverser le restaurant pour m'emmener dans la cuisine, et non aux toilettes.

— C'est pire que ce que je craignais !

— Comment ça ?

— J'ai déjà vu cet air-là ! Jamais chez Gray, mais je connais ça !

— Mais quoi, enfin ?

— Elle est amoureuse.

— Elle n'est pas amoureuse, dis-je. Elle croit l'être. Elle a subi un lavage de cerveau.

— Une lobotomie, tu veux dire. Mais qu'est-ce qu'elle lui trouve ? Tu vas voir qu'ils vont se marier et avoir…

Tanya doit déglutir avant de parvenir à prononcer le mot :

— … des bébés ! Oh, non, tu imagines une horde de petits clones de Stuart en pantalon en velours côtelé et polo ? Quel cauchemar !

— Ne t'emballe pas comme ça. Elle ne le connaît que depuis quelques semaines, ils n'en sont pas encore au mariage.

— Mais si, tu vas voir ! insiste Tanya. Il va lui demander de l'épouser avant qu'elle ne retrouve la raison et le plaque ! Il n'en revient pas de sa chance, tu penses ! Il s'arrête pour sortir une voiture d'un fossé et tombe sur une princesse trop belle pour lui ! Et puis, quelqu'un de conventionnel comme lui ne peut que la demander en mariage !

— Tu crois ?

Tanya hoche la tête avec véhémence.

— Je suis prête à parier mon budget mensuel de fringues, répond-elle gravement.

Quand nous revenons dans la salle, Grace est heureusement trop pressée de revenir à son sujet préféré – Stuart avec un *u* – pour s'étonner de notre départ précipité vers la cuisine.

— Il vient à Londres samedi, nous annonce-t-elle, dès que nous sommes assises. Je vais lui préparer un petit dîner aux chandelles. Juste nous deux, de la musique douce…

— Tu ne vas pas faire ça !

Je suis encore sous le coup de ma conversation avec Tanya, et je n'ai pas pu m'empêcher de protester.

— Pourquoi ?

Je bredouille bêtement :

— Parce que… parce que…

— Parce que tu vas passer la moitié de la soirée à courir à la cuisine pour être sûre que rien ne brûle, intervient Tanya. En plus, il faudra que tu fasses la vaisselle et que tu ranges tout, parce qu'il risquerait d'être choqué si tu attends le lendemain matin. Franchement, ce n'est pas très romantique.

— J'ai un lave-vaisselle, Tan.

— Bien sûr, je sais, mais il faut quand même tout mettre dedans, et il est peut-être du genre à trouver que c'est vraiment limite de ne pas laver les casseroles à la main.

Une idée germe dans mon cerveau, et je suggère :

— Tu n'as qu'à l'amener ici.

Tanya, qui est assise à côté de moi, lève le pouce sous la table pour me montrer qu'elle a compris, et j'ajoute :

— Comme ça, on pourra vous surveiller du coin de l'œil… euh… je veux dire, tout surveiller, veiller à tout, quoi. On vous mettra dans un petit coin tranquille.

J'indique l'alcôve la plus isolée du restaurant, que nous réservons toujours aux tourtereaux. Elle donne sur le jardinet à l'arrière, qui est tout juste assez grand pour abriter quelques plantes grimpantes et, ornement que Louis m'a presque obligée à installer, une fontaine sur laquelle trône un petit Cupidon perché sur la pointe des pieds, sa flèche dirigée droit vers les personnes assises à cette table.

— Oui, insiste Tanya. Et chez toi, tu n'auras plus qu'à mettre le champagne au frais et à préparer le lit.

— Vous feriez ça pour moi ?

Un immense sourire éclaire le visage de Grace, qui se soulève un peu de sa chaise et se penche par-dessus la table pour m'embrasser.

— C'est merveilleux !

— Voyons, ma puce, tu es ma meilleure amie, je ferais n'importe quoi pour te rendre heureuse.

Je réprime le flot de culpabilité qui m'inonde et me répète que nous sommes effectivement en train d'essayer de la rendre heureuse. Nous voulons la sauver d'elle-même. Grace en ferait autant à notre place. C'est tout de même elle qui m'a empêchée d'acheter cette robe Gucci, un jour. J'étais vraiment convaincue qu'elle était faite pour moi, cette robe. J'en étais tombée amoureuse et j'étais sûre que je me transformerais en Liz Hurley dès que je l'aurais enfilée. Heureusement, Gray savait qu'elle ne m'allait pas vraiment bien et que je n'avais pas les moyens de me l'offrir. Je l'ai détestée quand elle m'a entraînée de force dehors, mais mon compte en banque et ma raison l'ont largement remerciée par la suite.

Visiblement, Tanya se sent coupable, elle aussi. Quand Grace repart chez elle pour se fourrer sous la couette et téléphoner encore quelques heures sans interruption à Stuartos Ringardos, elle m'aide à finir la deuxième bouteille de vin.

— Je suis sûre que c'est un type bien, dis-je, mais je suis sûre aussi qu'il n'est pas fait pour Gray. On ne devrait peut-être pas se mêler de cette histoire, mais je ne peux pas supporter l'idée qu'elle s'engage pour la vie sur des bases aussi bancales.

— Entièrement d'accord, approuve Tanya. Quand l'attrait de la nouveauté sera passé et qu'elle rouvrira les yeux, ça risque de faire très mal.

— Tout de même, on n'aurait peut-être pas dû fourrer notre nez dans cette histoire de soirée romantique...

Tanya avale une gorgée de vin et secoue énergiquement la tête.

— Bien sûr que si ! On fait ça par amitié, c'est tout. Ce ne serait vraiment pas bien que les choses deviennent trop sérieuses entre eux, ni pour l'un ni pour l'autre.

— Mais ce ne sont pas nos oignons.

— Écoute, tout ce qu'on veut, c'est éviter que ça ne finisse en drame. N'oublie pas qu'on agit dans l'intérêt de Gray.

— Tu as raison. On n'aura qu'à surveiller ça de loin et veiller à ce que tout se passe bien.

— Comme un maître d'hôtel dans un banquet important, ajoute Tanya. On s'assurera que la soirée se déroule en douceur, dans le respect de l'étiquette.

— Et on restera à une distance raisonnable.

— En fait, on ne s'en mêlera pas du tout ! conclut Tanya.

— Les voilà !

Melanie s'engouffre dans la cuisine, les bras chargés d'assiettes en équilibre.

Tanya, Louis et moi courons vers la porte de la cuisine et nous plaçons dans l'entrebâillement, les têtes perchées les unes au-dessus des autres comme sur un totem indien.

Stuart tient la porte ouverte pour Grace.

Il a abandonné son velours côtelé de prédilection, mais porte toujours sa vieille veste Armani. Apparemment, il a fouillé ses fonds de placards pour en ressortir le pantalon assorti. Enfin, assorti, il a dû l'être jadis mais, faute d'avoir servi, il est maintenant un ton plus sombre que la veste. Quant au polo, il est remplacé ce soir par une chemise et... Pincez-moi ! Une cravate !

Louis, Tanya et moi nous regardons en fronçant les sourcils. La même inquiétude se lit sur nos visages : Stuart en costume-cravate égale effort colossal.

— Tu es sûre que tu veux les mettre dans le coin des tourtereaux ? demande Tanya, inquiète.

— On l'a promis à Gray.

— Mais c'est beaucoup trop romantique !

— Qu'à cela ne tienne ! À nous de rendre la soirée moins romantique, décrète Louis en sortant précipitamment de la cuisine.

Avant de conduire Grace et Stuart à leur table, Mel les fait patienter au bar, tandis que Louis file discrètement vers l'alcôve éteindre les bougies, allumer le plafonnier et ôter le petit bouquet de roses rouges placé sur la table. Puis il remplace l'album *Diva* d'Annie Lenox par un morceau franchement excité de Motorhead, ce qui fait se lever des têtes surprises parmi les autres clients.

Cette dernière petite touche me paraît superflue. Avant que tout le monde ne déserte les lieux, je retire donc *The Ace of Spades* du lecteur de CD et mets quelque chose d'un peu plus calme que Motorhead, mais de moins poignant que *Diva*.

Pendant ce temps, Mel installe Grace et Stuart à leur table. Bientôt, je la vois revenir en pouffant vers la cuisine.

— Si tu savais ce qu'a fait Louis ! me chuchote-t-elle.

Elle me prend par le bras et m'entraîne dans la cuisine.

— Il a accroché la veste de Stuart à côté du radiateur et a fourré des chocolats à la menthe dans sa poche, glousse-t-elle. Quand il va mettre la main dedans...

— Oh, non, c'est vraiment méchant !

Je me sens un peu coupable, mais pas au point d'aller retirer les chocolats.

— Et ce n'est pas tout, poursuit Mel en jetant un coup d'œil vers la porte. Il a donné à Stuart une des vieilles chaises d'école, tu sais, celles qu'on n'utilise qu'à la table du fond, parce qu'elles sont trop basses pour aller ailleurs. On dirait un petit garçon, la table lui arrive pratiquement à la poitrine !

— Le pauvre !

— Ah, ne commence pas ! fait Tanya.

D'un ton innocent, je demande :

— Quoi ?

— Je te connais, tu es déjà en train de craquer. Je t'interdis d'aller à sa rescousse. Voilà enfin l'occasion pour Grace de considérer Stuart sous un autre angle.

— Mais on avait dit qu'on ne se mêlerait de rien !

— Il n'avait qu'à ne pas arriver en costard, déclare Tanya catégoriquement.

Sur ces entrefaites, Louis entre en agitant son carnet.

— Voici la commande de la table des tourtereaux. Ringardos a pris un potage provençal en entrée, annonce-t-il avec un sourire démoniaque. Quel coup de chance, ça nous ouvre tout un éventail de possibilités !

Pendant que je prépare le maquereau tiède au gingembre de Grace, Louis prélève une louche du potage maison qui mijote dans un bain-marie et se met au travail.

Plusieurs tours de moulin à poivre, quelques traits de Tabasco, et voilà une simple soupe à la tomate et au basilic transformée en dynamite. Après une seconde de réflexion, Louis sort du placard le poivre à l'ail et en ajoute une pleine cuillerée à café. Un brin de persil et une larme de crème fraîche rendent son œuvre appétissante et inoffensive.

Deux minutes après avoir servi les amoureux, Louis revient au triple galop.

— Il a pris une grande cuillerée de potage alors qu'il était encore en train de parler et il a tout recraché sur Grace, c'était répugnant !

Hilare, Louis gesticule autour de la table. On dirait un Indien qui exécute une danse rituelle.

— Et ça ne fait que commencer ! conclut-il en s'esclaffant.

Pendant l'heure qui suit, Louis inflige à Stuart toutes les subtiles vacheries qu'un serveur peut faire subir à un client sans aller jusqu'à cracher dans son assiette. Au dessert, Ringardos semble avoir plus de nourriture sur ses vêtements que dans son estomac.

— Une éponge, vite ! crie Louis en franchissant la porte battante à reculons.

Il traverse promptement la pièce et ouvre le placard situé sous l'évier.

— Qu'est-ce que tu as encore fait ?

Louis émerge du placard en souriant comme un matou qui vient de capturer une souris.

— Eh bien, disons que son verre de vin s'est malencontreusement répandu sur son entrejambe.

Partagée entre l'admiration et l'horreur, je m'exclame :

— Oh, non, Louis ! Tu n'as quand même pas fait ça ?

— C'est qu'il mettait la main dans sa poche, alors j'ai eu peur qu'il n'en sorte un petit écrin doublé de velours rouge, si tu vois ce que je veux dire...

— Il cherchait un mouchoir pour éponger la sauce que tu avais renversée sur sa cravate, explique Melanie, qui vient d'entrer dans la cuisine avec une pile d'assiettes sales.

— En tout cas, ça n'a pas marché, avoue Louis avec amertume. Ils sont en train de s'embrasser.

— Je savais qu'on n'aurait pas dû les mettre dans le coin des tourtereaux, gémit Tanya en me lançant un regard accusateur.

Elle court à la porte jeter un coup d'œil dans la salle.

— Oh, beurk ! s'exclame-t-elle avec une moue de dégoût. Ils recommencent !

— Et il y a un renflement dans le pantalon de Ringardos, annonce Louis d'un ton théâtral.

— Tu n'as pas à regarder à cet endroit, Louis !

— Pas ce genre de renflement, idiote, à moins qu'il n'ait les testicules carrés. Et je parle de sa poche.

— Tu t'imagines qu'il va tomber à genoux et extraire le diamant magique de sa poche droite ? Là, tu deviens parano !

— Parano ou pas, il est bien là, ce renflement, insiste Louis.

Agacée, je déclare :

— Bon, il est temps que j'intervienne.

J'ouvre un tiroir, fouille dedans et referme les doigts sur mon plan de secours.

— Que diriez-vous d'un peu de chocolat laxatif pour le dessert ? dis-je en agitant une boîte sous leur nez.

— Ollie, non, pas ça ! s'exclame Tanya.

Elle plaque une main sur sa bouche, l'air horrifié, mais ses yeux pétillent.

— C'est peut-être un peu trop, tu as raison, dis-je en posant la boîte sur la table.

— Mais non, ça ne va pas le tuer ! proteste Louis en attrapant la boîte. Ça le mettra juste hors d'état de nuire jusqu'à demain matin.

Il ouvre deux sachets de poudre laxative, qu'il répand sur le dessert de Stuart, un gâteau au chocolat nappé de sauce caramel chaude.

C'est avec un certain effroi que Tanya, Mel et moi voyons Louis emporter le dessert du chef, mais aucune de nous n'essaie de l'en empêcher. En fait, nous passons toutes les trois la tête par la porte pour regarder Stuart porter sa fourchette à sa bouche. Il termine rapidement son assiette, sans en laisser une miette, sans doute terrifié à l'idée que Louis resurgisse.

Au moins, il semble avoir aimé !

Ensuite, ils prennent un café, tranquillement, sans vraiment parler. Ils restent simplement assis, à se sourire comme deux demeurés. Enfin, quand *The Ace of Spades* – que nous avons remis, en désespoir de cause, et qui repasse pour la huitième fois de la soirée – a raison de mes derniers clients, Grace pousse la porte de la cuisine pour nous dire au revoir. Elle nous remercie en souriant.

— On y va. Merci à tous, nous avons passé une soirée formidable. Enfin, sauf le pantalon de Stuart, qui n'a vraiment pas eu de chance, ce soir. Enfin, ça me donnera une bonne excuse pour le lui retirer rapidement !

Elle se tourne vers moi et ajoute d'un air béat :

— Je l'emmène chez moi. Je t'appelle demain matin pour te raconter tous les détails sanglants.

— Non, pitié, pas tous !

Tandis que Grace s'en va gaiement au bras de Stuart, qui l'attend à la porte, Tanya fait la grimace et demande :

— Vous imaginez à quoi il peut ressembler, à poil ?

— Oui, mais je n'ai aucune envie d'en parler, dis-je en frissonnant.

— Il était comment ? demande Tanya à Louis, qui a aidé Stuart à enfiler son manteau avant de partir.

— Comment veux-tu que je le sache ? Je ne l'ai jamais vu nu non plus.

— Mon Dieu, Louis, ce que tu peux être lent ! Je te parle de la tête qu'il faisait quand ils sont repartis.

— Eh bien, je dois dire qu'il était un peu vert...

— Tu n'exagères pas un peu ? Ça fait à peine un quart d'heure qu'il a fini son dessert !

— Leur taxi vient de tourner au coin de la rue, annonce Mel, qu'on avait chargée de monter la garde.

— Vite, tous à la Batmobile ! hurle Louis, tout excité, en se précipitant vers la porte de derrière.

— Tu regardes trop la télé, mon vieux, soupire Tanya.

Je confie à Mel le soin de fermer la boutique, puis nous nous ruons vers la vieille Mini de Louis, nous y entassons au milieu des cartons de fast-food et filons vers Islington aussi vite que le vieux moteur asthmatique nous le permet.

Louis conduit d'une main. De l'autre, il cherche quelque chose de mon côté au prix de dangereux écarts.

— Ollie, sois gentille, attrape-moi ce sac en plastique, tu veux ?

Je me penche vers le sac bleu à rayures posé à mes pieds, puis, sur les instructions de Louis, j'en sors un objet mou et sombre que je tends à Tanya, j'en garde un pour moi et je passe l'autre à Louis, qui entreprend d'enfiler l'article d'une main, tout en changeant de vitesse de l'autre et en tenant le volant avec ses genoux. Lorsque je vois sa tête disparaître sous une cagoule, je m'exclame :

— Des passe-montagnes ?

— Ben oui. Il ne faudrait pas que Gray nous repère.

— Je préférerais ça plutôt que d'être embarquée par des flics qui s'imagineraient que je vais dévaliser une banque.

— Bleu marine ? commente Tanya, déçue. Ce n'est vraiment pas ma couleur, mon chou, ils ne les faisaient pas en noir ?

— Moi, je refuse de mettre ça, dis-je.

— Mais je les ai achetés exprès, gémit Louis, la bouche pleine de laine bleue.

Je soupire et enfile l'article pour ne pas vexer Louis, dont je vois trembler la lèvre inférieure à travers la fente de son affreux couvre-chef. Je découvre néanmoins un avantage à mon passe-montagne : tandis que nous descendons de voiture et marchons jusqu'à la maison de Grace, tels trois agents des services secrets, il cache mon visage rouge d'embarras.

— Nous sommes les drôles de dames, pouffe Louis, qui se plaque contre un mur et fait semblant de tenir une mitraillette à la main.

— Les drôles de dames échappées de l'asile, oui, dis-je. Pourquoi t'es-tu garé si loin ?

— Eh bien, j'ai pensé que si je me garais devant chez moi, Grace ne s'étonnerait pas d'y voir ma voiture...

— Euh... Louis, tu ne crois pas que Grace a mieux à faire que de rôder dans les rues à la recherche de ta voiture, en ce moment ?

— Exactement, gémit Tanya en trottinant derrière nous sur ses talons hauts. Écoute, Louis, je sais que tu as acheté ces trucs spécialement pour l'occasion, mais il faut que je le retire, ça me démange, je deviens dingue !

Elle glisse un doigt manucuré sous le col de son passe-montagne et se gratte frénétiquement, tandis que je tousse comme si j'étais atteinte de phtisie galopante.

— Si ce n'était que ça ! Moi, j'ai l'impression d'avoir une pelote de laine en travers de la gorge !

— Ça va, ça va, vous pouvez les enlever, dit Louis de mauvaise grâce. Mais ne venez pas vous plaindre si tout le monde vous reconnaît sur les lieux du crime aux infos régionales.

Nous entrons dans le petit jardin de Grace à l'aide du double des clés qu'elle m'a donné quand elle s'est installée ici. Sa maison est une de ces habitations victoriennes à trois étages, avec la cuisine au sous-sol et un rez-de-chaussée en entresol.

Après force gestes et murmures, il est finalement décidé que Louis escaladera la poubelle à compost métallique pour regarder dans le salon et nous raconter ce qui se passe.

Malheureusement, son pantalon vert en faux serpent moule un peu trop son petit postérieur, et il ne parvient pas à hisser suffisamment sa deuxième jambe pour atteindre le couvercle de la poubelle. Son pied reste en appui précaire sur une des poignées.

— Tu vois quelque chose ? demande Tanya avec impatience, tandis qu'il oscille et essaie de rétablir son équilibre en balançant une jambe en arrière, à la façon d'une ballerine qui tente un mouvement délicat.

— Chut. Pas encore.

Un petit cri étouffé et un affreux craquement pas du tout étouffé accompagnent la chute de Louis.

Quelques secondes plus tard, le visage de Grace apparaît à la fenêtre. J'entends Tanya murmurer :

— Merde !

Nous tentons tous de nous noyer rapidement dans l'ombre projetée par un gros lilas. Je porte ma main à ma bouche pour réprimer un accès de fou rire, tandis que Louis s'efforce de faire diversion en imitant un chat.

— Miaou, miaou, miaule-t-il sans conviction.

Tanya se met à pouffer, elle aussi, le nez dans le col de son blouson Harvey Nichols. Au bout de quelques minutes, Louis exhibe une vieille feuille de chou venue se loger dans la poche de son pantalon, puis il s'assoit et se frotte le mollet.

— Je crois que je me suis tordu la cheville, murmure-t-il en faisant la grimace.

— C'est vrai que tu as l'air un peu blanc, approuve Tanya.

— Comment tu peux le savoir ? J'ai un passe-montagne !

— Ton visage luit à travers comme une ampoule fluorescente.

Louis semble effectivement aussi défraîchi que sa feuille de chou abandonnée, et nous décidons que c'est à moi de grimper sur la poubelle pour espionner le salon de Grace.

Heureusement, notre amie semble avoir été convaincue par l'imitation approximative de Louis. Il faut dire qu'elle a bu beaucoup de vin, ce soir. Elle est retournée vers le canapé, sur lequel Stuart est assis, l'air vaguement nerveux. Son pantalon lui remonte presque jusqu'aux genoux, et j'ai une belle vue sur ses chaussettes à carreaux.

— Qu'est-ce qui se passe ? demande Tanya.

— Elle verse du vin dans des verres.

— Pas du champagne ?

— Non, on dirait une bouteille de rouge.

— Et lui, où est-il ?

— Sur le canapé... Elle aussi.

— Et alors ?

— Ils trinquent... Ils boivent tous les deux...

— Et maintenant ?

— Il pose son verre sur la table... Il s'approche d'elle... Il lui prend son verre des mains et le met à côté du sien...

— Ollie !

— Il se penche pour l'embrasser !

— Oh, non, pitié !

Louis frémit et cache son visage dans ses mains.

— C'est bon, il arrête.

Louis relève la tête et me regarde avec espoir.

— Non, zut ! Il met la main dans sa poche !

— Oh, non, faites que non ! murmure Louis. Je vous avais bien dit qu'il y avait un drôle de renflement dans son pantalon !

— Attendez… Il s'arrête… Il plaque la main sur sa bouche… Il s'écarte…

Nous retenons notre souffle. Et je chuchote, un peu trop fort :

— Il s'en va !

Même les deux autres entendent les pas précipités de Stuart, qui court vers l'escalier et grimpe les marches quatre à quatre, avant de claquer la porte des toilettes.

La tête de Grace se tourne alternativement vers l'escalier et la fenêtre, comme si elle assistait à un match de tennis, tandis qu'elle hésite entre suivre Stuart ou aller voir ce qui cause ces drôles de bruits devant chez elle. Finalement, elle se dirige vers l'escalier, et nous décidons que le moment est venu pour nous de procéder à un départ rapide et discret.

3

Le lendemain matin, je râpe du fromage dans la cuisine pour un gratin de fruits de mer quand le téléphone sonne.

— Ollie, c'est moi.

Grace. Sa voix est plutôt aimable.

— Tout va bien ? dis-je timidement.

Je pose ma râpe à fromage avant que mes doigts ne partent en copeaux, faute de concentration.

— Oui, oui, très bien, merci.

Apparemment, nous n'avons pas tué Stuart, mais où en est leur belle histoire d'amour ?

— Tu fais quoi, ce soir ? demande-t-elle avec désinvolture.

Toujours un peu nerveuse, je réponds :

— Rien de spécial. C'est mon jour de congé.

— Alors, on sort. Toi, Tan et moi.

— On sort ?

Je suis stupéfaite que Grace sache encore ce que ce mot signifie. Se pourrait-il que notre plan diabolique ait fonctionné ? C'est la première fois que Grace nous propose de sortir depuis qu'elle nous a présenté Stuart.

— Oui. Rendez-vous chez *Blakes* à 20 heures. Et tâche d'être à l'heure, Ollie.

À peine Grace a-t-elle raccroché que le téléphone sonne de nouveau. C'est Tanya. Elle a reçu la même convocation.

— À ton avis, ça veut dire que ça a marché ? demande-t-elle avec espoir. C'est vrai, une soirée sans Stuart, c'est incontestablement un pas dans la bonne direction.

— Eh bien, ça me semble plutôt encourageant, en effet. Louis vient aussi ?

— Non. Il paraît qu'il travaille, ce soir.

— Ah ? Je croyais lui avoir donné sa soirée. J'ai mes deux étudiants qui seront là pour aider Melanie.

— Rassure-toi, tu lui as bien donné sa soirée. Mais ils tournent une scène de rue pour un épisode de *EastEnders*, ce soir, et Louis est censé se faire assommer par une fausse bouteille en verre. Il est fou de joie. Il a toujours rêvé que Pat Butcher l'agresse.

Nous retrouvons Grace dans le bar à vin de Soho où elle nous a présenté Ringardos. Elle nous attend, assise à une table, un grand verre de blanc dans la main. Tiens, elle s'est remise à l'alcool. Espérons que c'est bon signe.

Elle nous embrasse, puis reste étrangement silencieuse tandis que nous prenons place à côté d'elle et qu'elle nous sert à chacune un verre de la bouteille de chardonnay fraîche qui trône au milieu de la table.

— Alors, tu as passé une bonne soirée, hier ?

Grace ne répond pas. Elle nous regarde tour à tour, les yeux plissés. Je trouve son expression vraiment bizarre. Elle semble très émue, on dirait qu'elle va éclater en sanglots.

Tan et moi échangeons des regards pleins d'espoir. Nous affichons déjà l'air compatissant de circonstance quand Grace sort soudain sa main gauche de sous la table et l'agite sous notre nez. Elle a du mal à cacher son excitation.

Un caillou gros comme Jupiter brille à son annulaire, fermement serti dans un anneau en or blanc.

— Ô mon Dieu ! hurle Tanya en se couvrant la bouche avec les mains.

— Je sais ! C'est merveilleux, non ? s'exclame Grace, rayonnante.

Ce n'est pas exactement ce que signifiait la réaction de Tanya. Nous fixons toutes les deux notre amie, bouche bée. Brusquement, le visage de Grace se décompose.

— Qu'est-ce qui se passe ? Vous n'avez pas l'air très contentes.

— C'est... c'est le choc, bredouille Tanya en attrapant son verre.

Il est vide, et elle l'applique contre son front pour se rafraîchir. Je répète, en hochant stupidement la tête :

— C'est le choc.

— Champagne, bêle Tanya.

Fidèle perroquet, je reprends :

— Champagne.

Rassurée de constater que nous souhaitons boire à sa santé (alors qu'en réalité le champagne est destiné à atténuer les effets du traumatisme), Grace nous régale d'un grand sourire et commence à babiller. Elle nous explique avec enthousiasme qu'elle a toujours rêvé qu'on la demande en mariage au printemps, depuis le jour où elle a vu pour la première fois *Les Sept Femmes de Barberousse*, tandis que Tanya devient plus blanche que la nappe qui recouvre notre table.

Lorsque le serveur pose une coupe de Moët réconfortante devant moi, je réussis enfin à articuler :

— Alors, la soirée s'est bien passée, hier ?

— Ô mon Dieu, oui ! C'était fabuleux, merci mille fois, Ollie.

Stuart a la constitution d'un bœuf, ma parole ! Nous l'avons tous vu filer dare-dare vers les toilettes, chez Gray. Sa convalescence a dû être spectaculaire. Tanya trépigne, elle meurt d'envie de savoir ce qui a foiré dans notre plan. Par miracle, elle parvient à se montrer relativement subtile.

— Et comment va Stuart ? Il avait un peu mauvaise mine, quand vous êtes partis. Il n'a peut-être pas l'habitude de boire autant de vin ?

— Du vin ? Oh, non ! Il n'a presque rien bu, vu que Louis a renversé son verre sur son pantalon. Tu sais, Ollie, un serveur aussi maladroit, c'est une calamité pour un restaurant. Tu devrais l'obliger à rester derrière le bar.

— Ah, c'est juste que Stuart m'a paru un peu pâlot, poursuit Tanya. Il était sans doute nerveux à l'idée de te demander en mariage.

— Tu as raison, il n'était pas dans son assiette. En fait, il a passé la nuit enfermé aux toilettes. Il était terriblement gêné, ce matin, le pauvre.

— Oh, non, quelle horreur !

Je donne un coup de pied à Tanya sous la table, et le sourire qui menaçait de s'étendre en travers de son visage est promptement remplacé par une expression préoccupée assez convaincante.

— Qu'est-ce qui l'a rendu malade ?

— Il pense qu'il a dû manger un sandwich aux crevettes pas très frais, hier midi.

— Ce n'est pas ma cuisine, alors, dis-je.

— Grands dieux, non ! Nous avons pris pratiquement la même chose. D'ailleurs, c'était absolument délicieux, Ollie.

— Et il a quand même réussi à se mettre à genoux pour te faire sa demande ?

— Oui. C'était d'autant plus facile qu'il ne tenait pas debout ! répond Grace avec un gloussement.

— Et ça ne t'a pas dégoûtée, qu'il ait été malade toute la nuit ?

— Pas du tout, affirme Grace en riant. Au contraire, ça m'a permis de comprendre à quel point je tiens à lui.

— Oh...

Tanya et moi échangeons un regard horrifié. Par chance, Grace, tout à sa joie, ne le remarque pas.

— Eh bien, oui, je me suis rendu compte que j'étais toujours amoureuse de lui, alors qu'il avait passé la nuit scotché à mes toilettes... Vous savez, quelque chose me disait qu'il allait me faire une déclaration, hier soir, et pour être honnête, ça me fichait un peu la frousse.

— La frousse ?

— Oui. On ne se connaît pas depuis très longtemps, après tout, et je trouvais qu'il était un peu tôt pour s'engager de façon aussi... aussi... définitive. Mais je me disais que ça allait être vraiment dur de refuser gentiment sans nuire à notre relation...

Elle marque une pause et pousse un soupir.

— Heureusement, l'incident d'hier soir m'a fait comprendre que je l'aimais sans doute assez, finalement, pour franchir un tel cap.

La même pensée désespérante traverse alors mon esprit et celui de Tanya.

— Alors, c'est notre... commence Tanya, avant de fermer simultanément la bouche et les yeux.

Je bredouille :

— Encore du champagne !

Je fais signe au serveur, qui accourt vers nous. Sans doute s'attend-il à un gros pourboire avec de riches clientes telles que nous. À moins qu'il n'espère pouvoir extorquer son numéro de téléphone à Tanya si elle boit suffisamment.

Je m'apprête à lui fourrer quelques billets dans la main quand Grace me prend le poignet.

— Range ton argent, m'ordonne-t-elle en cherchant son portefeuille. C'est ma tournée. Je tiens à vous remercier pour hier soir. C'est vrai, vous avez joué un rôle crucial dans l'un des plus grands moments de ma vie.

— Si tu savais, dis-je dans ma barbe, en avalant mon champagne comme une limonade. Si tu savais...

Le lendemain matin, Tanya et moi organisons une cellule de crise. Nous sommes chez *Lorna*, notre bar habituel de lendemain de fête, attablées devant un énorme petit déjeuner destiné à soigner notre gueule de bois. Nous avons absorbé assez de champagne, la veille, pour noyer les chagrins de tout un régiment.

J'ai dans mon assiette trois tranches de bacon, deux œufs au plat, une montagne de champignons incroyablement gras, des haricots rouges et deux petites saucisses, et ce seul spectacle me donne des haut-le-cœur.

Tanya, dont le teint rappelle un gazon anglais en automne, déplace mollement ses aliments dans son assiette avec sa fourchette, en marmonnant qu'il vaudrait mieux soigner le mal par le mal et qu'un petit verre serait sûrement plus efficace pour faire passer notre gueule de bois que des œufs brouillés.

En ce qui me concerne, si je devais ne serait-ce que renifler un verre d'alcool en ce moment, je crois que je vomirais. Hier soir, nous avons vidé trois bouteilles de Piper Heidsick en trois heures, soit plus d'une bouteille chacune, car Grace n'en a bu qu'une coupe et demie avant de retourner vers son bienheureux fiancé, le stupide et stupéfiant Stuart.

Tanya forme une montagne jaune avec ses œufs, qu'elle écrase ensuite jusqu'à leur donner la consistance d'une crêpe.

— Elle est encore sous le coup de sa rupture avec Arty, commente-t-elle avec morosité.

— Tu plaisantes ? Ça fait des mois qu'ils se sont séparés.

— Je sais, mais je suis sûre qu'elle pense encore à lui.

— Je te rappelle qu'elle vient d'accepter d'en épouser un autre, ce qui semblerait indiquer le contraire.

— Ça ! lâche-t-elle d'un ton dédaigneux. C'est typique, comme réaction. Se précipiter dans les bras d'un autre, d'un homme radicalement différent du précédent, si possible. Ils ne vont absolument pas ensemble ! Elle ne peut pas commettre une erreur pareille !

— C'est déjà fait.

— Mais pourquoi a-t-elle accepté ? J'ai bien trente-trois ans, moi, et je n'ai jamais éprouvé le besoin de me marier.

— Grace est plus conditionnée que toi, je suppose. C'est une question de pression sociale. Si elle ne se marie pas avant trente ans, elle le vivra comme un échec personnel.

— Mais pourquoi Stuart ?

— Parce qu'il l'a demandée en mariage.

— Mais ils n'ont rien en commun. Elle ne s'en rend pas compte ?

— Il faut croire que non. À mon avis, elle est aveuglée par tout ça. Tu comprends, un homme vient de lui offrir la chose dont elle rêve depuis qu'elle est toute petite, alors elle ne prend pas vraiment le temps de se demander si c'est le bon. Elle ne voit que le conte de fées, la robe blanche, l'église, la pièce montée, les cadeaux, tout le tralala romantique.

— Tu y vas un peu fort, non ? Bien sûr, ce doit être agréable de mettre une belle robe et d'être la reine de la fête, mais elle ne va pas épouser un crétin fini simplement pour avoir trente-trois seaux à glace et un voyage de noces à Corfou !

— J'exagère peut-être un peu, d'accord. Mais le problème reste le même. Je me fais vraiment du souci pour Gray. Elle connaît Stuart depuis si peu de temps ! Parfois, il me faut des mois avant de me rendre compte que le type que je fréquente est un parfait imbécile. Et elle, elle fonce tête baissée, sous prétexte que Stuart lui a fait le compliment suprême en la demandant en mariage dans les règles !

— Tu as raison. Il faut agir. On n'accroche pas vraiment avec Stuart, mais si on avait l'impression qu'elle fait le bon choix, on ne s'en mêlerait pas, déclare Tanya avec détermination.

Je hoche la tête et renchéris :

— C'est à nous, ses meilleures amies, de l'empêcher de commettre cette énorme erreur. Mais comment va-t-on s'y prendre ?

— Eh bien, j'espérais un peu que tu aurais des idées sur la question.

Avec un sourire diabolique, je suggère :

— Tuer Stuart ?

— Tentant, mais pas évident à concrétiser.

J'objecte avec espoir, en mastiquant un morceau de bacon carbonisé :

— Tous les ans, mille personnes périssent frappées par la foudre.

— On pourrait faire interner Gray. Je crois qu'on a des motifs valables.

— Ce serait plus simple d'éliminer Stuart.

Tanya secoue la tête.

— Franchement, je ne comprends toujours pas pourquoi elle fait ça, soupire-t-elle.

— Je te l'ai expliqué. Une demande en mariage, c'est le compliment suprême. C'est dur de résister à un homme qui te dit que tu es merveilleuse et ravissante et qu'il ne peut pas supporter l'idée de passer le reste de sa vie sans toi.

— D'accord, admet-elle, ça fait du bien à l'ego, mais ce n'est pas une raison pour accepter. Moi, on m'a demandée en mariage plusieurs fois, et j'ai toujours refusé, ajoute-t-elle avec hauteur.

— Moi, on ne m'a jamais demandée en mariage.

Soudain, je me sens un peu vexée d'être la seule des trois à n'avoir jamais vu un homme se mettre à genoux devant moi pour me supplier de vivre à ses côtés jusqu'à ce que la mort nous sépare. Mais bon, je suis encore jeune, non ? Tout peut arriver.

— Gray trouve peut-être qu'il manque une dimension à sa vie, dis-je.

— Et si on la lui procure, cette dimension, elle oubliera cette idée de mariage, suggère Tanya avec espoir.

— Possible. Alors, que faire ? Elle a un bon boulot, une maison magnifique...

— Et un goût de chiottes en matière de mecs.

— Est-ce que notre jugement ne serait pas altéré par la jalousie ?

— Parce que Gray a connu l'expérience bouleversante de se faire demander en mariage ? Ce n'est pas forcément l'ambition de toutes les femmes, Ollie.

Piquée, je proteste :

— Tu sais bien que je ne voulais pas dire ça.

Je m'empresse de chasser de mon esprit l'image de Richard Gere sur un cheval blanc, posté sous la fenêtre de ma chambre avec un gros diamant au bout de sa lance. Grands dieux, où suis-je allée pêcher un fantasme pareil ?

— Alors, de quel genre de jalousie parles-tu ?

— Eh bien, on est ensemble depuis des années, toi, moi, Gray et Louis. Et maintenant que Stuart a déboulé, tout a changé.

Tanya fait la moue.

— Non, je ne pense pas. Elle a déjà eu des petits copains avec qui ça a duré, et on n'a jamais éprouvé le besoin de les éloigner d'elle.

— Mais aucun ne lui a demandé de l'épouser.

— Arty, si. Deux ou trois fois, je crois.

— Peut-être, mais chaque fois, il était tellement soûl qu'il n'était pas fichu de s'en souvenir le lendemain matin. Elle ne l'a jamais pris au sérieux.

— Il faut qu'on se fie à notre intuition, insiste Tanya. Stuart n'est pas fait pour Grace. Aucun de nous ne l'apprécie. C'est un signe, non ?

— Oui. Le signe que nous sommes tous jaloux, dis-je en ricanant.

— Mais non, la jalousie n'a rien à voir là-dedans. Le mariage ne représente un idéal pour aucun de nous. Toi, tu ne veux pas t'engager parce que tu redoutes de souffrir ou de devenir pantouflarde. Je me trompe ? Quant à Louis, ses inclinations éliminent les unions conventionnelles. De mon côté, j'ai bien trop peur de rater des occasions de m'amuser pour m'attacher à un seul homme. Non, vraiment, ce n'est pas une question de jalousie.

— Eh bien, voilà au moins une chose de réglée.

— Et puis, ajoute Tanya avec force, on aime tous beaucoup trop Gray pour vouloir l'empêcher de connaître le bonheur. Si on pensait Stuart capable de la rendre heureuse, on serait tous à fond pour la noce.

— Alors, j'en reviens à la question initiale : qu'est-ce qu'on fait ?

— J'ai peut-être une idée, figure-toi.

— Vas-y.

— Trouvons-lui quelqu'un d'autre.

— Rien que ça !

— Je sais, ce n'est pas si simple. Mais ça vaut le coup d'essayer. Imagine qu'on lui présente sur un plateau un type formidable. Elle comprendra rapidement que son Stuart n'est pas si merveilleux que ça.

Je hoche la tête.

— L'herbe est toujours plus verte dans le pré du voisin ?

— Voilà. Il suffit de l'obliger à regarder par-dessus la barrière.

— Je vois… Pourquoi pas Simon ?

— Mon frère ? s'exclame Tanya.

— Elle avait bien un petit faible pour lui, à une époque.

— Il y a six ans, et ça n'a jamais été réciproque, rétorque Tanya, sarcastique.

— Oui, mais ils ont mûri, tous les deux.

— En effet, et ils auraient eu mille occasions de se rapprocher si l'un ou l'autre en avait éprouvé l'envie.

— Tu n'as pas un ex qu'elle aimerait bien ?

— Si, des centaines, mais ils ont tous couché avec moi, répond-elle avec un sourire espiègle. Ça risque de ne pas plaire à Gray !

— Exact.

Elle me donne un coup de pied sous la table, et je gémis en me frottant le tibia :

— Hé, je n'ai fait que t'approuver !

— Je sais, dit Tanya, qui se sent visiblement mieux, car elle chipe un champignon dans mon assiette. On va l'emmener au club de gym. Ce sera parfait pour commencer. Je vois ça d'ici : les tee-shirts moulants, les corps en sueur, les muscles qui saillent sous la peau…

— Essuie ta bouche, tu baves, dis-je en lui tendant une serviette en papier.

— Je suis sérieuse, Ollie. Tu verrais mon entraîneur personnel ! Il est superbe, une vraie masse de muscles.

— Tu crois vraiment que ça va faire avancer notre affaire ?

— Oui, si elle compare, même brièvement, son cul à celui de Stuart.

— Il n'est pas si mal.

— Comment ça ? Tu l'as regardé ?

— Bien sûr. Il ne faut pas se fier aux apparences...

— ... mais aux fesses d'un homme ?

— Exactement. Puisqu'il est si peu sexy, je me suis dit qu'il devait bien cacher quelque chose d'appétissant quelque part. Ou alors c'est un coup d'enfer. Je ne vois pas ce qu'il peut avoir d'autre.

— Sa personnalité, son brio, sa conversation... Non, tu as raison, il doit être époustouflant au lit. C'est la seule explication. Eh bien, c'est toujours ça.

— Oui, mais pour construire une vie de couple longue et heureuse, il faut autre chose.

— Ça dépend...

— Est-ce que tu peux arrêter pendant une heure ou deux d'être obnubilée par le sexe, Tanny ? On parle de l'avenir de notre copine, là.

— Mais si elle est heureuse, pourquoi on se mêlerait de ses affaires ?

— Je n'en crois pas mes oreilles ! À la seule idée qu'il puisse être une bombe sexuelle, tu changes ton fusil d'épaule ! Grace a peut-être l'impression d'être heureuse en ce moment, mais bon sang, ça fait seulement deux mois qu'ils sortent ensemble ! Ils ne vont quand même pas se marier !

— En tout cas, soupire Tanya, je ne sais pas comment on va annoncer la nouvelle à Louis.

— Tu crois qu'il va mal réagir ?

— Il a toujours dit que s'il n'avait pas été gay, il aurait épousé Gray.

— Eh bien, la voilà, notre solution !

— Tu rigoles ? Grace ne supporterait jamais que Louis lui emprunte ses robes ! Il fait deux tailles de plus qu'elle !

— Oh, non ! Non ! Non !

— Tu m'avais prévenue qu'il réagirait mal, dis-je à Tanya, mais si j'avais su à quel point, je ne lui aurais jamais annoncé la nouvelle.

Tanya me regarde en fronçant les sourcils et pose une main rassurante sur les épaules voûtées de Louis, qui sanglote sur la grande table de la cuisine.

— Nous sommes aussi effondrées que toi, mon chou. Mais on a longuement discuté de la question, Ollie et moi, et on a un plan.

— Ah, bon ?

Louis cesse de se cogner la tête sur la table et lève les yeux vers nous.

— Un plan très habile, dis-je en prenant un stupide accent français pour essayer de le dérider.

Ça ne marche pas, et du coup je me sens un peu gênée. D'un geste, j'ordonne à Tanya d'arrêter de glousser. Ce n'est pas ma mauvaise imitation de l'inspecteur Clouzeau qui la fait rire, mais Louis. Or le moment est mal choisi pour se moquer du pauvre garçon, car il est sincèrement bouleversé. Si je réussis à faire abstraction du petit pois écrasé – reste du déjeuner – collé en plein milieu de son front, Tanya peut bien y arriver aussi.

— On va la convaincre qu'elle est folle d'accepter la

demande en mariage de Ringardos en lui présentant une longue et appétissante brochette d'hommes charmants, célibataires, captivants, brillants et solvables, dis-je.

Je repousse tendrement une mèche qui lui tombe dans les yeux et en profite pour ôter prestement le petit pois.

— Et où comptez-vous dénicher ces perles rares, ces symboles de la perfection masculine ? demande Louis, ses yeux bleus toujours humides mais sceptiques. À moins que vous ne connaissiez un tas de gens dont j'ignore l'existence, ce qui n'est pas le cas, je crois.

— Bah, simple détail technique, assure Tanya en écartant l'objection d'un geste désinvolte. Ça ne peut pas être bien difficile de trouver quelqu'un de plus séduisant que Stuart avec un *u*.

— Ça, c'est sûr, grogne Louis. Je ne comprends vraiment rien à cette histoire. À mon avis, ce type est un scientifique fou qui a lobotomisé notre Gray dans son laboratoire secret. C'est la seule explication plausible.

Tanya n'a peut-être pas tort. Beaucoup de femmes affirment que la meilleure manière d'oublier un homme, c'est de se jeter dans les bras d'un autre.

Personnellement, je n'ai pas encore eu l'occasion de vérifier cette théorie, car je n'ai pas d'homme à oublier en particulier.

J'ai vécu deux ou trois histoires vaguement sérieuses, mais rien de plus. Je n'ai pas de temps à consacrer aux hommes, de toute façon. Depuis deux ans, toute ma vie tourne autour de *Tates*.

Attention, je ne suis pas non plus une sainte. Mais je préfère rester sur mes gardes. Les hommes vous promettent la lune, et au bout du compte, on ne récolte même pas une étoile.

On dit que les femmes sont romantiques. Ce que je pense, moi, c'est qu'on est condamnées à être déçues. Et pourquoi ? Parce que les hommes n'attendent pas d'une relation la même chose que les femmes. Un de mes amis prétend que les hommes ne tombent jamais vraiment amoureux. En tout cas, pas comme le font les femmes. Bien sûr, ils sont capables d'être séduits par quelqu'un, leur attachement va parfois même jusqu'à l'obsession, mais l'amour tel que le conçoivent les femmes, ils ne le connaissent pas. Et quand les hommes se marient, c'est pour des motifs bien différents de l'amour, qui vont de la bêtise pure et simple à des raisons de commodité.

Bien sûr, j'ai mené mon enquête personnelle au sujet de cette théorie. Parmi les hommes qui ont répondu à mes questions sans éclater de rire ou prendre leurs jambes à leur cou, soixante pour cent sont tombés d'accord avec cette effarante théorie, et quarante l'ont réfutée catégoriquement. J'espère que les soixante pour cent n'ont acquiescé que parce qu'ils n'ont pas connu le plaisir discutable de tomber amoureux eux-mêmes.

J'ai même demandé à Claude, mon chef, ce qu'il en pensait, mais en guise de réponse, il s'est lancé dans une interprétation assez peu mélodieuse de *L'amour est enfant de bohème*.

Après ça, j'ai abandonné mes recherches. Mais mon moral en a pris un coup.

Notre première tentative pour faire revenir Gray à la réalité se déroule dans le club de remise en forme assez sélect de Tanya, dans le quartier branché des Docks. Le genre d'endroit où, en temps normal, je n'oserais jamais me montrer, où des filles au corps de rêve font leur gym maquillées comme pour aller à un cocktail et suent dans des justaucorps composés de fil dentaire et de deux minuscules triangles de tissu. Je me demande si je vais pouvoir me fondre dans la masse, avec mon sweat-shirt qui m'arrive aux chevilles. Avec mon mètre soixante-trois et mes cinquante-cinq kilos, je suis loin d'être grosse mais, à côté d'un insecte de cinquante kilos pour un mètre soixante-douze, je me sens moyennement bien dans mes baskets.

Nous sommes dans la salle des poids et haltères et nous poireautons. Tanya a réservé une séance avec son entraîneur particulier, M. Muscle.

M. Muscle a déjà dix minutes de retard. Gray relace ses Nike pour la cinquième fois, remonte ses chaussettes et jette un coup d'œil à sa montre. Elle préférerait sûrement être lovée dans un canapé avec Ringardos, à regarder une émission sur le jardinage. Je me tourne vers Tanya et murmure :

— Mais qu'est-ce qu'il fabrique ? Gray va se faire la malle d'une minute à l'autre !

— Il va arriver, assure-t-elle. Il doit être en train de regonfler ses biceps.

— Tu crois qu'elle va lui plaire ?

— Pas besoin. C'est un dragueur professionnel. Et puis, le but, ce n'est pas qu'ils sortent ensemble. On veut juste lui montrer ce que le monde a à lui offrir.

Toujours à voix basse, je réplique :

— Elle a déjà vu ce que le monde avait à lui offrir.

— Et elle a choisi Stuart ?

— Sous le velours côtelé, c'est peut-être le corps d'un athlète qui se cache.

— Eh bien, il devrait le rendre à son propriétaire, il lui fait perdre toute sa masse musculaire ! Ah, le voilà !

Je suis le regard de Tanya. Un type sublime s'avance vers nous. Un mètre quatre-vingts sur un mètre de large, jamais je n'ai vu un corps aussi parfaitement musclé, athlétique, doré. Attention, il ne s'agit pas là d'une de ces monstrueuses masses de muscles hypertrophiés, mais d'une sorte de jeune adonis grec aux cheveux d'or remarquablement proportionné et d'une beauté à vous couper le souffle.

Il traverse le gymnase pour nous rejoindre, laissant dans son sillage une traînée de femmes béates.

— Les filles, je vous présente Eric, annonce fièrement Tanya.

Nos trois têtes s'inclinent à l'unisson, tandis qu'Eric, après nous avoir offert un large sourire, se penche pour ramasser des poids.

— Matez un peu son cul, les filles, murmure Tanya, comme si elle ne l'avait pas déjà fait mille fois.

— Joli galbe, approuve Gray.

S'ensuit une minute de silence en hommage à ce parfait postérieur, puis Gray ajoute :

— Mais son nom, ça ne va vraiment pas.

— Qu'est-ce que tu racontes ? demande Tanya, qui, surprise, s'arrache à sa contemplation pour se tourner vers Grace.

Je lui explique en souriant :

— Le test du cri. Il faut s'imaginer en train de crier le nom du mec en pleine passion, par exemple : « Oh, Eric, encore, oui, continue, Eric ! » C'est vrai que ça ne sonne pas très bien.

— Je n'avais jamais envisagé les choses sous cet angle... commente Tanya en admirant de nouveau le fessier incroyablement ferme de son prof de gym, un doigt sur les lèvres, songeuse.

Après réflexion, elle suggère :

— On peut toujours leur donner un surnom. Moi, je les

appelle tous de la même façon, d'ailleurs. Ça évite de se tromper de prénom en pleine envolée.

Prudemment, je fais remarquer à Grace :

— Stuart, ce n'est pas non plus un nom qu'on hurle avec passion.

« Stuart », le mot magique. Le visage de Grace s'illumine pour la première fois de la matinée.

— Oh, si ! proteste-t-elle. J'adore ce prénom. C'est solide et viril. Vous savez, comme dans *Braveheart*.

Tanya et moi échangeons un regard incrédule. Il faut être complètement accro pour affirmer une chose pareille.

L'amour est aveugle. Vieil adage qui reçoit une nouvelle confirmation dans l'heure qui suit. Tandis que le demi-dieu Eric effectue des mouvements qui font appel à la majorité de ses muscles, toute la population féminine du gymnase se tord le cou pour le regarder. Même moi, j'ai du mal à cacher mon admiration.

Mais Grace, ô stupeur, reste de marbre. Dire qu'il m'est arrivé de passer des heures dans un bar avec Grace et Tanya, à les écouter discuter avec acharnement des mérites comparés des postérieurs de tous les types corrects qui défilaient devant notre table… Aujourd'hui, elle n'accorde même pas un deuxième regard à celui d'Eric. Et elle qui était toujours la première à nous entraîner au pub dès qu'on sortait faire des courses, elle ne se joint même pas à nous pour prendre un verre de vin au restaurant d'à côté. À peine sommes-nous dehors qu'elle saute dans sa voiture et se précipite vers l'autoroute pour passer le reste du week-end dans le Derbyshire.

Tandis que Tanya me sert un verre de frascati bien frais, je constate avec morosité :

— Un coup d'épée dans l'eau. Et maintenant, qu'est-ce qu'on fait ?

— Ne t'inquiète pas, répond Tanya en trinquant avec moi. J'ai d'autres cordes à mon arc.

La rééducation de Grace se révèle nettement plus laborieuse que prévu.

Après lui avoir proposé d'innombrables sorties – et autant d'occasions idéales de rencontrer un homme qui lui correspondrait mieux que Stuart – qu'elle décline presque systématiquement, nous comprenons qu'il nous faut faire preuve d'un peu plus d'ingéniosité.

Notre première idée consiste à saboter sa voiture pour que le mécanicien attitré de Tanya vienne tripoter ses bougies. Ce garçon est absolument craquant. Ajoutez-y une salopette pleine de cambouis et l'art de manipuler une clé à molette, et vous avez l'incarnation de tous les fantasmes de Gray.

La théorie était impeccable.

La pratique se révèle décevante.

Elle lui prépare une tasse de thé, lui propose un gâteau sec et le laisse vaquer à son travail tandis qu'elle va se pendre au téléphone avec Stuart une heure durant.

Tentative suivante.

Nous glissons une clé de douze dans une de ses canalisations, l'occasion de faire appel au fameux plombier de Tanya.

Prenez un type auquel Tanya donne douze sur dix en technique, épluchez-le jusqu'à la taille et faites-le suer dans une salle de bains surchauffée.

En temps normal, il aurait fallu dix minutes à Grace pour foncer dans le tas. Quinze si elle la jouait subtile.

Elle lui prépare une tasse de thé, ne lui propose même pas de gâteau sec et le laisse à sa plomberie pour aller passer le reste de la soirée au téléphone avec Stuart.

En désespoir de cause, nous envoyons Tanya ratisser les bars du coin, pour repérer ceux où les clients sont les plus mignons et les barmen les plus sexy, afin que, lorsque Grace acceptera enfin de venir boire un verre avec nous, elle soit entourée de beaux garçons.

Nous nous mettons même à lui expédier des pizzas payées d'avance quand nous découvrons que le livreur est le sosie de Nicolas Cage.

Ensuite, je prétends avoir une angine et j'envoie Grace d'abord chez le pharmacien, qui, si l'on plisse les yeux, ressemble un peu à Johnny Depp (avec des lunettes), puis chez mon poissonnier, qui ne ressemble à aucun acteur connu mais n'en est pas moins tout à fait appétissant et extrêmement baratineur.

Louis l'attire même sur le plateau d'un téléfilm dans lequel il joue un petit rôle pour qu'elle puisse baver à l'envi sur la vedette masculine, expérience qui se solde par un nouvel échec. Si l'on en croit le rapport de Louis, elle a été plus excitée par le repas servi sur place que par la dernière coqueluche de ces dames.

Qu'est-il arrivé à notre fêtarde nationale, notre mangeuse d'hommes, notre insatiable Grace ? Du jour au lendemain, elle s'est mise à porter des œillères. Sa tête ne se tourne plus jamais à la vue d'une jolie paire de fesses moulées dans un jean, elle ne remarque même plus les sourires et les regards appuyés. Nous sommes à court d'idées, jusqu'à ce que Tanya s'exclame soudain, au cours d'une de nos séances de remue-méninges sur le thème « Sauvons Grace » :

— Je sais ! On va lui acheter un homme.

— Au rayon hommes, on vend plutôt des vêtements que des hommes, si je ne m'abuse.

Sans relever, Tanya attrape l'annuaire et cherche la page des E. Puis elle tourne le bottin vers moi et me montre ce qu'elle a trouvé. Avec stupeur, je lis :

— Escort boys ?

— Exactement.

— Non !

— Et pourquoi pas ?

— Grace nous en voudra à mort !

— Peut-être pas. Si ça se trouve, ça l'amusera. On demandera simplement quelqu'un pour l'emmener boire un verre et dîner, la distraire par sa conversation brillante, lui faire comprendre ce qu'est un homme, un vrai.

— Tu veux dire arrogant, ignare et égoïste ?

— Allez, ça vaut le coup d'essayer, non ?

Je secoue la tête.

— Je sais qu'on est désespérées, mais pas à ce point.

Les épaules de Tanya se voûtent. Elle repose les pages jaunes en soupirant.

— Tu as sans doute raison. Alors, qu'est-ce qu'on fait, maintenant ?

Avec un faible sourire, je demande :

— Tu connais un livreur de journaux qui ressemble à Jean-Claude Van Damme ?

— Aucun, répond-elle avec un nouveau soupir. Le mien est mignon, mais il doit avoir dans les douze ans.

— Ah... Remarque, elle a bien traversé une phase où elle les aimait jeunes...

Claude s'est fait porter pâle, sous prétexte d'une intoxication alimentaire bénigne à la suite d'un week-end à Amsterdam. À mon avis, il s'agit plutôt d'une intoxication alcoolique grave. Quoi qu'il en soit, il ne reviendra tenir les fourneaux que lorsqu'il sera rétabli.

Je suis donc chef à la place du chef depuis le début de la semaine.

J'aime la cuisine. Plus exactement, j'adore la cuisine. Vous allez dire que ça tombe bien, étant donné que je suis propriétaire d'un restaurant, mais quand je parle de cuisiner, je pense plutôt à une soirée intime entre amis qu'à cinquante repas avec entrée, plat et dessert.

Nous sommes dimanche soir, et normalement, j'ai congé. À cette heure, je devrais être pomponnée et prête à écumer la ville avec Tanya. Au lieu de cela, je me débats avec un homard. Il a fallu que je le plonge dans l'eau bouillante, ce qui fait que ma soirée n'a pas particulièrement bien démarré. J'avais d'abord envisagé de l'asphyxier dans le four pour que sa fin soit moins cruelle, mais ce fichu crustacé a décidé d'attaquer le premier, et je n'ai plus eu très envie de me montrer magnanime.

Parmi ses tâches, Louis est censé veiller à ce que la trousse de premiers secours soit toujours approvisionnée.

Me voilà donc avec un pansement Snoopy sur le pouce gauche et un rictus maussade sur la figure. Quand nous sommes tous les quatre au restaurant, on s'en sort tout juste. Mel assure la plupart du service, Louis tient le bar et sert aussi les petites tables, Claude cuisine, et de mon côté, je cavale à droite et à gauche pour boucher les trous, à savoir donner un coup de main à la cuisine, garnir des assiettes, tirer des bières, prendre des commandes ou faire la plonge.

Nous avons deux étudiants qui viennent quand l'un de nous prend des jours de congé ou quand nous sommes débordés, mais il est trop tard pour les appeler ce soir. Ils ont dû sortir.

Comme j'aurais dû le faire.

La vie n'est pas un long fleuve tranquille.

— Alerte, super mec en vue !

Il est 22 h 30. Melanie entre dans la cuisine en poussant la porte des fesses, des assiettes et des verres sales dans les mains. Elle déverse précipitamment son chargement dans l'évier.

— Où est mon rouge à lèvres ? s'écrie-t-elle en cherchant son sac. Il faut que je me remaquille !

Je réussis à esquisser un sourire.

— Il est si bien que ça ?

— Mieux ! J'étais tellement subjuguée que j'ai dû leur faire répéter leur commande deux fois ! Quant à Louis, il passe son temps à leur servir des boissons qu'ils n'ont pas commandées pour le seul plaisir de s'approcher de leur table.

Louis arrive en trottinant. Un grand sourire éclaire son beau visage.

— Appelle Gray tout de suite ! Il faut qu'elle vienne ! lance-t-il avec excitation. Voilà ce que j'appelle un homme. Il dégouline de sex-appeal.

— Eh bien, il a intérêt à ne pas trop dégouliner sur mon carrelage, j'ai mis une éternité à le lessiver, tout à l'heure.

— Ouh ! là là ! fait Melanie d'un ton gentiment moqueur. C'est quoi, ton problème ?

— Elle est en plein désert affectif, voilà son problème, soupire Louis.

— Il y a trop de choses qui conspirent à me bousiller l'existence, en ce moment, pour que je me préoccupe de ma vie sentimentale.

— Par exemple ?

— Eh bien, mon cuisinier a pris huit jours pour soigner sa gueule de bois, ma meilleure amie vient d'accepter d'épouser un crétin fini qu'elle connaît à peine, et l'affaire que j'ai passé deux ans à monter est en bonne voie de se faire bouffer par un connard de promoteur immobilier !

— Je suppose que ce n'est pas la peine de te servir notre petit couplet galvanisant sur le bon côté des choses ? demande Mel avec un sourire encourageant.

Je grommelle :

— Tu supposes bien.

Mel hausse les sourcils à l'adresse de Louis, puis retourne dans la salle sous prétexte de prendre d'autres commandes.

— C'est vraiment un beau mec, insiste Louis. Tu devrais aller le voir, ça te remonterait peut-être le moral.

— Est-ce que tu pourrais arrêter de t'extasier devant les clients et travailler, Louis ? On a trop de boulot pour se permettre de fantasmer, ce soir.

— Oui, chef ! clame-t-il en claquant les talons, avant de quitter la cuisine d'un pas martial.

Je pose mon homard écarlate, m'effondre sur une chaise et attrape le café que m'a préparé Mel il y a dix minutes et que je n'ai pas encore eu le temps de boire. Ô surprise, il est froid et infect.

Je m'en veux.

Je sais que je ne devrais pas m'en prendre à Mel et à Louis. Ils travaillent tous les deux aussi dur que moi et parviennent malgré tout à rester d'une gaieté frustrante la plupart du temps.

Je jette mon café et me verse un verre de vin, en avale une longue gorgée et décide d'afficher mon plus beau sourire. Ça ne sert à rien de se faire du mouron, n'est-ce pas ? De toute façon, cela ne change pas le cours des choses.

C'est curieux, tout de même, cette fâcheuse propension qu'ont certaines personnes – dont moi – à se complaire dans leur malheur. Même quand on est heureux, on a tellement peur que cela ne dure pas qu'on ne savoure qu'à moitié son bonheur. Cela devrait fonctionner en sens inverse : il faudrait planer sur un nuage de félicité et, lorsque tout va mal, se dire que les choses vont s'arranger. Mais non, ce monde est rempli de pessimistes, dont je fais partie. À quoi bon être optimiste, puisqu'on court le risque d'être déçu ? En revanche, si on est persuadé que les choses vont mal tourner, on se réserve peut-être une agréable surprise.

Non, il est temps que je change ma façon de voir la vie et que je profite des bonheurs qui s'offrent à moi, au lieu de me tracasser en me demandant quelle tuile va encore me tomber sur la tête. Le seul problème, quand on est optimiste, c'est que les autres prennent facilement votre bonne humeur pour une aliénation mentale légère. Si vous ne voyez pas ce que je veux dire, essayez pendant toute une journée de sourire bêtement aux gens que vous rencontrerez. Vous verrez qu'ils changeront de trottoir et regarderont nerveusement autour d'eux comme si vous étiez contagieux.

Je me demande souvent s'il existe un être humain sur cette terre qui ait toujours été parfaitement heureux. Quelqu'un qui aurait traversé la vie sans encombre, qui aurait vécu une enfance stable et épanouie, qui aurait toujours eu ce qu'il voulait à Noël, qui aurait réussi tous ses examens du premier coup, obtenu tous les emplois auxquels il aurait postulé et n'aurait jamais connu de déception amoureuse. Certes, tout n'est pas parfait dans ce genre de vie, car les autres vous envient et vous détestent d'avoir autant de chance, mais comme on est enfermé dans son cocon de perfection, on doit s'en ficher complètement. C'est peut-être ça, le secret du bonheur : être d'un égoïsme absolu, rester totalement insensible aux malheurs des autres.

Je devrais peut-être arrêter de me faire du souci pour Grace et la laisser gâcher sa vie, si elle y tient tant.

Malheureusement, je m'en sens bien incapable, je l'aime trop. Mais je suppose que je devrais être plus optimiste et voir le bon côté des choses, comme disait Melanie. Voilà, c'est décidé.

Forte de cette belle résolution, j'ouvre enfin mon homard et, quand Louis revient, je plaque sur mon visage un sourire nettement plus plaisant que ma mine revêche de tout à l'heure. Louis a coincé entre sa lèvre supérieure et son nez un morceau de peigne cassé et me fait un salut hitlérien. Je glousse.

— Oh, elle a ri ! s'exclame-t-il en laissant tomber le peigne. Bravo ! Au risque d'entamer ta bonne humeur, je dois te dire qu'on demande le patron dans la salle.

Je cesse aussitôt de rire.

— Pourquoi ?

— C'est notre apollon. Il veut voir le propriétaire.

Mes bonnes résolutions volent en éclats.

— Il ne manquait plus que ça ! Qu'est-ce qui ne va pas ?

— Je n'en sais rien. Il veut peut-être te complimenter sur ta cuisine...

Je souffle pour chasser de mon front une mèche humide de sueur.

— Bon, j'y vais.

Louis pousse la porte avec moi et me montre une des alcôves.

— Il est là, c'est celui qui a le pull bleu.

Je me dirige vers l'endroit indiqué par Louis. L'apollon en question est assis dans le coin des amoureux avec trois amis, un autre homme et deux jeunes femmes en vêtements couture, qui me toisent des pieds à la tête avec une certaine condescendance.

Qu'est-ce qu'ils croyaient, que je faisais la cuisine en tailleur Gucci ?

— Vous m'avez demandée ? dis-je avec un soupir quelque peu irrité.

Il se tourne vers moi, et je me retrouve face à deux yeux gris-bleu très calmes. Et tout d'un coup, je regrette de ne pas m'être maquillée, de porter une tenue de cuisine tachée et de ne pas avoir enlevé le ravissant filet à cheveux qui retient mes longues boucles brunes.

Mel et Louis avaient raison, il est sublime.

Ça ne tient pas tellement à son visage, bien que celui-ci soit d'une virilité excessivement séduisante.

C'est son attitude.

Son regard gris-bleu est grave, mais on l'imagine aisément pétiller de rire. Là, il semble plutôt perplexe.

— J'ai demandé à parler au propriétaire, Oliver Tate.

— Olivia. Ollie Tate.

Je lui tends la main, puis réalise qu'elle est encore couverte des sucs d'un crustacé récemment décédé et l'essuie promptement sur mon pantalon.

— Il y a erreur sur le sexe, mais pas sur la personne.

— Je crois que je vous préfère en femme, de toute façon, répond-il en me serrant la main.

C'est manifestement un compliment, et pourtant son ton me hérisse.

Je les repère à des kilomètres.

Encore un briseur de cœurs. Trop beau pour être sincère. Brillant, intelligent, terriblement sensuel. En un mot, irrésistible. Le problème, c'est que vous n'êtes jamais la seule à le trouver irrésistible.

À cet instant précis, il envoie ses phéromones dans ma direction. Eh bien, mon petit bonhomme, tu viens de rencontrer une femme qui a décidé de garder la tête froide et de ne pas succomber à ton charme.

Sèchement, je demande :

— Vous êtes ?

— Daniel.

Il laisse passer une seconde, avant de préciser :

— Daniel Slater. Je crois que vous me connaissez mieux sous le nom de « ce salopard ».

— Il est venu exprès pour m'humilier !

Je suis assise devant le bar, la tête entre les mains, accablée. Il est minuit et demi, et les derniers clients sont enfin partis, y compris Dan Slater, qui, s'il n'a pas tenté de m'adresser de nouveau la parole après s'être présenté, s'est néanmoins longuement attardé, en compagnie d'un café puis d'un très grand cognac.

— À mon avis, il était venu pour te filer une trempe, déclare Louis, qui remplit un autre verre de cognac, mais à mon intention, cette fois. Heureusement que tu es une fille.

— Je suis pour l'égalité des sexes. S'il veut se battre, pas de problème.

Quant à mes chances de succès, c'est une autre histoire. Je me sens faible et lessivée, une vraie serpillière.

J'avale une gorgée de cognac et savoure la sensation de l'alcool qui coule dans ma gorge et me réchauffe l'estomac.

— Au lieu de te bagarrer avec lui, tu ferais mieux de l'avoir par le charme. C'est une arme plus efficace.

— Tu as raison, je vais lui faire du charme...

— Ah, tant mieux, approuve Louis avec un soupir de soulagement.

— ... dès que je lui aurai défoncé le crâne avec une brique.

Louis pouffe.

— Sérieusement, Ollie, je crois qu'il voulait seulement voir à quoi tu ressemblais. Il se rend bien compte que tu ne seras pas une proie facile, et il préfère savoir à quoi s'en tenir sur son adversaire.

— Eh bien, moi aussi, je sais à quoi ressemble mon adversaire, maintenant.

Et, d'un air mauvais, j'ajoute :

— Si je le vois traverser la route devant moi, je n'aurai qu'à appuyer sur le champignon.

Louis rentre chez lui, et je décide que j'ai besoin d'un peu de réconfort. Je téléphone à la seule personne susceptible de me prêter une oreille compatissante, même quand je ne le mérite pas, à toute heure du jour et de la nuit. Au bout d'une bonne douzaine de sonneries, j'entends un « allô » pâteux et un peu revêche.

— Tanya ? Tu dormais ?

— À ton avis ?

— Je t'ai réveillée ? Pardon, dis-je en reniflant.

— Allons donc, je plaisantais. Tu m'as déjà vue me coucher pour dormir ? ajoute-t-elle en riant.

Je renifle un peu plus fort. Cette fois, Tanya le remarque.

— Ollie, ma puce ! s'exclame-t-elle, soudain inquiète. Qu'est-ce qui se passe ?

Un bruit de couvertures froissées m'indique qu'elle se redresse dans son lit, et je gémis lamentablement :

— Je craque !

— Je suis chez toi dans vingt minutes.

En l'attendant, je reprends un peu de poil de la bête, essentiellement grâce à une bouteille tout à fait sympathique de shiraz australien et à une grosse assiette de sandwiches généreusement beurrés. Lorsqu'elle arrive, je suis à mon poste habituel, c'est-à-dire avachie devant la table de la cuisine.

— Merci d'être venue, dis-je en levant vers elle mes yeux rougis. J'avais besoin de parler à quelqu'un de sensé.

— Et c'est moi que tu as choisie ? plaisante Tanya, en prenant le grand verre de vin rouge que je pousse dans sa direction. Alors, Ollie, que s'est-il passé ?

— J'ai reçu une visite inattendue, ce soir.

— Ne me dis pas que Grace est venue ! Je suis convaincue qu'elle s'est retirée dans un couvent, je ne l'ai pas vue depuis des siècles.

— Non, ce n'était pas Grace.

— Qui, alors ?

— Daniel Slater, des entreprises Slater.

— Quoi ? C'est une plaisanterie ! Il est venu te voir ici ? Le Dan Slater ?

— Le Dan Slater. En chair et en os.

— Mais pourquoi ?

Je hausse les épaules.

— Aucune idée.

— Vas-y, raconte. À quoi il ressemble, alors ? Est-ce qu'il a vraiment une bosse ?

— Vraisemblablement, mais hélas plutôt à connotation sexuelle.

— Tu as couché avec lui ? s'exclame-t-elle avec stupeur.

— Bien sûr que non, andouille ! Il est sublime, d'accord, mais c'est un salopard.

— Un sublime salopard, soupire Tanya. Tout à fait mon genre. Ça ne me dérange pas de coucher avec lui, si tu fais un blocage. Comme ça, je pourrai te procurer des photos compromettantes pour le faire chanter.

— Désolée, Louis me l'a déjà proposé. Si tu l'avais vu, ce soir ! Il était excité comme une puce. Sa langue pendait tellement qu'il aurait pu se cirer les pompes avec ! Et je ne te parle pas de ses minauderies ! Il était aux petits soins pour Slater. Il lui a resservi des langoustines, les meilleurs morceaux de la salade de fruits...

— Je vois le tableau. Tu es sûre de ne pas vouloir coucher avec lui, histoire de payer le supplément de loyer en nature ?

— Plutôt mourir ! dis-je avec emphase, en affichant mon visage de martyre.

— Il y a pire, tout de même. Tu as dit qu'il était bel homme, non ? Imagine, si tu sortais avec lui, il oublierait peut-être cette histoire d'augmentation.

— Moi, vendre mon corps ? Tu n'y penses pas !

— Ça vaudrait mieux que de mettre la clé sous la porte, non ? Et puis, il ne s'agit pas de vendre ton corps, simplement de le louer.

— Oh, arrête, Tan. Sérieusement, il faut que je trouve de l'argent quelque part. Je vais être obligée d'augmenter mes prix.

— Tu perdras des clients.

— Baisser les salaires des employés ?

— Tu parles ! Je te connais, tu en serais incapable. Au bout du compte, la seule personne du restaurant qui toucherait moins à la fin du mois, ce serait toi.

— Vendre ma voiture ?

— Tu ne peux pas t'en passer, en plus cet argent-là ne durerait qu'un temps. Non, je ne vois qu'une solution : il va falloir que tu passes à la casserole.

— Ou alors, la prochaine fois qu'il vient, je l'empoisonne.

— En tout cas, si tu ne veux pas de lui et que tu as l'intention de l'empoisonner, ça ne t'ennuie pas si moi, je couche avec lui avant ?

— Tanya ! Tu ne l'as même pas vu, ce type !

— C'est vrai, reconnaît-elle avec un grand sourire. Mais s'il te plaît, c'est qu'il doit vraiment mériter le détour, ajoute-t-elle en mordant dans un de mes sandwiches.

— Je n'ai jamais dit qu'il me plaisait !

— Pas avec autant de mots, mais tu n'as pas besoin de le dire, mon chou, marmonne-t-elle, la bouche pleine de jambon, de batavia et de Leerdamer. Ça se voit comme le nez au milieu de la figure.

— Ce n'est pas parce que je le trouve beau que j'ai envie de lui ! Par exemple, je ne sais pas... euh, Katherine Zeta Jones, eh bien, elle est belle aussi, ça ne signifie pas pour autant que j'ai envie de coucher avec elle !

— Normal, tu es beaucoup trop hétérosexuelle.

— Oh, Tan, qu'est-ce que je vais devenir ? Je me suis donné tellement de mal pour ce restaurant, et ce type menace de tout foutre en l'air !

— Eh bien, oublie-le, ce connard, trouve-toi un mec plein aux as et deviens une femme entretenue et oisive.

— Non, merci. Moi, je veux accomplir quelque chose par moi-même, pouvoir être fière de moi.

— Et alors ? Ce serait le cas. Pense au nombre de femmes qui rêvent de vivre comme ça ! Si tu y arrivais, ça reviendrait à avoir une médaille d'or aux Jeux olympiques des relations hommes-femmes !

— Ce n'est pas mon genre. Si on tombe amoureuse d'un homme riche, tant mieux, mais la seule chose qu'on devrait attendre d'une relation avec quelqu'un, c'est ça, justement : la relation. Le but, ce n'est pas d'essayer de trouver un pigeon pour se la couler douce.

— C'est ça, mon problème, plaisante Tanya. Dépenser de l'argent ne m'amuse que quand c'est celui des autres.

— Tu ne penses pas ce que tu dis.

— Pas vraiment, non, mais je suis loin d'être aussi farouchement indépendante que toi, ma puce. Si un prince charmant me promettait un radieux univers rempli de cartes de crédit utilisables à volonté, il n'aurait pas à lutter bien longtemps pour me séduire.

Personnellement, je préfère me sentir plus autonome.

Toute sa vie, on doit rendre des comptes. À ses parents, à ses frères et sœurs, à ses professeurs... Dieu merci, les profs sont pour moi un souvenir lointain et vague, mais pour beaucoup d'autres ils ont été remplacés par des personnages bien plus autoritaires : les patrons. C'est peut-être pour cela que les gens qui, autrefois, ont détesté l'école y repensent aujourd'hui avec nostalgie comme à leurs meilleures années... parce que le redoutable prof grisonnant, mesquin et à l'haleine fétide qui les traumatisait sur le terrain de basket n'était rien à côté du bonhomme qui les terrorise sur leur lieu de travail !

C'est l'une des raisons pour lesquelles j'ai décidé d'exercer une profession indépendante. Hélas, j'ai découvert qu'il y avait toujours des gens pour vous régenter. En fait, depuis que j'ai quitté le marketing, la liste de mes tortionnaires s'est notablement allongée et inclut désormais mon banquier, mon comptable, mes clients, mes fournisseurs, divers organismes administratifs indiscrets et envahissants, ainsi qu'un cuisinier à côté duquel Barberousse était un ange de bonté.

Et voilà que, maintenant, un promoteur immobilier vient se mêler de mes affaires ! Eh bien, je ne vais pas lui faciliter la tâche.

D'accord, il est propriétaire de l'immeuble.

D'accord, je payais un loyer franchement bas au précédent propriétaire, qui vouait à ma chute de reins, mon bordeaux et ma mousse au chocolat maison une passion égale (mais qui n'a réussi à mettre la main que sur les deux derniers, Dieu merci).

D'accord, je suppose qu'une – légère – augmentation dudit loyer est justifiée et, d'accord, je n'aurais peut-être pas dû me montrer aussi grossière envers celui qui me la réclame, mais quand on se démène pour survivre dans un monde sans pitié, qui peut attendre d'une fille qu'elle agisse toujours avec sang-froid ?

Et puis les rumeurs concernant l'aménagement futur du quartier continuent à aller bon train. Le plus probable, c'est que Satan Slater veut me pousser à mettre la clé sous la porte, pour pouvoir démolir mon restaurant adoré et le transformer en un appartement ultra-chic pour mondains pourris gâtés. Tanya a raison, il est temps de passer à des mesures radicales. Tous les coups sont permis, désormais.

— Ton corps est ton arme, affirme Tanya, comme si elle lisait dans mon esprit.

— Je croyais qu'on disait : « Mon corps est mon temple. »

— D'accord, mon corps est mon temple, répète Tanya. Vous pouvez y entrer, mais retirez vos chaussures avant !

Sans relever, je déclare avec fermeté :

— J'en ai marre qu'on me dise toujours ce que je dois faire.

— Tu sais, ça peut être très rigolo, quand les circonstances s'y prêtent.

— Tu ne penses donc vraiment qu'au sexe ?

Tanya penche la tête sur le côté, l'air songeur.

— Oui, répond-elle après un silence. Et aussi au shopping… On risque moins de se noyer quand on reste en eaux peu profondes, ajoute-t-elle en riant devant mon regard plein de mépris.

4

Tanya est partie pour une semaine de luxe en compagnie d'un de ses admirateurs les plus ardents (et les plus solvables). Sept jours à se prélasser dans une station balnéaire aux Bahamas. Si elle n'était pas une de mes meilleures amies, je la détesterais, à l'heure qu'il est. J'adorerais me faire dorer au soleil, moi aussi. Nous venons de vivre le jour le plus long de l'année et sommes officiellement en été, mais le temps continue à être résolument déprimant.

Je suis lessivée. J'ai l'impression de passer mon temps à travailler ou à me faire du souci.

Je m'inquiète de voir que Grace s'apprête à faire définitivement entrer dans sa vie Stuart avec un *u*.

Je m'inquiète à l'idée de perdre *Tates*, qui, hormis mes amis, est le seul élément stable de mon existence. Si je ne trouve pas rapidement un moyen de m'acquitter de cette hausse de loyer, je devrai me résoudre à dire adieu, la mort dans l'âme, à deux années de dur labeur et de passion.

Il bruine encore, aujourd'hui, en accord avec mon humeur maussade, et je décide de faire un saut chez le fleuriste d'à côté pour égayer le restaurant, avec l'espoir que ça me remontera aussi le moral.

Au moment où je ressors de la boutique, les bras chargés de jonquilles jaune vif, j'aperçois une silhouette familière sur le seuil du magasin d'antiquités, à côté.

Je respire un grand coup et recule promptement jusqu'à la porte du fleuriste.

C'est Dan Slater.

Il est accompagné de deux hommes en costumes chics. L'un d'eux range un grand mètre en plastique dans la poche intérieure de sa veste Hugo Boss.

Mais qu'est-ce qu'ils fabriquent ?

Je me rapproche discrètement, me cache derrière un assez large laurier que le fleuriste a eu la bonne idée de placer là et fais mine de m'intéresser de près à un seau plein de gypsophiles. Coup de chance, je distingue leurs voix, car aucune voiture ne passe à cet instant. L'homme au mètre s'adresse à Dan Slater :

— Vous avez raison, c'est parfait. Exactement ce qu'il nous fallait. Nous n'aurons quasiment pas de travaux à faire.

Qu'est-ce qu'ils mijotent, bon sang ?

Malheureusement, je n'en entends pas davantage, car un gros camion s'engage dans la rue avec un boucan d'enfer. Au même moment, à force de me pencher pour les espionner, je perds l'équilibre et bascule en avant.

Le fait que je me retrouve le nez dans un seau d'œillets pourrait être considéré comme de la malchance, cependant, les fleurs roses dissimulent mon visage non moins rose, ce qui m'évite d'être repérée par Dan Slater et ses acolytes, qui passent juste devant moi. Dès que le dernier fessier (bien musclé, ma foi, hé, je suis une fille, j'ai bien le droit de regarder) a disparu de mon champ de vision fleuri, je me précipite vers l'entrée de service de *Tates* en semant des jonquilles dans mon sillage et claque la porte de la cuisine.

— Tu ne devineras jamais qui je viens de voir chez l'antiquaire ! dis-je, hors d'haleine, à Mel, en prenant appui sur la table de ma main libre pour reprendre mon souffle.

— Dan Slater, répond aussitôt Mel en enfonçant son carnet de commandes dans la poche de son tablier blanc. Avec deux autres types.

— Quoi ? Mais... comment...

— Ils viennent d'entrer ici.

Je laisse tomber le reste de mon lamentable bouquet sur le sol et hurle :

— Tu plaisantes, j'espère ?

— Hélas, non, soupire Mel. Tu veux les bouter hors du restaurant, je suppose.

— Pas question, dis-je en ramassant mes fleurs, que je mets dans l'évier, sous l'eau froide.

— Pardon ? s'étonne Melanie.

— Où les as-tu installés ?

— Je ne leur ai pas encore donné de table, je pensais qu'il valait mieux te demander la permission d'abord, explique-t-elle. Je leur ai proposé de prendre l'apéritif au bar.

— Mets-les dans l'alcôve du fond. Elle est libre ?

— Oui, elle vient de se libérer. Les deux amoureux sont partis. Je me demande comment ils ont pu avaler quelque chose, ces deux-là, étant donné qu'ils sont restés scotchés l'un à l'autre pendant une heure et demie. Remarque, ça fait plaisir de voir des gens heureux.

La tête ailleurs, je marmonne :

— Mmm, sûrement, oui...

— En plus, ils m'ont laissé un pourboire de vingt livres, tu te rends compte ? poursuit Mel. Je ne sais pas s'ils étaient d'humeur généreuse ou s'ils étaient tellement absorbés l'un par l'autre qu'ils n'ont pas remarqué qu'ils m'offraient tout le contenu de leur porte-monnaie… Tu n'as pas écouté un mot de ce que je viens de te dire, n'est-ce pas ?

— C'est vrai, dis-je, penaude. Désolée, Mel, mais ça m'a fait un choc de tomber sur Dan Slater. L'un de ses comparses rangeait un mètre dans sa poche quand je les ai vus.

— Ah, bon ? Que comptent-ils faire, à ton avis ?

— Je n'en sais rien, mais j'ai bien l'intention de le découvrir. Va t'occuper d'eux, Mel, et préviens-moi quand ils seront installés.

Cinq minutes plus tard, Mel me donne le feu vert, et je me glisse subrepticement au bout du bar, l'endroit idéal pour reprendre mon observation sans me faire remarquer. Je baisse légèrement la musique et commence à lustrer lentement un plateau. Je ne reconnais pas la première voix que j'entends.

— Vous devez être vraiment content d'avoir trouvé cet endroit, depuis le temps que vous cherchiez.

Ce doit être le troisième homme, il n'avait pas ouvert la bouche, dehors.

— Oui, c'est absolument parfait.

Cette voix-là, je la reconnais instantanément. Mon ennemi juré. Satan Slater.

— Pensez-vous que l'installation sera terminée dans les temps ?

— Sans problème, dit l'homme au mètre. Vous avez parlé de deux mois, c'est cela ?

— Nous avons même un peu plus de marge. J'ai décidé d'attendre le mois de septembre pour mettre les appartements sur le marché.

Mel, que la curiosité a poussée à me rejoindre, me prend le bras, et nous échangeons un regard horrifié.

Dan Slater reprend la parole.

— Mais assez parlé boutique, déjeunons. On mange très bien, ici.

— Si le menu est aussi appétissant que la serveuse... commente le troisième homme avec un petit rire approbateur. Elle est ravissante, non ?

À ce compliment, le visage tendu de Mel s'illumine.

— C'est vrai, elle est charmante. Mais la propriétaire aussi est ravissante, vous savez.

Est-ce vraiment la voix de Dan Slater ? Je lance un regard interloqué à Melanie, qui continue à sourire. Dan Slater vient de me faire un compliment. Je suis partagée entre l'envie de me sentir ridiculement flattée et celle de lui balancer un bon crochet du gauche.

— C'est vrai ? demande l'homme au mètre.

— Oui. De grands yeux marron, une silhouette de rêve, mais un caractère de cochon.

— Ah ? fait l'autre en riant.

— Oui. Agressive et aimable comme une porte de prison.

Je ne suis plus déchirée. Je me demande simplement avec quel outil je vais aller lui défoncer la tête. Dan poursuit :

— Elle a fait perdre son sang-froid à Edina Mason au téléphone, l'autre jour, et vous savez à quel point Edina est fière de son calme et de sa maîtrise d'elle-même...

Je fonce dans la cuisine, suivie de près par Melanie, et libère le hurlement qui monte dans ma gorge depuis quelques secondes.

— Ça va ? s'inquiète Mel, lorsque je m'effondre devant la table de cuisine, la tête entre les mains.

— Non, ça ne va pas.

— Ce n'est peut-être pas ce que tu crois...

Je lève la tête et réplique d'un ton cinglant :

— Ah, bon ? Parce que tu n'as pas eu l'impression, toi,

qu'ils allaient transformer cet immeuble en appartements ?

— Je sais, je sais, mais tu n'as surpris qu'une partie de la conversation...

Je suis trop abattue pour répondre. Devant mon mutisme, Mel décide qu'il vaut mieux ne pas s'étendre sur le sujet.

— Je les sers quand même ? demande-t-elle d'un ton hésitant.

Je lui adresse un sourire lugubre. J'adorerais qu'elle les serve. Qu'elle me les serve, à moi, sur un plateau. J'imagine très bien Daniel Slater, pieds et poings liés, une grosse pomme rouge dans la bouche, prêt à être embroché...

— Oui, tu peux les servir, dis-je enfin. Et n'oublie pas l'arsenic dans leurs hors-d'œuvre.

Curieusement, je prépare leur bœuf bourguignon avec un soin tout particulier. Peut-être qu'une petite partie de moi-même se dit que, s'ils réalisent combien le restaurant est bon, ils hésiteront à le fermer.

Mais la plus grande partie de moi-même bouillonne, et quand Mel vient me prévenir qu'ils s'en vont, je ne peux plus me retenir.

Je fonce droit sur Daniel Slater, qui est en train d'enfiler son manteau. Ses deux camarades ont déjà franchi la porte.

— Excusez-moi, dis-je en lui tapant sur l'épaule (assez fort, je dois l'admettre).

Il se retourne, surpris.

— La propriétaire agressive aimerait vous dire un mot.

Mon agacement monte encore d'un cran quand je vois un petit sourire retrousser le coin de ses lèvres.

— Ainsi, les murs ont des oreilles, répond-il, visiblement amusé.

En temps normal, j'aurais rougi, mais là, je suis trop en colère pour éprouver la moindre honte.

— Parfaitement, dis-je. Et je sais exactement ce que vous complotez !

— Ah, oui ?

— Vous avez un sacré culot de vous pointer ici avec vos sous-fifres flagorneurs. Vous vous imaginez que vous n'avez qu'à claquer des doigts pour obtenir ce que vous voulez, n'est-ce pas ? Eh bien, ne comptez pas sur moi pour vous faciliter la tâche ! Je n'ai pas l'intention de vous laisser transformer *Tates* en un pied-à-terre luxueux pour des crétins aux ego surdimensionnés !

Le petit sourire disparaît.

— Je vous demande pardon ?

— Vous m'avez très bien entendue. Si vous croyez que je vais fermer boutique aussi facilement, vous n'êtes pas au bout de vos surprises. J'ai trimé pour faire de cet endroit un restaurant dont je suis fière, et ce n'est pas un homme d'affaires cupide qui va me le reprendre !

Ses yeux gris-bleu ne pétillent plus du tout, maintenant. En fait, ils sont même plutôt froids.

— Je vous suggère de vérifier vos renseignements avant de porter des accusations sans fondement, mademoiselle Tate.

En bon homme d'affaires, il semble parfaitement maître de la situation, et je dois avouer que je le trouve quelque peu intimidant.

Mais pas au point de ne pas riposter. Malheureusement, au moment où j'ouvre la bouche, il se retourne et quitte le restaurant, me laissant produire des sons inintelligibles devant la porte fermée. Outrée, je m'exclame :

— Quelle grossièreté !

D'accord, en l'occurrence, je n'ai pas non plus été un modèle de politesse. On pourrait même dire que je viens de me donner en spectacle devant une salle pleine de clients, mais...

Une salle pleine de clients... Mon Dieu !

Je me retourne lentement. Tous les regards sont braqués sur moi. Je me sens devenir rouge pivoine tandis que, l'un après l'autre, mes clients se mettent à applaudir, et je me précipite à la cuisine, écarlate, sous une véritable ovation.

Le lendemain matin, je suis réveillée par un coup de fil de Grace.

— Qu'est-ce que tu fais, ce week-end ? demande-t-elle après un bref bonjour.

— Je travaille, comme d'habitude, dis-je en repoussant ma couette. Pourquoi ?

— Nous aimerions que tu viennes dîner samedi soir.

— Nous ?

— Stuart et moi. Je voudrais que tu rencontres quelques-uns des amis de Stuart.

— Parce qu'il en a ?

Cette pique passe complètement au-dessus de la tête de Grace, qui éclate de rire.

— Ollie, toujours aussi zinzin ! J'ai essayé d'appeler Tan, mais impossible de la joindre.

— Elle est partie en vacances.

— Oh... fait-elle, un peu déçue. Elle ne m'a pas prévenue.

— Il faut dire que tu t'es montrée...

Je cherche mes mots, histoire de ne pas trop la vexer.

— ... quelque peu insaisissable, ces derniers temps.

— Très occupée, corrige Gray avec un gloussement sensuel, d'un ton plein de sous-entendus. Je vous ai tous un peu négligés, hein ? C'est aussi pour ça que j'organise ce dîner. Où est Tanya ?

— Son richard l'a emmenée aux Bahamas pour une petite semaine, figure-toi.

— Lequel ? Je les croyais tous riches.

— Pas tous, non.
— Alors, c'est qu'ils ont d'autres atouts. On connaît la devise de Tanya.
— Un gros compte en banque…
— … ou un gros braquemart ! conclut-elle à ma place. Eh bien, j'ai de la chance, apparemment. J'ai trouvé un homme qui a les deux.
Je soupire.
— Dommage qu'il n'ait pas de personnalité.
Nouveau gloussement.
— Tu me feras toujours rire, Ollie ! C'est dommage que Tanya ne soit pas là, il me manque une personne.
— Tu as invité Louis ?
— Je ne peux pas, il me faut une fille.
— Justement… Hé, dis donc, tu ne vas pas nous organiser un de ces dîners coincés garçon-fille, garçon-fille ? On ne peut pas se faire une petite tambouille sans cérémonie, comme d'habitude ?
— Pas question. C'est mon premier vrai dîner avec Stuart. Je veux faire les choses dans les règles.
— Louis risque de mal le prendre.
— Il comprendra. Je lui garderai du dessert.
Je réplique d'un ton ouvertement sarcastique :
— Oh, dans ce cas, ça ira mille fois mieux.
— Si j'avais quelqu'un à lui présenter, ce serait différent, mais malheureusement tous les amis de Stuart sont hétérosexuels.
— Le contraire m'aurait étonnée.
Soudain, les premiers mots de la dernière phrase de Grace arrivent enfin jusqu'à mon cerveau fatigué.
— Une seconde… Tu n'essaies pas de me caser, j'espère ?
— Moi ? s'exclame Gray en feignant l'innocence. Tu me crois capable de faire une chose pareille ?

— Oui.

— Allons, Ollie, je ne t'obligerai pas à sauter sur l'homme que je placerai à côté de toi à table. Mais, en tant qu'amie, j'ai bien le droit de te présenter des individus appétissants.

— Les seules choses appétissantes que je verrai samedi soir, ce sera dans ma cuisine, dis-je. Je te répète que je dois travailler.

— Mais, Ollie, tu es la patronne, insiste Grace d'un ton suppliant. Tu ne peux pas prendre ta soirée ? S'il te plaît ! J'aimerais vraiment que tu sois là, tu es ma plus vieille amie, ma meilleure amie au monde, ça ne sera pas pareil sans toi, je t'assure…

— Ça s'appelle du chantage affectif, Gray.

— Je sais, admet-elle gaiement. Ça marche ?

À contrecœur, je réponds :

— Bon, d'accord, j'y serai. Où et quand ?

— Chez moi, à 20 heures précises. Ne sois pas en retard, je te connais.

— J'apporte une bouteille ?

— Pas la peine, je m'occupe de tout.

Le samedi soir, je laisse un Louis boudeur s'occuper du restaurant et saute dans un taxi pour me rendre chez Grace.

Je suis en retard.

Mais bon, comme je suis toujours en retard, j'ai plus ou moins fini par me dire – avec une certaine honte, toutefois – que les gens s'y attendent et qu'ils en tiennent compte.

Gray m'ouvre, l'air légèrement exaspéré, m'embrasse rapidement sur la joue et m'entraîne aussitôt dans la salle à manger.

Tout le monde est déjà assis devant un cocktail de crevettes à la sauce piquante, recette que Grace a chipée sur la carte de *Tates*.

Ma chaise, désespérément vide, forme comme un trou en plein milieu de la table, où les douze autres convives sont installés, comme prévu, sur le modèle garçon-fille. Mon moral remonte légèrement quand je vois que le siège à ma gauche est également inoccupé.

— Je ne suis pas la seule à être en retard, dis-je gaiement.

— Détrompe-toi. Ton voisin de table a réussi à arriver à l'heure, lui. Il a dû aller aux toilettes.

Elle me pousse dans la pièce, telle une maîtresse d'école autoritaire aux prises avec une nouvelle élève récalcitrante.

— Je ferais bien les présentations, mais il faut que j'aille surveiller mon four.

— Je vais te donner un coup de main, dis-je précipitamment, soudain refroidie par cette pièce remplie d'étrangers.

— Pas question. Tu as congé, ce soir, ma puce. Interdiction de franchir le seuil de la cuisine.

— Ça ne me dérange pas, je t'assure.

— Reste ici, m'ordonne sévèrement Grace. Mêle-toi aux gens.

Sur ce, elle tourne les talons et se dirige vers la cuisine. Je la regarde s'éloigner et constate avec soulagement que sa jupe lui arrive aux genoux et non aux chevilles. Quelque peu gênée, j'entre donc dans la salle à manger et me faufile derrière les convives déjà assis. J'ai l'impression d'être au cinéma et de déranger tout le monde pour aller faire pipi au milieu d'une scène particulièrement palpitante. Enfin, je prends place et glisse subrepticement les yeux vers l'assemblée en faisant semblant d'être fascinée par ma serviette artistiquement enroulée dans mon verre.

Le dîner de Grace pour ses amis ressemble plutôt à un dîner pour les amis de Stuart. En y regardant de plus près, je constate que je reconnais trois visages.

Stuart, qui me sourit pour me dire bonjour au moment où je m'assois, la fille placée à sa gauche, dont le nom m'échappe mais qui, je crois, travaille avec Grace, et Cornelia, qui semble encore plus intimidée que moi.

Mon Dieu, comme j'aimerais que Tanya et Louis soient là... Je ne voudrais pas être pessimiste, mais j'ai comme l'impression que cette soirée ne va pas être la plus amusante de ma vie.

L'homme assis à ma droite, qui vient de remplir le verre de sa voisine, se tourne vers moi en souriant.

— Blanc ou rouge ? demande-t-il.

Soudain, son sourire aimable s'efface, remplacé par une expression incrédule dont mon visage se fait aussitôt le reflet.

Nos regards rivalisent d'horreur.

— Vous !

Je suis assise à côté de Dan Slater. J'ai presque envie de me pincer pour m'assurer que ce n'est pas un cauchemar. Les dents serrées, je demande :

— Qu'est-ce que vous fichez ici ?

Mon chuchotement agacé a attiré l'attention de Stuart, qui interrompt son bavardage poli avec Cornelia et me considère avec inquiétude.

— Je dîne, répond Dan avec une pointe d'insolence.

Il repose la bouteille sans me servir et s'empare de sa fourchette, comme pour me prouver ses dires.

— C'est ce que je vois. Mais comment se fait-il que vous dîniez chez ma meilleure amie ?

Il fronce les sourcils.

— Vous êtes la meilleure amie de Grace ? s'exclame-t-il. Je savais que c'était trop beau pour être vrai !

Je me sens bouillir.

— Que voulez-vous dire ?

Il pose sa fourchette et me regarde droit dans les yeux.

— Eh bien, Grace est si charmante, si parfaite, j'attendais le défaut fatal... et vous voilà !

Sur ce, il m'adresse un petit sourire ironique, avant de reporter son attention sur la blonde à la beauté un peu chevaline assise à sa droite, avec qui il entreprend de discuter en me tournant carrément le dos. Je contemple le dos en question, sidérée par la grossièreté du personnage. Certes, après notre dernière rencontre, je ne m'attendais pas que l'ambiance soit des plus décontractées entre nous, mais à ce point...

Je suis en train d'envisager de glisser une crevette pleine de sauce dans sa chemise, ce qui serait tout de même un peu puéril, quand quelqu'un se glisse sur le siège vide à ma gauche.

— J'espère que vous êtes la fille de mes rêves, murmure une voix sensuelle.

— Je vous demande pardon ?

Je me retourne et découvre un jeune homme extrêmement séduisant, qui installe son postérieur non moins séduisant sur la chaise libre. Il a des cheveux dorés un peu rebelles et de grands yeux verts qui me sourient très amicalement.

— Eh bien, soit dit entre nous, ce dîner est plus ou moins un coup monté, non ?

Il désigne Stuart et Gray, qui vient de revenir dans la pièce et distribue des petits pains chauds. Je la vois déposer un baiser sur la tête de Stuart lorsqu'elle passe derrière lui.

— Nos tourtereaux sont tellement heureux et amoureux qu'ils se sentent obligés de jouer les entremetteurs pour tous leurs pauvres amis célibataires, explique-t-il. J'ai cru qu'ils allaient essayer de me caser avec la face de morue, là-bas, ajoute-t-il avec un signe de tête en direction de Cornelia, mais j'espère que c'est vous qu'ils me destinaient.

Il me tend la main.

— Je m'appelle Finn, Finnian Connelly, annonce-t-il avec un sourire désarmant.

Ses yeux verts pétillent à la lueur des bougies.

— Je suis journaliste, alors faites attention à ce que vous dites. Je suis incapable de garder un secret.

— Ollie Tate, dis-je en serrant sa main, que je trouve chaude et ferme.

Il s'accroche à ma main une fraction de seconde de trop, avant de la lâcher et de me demander :

— Alors, qui êtes-vous, Ollie Tate ?

— La meilleure amie de Grace. On se connaît depuis qu'on est toutes petites.

— Et que faites-vous dans la vie, à part être la meilleure amie de Grace ?

— Je tiens un restaurant à Battersea.

Je jette un coup d'œil par-dessus mon épaule. Dan Slater me tourne toujours le dos. Sans hésiter, j'ajoute d'une voix forte :

— Un restaurant très coté !

— Ah, la beauté, le talent culinaire... Dites-moi, vous avez une cave bien achalandée ? Si oui, vous pourriez bel et bien être la femme de mes rêves.

— Et vous ? Je suppose que vous êtes un ami de Stuart. Vous le connaissez depuis longtemps ?

— Cinq ou six ans, peut-être. À l'époque, je travaillais pour un magazine financier. Je faisais des interviews de jeunes chefs d'entreprise, et c'est comme ça que je l'ai rencontré. Il est un peu guindé, mais c'est un garçon gentil et loyal. Nous nous intéressons tous les deux aux voitures. Moi, j'aime les conduire, et lui adore les titiller sous le capot.

— Et lui, vous le connaissez ?

D'un signe de tête, je désigne mon autre voisin de table.

— Dan Slater ? Oui, mais pas très bien. Il dirige une société immobilière. J'ai essayé de l'interviewer aussi, mais il a refusé. Il doit avoir trop de contrats louches cachés dans ses placards pour courir le risque de laisser un journaliste mettre son nez dans ses affaires.

— Ah, oui ? dis-je, intéressée.

— Pure spéculation, ma chère, lance Finn en pouffant. J'aime bien imaginer le pire sur les gens. Déformation professionnelle, je suppose. Honnêtement, je ne sais quasiment rien de lui. Nos cercles sociaux sont un peu comme les anneaux des Jeux olympiques.

Il dessine en l'air l'image de deux cercles entrelacés.

— Nous sommes donc amenés à nous croiser dans des soirées, nous nous estimons mutuellement, mais ça ne va guère plus loin.

Je marmonne :

— La prochaine fois que vous le croisez, tendez le bras et balancez-lui un bon coup de poing.

Finn s'esclaffe et manque de s'étrangler dans son verre.

— Pourquoi ? Il est plutôt sympathique.

— J'ai du mal à le croire.

— Eh bien, par exemple, il a investi une jolie petite somme dans la boîte de Stuart, pour l'aider à monter son affaire.

Je commente avec sarcasme :

— Fichtre, quel altruisme !

Je contemple le dos résolument figé de Dan. Tel que je le connais, il a dû s'assurer que son investissement serait lucratif.

— Avez-vous des associés, Ollie ?

— Non, je suis seule à la tête du restaurant, dis-je, en espérant que Satan Slater m'entendra. Je préfère être complètement indépendante.

— J'aime les femmes de tête, déclare Finn. Un esprit sain dans un corps sexy, ajoute-t-il en m'adressant un lent clin d'œil, tandis qu'un petit sourire coquin retrousse ses lèvres.

Grands dieux, il ne perd pas de temps, celui-là ! Je suis en train de chercher une repartie appropriée quand Grace me retire mon assiette de crevettes, que j'ai à peine touchée, et m'attrape le poignet de sa main libre.

— Ollie, s'il te plaît, tu veux bien venir me donner un coup de main à la cuisine ?

— Mais je croyais...

— Ollie, à la cuisine, ordonne-t-elle entre ses dents. Tout de suite.

Stupéfaite, je me lève et lui emboîte le pas. Elle fait une drôle de tête. Aïe ! Il a dû y avoir un désastre culinaire.

— Qu'est-ce qui se passe, ma grande ?

Dans la cuisine immaculée de Grace, je cherche les dégâts des yeux, mais aucune fumée ne sort de son four, aucun soufflé n'est renversé par terre. Soudain, Grace semble un peu embarrassée.

— Je suis désolée, ma puce, mais il faut que tu me rendes un service.

— Tu veux que je te prépare un dessert au pied levé et que j'affirme que c'est toi qui l'as fait ?

— Euh... non. Voilà, il s'agit de Finn.

— Quoi, Finn ? Ne me dis pas qu'il est gay, ce serait vraiment injuste !

Gray éclate de rire.

— Finn, gay ? Oh, non ! Sinon, j'aurais invité Louis. Non, je voudrais que tu arrêtes de le monopoliser. J'essaie de le caser avec Cornelia.

Cornelia ? Il avait raison, alors.

— Il s'en doute ?

— Il faut croire que tu n'es pas toujours subtile, ma biche.

— Eh bien, qu'est-ce qu'il en pense, à ton avis ?

— Je crains que l'idée ne le séduise guère.

— Qu'est-ce qui te fait dire ça ?

— Il l'a appelée « face de morue ».

— Ah ! Enfin, ça ne veut pas dire qu'elle ne lui plaît pas.

— Tu trouves ?

— Oh, Ollie, tu ne me facilites pas les choses. Je t'ai placée à côté du type le plus canon de la soirée, tu ne peux pas lui parler un peu ?

Je pousse un énorme soupir.

— Je suppose que tu fais allusion à Dan Slater. Pendant quelques merveilleuses secondes, j'avais presque oublié sa présence.

— Tu le connais ?

— Si je le connais ? C'est le salopard qui essaie de me virer de *Tates* !

— Dan ? Ça m'étonnerait. Il est incapable d'une chose pareille, c'est un garçon adorable.

— En tout cas, c'est sa boîte qui a racheté mon immeuble. Qu'est-ce qu'il fiche ici, Gray ?

— C'est un ami de Stuart. Enfin, plutôt une relation d'affaires. Ils n'ont pas grand-chose en commun, en fait. Mais je le trouve tellement charmant que j'ai absolument tenu à l'inviter.

— Tu ne comptais tout de même pas me caser avec lui, j'espère ?

— Dan et toi ? Non, il a une petite amie. Enfin, pas exactement. Disons plutôt qu'il en a plusieurs. Mais ça se comprend, non ? Tu as vu comme il est sexy ?

Avec mauvaise foi, je grogne :

— Ce n'est pas le premier terme qui me viendrait à l'esprit si je devais le décrire.

— Ah, non ? Et quel terme emploierais-tu, alors ?

— Arrogant.

— C'est vrai. Il est très arrogant. Mais d'une façon que je trouve particulièrement séduisante.

— Il est têtu comme une mule.

— Mais très brillant.

— Narcissique.

— À juste titre.

— Impitoyable.

— Exact. C'est fou ce que ça lui donne comme charme, non ?

— Ma parole, Gray ! Tu es présidente de son fan-club ou quoi ?

— Tu sais, si je n'avais pas rencontré Stuart avant... fait-elle avec un clin d'œil.

Et voilà ! Nous nous sommes décarcassées, Tanya et moi, pour trouver un homme susceptible de convaincre Grace que Stuart est trop rasoir pour elle, et elle craque pour la seule personne avec laquelle je n'aimerais pas la voir même s'ils étaient les deux derniers individus fertiles de la planète.

De retour à table, je me rends compte que je n'ai pas demandé à Gray avec qui elle avait l'intention de me caser. En revanche, elle a réussi, sans grande subtilité, à faire venir Finn à côté de Cornelia, sur la chaise qu'elle a soudain libérée en envoyant Stuart à la cuisine sous un prétexte fallacieux. Je me retrouve donc avec un siège vide à côté de moi et l'horrible sensation qu'il ne le restera pas longtemps. Je sens que mon « heureux élu » ne va pas tarder à y prendre place.

Parmi l'assemblée masculine, je ne vois que trois possibilités.

Le premier prétendant potentiel, assis à gauche de Cornelia, n'est absolument pas fait pour moi. Un mètre quatre-vingt-douze en chaussettes. Comment puis-je le savoir, allez-vous objecter, étant donné qu'il est assis ? C'est très simple : les pieds de l'intéressé dépassent sous la table jusqu'à mon côté. C'est donc un géant, CQFD. Grace sait pertinemment que je ne voudrais pas d'un homme que je ne pourrais pas embrasser sans grimper sur un tabouret, surtout si l'homme en question porte des chaussettes d'une couleur affreuse avec une hideuse rangée de faux petits diamants sur le côté. Le fait que ses mains se baladent quelque part sous la table du côté de sa voisine de gauche, une magnifique brune que je ne connais pas, me confirme que ce n'est pas mon élu.

Ouf.

Quant au deuxième, assis de l'autre côté de la blonde chevaline accaparée par Satan Slater, je le vois à peine. Il faudrait que je me penche vers Dan, or je n'y tiens guère, comme vous vous en doutez.

Je ne sais pas ce qui est le pire : la présence de Dan Slater à mes côtés ou le fait que Grace espère me voir tomber follement amoureuse de l'homme qui va bientôt prendre place à ma gauche.

Au secours, je veux rentrer à la maison !

Je pourrais peut-être feindre un malaise et m'excuser.

Et si j'allais plutôt chercher de la mort-aux-rats dans un placard pour empoisonner Dan Slater ?

Le troisième homme doit avoir la cinquantaine bien tassée et est chauve comme une balle de golf bien lustrée. Il est certainement charmant, mais je suis sûre que Grace, bien qu'elle ne soit plus vraiment elle-même depuis sa rencontre avec Stuart, n'aurait pas envisagé de me caser avec un homme qui ressemble à mon père.

Par conséquent, c'est le deuxième gaillard, le mystérieux inconnu, qui doit m'être réservé.

La blonde chevaline va faire un petit tour aux toilettes, et Satan Slater se penche pour tendre un morceau de pain à la fille placée en face de lui. L'homme de ma vie selon Grace est soudain exposé à mes regards.

Mes aïeux ! Finalement, j'abandonne l'idée de tuer Dan, je préfère me tuer moi-même ! Ce type pourrait être le frère de Stuart avec un *u*.

Il est blond, mais il a la même coupe de cheveux, les mêmes lunettes en écaille, la même attitude calme et sérieuse. Il se concentre sur son assiette, tout en remontant toutes les quatre secondes ses lunettes qui glissent dangereusement sur son nez. Je le regarde terminer ses crevettes, prendre un morceau de pain et essuyer méthodiquement toute trace de sauce sur la porcelaine ivoire. Une fois la manœuvre finie, il avale une gorgée d'eau – pas de vin dans son verre, évidemment – et tamponne soigneusement les commissures de ses lèvres avec sa serviette.

Gloups ! À l'aide !

Dès que Stuart revient de la cuisine, Grace reprend sa rotation des convives. Elle chuchote quelque chose à l'oreille du blond à lunettes, m'adresse un regard entendu, lui prend le poignet et le traîne pratiquement de force jusqu'à moi. Il semble aussi peu désireux que moi de faire connaissance, ce qui achève de me déprimer. Grace est la seule à sourire.

— Ollie, j'aimerais te présenter quelqu'un, m'annonce-t-elle avec un sourire rayonnant. Voici Leo, le meilleur ami de Stuart. Leo, voici ma meilleure amie, Olivia.

Le meilleur ami et la meilleure amie. J'aurais dû m'en douter. Elle m'a trouvé un clone de Stuart ! Je ne lui en veux pas, elle m'aime et souhaite me voir aussi heureuse qu'elle croit l'être. Mais je ne comprends pas comment elle peut se tromper à ce point sur mon compte. C'est vrai, est-ce que j'ai une tête à tomber amoureuse d'un deuxième Stuart ?

Leo s'assoit donc à côté de moi, docile, et me sourit timidement.

Je souris. Il sourit encore. Je souris derechef. Lui aussi. J'essaie d'inventer une excuse pour filer à la cuisine quand j'entends un petit gloussement méprisant en provenance du salopard situé à ma droite.

Le monstre ! Il se délecte de mon malheur.

Je me tourne carrément vers Leo. D'accord, il n'est pas mon genre, mais cette fois je suis déterminée à briller, histoire de rabattre son caquet à qui vous savez.

J'adresse un grand sourire à Leo. Il me le rend. Mon sourire s'élargit encore, mais je ne trouve toujours rien à dire.

Son sourire s'étire aussi, je le sens un peu forcé, mais nous gardons désespérément le silence.

Et ainsi de suite.

Je découvre ainsi qu'outre son physique, Leo possède le même brio mondain que Stuart.

Les scientifiques auraient-ils déjà procédé à des clonages humains sans prévenir les médias ?

Finalement, nous parvenons à échanger quelques propos décousus, mais c'est franchement pathétique.

Je n'ai même pas encore eu droit à un verre de vin pour me détendre.

Allez, je tente ma blague sur les bonnes sœurs. Généralement, je n'ose la sortir que lorsque je suis très éméchée, mais l'heure est grave.

Leo n'esquisse pas l'ombre du plus infime sourire.

Je ne suis pas aidée par Finn, qui, toujours assis de l'autre côté de la table, se lance dans des pitreries qui me font pouffer comme une gamine. Dès qu'il pense que personne ne le regarde, il m'adresse des regards tristes et enamourés, serre ses mains autour de sa gorge et louche en sortant la langue, pour me montrer qu'il s'ennuie à mourir avec Cornelia, qui, d'après ce que j'entends, lui vante les mérites des publicités télévisées par rapport à celles des journaux.

Finn n'a même pas la grâce de rougir quand Grace, qui revient d'une nouvelle expédition à la cuisine avec le plat principal (autre recette piochée dans mes classiques), le surprend en train de pointer deux doigts sur sa tempe et d'appuyer sur une gâchette imaginaire.

J'ai du mal à ne pas glisser de ma chaise lorsqu'il place discrètement une main dans le dos de Cornelia et fait mine de tourner la manivelle d'un jouet mécanique.

Même Grace, cette fois, plonge le nez dans son verre de vin pour cacher son hilarité. Elle rit tellement que Stuart croit qu'elle s'étrangle et lui tape dans le dos.

Finn me regarde, louche de nouveau en levant les yeux au ciel, remarquable exercice oculaire, et bâille en désignant Leo.

J'opine discrètement de la tête.

Enfin, alors que le désespoir m'envahit, Finn tente une échappée à la Steve McQueen. Il fait tomber son pain par terre, disparaît sous la table pour le récupérer et émerge juste à côté de moi, l'air faussement désorienté.

— Désolé, mon vieux, mais je crois que vous êtes à ma place, annonce-t-il à Leo.

Leo est bien trop poli et pacifique pour risquer un pugilat et, après un étrange petit ballet autour de la table, il se retrouve à côté de Cornelia.

— Amusant, ce jeu de chaises musicales, me chuchote Finn avec un grand sourire. J'espérais que vous alliez venir me sauver de Cornelia, mais j'ai compris que c'était vous qui aviez besoin d'aide.

Je grince entre mes dents serrées, à la façon d'une ventriloque :

— Merci infiniment.

— Alors, comme ça, vous n'étiez pas sur la même longueur d'ondes, Leo et vous ? Au fait, vous savez qu'il ne s'appelle pas vraiment Leo ?

— Ah, bon ?

— Non. Son vrai prénom est Lionel. Il l'a changé en Leo pour avoir plus de succès auprès des femmes.

— Ça n'a pas marché, en l'occurrence. J'ai honte de dire ça, il a l'air tellement gentil, mais... enfin, disons que la conversation d'un perroquet aurait été plus intéressante.

— Hé, regardez donc un peu là-bas ! Il semble très bien s'entendre avec Cornelia.

J'observe nos deux ex-élus et les trouve déjà en grande conversation.

— Eh bien ! Comme quoi, il ne faut jamais désespérer !

— Mais dites-moi, s'exclame Finn avec consternation, vous ne buvez rien ? On ne vous a pas encore servi de vin ?

— Non. Apparemment, quelqu'un a monopolisé les bouteilles.

En fait, je n'ai pas eu le cran de demander à Satan Slater de me servir. Résultat, mon verre est vide. Quant à mes pommes de terre, elles restent désespérément fades, car le grand moulin à poivre se trouve de l'autre côté du mur de Berlin constitué par les larges épaules de mon voisin diabolique.

Finn se lève et se penche pour attraper la bouteille de rouge posée entre Dan et la blonde chevaline, puis il remplit mon verre avec ostentation.

— À votre santé ! lance-t-il, tandis que nos verres s'entrechoquent bruyamment.

— À la vôtre ! dis-je en avalant une délicieuse gorgée de vin.

Je sens avec plaisir l'alcool effectuer un agréable trajet le long de ma gorge et réchauffer mon estomac.

— Vous savez, je crois que nous leur avons rendu un fier service, remarque Finn en montrant Leo et Cornelia. Ils sont faits l'un pour l'autre, de toute évidence, contrairement à certaines personnes de cette tablée. Je ne dis pas ça pour être méchant, mais je me demande comment ce vieux Stuart a pu mettre la main sur une fille aussi formidable que Grace.

J'approuve en levant mon verre récemment rempli.

— Entièrement d'accord.

— Vous n'êtes pas emballée ?

— Cela restera entre nous ?

— Je suis la discrétion faite homme, assure-t-il.

— Vous m'avez dit le contraire tout à l'heure.

— D'accord, je suis l'indiscrétion faite homme, mais exceptionnellement je vous promets de tenir ma langue.

— Eh bien, dis-je prudemment, je suis sûre qu'il est adorable...

— Oh, oui, affirme Finn. Je vous le garantis.

— Mais nous ne trouvons pas qu'il soit fait pour Grace.

— Nous ?

— Moi, et pratiquement tous ceux qui la connaissent. Je veux dire, ils sont tellement...

— Incompatibles ? suggère-t-il.

— Je ne sais pas. Non, pas vraiment incompatibles... Ils semblent très bien s'entendre, mais ils sont tellement différents...

— On dit que les contraires s'attirent, objecte Finn.

— Ils s'attirent, mais sont-ils heureux toute la vie, ensuite ? Grace adore sortir, faire la fête, alors que Stuart est...

— Un vrai bonnet de nuit ? propose Finn, alors que je cherchais un terme un peu plus aimable.

— Hum… Il faut bien l'admettre. Ça n'empêche pas que je le trouve adorable, attention. Simplement, une fois passés les premiers mois d'idylle romantique, Gray risque de se demander ce qui a bien pu lui prendre.

Finn remplit mon verre vide et fait une grimace compatissante.

— Vous trouvez peut-être Stuart ennuyeux parce qu'il est réservé, qu'il préfère rester tranquillement chez lui au lieu de sortir en boîte, mais vous êtes-vous demandé si Grace n'avait pas changé ? Si elle n'avait pas envie de se ranger ? C'est vrai, vous n'êtes plus toutes jeunes, maintenant. Vous ne pouvez pas continuer à sortir et à faire la fête toute votre vie…

Je me tourne vers lui, outrée, et vois un grand sourire en travers de son visage. Je proteste néanmoins, en fronçant les sourcils :

— Je refuse que vous disiez ça, même pour rire ! C'est en partie ce qui explique l'attitude de Grace, à mon avis.

— Ah, bon ?

— Oui. Elle arrive à un âge où elle se dit qu'il est temps de se marier. Stuart a eu la chance de tomber au bon moment.

— C'est vraiment ce que vous pensez ?

— Peut-être… Oh, je ne sais plus.

Mieux vaut couper court à cette conversation. Je me sens très à l'aise en compagnie de Finn, mais je le connais à peine, et c'est tout de même un ami de Stuart…

— Parlez-moi un peu de vous, dis-je. Si j'ai bien compris, vous êtes célibataire, puisqu'on vous a invité à ce dîner.

— Je suis effectivement célibataire, mais si je laisse Grace s'en mêler, cela risque de ne pas durer, plaisante-t-il en prenant un air terrorisé.

À cet instant, Stuart fait tinter son couteau sur son verre en cristal et se lève.

— Je suis désolé de vous interrompre, s'excuse-t-il, un

brin nerveux, mais j'aimerais vous remercier d'être venus ce soir. Je sais que vous êtes tous des gens très occupés, et Grace et moi sommes heureux que vous nous ayez consacré cette soirée.

Il marque une pause pour s'éclaircir la gorge et remonte ses lunettes sur son nez.

— Et maintenant, continue-t-il en se tournant vers Grace, comme certains d'entre vous le savent déjà, j'ai récemment demandé à cette charmante jeune femme de devenir mon épouse, et à ma grande surprise, ainsi qu'à celle de bon nombre de gens...

Il me regarde, j'en suis sûre.

— ... y compris moi-même, ajoute-t-il avec un rire poli, elle a accepté. Malgré l'opinion générale, je ne suis pas un parfait imbécile...

Je suis peut-être paranoïaque, mais je suis certaine qu'il me regarde encore.

— ... par conséquent, avant qu'elle ne change d'avis...

Il se tait et sourit à Grace, qui lui rend son sourire et lui touche affectueusement la jambe pour l'encourager.

— Bref, je l'ai convaincue de rendre la chose officielle. Je profite donc de l'occasion pour vous demander de bloquer le 2 septembre dans vos agendas.

Il marque une nouvelle pause, pour ménager son effet, cette fois, avant de conclure :

— Ce sera la date de notre mariage.

Une bonne partie de l'assemblée salue cette déclaration d'un tonnerre d'applaudissements. Quelqu'un siffle.

Quant à moi, ma bouche bée désespérément.

Le 2 septembre ! C'est dans deux mois !

Leo, déjà au courant, apparemment, sort de la cuisine avec un magnum de champagne qu'il donne à Stuart, avant de repartir chercher des flûtes.

Stuart retire la capsule et le muselet dans un grand geste théâtral, mais ne parvient pas à déboucher la bouteille. Il la tend à Grace, qui fait sauter le bouchon au plafond avec une dextérité qui trahit une longue habitude et entreprend d'arroser toute la table comme sur le podium d'un Grand Prix.

— Hé ! Ne gaspille pas tout, quand même ! proteste Finn en se courbant pour esquiver un jet orienté dans sa direction, avant de tendre son verre pour essayer d'y récolter quelques bulles.

Des félicitations fusent autour de la table. Je voudrais m'y joindre, mais mes cordes vocales refusent de fonctionner. Deux mois. Je ne cesse de me répéter ces mots, comme un vieux disque rayé. Deux mois.

Découragée, je murmure, plus pour moi-même que pour Finn :

— Qu'est-ce qu'on va faire, maintenant ?

— Si on se soûlait ? suggère Finn.

Je n'ai pas de meilleure idée pour l'instant.

— Proposition acceptée.

— Je m'en réjouis, approuve Finn en vidant le reste de la bouteille de vin dans mon verre.

Il se tourne avec espoir vers le magnum de champagne, mais dans son enthousiasme Grace l'a quasiment vidé.

— Eh bien, il y a au moins un avantage à être la meilleure amie de Grace, dis-je. Je sais où sont cachées les réserves.

Je m'éclipse discrètement et vais subtiliser deux bouteilles de vin rouge. Je ne me sens pas trop coupable, car c'est moi qui fournis à Grace la majorité de son stock au prix de gros. Elle me rejoint dans la cuisine et sort deux bouteilles de blanc du réfrigérateur.

Le champagne n'a pas duré longtemps ! commente-t-elle en riant.

Puis elle fronce les sourcils et me regarde avec curiosité.

— Tu n'as pas l'air dans ton assiette, Ollie. Ça va ?

Je hoche lentement la tête.

— Oui, je suis juste un peu surprise.

Grace me sourit, l'air vaguement contrit.

— Écoute, je suis désolée de ne pas t'en avoir parlé plus tôt. J'aurais bien aimé, mais ça aurait gâché l'effet de surprise, tu comprends ?

— Je crois que j'aurais quand même préféré être prévenue.

— Mais tu es contente pour moi, hein ? demande-t-elle en me dévisageant.

J'hésite un peu trop longtemps, mais réussis à plaquer un grand sourire sur mon visage juste avant que le sourire de Grace ne disparaisse complètement.

— Bien sûr, ma puce. Si tu es heureuse, je le suis aussi, tu le sais bien.

Ma foi, ce n'est pas un mensonge.

— Mais tu n'as pas l'air très contente, insiste-t-elle d'un ton accusateur.

Je respire un bon coup.

Je n'aime pas mentir à Grace, et je crois qu'il est peut-être temps de lui exposer quelques-unes de mes inquiétudes. Ce n'est probablement pas le bon moment, mais y a-t-il un bon moment pour dire à votre meilleure amie que vous pensez que l'homme qu'elle va épouser est un crétin ?

Je parviens à formuler ça de manière un peu plus diplomate.

— C'est que... je m'inquiète un peu pour toi. Tout ça est vraiment précipité, tu comprends. Vous ne vous connaissez pas depuis longtemps, Stuart et toi, et il est tellement différent de toi...

— Les contraires s'attirent, lance-t-elle gaiement, en sortant des verres propres d'un placard.

— D'accord, mais vous sortez ensemble depuis seulement trois mois. Vous n'avez même pas fait de fête pour les fiançailles !

Ce n'est pas très malin, je sais, mais je ne peux m'empêcher d'ajouter :

— Ah, mais non, c'est vrai, Stuart n'aime pas les fêtes.

— Oh, ce n'est pas la seule raison pour laquelle nous n'avons rien organisé, réplique Grace en me faisant les gros yeux. Ça n'a rien d'obligatoire, tu sais.

— Bien sûr, marmonné-je. À quoi bon donner une soirée de fiançailles, alors qu'on peut sauter directement à la case mariage ?

Grace s'immobilise.

— Tout ça ne te plaît pas, hein ?

— Je te l'ai dit, je suis inquiète. Tu as tellement changé depuis que tu le connais !

— Je n'ai pas changé, ma puce. Bien sûr, je sors moins, mais c'est ce qui arrive quand on est avec quelqu'un et que c'est sérieux. Je suis toujours la même. Tu sais bien, un peu foldingue, parfois stupide. D'accord, je suis moins impulsive... Enfin, ça dépend de quel point de vue on se place. Justement, tu ne trouves pas que c'est tout à fait moi de foncer dans ce mariage tête baissée ?

— En effet, il y a là une forme de logique perverse, dis-je avec un sourire triste. Tu ne m'en veux pas ?

— Bien sûr que non.

Grace pose la deuxième bouteille de blanc qu'elle vient d'ouvrir et me serre dans ses bras.

— Je suis contente que tu te fasses du souci, ça prouve que tu tiens à moi.

— Comme si tu ne le savais pas, banane, dis-je avec affection.

— Eh bien, cesse de te tracasser. Je suis follement heureuse. Allez, sois gentille et apporte le vin. Et ne garde pas tout pour toi, hein !

Je n'ai plus le choix. Mon objectif : retourner à table et m'enivrer. Je pose une bouteille de rouge et une bouteille de blanc aussi loin que possible de Dan Slater, et les deux autres entre Finn et moi. De cette façon, elles restent à notre disposition immédiate, mais les personnes situées à notre extrémité de la table peuvent aussi étancher leur soif.

Pour le dessert, Grace, accro au chocolat, nous sert le même gâteau que celui que je propose chez *Tates*, mais elle y ajoute un pot de chocolat fondu chaud pour ceux qui sont aussi gourmands qu'elle.

Stuart engloutit une part énorme avec plus d'enthousiasme que je ne l'ai vu en manifester pour quoi que ce soit d'autre. Apparemment, sa dernière expérience avec ce gâteau de triste mémoire ne lui a pas servi de leçon.

À table, tout le monde a un penchant pour le chocolat, semble-t-il. La seule personne à ne pas réclamer la sauce est Dan Slater. J'aurais dû me douter qu'il n'aimait pas les sucreries. Il est bien trop amer.

Je parviens enfin à mettre la main sur le pot et le dispute à Finn. En termes d'intimité, nous brûlons les étapes, et j'ai l'impression que nous nous connaissons depuis l'enfance… ou, plus exactement, que nous retombons en enfance.

— Tu en as eu beaucoup plus que moi ! proteste-t-il bruyamment, en s'attaquant à mon assiette avec sa cuillère et en me volant presque toute ma sauce.

— Ce n'est pas vrai ! Rends-la-moi !

Nous nous livrons à une bataille de petites cuillères acharnée, mais la seule cuillerée de chocolat que je réussis à récupérer échoue lamentablement, à ma grande honte, sur la nappe en lin ivoire.

Dan Slater, après avoir passé la quasi-totalité de la soirée à me tourner le dos, cesse soudain de m'ignorer pour toiser ces enfantillages d'un regard réprobateur.

Cela ne fait que m'encourager à continuer mes bêtises.

J'ai très envie de lui envoyer une cuillerée de gâteau au chocolat à la figure, mais je ne voudrais pas gâcher un si bon dessert.

Pour inciter ses invités à se mêler les uns aux autres, car chacun n'a pas encore trouvé sa chacune, Grace annonce que le café sera servi au salon.

Ayant bu sans grande modération, Finn et moi sommes très gais. Nous gloussons comme des idiots, refusons le café, réclamons une bouteille de cognac et faisons bande à part en nous affalant ensemble dans l'un des fauteuils de Grace.

— Qu'est-ce qu'ils nous font, là ? se plaint Finn, tandis que Stuart glisse un nouveau CD soporifique dans le lecteur de Grace. Je croyais qu'on était à un dîner entre amis, pas à une séance d'hypnose. On va tous piquer du nez, si ça continue, affirme-t-il en bâillant à s'en décrocher la mâchoire.

— C'est peut-être leur façon de nous faire comprendre qu'il est l'heure de partir, dis-je en pouffant bêtement.

— Il n'est que 23 h 30, objecte Finn.

— D'ordinaire, à cette heure-ci, Stuart est au lit depuis longtemps, tu ne crois pas ?

— C'est vrai qu'il a l'air un peu endormi, remarque Finn en observant notre hôte à la dérobée. Qu'est-ce que tu dirais de le réveiller ?

— D'accord, dis-je d'une voix pâteuse. Que suggères-tu ?

J'avale une nouvelle gorgée de cognac et grimace quand l'alcool me brûle l'estomac. Finn me jette un regard en coin et m'adresse un clin d'œil appuyé.

— J'ai ma petite idée, déclare-t-il solennellement. Je reviens tout de suite.

Il se laisse glisser sur le sol et se met à ramper sur la moquette, tel un espion en territoire ennemi. Il se faufile entre les chevilles des autres invités, qui sont légèrement plus sobres que nous et le contemplent d'un air stupéfait. Certains rient, d'autres, je ne citerai pas de noms, le toisent avec réprobation. Quant à moi, je suis pliée en deux.

En contrepoint de la douce musique de Bach, j'entends Finn fredonner le thème de *Mission impossible*.

Il atteint le lecteur de CD, et la musique s'interrompt un instant lorsqu'il éjecte le concerto. Il met autre chose et revient vers moi, toujours en rampant. Un sourire malicieux éclaire son visage.

— Mission accomplie ! proclame-t-il en me rejoignant.

Au même moment, Fat Boy Slim rugit dans les enceintes.

— Tu danses ?

Je n'aurais jamais cru que je finirais la soirée en me trémoussant devant un groupe de gens qui me considèrent visiblement comme un cas social. Et voilà que je me retrouve sur le tapis persan de Grace, ivre morte, à décrire des mouvements saccadés avec les bras et à agiter la tête de haut en bas comme un toutou à l'arrière d'une voiture.

Je n'aurais peut-être pas dû boire autant.

D'autres effets de l'alcool se font bientôt sentir. Soudain, j'ai désespérément besoin d'aller aux toilettes. Je m'excuse auprès de Finn, interromps notre danse et monte d'un pas mal assuré vers la salle de bains. Là, je m'assois lourdement sur les toilettes. Je me sens soudain extrêmement lasse. Je ferme les yeux, mais les rouvre aussitôt, car j'ai la tête qui tourne tellement que j'ai peur de me casser la figure. Je reste là au moins dix minutes, à attendre que le tournis cesse et que mes jambes retrouvent une consistance plus solide que celle de la gelée.

Enfin, je me sens d'attaque pour remonter ma petite culotte et redescendre. Je trouve Grace en train de faire ses adieux dans l'entrée.

Je suis immensément soulagée, à travers mon brouillard éthylique, de constater qu'elle a du mal à garder sa mine réprobatrice et qu'elle lutte contre le fou rire.

— Vilaine Ollie, me dit-elle en m'attrapant le bras, alors que j'oscille dangereusement sur la dernière marche.

— Je suis désolée, mon chou, dis-je en me cramponnant à sa main.

— Je crois que tu ferais mieux de rentrer te coucher.

D'une voix lascive, je demande :

— Je peux emmener Finn ? Je l'aime bien.

— Pas ce soir, ma puce. Dan va te raccompagner.

— Quoi ? Certainement pas !

Je m'écarte de Gray avec horreur et déclare, avec toute l'assurance dont je suis encore capable :

— Je vais prendre un taxi.

— Ollie, ma chérie, tu es complètement soûle, me dit-elle gentiment.

— Et alors ?

Je recule jusqu'à la porte du salon et m'y appuie avec gratitude.

— J'ai passé une super soirée, Gray.

— C'est ce que je vois, remarque-t-elle en roulant des yeux.

— Et je ne vais pas la gâcher en me faisant raccompagner par un enfoiré.

— Je ne te laisserai pas rentrer toute seule, insiste-t-elle en essuyant le coin gauche de mes lèvres, où s'est durcie une goutte de sauce au chocolat.

D'un ton provocant, je rétorque :

— Je ne serai pas seule, puisqu'il y aura le chauffeur de taxi. Et puis Finn a dit qu'il s'occuperait de moi !

Grace me prend par le bras et ouvre la porte du salon. Je découvre Finn endormi, le nez enfoui dans le canapé, le bras gauche pendant sur le côté, la main étalée dans une soucoupe de guacamole qui date de l'apéritif que j'ai raté, quelques heures plus tôt.

— Ah, oui ? dit-elle en riant doucement. Et qui va s'occuper de lui ?

Dan est en train de serrer la main de Stuart. Par la porte ouverte du salon, il me voit en train de me balancer sur le seuil et, abrégeant les adieux, il nous rejoint en jetant une veste en cachemire sur sa chemise Ben Sherman.

Il remercie chaleureusement Grace pour cette charmante soirée, l'embrasse sur la joue et lui sourit, mais lorsqu'il me regarde, son visage est étrangement inexpressif.

Grace m'aide à enfiler ma veste et enroule mes doigts mal coordonnés autour de la poignée de mon sac, avant de m'embrasser sur les deux joues et de me pousser doucement vers la porte. Je parviens à descendre les trois marches du perron toute seule, sans perdre l'équilibre. La voiture de Dan Slater est garée dans la rue, cent mètres plus loin. Il ne me traîne pas exactement de force, mais à mon air boudeur il doit comprendre que je lui suis aussi reconnaissante de sa « gentille » intervention que s'il m'emmenait prendre une douche froide.

Je suis trop ivre pour protester, semble-t-il, lorsqu'il m'installe sur le siège passager de sa grande BMW noire. Je ne dis rien non plus quand, après avoir pris place derrière le volant, il se penche vers moi, tire sur ma ceinture de sécurité et me frôle pour la passer en travers de ma poitrine.

Involontairement, j'inspire son odeur.

Mmm, loin d'être désagréable, il faut l'admettre.

Dommage que ce soit un salopard.

Une fois cet élément rappelé à mon cerveau embrumé, je réussis à lui décocher un regard noir au moment où il boucle ma ceinture. Il y répond par un petit sourire amusé, teinté toutefois d'une légère perplexité.

Par bonheur, avant que je ne devienne vraiment grossière avec cet homme qui, pour être un beau salaud, n'en est pas moins assez gentil pour ramener la pocharde chez elle, je m'assoupis, bercée par le doux ronronnement du puissant moteur.

Quand je me réveille, le moteur est coupé, et les lumières digitales du tableau de bord m'apprennent qu'il est 2 heures du matin. Nous avons quitté la maison de Gray quarante minutes plus tôt.

Je regarde autour de moi, surprise et désorientée. Dan est assis au volant et m'observe.

Gênée, je me tourne vers la vitre et reconnais avec soulagement l'enseigne de *Tates* sur le trottoir d'en face. Il m'a ramenée à la maison.

Bon sang, mais qu'est-ce que je m'imaginais ? Qu'il allait m'assassiner en route pour pouvoir s'emparer du restaurant ?

Mon cerveau a foutu le camp après le quatrième ou le cinquième verre de vin. Néanmoins, je sais qu'il faut largement moins de quarante minutes pour revenir de chez Gray. Depuis quand sommes-nous garés là ?

Peut-être n'a-t-il pas osé me réveiller. Il craignait sans doute qu'arrachée au sommeil, je ne lui saute dessus, avec mon sac à main en guise d'arme. Bien que mes bonnes manières soient quelque peu émoussées par l'alcool et par mes sentiments envers l'homme assis à côté de moi, il me semble qu'un minimum de gratitude est requis en la circonstance.

Manque de chance, quand j'ouvre la bouche pour susurrer un bref « merci beaucoup », la seule chose qui en sort est un gargouillis qui ressemble ni plus ni moins à « hips ».

Je plaque instantanément une main sur ma bouche, non pour étouffer un autre hoquet, mais pour masquer le fou rire tout à fait inopportun qui s'empare de moi.

Je continue à pouffer tandis que Dan sort de la voiture et vient m'ouvrir la portière. Je ris toujours quand il m'aide à introduire la clé dans la serrure de la porte d'entrée, et je ris encore, Dieu sait pourquoi, lorsqu'il me porte pratiquement jusqu'en haut des marches, puis qu'il ouvre du pied plusieurs portes avant de trouver enfin ma chambre.

Il m'assoit sur le lit, et je me laisse aussitôt aller en arrière. Il me regarde faire, l'air parfaitement à l'aise.

Je cligne des yeux.

Il me domine de toute sa hauteur.

Il ne dit rien, ne fait pas mine de s'en aller.

Malheureusement, j'éprouve le besoin de combler le silence.

Malheureusement, je ne suis pas en état de prononcer des paroles sensées, loin s'en faut.

— Vous ne me bordez pas ? Vous ne me lisez pas une histoire ?

Je sais que je devrais être horrifiée d'avoir dit une chose pareille. D'ailleurs, quelque part derrière le litre et demi de vin et les quelques verres de cognac qui coulent dans mes veines, un petit hurlement a surgi, mais franchement j'en suis au stade où je réalise ce que je fais, mais où je suis trop soûle pour m'en soucier.

Il reste silencieux, alors j'ajoute, histoire d'aggraver mon cas :

— Non ? Vous n'allez même pas m'embrasser pour me dire bonsoir ?

Oups.

Mon taux d'alcoolémie doit vraiment être très élevé pour que j'aie émis une invitation pareille. Au moment où mon visage vire à la même nuance rouge piment que ma couette, un infime sourire éclaire les traits impassibles de Dan Slater, et je le vois avec stupeur avancer vers le lit, se pencher au-dessus de moi et, très lentement, poser sur mes lèvres un baiser délicieusement doux.

En me réveillant, le lendemain matin, je trouve un seau à côté du lit et un grand verre d'eau sur la table de nuit.

Un homme invisible armé d'un marteau s'attaque à ma boîte crânienne. J'ai affreusement mal aux cheveux.

Pourtant, d'habitude, je tiens bien l'alcool. Je devais être sacrément ivre hier soir pour me sentir aussi mal ce matin.

Mes cinq secondes de bienheureuse ignorance sont écoulées. Ma mémoire se réveille, et soudain je me rappelle exactement comment s'est terminée la soirée.

Oh, non...

Je frémis intérieurement et m'enfouis sous la couette, comme pour me cacher à moi-même ma propre gêne.

J'ai demandé à Dan Slater de me border.

Comment ai-je pu faire ça ? La situation était déjà bien assez tendue entre nous, ce n'était vraiment pas la peine que je perde tout vestige de dignité...

Brusquement, une atroce pensée s'impose à mon esprit. Je ne me rappelle pas m'être déshabillée. Je pousse un immense soupir de soulagement en voyant mes vêtements éparpillés dans la chambre. Il n'y a que moi pour être aussi désordre.

Ouf ! Du moment que je ne lui ai pas fait un strip-tease, ça va. C'est alors que je me rappelle le pire. D'un bond, je me redresse dans mon lit en m'exclamant :

— Mon Dieu !

Je l'ai mis au défi de m'embrasser.

Et il l'a fait !

Et c'est là que je me suis endormie. Je me sens rougir. Daniel Slater m'a embrassée. Mais pourquoi, pourquoi ? Bien sûr, je le lui avais demandé, mais j'étais complètement bourrée.

Le désarroi et la confusion s'ajoutent à la migraine, jusqu'à ce que je comprenne qu'il a fait cela uniquement pour que je me réveille morte de honte.

Encore un point pour Dan Slater.

J'entends soudain des bruits au restaurant, en bas. Je jette un coup d'œil à mon réveil et sursaute. Il est 14 heures, je devrais être au travail depuis plus de quatre heures !

Je m'étonne qu'ils n'aient pas téléphoné ou cogné à la porte pour me réveiller. Puis je perçois le bruit d'une casserole jetée contre un mur, un juron étouffé, et je comprends que Claude est enfin revenu.

Chère Melanie... Elle a pris la situation en main avec son efficacité coutumière et, devinant mon état, m'a laissée cuver tranquillement.

Je téléphone en bas et tombe sur Mel. Bien que Claude puisse être assez terrifiant quand il est en mode « chef capricieux », elle semble plutôt guillerette.

— Ah, Ollie ! Tu as enfin rejoint le monde des gens sobres et réveillés ?

— Réveillée, je crois l'être, mais sobre, ça reste à vérifier...

— Tu t'es bien amusée, hier soir, ou tu ne te souviens de rien ?

— Malheureusement, je me souviens de tout, dis-je avec un lourd soupir, en repensant à la dernière et fatale phrase que j'ai prononcée la veille. Comment ça se passe, en bas ?

— Eh bien, Louis continue à bouder parce qu'il n'a pas été invité hier soir, et Claude est fidèle à lui-même. À une exception près, ajoute-t-elle avec ironie, il n'a pas encore succombé à l'appel de la dive bouteille.

— Je te trouve étonnamment sereine, compte tenu des circonstances.

— Quand je vois mes deux camarades, je réalise à quel point ma vie est agréable et simple. Je me sens donc parfaitement supérieure, ce qui non seulement me met d'excellente humeur, mais les exaspère tous les deux !

Avec espoir, je demande :

— Alors, tu n'as pas besoin de moi tout de suite ?

— En fait, je me sens si magnanime que je vais même t'accorder ta journée, répond-elle en riant.

— Mel, tu es un ange. Fais-moi penser à t'augmenter quand je pourrai me le permettre.

Je m'enfouis dans les oreillers, décidée à fuir l'insupportable réalité dans le sommeil, mais dix minutes plus tard le téléphone sonne.

— Salut, vieille pocharde ! lance une voix amicale à l'autre bout de la ligne.

Grace. J'émets un gémissement pitoyable.

— Oh, Gray, pardon, je suis tellement désolée ! J'étais ivre morte !

— Tu l'as dit. Mais c'était tellement drôle que je te pardonne, ma puce. Et tu as droit à une image, parce que devine quoi...

— Ne me demande pas de réfléchir, ça me fait trop mal au cerveau.

— Leo emmène Cornelia boire un verre ce soir.

— Bravo ! Ton petit stratagème a marché, finalement, même si ce n'est pas dans le sens que tu avais prévu.

Je me mets à rire, mais ça résonne atrocement dans ma tête.

— Alors, tu ne m'en voudras pas si je revois Finn ?

— Tu es sûre que tu en as envie ? Il n'est pas toujours irréprochable, d'après Stuart.

J'écarte cet argument d'un grognement méprisant. Même un moine franciscain ne trouverait pas grâce aux yeux de Stuart.

— De toute façon, c'est à lui d'appeler en premier, hein ?

— Encore faudrait-il qu'il sorte du coma, plaisante Gray. Si tu avais vu dans quel état il était tout à l'heure ! Hier soir, on lui a mis une couverture sur le dos, et il a fini la nuit sur le canapé. Il s'est réveillé à midi et il était encore trop soûl pour conduire. On l'a mis dans un taxi il y a une heure.

Je soupire :

— Alors, j'aurai de la chance s'il se souvient de moi.

— Tu auras surtout de la chance s'il ne se souvient pas de toi, corrige Grace en riant. Et Dan ?

— Quoi, Dan ? dis-je, soudain extrêmement gênée.

— Il t'a ramenée saine et sauve ?

— Oui, merci.

Mieux vaut ne pas épiloguer. En fait, en l'état actuel des choses, je préfère faire comme si Dan Slater n'existait pas.

— Est-ce que j'ai donné mon numéro de téléphone à Finn ? dis-je pour changer de sujet.

Grace s'esclaffe.

— Si tu ne te le rappelles pas toi-même, comment veux-tu que je le sache ? demande-t-elle.

— Je crois que oui.

— Il a dû finir dans les toilettes, comme la plupart de ses neurones et le petit déjeuner que j'ai essayé de lui faire avaler quand il s'est enfin réveillé.

— Oh, je vois très bien ce que tu veux dire, gémis-je. Je me sens un peu patraque, moi aussi.

— À qui la faute ? Stuart te trouve complètement folle, tu sais.

— Ah, bon ?

Je ne sais pas si je dois le prendre comme une insulte ou un compliment.

— Oui. Cinglée.

— Bah, inutile de le détromper. Dis, Gray, si Finn a perdu mon numéro, donne-le-lui, tu veux ?

— Ce n'est pas vraiment subtil, ma puce.

— Oh, Gray, donne-lui mon numéro, c'est tout.

— Tu ne préfères pas la jouer distante et inaccessible ?

— Écoute, je suis célibataire depuis deux ans, Grace. J'ai assez fait dans le distant et l'inaccessible comme ça, non ?

Après avoir raccroché, je m'efforce de reléguer toute pensée de Dan Slater dans la case « accès interdit », où végètent la plupart de mes souvenirs embarrassants, le code de ma carte bancaire et la cachette de mon trousseau de clés de secours, et je me concentre sur Finn.

Je l'aime bien.

Ça fait un bout de temps que je n'ai pas été attirée par un homme. Non que je fuie la gent masculine. Mais je me suis consacrée si exclusivement à mon affaire ces deux dernières années que je n'ai tout simplement pas eu le temps de m'intéresser à autre chose qu'à mon travail. Finn est le premier homme depuis longtemps qui occupe mes pensées plus d'une nanoseconde.

Remarquez, cela ne me manque pas tellement. Les histoires d'amour me font bien trop peur. Elles engendrent un type d'insécurité que je ne sais pas comment gérer. Soudain, on se retrouve avec une chose qu'on redoute de perdre. Si au moins on pouvait scotcher un homme dans sa petite culotte pour être sûre de ne pas l'égarer... Non, vraiment, je préfère les copains, ils sont beaucoup moins exigeants et nettement plus attentionnés. Enfin, en principe.

Et puis, c'est bien connu, les hommes cessent de vous désirer à l'instant où ils vous mettent la main dessus. Ils ont besoin de l'excitation de la chasse. De ce point de vue, ils n'ont guère évolué depuis l'homme des cavernes. Une fois qu'ils vous ont traînée par les cheveux à deux ou trois reprises, vous devenez beaucoup moins séduisante, et ils s'en vont chercher ailleurs une femme moins amochée. Voilà pourquoi je préfère fuir. Il faudrait vous appeler Linford Christie pour me rattraper et, même si vous arriviez, vous ne m'intéresseriez probablement pas.

Je suis une fille extrêmement difficile, voire pointilleuse.

Un soir, j'ai bavardé avec un homme dans un bar. Enfin, j'ai souvent bavardé avec des hommes dans des bars, mais cette fois-là reste parmi les plus mémorables (sans doute parce que j'étais relativement sobre au moment des faits).

Il s'appelait Robert. Il était célibataire, beau comme un dieu, il avait une conversation agréable, un bon boulot, il s'intéressait beaucoup à moi, bref, tous les ingrédients nécessaires pour me donner envie de le connaître un peu mieux.

C'est alors que j'ai découvert que ce Robert séduisant, intelligent et célibataire, aimait qu'on l'appelle Bob ou, mieux encore, Bobby, comme sa maman le surnommait.

Soudain, je me suis figée.

C'est absurde, non, les détails qui peuvent vous dégoûter de quelqu'un ? Donnez-moi un homme bien sous tous rapports, et j'arriverai à lui trouver un défaut. Je n'ose pas penser à ce que je deviendrais si j'avais des enfants. Surtout une fille. Je serais la pire future belle-mère du monde. À côté de mes pratiques, l'Inquisition espagnole ressemblerait à une partie de rigolade. J'obligerais les prétendants à accomplir des missions impossibles : « Vous voulez épouser ma fille ? Alors, rapportez-moi un chinchilla violet qui danse sur les tables en chantant *If you wanna be my lover*. Vous n'avez pas trouvé ? Tant pis pour vous. Au suivant ! »

Ah, le mariage, la maternité... Je crois que j'en ai envie, mais ça me flanque une frousse bleue.

En revanche, ça m'étonnerait que Tanya se marie un jour. À quatre-vingt-dix ans, elle se la jouera encore Mae West, avec du fard à paupières indélébile bleu tatoué sur ses rides, un petit caniche rose dans les bras en guise de substitut d'enfant et plusieurs gigolos septuagénaires dans son sillage.

Et moi, où en serai-je à quatre-vingt-dix ans ? Eh bien, je pense que j'aurai trouvé l'homme de ma vie, même si, comme nous le savons toutes, l'homme de notre vie est un mythe. On en parle tout le temps, mais il n'existe pas.

En attendant, je fais semblant d'adorer vivre seule. Attention, je ne dis pas que je déteste ça. Cela présente de nombreux avantages, qui toutefois se résument souvent à « je peux manger comme un porc si j'en ai envie », ce qui ne fait pas vraiment du bien à mon amour-propre.

Tout ce que je peux dire, c'est que si Cendrillon avait su quel impact elle aurait sur les femmes, elle aurait réfléchi un peu avant de chanter *Un jour, mon prince viendra*. Il viendra peut-être, mais il repartira avant le petit déjeuner et ne vous rappellera plus jamais, même s'il l'a promis.

Et je ne veux pas entendre parler du beau et preux chevalier qui sillonne les campagnes sur son blanc destrier pour sauver les femmes en détresse. À cause de qui sont-elles en détresse, d'abord, hein ?

À cause des hommes !

Dan Slater n'est pas le Prince Charmant. C'est le Chevalier Noir. Lui, c'est Londres qu'il sillonne au volant de sa BMW noire, à l'affût de tout ce qui pourrait agrandir son royaume, et au diable les serfs qu'il écrase sur son passage.

Et Finn ? Pourrait-il être mon Lancelot ? Je n'en sais rien, mais il ferait sûrement un bouffon très honorable. Et ne dit-on pas que les femmes considèrent le sens de l'humour comme une qualité essentielle chez un homme ?

Finalement, c'est peut-être Gray qui a raison. Mieux vaut se trouver un homme sérieux et raisonnable plutôt qu'un chevalier éblouissant mais diabolique, qui vous piétinera le cœur sous les sabots de sa monture lancée au galop.

C'est vrai, après tout, avec un homme totalement dépourvu de personnalité, qui ne sort jamais nulle part sans vous, on n'a pas à s'inquiéter.

Les hommes que j'ai connus m'ont toujours déçue, tôt ou tard.

Je crois que je mets la barre trop haut. Ainsi, je voudrais que l'homme de ma vie soit non seulement drôle, mais aussi intègre.

Un homme intègre ?

Laissez-moi rire.

5

Tanya est rentrée de vacances reposée, dorée et rayonnante.

— Qu'est-ce qu'il a fait ?

Elle a hurlé si fort que, malgré la musique qui résonne dans le bar bondé, les clients de la table voisine se tournent vers nous avec inquiétude.

Elle venait tout juste de retrouver son calme après avoir appris que Grace comptait se marier dans deux mois. J'aurais peut-être dû garder l'anecdote avec Dan Slater pour un autre jour.

— Techniquement, c'est moi qui le lui ai demandé, dis-je en baissant les yeux avec embarras.

— Oui, mais tu étais bourrée, affirme Tanya. Tu sais ce que ça signifie, n'est-ce pas ?

— Que je n'oserai plus jamais le regarder en face.

— Non. Ça signifie que tu lui plais, décrète Tanya.

— Ne dis pas n'importe quoi.

Je secoue la tête avec une telle véhémence que je me fais mal au cou.

— Est-ce que tu embrasserais quelqu'un qui ne te plaît pas ?

J'avale une gorgée réconfortante de vin, avant de répondre à contrecœur :

— Non, sans doute pas. Mais ce n'est pas la même chose.

— Et pourquoi donc ?

— Parce que, comme je viens de te le dire, j'étais ivre, et c'est moi qui le lui ai demandé.

— D'accord, mais il aurait pu ne pas le faire et s'en aller.

— Ç'aurait été plus raisonnable, en effet.

— Tu vois bien. Tu as la cote, je te dis.

— Je préfère m'en tenir à ma théorie, elle est beaucoup plus plausible.

— Tu crois vraiment qu'il est aussi pervers que ça ? Qu'il t'a embrassée simplement pour que tu sois verte d'humiliation le lendemain matin ?

— Exactement. Il veut me saper le moral.

— Mais dans quel but ?

— S'emparer de *Tates*.

— Il est déjà propriétaire de l'immeuble, Ollie.

— Peut-être, mais il ne peut pas le transformer tant que mon restaurant restera ouvert.

— Et tu es sûre qu'il veut y faire des appartements ? La conversation que tu as surprise ne prouve rien. Ils parlaient peut-être d'un autre endroit. D'ailleurs, Dan t'a dit lui-même que tu te méprenais.

— Parce que tu crois qu'il aurait admis une chose pareille, et en public, en plus ?

Tanya pousse un soupir.

— En supposant que tu aies raison, je ne vois pas en quoi le fait de te rouler un patin servirait sa cause.

— Il a fait ça pour me déstabiliser, me donner envie de quitter le pays, je ne sais pas, moi…

— De quitter le pays ? Tu ne trouves pas que tu y vas un peu fort, là ? Et tu es sûre que c'est tout ce qu'il a fait ? Il t'a juste embrassée sur la bouche, il ne s'est rien passé d'autre ?

— Non ! Bien sûr que non... Enfin, je crois... Oh, zut... Je ne sais plus !

Je respire un grand coup et essaie de réactiver la partie rationnelle de mon cerveau.

Je ne me souviens pas du moment où je me suis couchée. Je me rappelle m'être allongée sur le lit, mais pas m'être déshabillée... Et puis, il y a ce verre d'eau et ce seau, qu'il a dû aller chercher dans la cuisine. Cela signifie qu'il n'est pas parti juste après m'avoir embrassée...

Tanya penche la tête et me dévisage avec un petit sourire entendu.

— Alors ? C'était comment, exactement ?

— Oh, Tanya, je t'en prie !

— Allez, Ollie, vous vous êtes embrassés, Dan Slater et toi. J'exige des détails.

— J'étais ivre morte ! Je me suis endormie deux secondes plus tard.

— C'était peut-être l'effet du baiser.

— Il n'était pas si extraordinaire que ça !

— Ah, tu vois, quand tu veux ! Alors, comme ça, ce n'était pas mémorable ?

— Je n'ai pas dit ça ! Simplement, ce n'était pas le genre de baiser qui te fait défaillir de passion.

— Résumons : sans être désagréable, ce baiser n'était pas le plus réussi que tu aies connu.

— Tanya, franchement, ça devient ridicule.

— Pas du tout, affirme-t-elle avec un sourire espiègle, en remplissant subrepticement mon verre dans l'espoir de me délier la langue. Dan Slater m'a tout l'air d'un homme absolument délicieux, je tiens à savoir quel effet ça fait de l'embrasser.

Je marmonne, en évitant son regard inquisiteur :

— Je ne parlerai qu'en présence de mon avocat.

— Je le savais ! s'exclame-t-elle d'un ton triomphant. C'était bien, hein ?

Je hoche la tête, sans lever les yeux. Tanya bat des mains et, sans se soucier des gens qui nous entourent, se lève pour danser autour de la table.

— J'en étais sûre ! s'écrie-t-elle en me serrant dans ses bras. Je l'avais deviné depuis le début ! Tu as toujours été beaucoup trop agressive à son égard. C'est ce qui t'a trahie.

— D'accord, je l'admets, dis-je à contrecœur, tandis qu'elle m'oblige à la regarder dans les yeux. Il m'attire... mais en même temps il me répugne.

— Explique-toi.

— Il a une belle gueule, mais son âme est laide. Et comme il est en train de foutre en l'air ce que j'ai eu tant de mal à accomplir, je m'en veux encore plus de le trouver séduisant.

— Je vois. L'être humain est pervers, tu sais. Comme par hasard, on craque toujours pour les méchants, ceux qu'on n'est pas censé aimer.

— Ce qui, *a contrario,* expliquerait le phénomène Grace-Stuart.

— Rien n'explique le phénomène Grace-Stuart, rétorque Tanya en fronçant les sourcils. C'est le genre d'énigme qu'on trouve dans *X-Files,* ajoute-t-elle un peu trop fort.

Je lui fais signe de se taire, car Grace, l'organisatrice de cet apéritif, revient du bar avec une deuxième bouteille de vin. Elle nous sourit, pose la bouteille de chardonnay frais entre nous et sort un immense agenda. Il est truffé d'articles de journaux et de magazines, dont certains tombent sur la table lorsqu'elle l'ouvre au bon mois.

— Bien. Les filles, je vous ai fait venir parce que...

— Parce qu'on t'a atrocement manqué et que tu mourais d'envie de nous voir, coupe Tanya avec une pointe d'ironie.

— C'est vrai, approuve Grace avec un rire cristallin. Mais j'ai aussi besoin de convenir d'une date avec vous.

Elle replonge dans son sac et en exhume un stylo, dont elle se met aussitôt à mâchonner l'extrémité déjà fort mal en point.

— On sort ? s'exclame Tanya avec excitation.

— Comme au bon vieux temps ? dis-je avec nostalgie.

— On va faire des courses.

— Du shopping ! Super ! s'écrie Tanya, de plus en plus enthousiaste. Tu cherches quelque chose de particulier ?

Grace hausse les sourcils.

— Oh, juste des petits trucs. Par exemple... euh... une robe de mariée, des chaussures de mariée, des sous-vêtements de mariée et... oh...

Elle marque une pause et nous sourit avec espoir.

— Il va aussi nous falloir deux robes de demoiselles d'honneur.

— Des robes de demoiselles d'honneur... répète Tanya prudemment.

— Bien sûr. Alors, qu'est-ce que vous aimez, comme style ?

Elle prend un de ses articles et agite devant nous une blonde sur papier glacé qui sourit sous son brushing, vêtue d'une horreur rose bonbon froufroutante.

— Tu veux dire que je... euh... Ollie et moi...

— Bien sûr ! Vous serez mes témoins et mes demoiselles de déshonneur ! Vous êtes d'accord ? ajoute-t-elle d'un ton suppliant.

Tanya se tourne vers moi et quête mon aide du regard. Je me lève et serre Grace dans mes bras, les larmes aux yeux. Je suis déchirée entre la fierté et le désespoir absolu.

— Bien sûr qu'on accepte, imbécile.

Je suis flattée d'être témoin et demoiselle d'honneur, mais j'aurais tellement aimé qu'elle épouse un homme capable de la rendre heureuse jusqu'à la fin de ses jours...

— Tan? demande-t-elle. Je sais que ce n'est pas exactement ton genre, mais je te promets de ne pas t'affubler d'une tenue trop hideuse.

— Comment refuser?

Heureusement, Grace ne remarque pas l'inflexion qui fait de ces deux mots anodins une véritable question existentielle.

— Tu ne peux pas, dis-je à Tanya, en la regardant d'un œil sévère.

— J'ai l'impression d'être une sale hypocrite.

Tanya essuie distraitement un plateau avec un chiffon et passe au suivant. Dieu merci, elle a troqué ses vêtements couture contre un jean et un vieux sweat-shirt pour m'aider à faire un peu de ménage au bar de *Tates*.

Avant Stuart, Grace serait venue donner un coup de main, elle aussi. C'était devenu un rituel mensuel. Je fermais pour la soirée, et à nous quatre nous vidangions les pompes à bière en consommant la vaste quantité d'alcool qui se perd normalement durant le processus. Cela se terminait généralement de façon très joyeuse.

Aujourd'hui, je suis seule avec Tanya. Louis est sur un tournage. Nous avons proposé à Grace de venir, en incluant même Stuart dans l'invitation, mais apparemment ce dernier l'emmène à un rallye ce week-end et, après avoir rangé dans son agenda ses articles du magazine *Jeune mariée,* elle a filé dans le Derbyshire.

— On fait tout ce qu'on peut en douce pour saboter cette saloperie de mariage, et nous voilà tout sourires qui acceptons d'être témoins! poursuit Tanya. Ça me mine.

Tiens, et si on sortait en boîte pour se remonter le moral ? propose-t-elle, déjà un peu ragaillardie à cette idée.

— C'est ta solution miracle à tous les problèmes, hein ?

— Sérieusement, pourquoi on ne s'organiserait pas une vraie petite soirée ? Vendredi prochain, par exemple ? Ça nous changerait les idées.

— Tu trouves ça réjouissant, toi, de se retrouver dans un endroit rempli de gamines de dix-neuf ans qui portent moins de tissu sur le dos que n'en contient ma petite culotte et qui agitent leurs petits culs minces et fermes sur la piste de danse ?

— L'alcool qui coule à flots, la musique qui te met en transe, le fast-food en sortant... énumère Tanya pour me convaincre.

— D'accord. J'appellerai Louis.

— Je ne pensais pas seulement à Louis, figure-toi.

— Tu veux nous amener ta dernière conquête ? dis-je, surprise.

— Moi, emmener un homme en boîte ? Est-ce qu'on va à Francfort avec sa saucisse ? Non, je voulais parler de Gray.

— Gray ? Elle n'est pas sortie avec nous depuis des siècles. Aujourd'hui, c'était la première fois que je la revoyais depuis son dîner de samedi dernier.

— Justement. Ce sera notre prochaine étape pour l'éloigner de tu sais qui. En plus, si on lui trouve un autre homme, on n'aura pas besoin de s'affubler de satin rose bonbon dans deux mois.

— Elle ne viendra pas. Elle a probablement déjà organisé une soirée macramé avec Ringardos.

— Si, elle viendra. Dis-lui que tu es complètement déprimée et que seule sa compagnie t'empêcherait de te jeter dans la Tamise. Tu sais combien elle aime les causes désespérées... Il suffit de regarder Stuart.

Grâce à des ruses de Sioux, nous réussissons à convaincre Grace de sortir avec nous le vendredi suivant. Nous décidons de nous retrouver chez Tanya pour nous préparer, cérémonial qui m'a souvent manqué depuis que Grace nous néglige.

Mon moral remonte un peu quand je me glisse dans une des petites robes Moschino les plus sexy de Tanya et que j'enfile mes sandales Christian Louboutin, que je n'ai pas pu m'empêcher de m'offrir pendant les derniers soldes et qui m'ont obligée à sortir ma carte de crédit spéciale réservée exclusivement aux urgences.

Je tourne sur moi-même devant le miroir et me rends compte que je souris d'une oreille à l'autre. Ces derniers temps, j'ai pris l'habitude de vivre le plus souvent en tenue de travail, c'est-à-dire en veste et pantalon blancs de cuisinier, car Claude est devenu insaisissable. J'avais oublié à quoi je ressemblais avec un minimum de peintures de guerre, et le résultat me plaît assez.

Je vais peut-être m'amuser un peu, ce soir, oublier le mariage de Gray et l'enterrement de *Tates*.

Avec une bouffée d'optimisme, je me tourne vers les deux autres, qui se disputent l'une de mes robes Karan Millen préférées.

— Allez, vous deux, dépêchez-vous, la fête va commencer. La soirée s'annonce chaude ! dis-je avec excitation, tandis que Grace sort de la salle de bains. Louis, je t'ai dit de laisser cette robe à Tanya, elle lui va beaucoup mieux qu'à toi.

— Mon Dieu, comme je me sens vieille...

Je soupire, tandis qu'une bande d'adolescentes passent devant nous avec des rires insouciants, si jeunes, si minces et si belles que c'en est écœurant.

— Tu te sens vieille ? Tu as cinq ans de moins que moi ! s'exclame Tanya. Si on suit ton raisonnement, je suis carrément gâteuse, moi. Et je te prie de garder tes commentaires pour toi, ajoute-t-elle en voyant un petit sourire narquois se dessiner sur mes lèvres. De toute façon, une femme un peu mûre a beaucoup plus à offrir qu'une petite minette.

— Je ne suis pas sûre d'aimer ce terme, « mûre »...

— Par exemple, une conversation intelligente, poursuit Tanya, qui ne compte pas renoncer si vite à enfourcher son cheval de bataille. Une conception de la vie plus sereine, l'indépendance financière, l'expérience sexuelle.

Je complète gaiement :

— La cellulite, les rides, l'horloge biologique qui se transforme en bombe à retardement.

Elle me réduit au silence d'un regard sévère.

— Qu'est-ce qu'un homme peut trouver de mieux avec une jeunesse ? reprend-elle avec emphase. Des cuisses légèrement plus minces... dans le meilleur des cas.

Cette remarque s'adresse à une fille de dix-sept ou dix-huit ans qui a gardé ses rondeurs juvéniles et affiche sans complexe sa silhouette sous une robe assez moulante.

— Et beaucoup plus de tracas, conclut Tanya. À propos, où est passée Grace ?

Louis pousse un long soupir et lève les yeux au ciel.

— Devine.

— Elle n'est tout de même pas partie ? s'écrie Tanya avec effroi. Il n'est que 23 h 30 !

— Non, répond-il, mais tu te rappelles ces cabines téléphoniques, dans l'entrée ? Si tu veux mon avis, Ringardos est à l'autre bout du fil. Le portable de Grace ne passait pas ici.

Tanya secoue la tête avec découragement.

— Je crois que j'ai besoin d'un petit remontant.

Elle s'éloigne vers le bar et en revient peu après, une bouteille de champagne à la main, quatre coupes entre les doigts de l'autre.

— Oh, du champagne ! s'exclame Gray, qui nous a rejoints et contemple la bouteille avec gourmandise. Mon préféré, en plus ! Qu'est-ce qu'on fête ?

— Eh bien, ton retour parmi nous. Ça me paraît suffisant, comme événement, qu'on soit enfin réunis tous les quatre, répond Tanya avec sarcasme, en tendant la première coupe à Grace.

— Désolée, mon chou. Tu sais ce que c'est, quand on a un nouvel amoureux...

— On laisse tomber les vieilles copines, grommelle Tanya.

— Ce n'est pas ce que je voulais dire, corrige Grace en lui faisant une grimace et en levant son verre pour porter un toast. Aux vrais amis !

— Aux amis, répétons-nous solennellement, émus.

— Qui vous aiment toujours, même quand ils se sentent atrocement laissés pour compte, plaisante-t-elle en embrassant Tanya, qui commençait à faire la moue. Tu sais, je voulais t'inviter à mon dîner. Ce n'est pas ma faute si tu étais aux Bahamas cette semaine-là et que tu as tout raté.

J'adresse un sourire compatissant à Louis, qui n'a toujours pas pardonné à Grace de n'avoir même pas été inscrit sur la liste des convives. Puis, pour changer de sujet, je demande :

— À propos, Gray, as-tu donné mon numéro de téléphone à Finn ?

— Bien sûr. C'est même lui qui me l'a demandé. Il ne t'a pas appelée ?

— Peut-être qu'il a téléphoné quand j'étais en bas, au restaurant, dis-je, un peu vexée.

Grace fronce les sourcils, surprise.

— De toute façon, il n'est pas ton genre, déclare-t-elle gentiment.

— Qu'est-ce que tu en sais ?

— Eh bien, il est très sympa, mais pas fiable. Tu as besoin de quelqu'un de plus loyal, sur qui on peut compter. Quelqu'un comme Dan Slater, ajoute-t-elle avec malice.

— Quoi ?

— Il t'aime bien.

— Faux, archi-faux !

Voyant que Tanya s'apprête à protester, je lui lance un regard d'avertissement. Je n'ai pas raconté à Grace le petit épisode du baiser et n'ai aucune intention de le faire. Inutile d'apporter de l'eau à son moulin.

— Dans ce cas, pourquoi aurait-il proposé de te raccompagner ? insiste Grace.

— Parce que tu le lui as demandé.

— Absolument pas. La suggestion venait de lui.

— Ah, bon ?

— Oui. Et il m'a posé des questions sur toi.

J'enfouis mon visage dans ma coupe. Les bulles de champagne me pétillent dans les yeux, mais je préfère ne pas regarder Grace.

— J'espère que tu ne lui as rien dit.

— Rien de très personnel, mais je lui ai parlé du restaurant.

— Oh, Grace, non, dis-je avec inquiétude. Tu m'avais promis de te taire.

— Je ne peux tout de même pas rester les bras croisés alors que ma meilleure copine est dans le pétrin. Tu ne veux pas savoir ce qu'il m'a dit ?

— Euh... Je n'en suis pas certaine.

— Eh bien, je vais te le dire quand même. La première

fois qu'il est venu au restaurant, paraît-il, c'était pour voir la personne qui avait réussi à affoler l'imperturbable Edina Mason.

— Edina Mason ?

— Sa secrétaire. Pardon, son assistante de direction. Apparemment, c'est une créature d'une efficacité redoutable, mais aussi une vraie virago, et avant toi personne n'était arrivé à lui clouer le bec. Et Dan ignorait complètement que le service commercial t'avait déjà réclamé une augmentation de loyer.

— J'aurais dû me douter qu'il ferait l'innocent.

— C'est peut-être vrai. Il me semble être quelqu'un d'honnête.

— C'est ça, et moi, je suis Claudia Schiffer. Tu te laisses aveugler par sa belle gueule, voilà tout.

J'aurais mieux fait de me taire.

— Ah ! s'exclame-t-elle avec satisfaction. Alors, tu reconnais qu'il est beau mec ?

— Bien sûr, comme tout le monde, mais la question n'est pas là. Son entreprise menace mon gagne-pain, et pour moi ça suffit à faire de lui un parfait enfoiré.

Je remplis ma coupe et avale une bonne gorgée de nectar, avant d'ajouter :

— Mais nous sommes ici pour oublier nos soucis, pas pour en parler. Je propose un autre toast…

Vite, une idée !

— À… euh… à…

Tanya vole à mon secours.

— À tous les hommes que nous avons aimés, déclare-t-elle, et à tous ceux que nous aimerons.

Tout le monde remarque le manque de conviction de Grace à l'allusion de l'avenir. Pour y remédier, Tan remplit d'autorité sa coupe, à ras bord, pour la troisième fois.

— Vous voulez me soûler, ma parole !

— Oui ! clamons-nous en chœur.

Nous passons la demi-heure suivante à enivrer Grace et à lui montrer des hommes séduisants. Elle devient de plus en plus indulgente à mesure qu'elle boit et, comme il fallait s'y attendre, elle se rend bientôt aux toilettes.

— Elle est complètement paf, commente Tanya, ravie.

— Tu penses, après des semaines d'eau minérale millésimée, elle ne tient plus l'alcool !

Tanya, Louis et moi profitons de l'absence de Gray pour parcourir la salle des yeux, à la recherche d'une victime potentielle.

Nos goûts diffèrent sensiblement.

Louis semble attiré par les garçons maigres et chauves ornés de nombreux piercings, mais ça m'étonnerait que Grace approuve ses choix. Tanya, elle, craque pour un beau visage ou une montre coûteuse. Quant à moi, je cherche le sosie de Brad Pitt. Pas pour moi, je serais plutôt du genre Tom Cruise, mais je sais que Grace a un faible pour Brad, surtout depuis qu'elle l'a vu suer sang et eau dans *Fight Club*.

Au bout de cinq minutes, je repère un heureux mortel plutôt bien de sa personne, et surtout, à mon avis, susceptible de plaire à Grace.

— En voilà un qui a une bonne gueule, dis-je en le montrant aux deux autres.

— Lequel ? demande Tanya.

— Cheveux noirs, chemise verte.

— Je ne distingue pas son visage.

— Un mélange de George Clooney et d'Al Pacino en plus jeune et plus grand.

— Mmm, j'ai du mal à l'imaginer, mais c'est prometteur...

L'élu se tourne vers nous, et Tanya inspire un grand coup.

— Tu as raison, murmure-t-elle en relâchant lentement son souffle. Il est vraiment craquant. Tellement craquant que je ne dirais pas non moi-même.

— Je sais que c'est dur, mais pense à notre cause.

— On ne pourrait pas lui en trouver un autre ? suggère-t-elle. Ce ne sont pas les candidats qui manquent, ici.

— Peut-être, objecte Louis, mais je n'en vois aucun qui plairait suffisamment à Grace pour l'éloigner de Ringardos. Résigne-toi à faire ce sacrifice pour ta copine.

— Ça va, ça va, soupire Tanya en levant les mains en signe de capitulation. Je le lui laisse.

— Et maintenant comment les mettre en contact ?

— Il va falloir utiliser la bonne vieille tactique d'autrefois, déclare Tanya en se levant.

— Qu'est-ce que tu vas faire ?

— Ouvrez les yeux et prenez-en de la graine, dit-elle en souriant.

Nous lui emboîtons le pas, tandis qu'elle ondule de la croupe en direction du bar, droit sur le garçon en question. Elle se campe à côté de lui et lance l'immortelle réplique :

— Excusez-moi, mais vous avez un ticket avec mon amie.

Elle joue si bien les ingénues qu'au lieu de l'envoyer promener, l'intéressé éclate de rire.

— Ah, bon ? dit-il en lui adressant un grand sourire amusé.

— Mais oui, confirme Tanya en désignant Grace, qui reparaît tout juste.

Le moment est judicieusement choisi. Ses cheveux sont un peu décoiffés par le sèche-mains, et elle a remis un peu trop de rouge à lèvres devant le miroir embué des toilettes. Elle est légèrement pompette, un brin coquine et totalement sublime.

— Mmm, fait-il d'un ton approbateur. Je suis un homme heureux.

Une pointe d'accent irlandais ajoute encore du charme à sa voix déjà terriblement sexy. De près, il ressemble plus que jamais à George Clooney, avec ses mèches brunes rebelles et ses yeux qui se plissent dès qu'il sourit.

Il s'appelle Declan, nous apprend-il, et enterre la vie de garçon d'un de ses amis. En tant que témoin, Declan a juré de ne pas laisser la bande attacher le jeune marié nu sous le pont de Londres ou l'envoyer par la poste à Aberdeen. Il est donc resté relativement sobre. Les autres membres du groupe, en revanche, font un véritable chahut dans le bar. C'est à qui sombrera le premier dans le coma éthylique, et Declan est heureux d'avoir un peu de compagnie.

Pendant que Tanya prépare le terrain en papotant avec lui, Louis et moi nous chargeons de Gray.

— J'avais presque oublié comme ça pouvait être sympa, une petite soirée entre nous, commente-t-elle, une fois que nous avons tous les trois repris nos places.

Elle prend la bouteille de champagne pour se resservir et s'exclame d'un ton dépité :

— Oh, elle est vide !

Avec un remarquable à-propos, Tanya nous rejoint alors en compagnie du délicieux Declan, qui pose une bouteille sur notre table.

— Grace, ce charmant garçon s'appelle Declan, annonce Tanya. Declan, voici Grace.

Declan sourit et remplit la coupe de Grace.

— Merci, Declan, dit Grace en levant sa coupe vers lui. À ta santé.

— Il lui plaît, me chuchote Louis à l'oreille.

— J'espère bien, mais à quoi vois-tu ça ?

— Elle ne l'a pas rembarré d'emblée, répond simplement Louis. C'est déjà un progrès, non ?

Il a raison. Je regarde Grace s'écarter sur sa banquette pour faire une place à notre nouvel ami. Elle lui sourit tandis qu'il se glisse à côté d'elle, beaucoup plus près que nécessaire.

Et les voilà partis dans une grande conversation. Pendant plus d'une heure, ils discutent en descendant tranquillement le reste de la bouteille de Declan.

Je n'entends pas ce qu'ils se disent, mais ils rient beaucoup. Tanya m'adresse des haussements de sourcils enthousiastes et lève les pouces sous la table lorsque, beaucoup plus tard, Declan conduit Gray sur la piste de danse et l'attire contre son adorable torse au son d'une musique langoureuse à souhait.

Ô frustration, nous les perdons de vue dans la foule des couples enlacés et devons nous lancer à notre tour sur la piste de danse pour pouvoir nous approcher et voir où en sont les choses.

Nous tentons une lente chorégraphie à trois, et notre étrange trio progresse maladroitement sur la piste, jusqu'au moment où nous retrouvons Gray et Declan.

— Alors, ils s'embrassent ? demande Louis, qui leur tourne le dos.

Tanya se tord le cou pour regarder par-dessus son épaule.

— Non, on dirait qu'elle est effondrée contre sa poitrine, abrutie par l'alcool.

Une bande de garçons ivres sèment soudain la panique sur la piste de danse, les bras autour des épaules les uns des autres, comme une sorte de mêlée de rugby. Quand ils s'éloignent, Grace et Declan ont disparu. Nous décidons de nous séparer pour nous lancer à leur recherche. Dix minutes plus tard, je rejoins Tanya à la table. Elle a fait chou blanc, comme moi. Louis revient en trottinant cinq minutes après nous, à bout de souffle.

— Alors, tu les as vus ? demande Tanya.

Hors d'haleine, il hoche la tête avec véhémence.

— Ils sont sortis prendre l'air, annonce-t-il avec un grand sourire.

— Bravo ! s'exclame Tanya en brandissant un poing victorieux. On a réussi ! On a réussi !

Elle m'entraîne sur la piste, où nous dansons une gigue comme deux idiotes, avant de retourner à notre table fêter dignement l'événement en commandant une nouvelle bouteille de Moët.

Vingt minutes plus tard, Gray revient, seule, mais avec la veste de Declan sur les épaules. Elle s'effondre sur le tabouret voisin du mien et me pique ma coupe.

— Il est vraiment adorable, ce garçon, commente-t-elle gaiement, en mangeant la moitié de ses mots.

— C'est vrai ? entonnons-nous de concert.

— Oh, oui, adorable, répète-t-elle en hoquetant doucement. Il m'a prêté sa veste parce qu'il faisait froid, dehors.

— Et on peut savoir ce que vous fabriquiez dehors ? demande Tanya impatiemment.

— Écoutez, il est tellement sympa...

— Oui ?

— ... qu'il m'a prêté son portable pour appeler Stuart. Vous savez, j'ai passé une super soirée, mais il me manque tellement...

Tanya laisse fuser un hurlement, et sa tête tombe en avant sur la table.

— Ça va, Tan ? s'inquiète Gray en lui tapotant l'épaule.

Je réprime un énorme soupir.

— Ne t'en fais pas pour elle, dis-je. Elle a eu une soirée stressante.

— Quel gâchis, marmonne Tanya. Quel gâchis !

Lentement, elle relève la tête et se tourne vers moi. Et ses yeux verts se mettent soudain à pétiller. Elle saisit sa coupe de champagne sur la table, en vide le contenu d'une traite, puis elle se lève et attrape la veste qu'a abandonnée Grace.

— Où vas-tu ?

Elle porte le vêtement à son visage, inspire l'odeur chaude et virile mâtinée de CK One et m'adresse un sourire malicieux.

— Ma foi, le propriétaire de cette veste est assez à mon goût, alors si Gray ne veut pas de lui...

Je suis claquée. Après notre soirée tardive et arrosée de vendredi, Louis et moi avons dû héberger une fête privée au restaurant, hier soir. Nous n'avons fermé qu'à 2 heures du matin et avons passé ensuite une heure et demie à tout ranger. Ce matin, j'ai dû me lever à 7 heures pour préparer le déjeuner du dimanche, qui affichait déjà complet. Louis a congé, aujourd'hui, mais je n'ai pas cette chance. Si je ne fais pas attention, je vais m'endormir dans mes marmites. Je me suis déjà brûlé deux fois les sourcils en éloignant des flammes la casserole de sauce sans m'écarter moi-même suffisamment.

Lorsque le service touche à sa fin, je laisse Melanie, Claude et l'un de mes étudiants s'occuper des derniers clients et monte m'allonger sur mon lit, trop épuisée pour retirer mon filet ou passer sous la douche pour me débarrasser des taches de graisse.

J'ai les yeux fermés depuis environ trente secondes quand on frappe à ma porte. Je me lève avec difficulté et grommelle en tournant la poignée :

— Vous ne pouvez pas vous passer de moi deux minutes, les gars ? Même si l'équipe de foot d'Arsenal débarque au grand complet, je ne redescends plus.

Il me faut un moment pour reconnaître le visage de l'homme qui se tient sur le palier. C'est un visage très séduisant. Deux yeux verts pétillants, et une bouche qui dessine un sourire amusé en me voyant.

Il a l'air merveilleusement désinvolte, avec son pantalon en toile noir, son pull marin et ses cheveux dorés soigneusement décoiffés, tel David Ginola au sortir de la douche, prêt pour le « moteur... action ! »

Quant à moi, je suis au mieux de ma forme : du beurre dans les cheveux, des taches mauves de chou rouge sur tout mon jean, une traînée de sauce sur le front et des sourcils carbonisés qui, si ça se trouve, fument encore. Super.

— Salut, Finn.

J'ajoute encore à mon charme en me frottant les yeux. Avec un peu de chance, il est du genre à aimer les épouvantails. Mais il ne fait aucun commentaire. Il se contente de se pencher vers moi et de m'embrasser sur la joue, avant de reculer avec un grand sourire.

— Tu sens divinement bon ! déclare-t-il.

Surprise à la fois par le baiser et par le compliment, je m'exclame :

— C'est vrai ?

— Affirmatif. Rôti de bœuf et pain à l'ail. Succulent. Tu es à croquer, littéralement. D'ailleurs, ajoute-t-il en m'observant de plus près, il y a largement de quoi nourrir trois personnes sur toi.

— Mon Dieu...

— Non, ne change rien, tu ressembles à une œuvre d'art abstraite.

Ce n'est peut-être pas terrible, comme compliment,

mais c'est ce qu'un homme m'a dit de plus gentil depuis longtemps. Et puis, un peu de flatterie n'a jamais fait de mal à l'ego d'une fille.

Il me sourit de toutes ses dents parfaitement régulières.

J'aimerais lui rendre son sourire, mais je me retiens. À tous les coups, j'ai un morceau de bacon grillé ou un bout de salade entre les dents.

— Je suis désolé de ne pas t'avoir appelée avant de passer. À vrai dire, je préfère surprendre les gens. Ça doit être un défaut de journaliste.

Il s'étire et regarde autour de lui.

— Et comme je suis remarquablement observateur, je vois que je t'ai interrompue en pleine sieste. Tu veux la continuer en version crapuleuse ?

— Pardon ?

Il éclate de rire.

— Laissons tomber. Alors, puisqu'un après-midi de sexe torride ne t'inspire pas, ça te dirait de venir boire un verre avec moi ?

— À vrai dire, j'avais prévu de rester au lit.

Devant son petit sourire espiègle, je m'empresse d'ajouter:

— Seule et endormie.

— Allez, sois sympa, Ollie, j'ai besoin de compagnie, et tu es la seule personne avec qui j'ai envie de passer le reste de la journée.

J'adore les flatteries, c'est plus fort que moi. Par ailleurs, je me retrouve si souvent confinée ici, en ce moment, que cela ne me fera pas de mal de sortir un peu. M'échapper une heure ou deux me permettra de penser à autre chose qu'à la tambouille.

— On pourrait aller faire un tour hors de Londres, puis dîner quelque part, insiste Finn, estimant sans doute nécessaires quelques arguments supplémentaires.

C'est aussi de la tambouille, mais du moment que quelqu'un d'autre est aux fourneaux, j'appelle cela de la gastronomie !

— Bonne idée. Je vais me changer.

— Pas la peine, j'aime bien ce look un peu fruste.

— Fruste ? Dans ce cas, je cours me changer.

Pour sa peine, il va devoir attendre. Je prends le temps de me doucher, me faire un petit brushing, me maquiller et essayer trois tenues différentes.

— Quelle hygiène ! s'exclame-t-il, lorsque j'émerge enfin de ma chambre.

Je ne tarde pas à regretter d'avoir passé tant de temps sur ma coiffure. Finn conduit une vieille MG Roadster. Pour une fois, il fait beau et il l'a décapotée.

Après une ébouriffante promenade, qui nous emmène jusqu'au pub qu'il a choisi pour dîner, à Warwick, au bord de la Tamise, j'ai sur la tête une choucroute à faire pâlir Brigitte Bardot.

Pendant que j'essaie de réparer ces dégâts capillaires dans les toilettes, Finn commande à boire et nous trouve une table sur la terrasse. Lorsque je le rejoins, il me tend un grand gin tonic.

— Grace nous a-t-elle pardonné ? demande-t-il.

— Notre état d'ébriété ou d'avoir contrarié ses projets d'entremetteuse ?

— Les deux.

— Oui. Estimons-nous heureux. Tu es au courant, pour Leo et Cornelia ?

— Non, mais je crois que je devine. C'est le couple du mois ? Je t'avais dit qu'ils étaient faits l'un pour l'autre. J'ai du flair pour ces choses-là, ajoute-t-il en se tapotant l'aile du nez. Au fait, vas-tu enfin me dire pourquoi tu détestes tant Dan Slater ?

Doux Jésus ! Pourquoi faut-il qu'il me parle de lui ? Depuis cette fameuse soirée, je m'évertue à reléguer cet homme aux confins de mon esprit, dans l'espoir vain d'oublier vous savez quoi.

— Eh bien ?

— Qu'est-ce qui te fait croire que je le déteste ? Ça se voyait tant que ça, l'autre soir ?

— Comme le nez au milieu de la figure.

Le silence s'installe, tandis qu'une serveuse nous apporte des menus. J'examine le mien et hésite entre une tourte au poisson, la spécialité du chef, et un poulet basquaise. Finalement, après avoir jeté mon dévolu sur le poisson et Finn sur un steak saignant, je reprends :

— Eh bien, c'est très simple, en fait. Sa société a tout bonnement racheté ma rue.

— Oh !

— Et que font les promoteurs immobiliers, en général ?

— Euh... de la construction, bien sûr, soupire-t-il, compréhensif.

— Tu vois ce que je veux dire ? Pendant deux ans, je me suis donné un mal de chien pour monter ma petite affaire, et voilà que débarquent les entreprises Slater !

— Ils n'ont peut-être pas l'intention de tout raser pour reconstruire.

— Que veux-tu qu'ils fassent d'autre ?

— Ils peuvent se contenter de ce que leur rapportent les loyers.

— Parlons-en, justement. La première fois que j'ai entendu le nom des entreprises Slater, c'est quand j'ai reçu un avis d'augmentation de loyer. Aussitôt après, comme par hasard, ils m'ont proposé de reprendre mon bail. Heureusement, je pense pouvoir faire face à cette hausse. Mais j'arriverai tout juste à joindre les deux bouts, et j'en ai par-dessus la tête d'être toujours ric-rac. Je commençais justement à m'en sortir pas trop mal !

Je raconte à Finn la conversation que j'ai surprise entre Dan et ses amis, en omettant, allez savoir pourquoi, l'épisode de mon agression verbale. Finn m'écoute. Attentivement, qui plus est.

C'est agréable de parler à quelqu'un d'extérieur à cette affaire, quelqu'un d'objectif. Il me laisse vitupérer pendant tout le repas pratiquement sans m'interrompre. Très thérapeutique pour moi, mais pas vraiment fascinant pour lui, le pauvre. Enfin, je me tais et m'excuse, excuses qu'il ignore. Il s'accoude à la table, pose le menton sur ses mains croisées et me dévisage.

— Pourquoi n'utilises-tu pas tes atouts ? suggère-t-il simplement.

— Par exemple ?

— Eh bien, tu as une éblouissante paire... d'yeux...

Son charmant sourire taquin m'empêche de lui donner un bon coup de pied sous la table.

— Je pensais au restaurant, reprend-il, de nouveau sérieux.

Je soupire.

— Tu te doutes que j'ai réfléchi à différentes solutions pour augmenter le chiffre d'affaires. Nous ne fermons que lorsqu'il n'est pas rentable d'être ouvert. J'ai déjà négocié avec mes fournisseurs au plus juste de leur marge bénéficiaire, et j'ai ajouté deux pour cent sur presque toute la carte, ainsi que sur les consommations au bar. Je ne vois pas ce que je peux faire d'autre.

— En es-tu bien certaine ? Les gens ne mangent pas seulement au déjeuner et au dîner, tu sais.

— Où veux-tu en venir, Finn ?

— Supposons que je reste dormir chez toi, cette nuit.

Demain matin, on serait obligés de manger chez toi ou est-ce qu'on pourrait sortir prendre le petit déjeuner dehors ?

— Quoi ?

— Contente-toi de réfléchir à ma question, Ollie.

— D'accord. Eh bien… il faudrait prendre le petit déjeuner à la maison, oui, car il n'y a rien dans le quartier. Nous allons parfois dans un bistro un peu plus loin, mais c'est au diable…

À cet instant précis, une petite lumière s'allume soudain dans mon cerveau.

C'est d'une évidence géniale ! Je bondis de ma chaise et me jette au cou de Finn en criant :

— Oh, Finn, je t'adore !

— C'est peut-être un peu prématuré, comme déclaration, remarque-t-il en riant, le nez dans mes cheveux. Mais tu peux me manifester ta gratitude de bien d'autres manières.

— Oui, bien sûr…

Je m'approche un peu plus de lui, lui souris et, au moment où il croit que je vais déposer un baiser sur ses lèvres entrouvertes, je me penche sur le côté, attrape mon sac posé sous sa chaise et en tire mon portefeuille.

— Je t'invite à dîner.

Comme chaque lundi soir, *Tates* est fermé. Tanya et moi avons le restaurant pour nous toutes seules. Nous passons la soirée en tête à tête, chose qui nous arrive rarement, installées à l'une des meilleures tables, devant une bouteille d'un de mes vins rouges les plus chers, et exceptionnellement, nous nous autorisons une immense assiette de potée et de saucisses.

— Je crois avoir trouvé une solution à ma crise financière, dis-je.

Mais Tanya est encore dans tous ses états à l'idée que je suis sortie avec un garçon pour la première fois depuis des siècles.

— Alors, quand est-ce que je vais le rencontrer, ce Finn ?

— Mmm, voyons... Pourquoi pas... jamais ?

— Si tu crois que tu vas t'en tirer comme ça, tu te trompes lourdement. Tu connais la procédure : tout nouvel homme doit être présenté. C'est la règle. Même Stuart avec un *u* s'y est plié. Hélas !

— Je ne sors pas avec Finn, Tan. On est juste allés manger un morceau, c'est tout.

— Oui, mais pour toi, c'est comme si Elizabeth Ire annonçait ses fiançailles. Allez, dis-moi tout, comment est-il ?

— Gentil.

— Gentil ! s'exclame-t-elle avec horreur. Gentil ! Je t'en supplie, Ollie, n'emploie pas ce terme, sinon je vais croire que tu t'es engagée dans la même voie que notre pauvre Grace.

Je m'empresse de la rassurer.

— Non, pas gentil de cette façon. Tu l'aimerais bien, il est marrant.

— Dieu soit loué !

— Mais j'ai quelque chose de beaucoup plus important à te raconter.

— Oui, excuse-moi, mon chou... Continue.

— Eh bien, je... enfin, Finn et moi, nous avons trouvé, je pense, le moyen de gagner suffisamment d'argent pour compenser l'augmentation du loyer.

— Tu t'es enfin décidée à vendre ton corps ?

— Pas encore. Deux livres cinquante, ça ne nous mènerait pas bien loin, de toute façon, hein ? Non, j'ai une meilleure idée. Je vais exploiter davantage les atouts que j'ai déjà en main.

— C'est bien ce que je viens de dire !

— Tanya, fais un effort, pour une fois. Je te parle du restaurant. Je vais servir des petits déjeuners.

Elle cesse de mastiquer un instant.

— Tu es sûre que ce sera rentable ? demande-t-elle enfin, après une hésitation.

— Eh bien, j'ai fait les calculs, ça me paraît vraiment possible. Je n'ai pas besoin de Claude. Je peux tout préparer moi-même, ce qui n'est pas plus mal, étant donné que mon labeur est à peu près la seule chose gratuite en ce moment, et Louis a dit qu'il assurerait le service.

— Faut-il en déduire que son roman n'avance pas ?

— Disons qu'il n'est pas sur les rangs pour le prix Nobel de littérature pour l'instant.

— Et sa musique ?

— U2 n'a pas de souci à se faire.

— Et la télé ?

— Eh bien, il est persuadé qu'il pourrait très bien y avoir un deuxième personnage homosexuel dans *EastEnders*, mais il n'a pas encore réussi à convaincre les scénaristes.

— Par conséquent, en attendant, il continuera à être le serveur le plus polyvalent de Londres.

— Exactement. Et il m'a promis de ne plus bassiner les clients dont il pense qu'ils sont des découvreurs de talents pour des maisons de disques.

— Dis-lui aussi d'arrêter de déclamer des tirades de *Hamlet* quand il apporte les assiettes. C'est à vous dégoûter de votre déjeuner, surtout lorsqu'il fait mine de poignarder quelqu'un avec un couteau à steak et de la sauce aux fruits rouges. Tous ces morceaux rougeâtres… Beurk ! s'exclame Tanya avec un frisson.

— Qu'est-ce que tu dirais, alors, si tu le voyais faire *Tempête en haute mer* avec une serpillière et un paquet de raisins secs enrobés de chocolat !

— Oh, non, tais-toi !

Tanya se couvre le visage d'une main.

— Heureusement, cette scène-là est réservée à la cuisine. Bon, alors, que dis-tu de mon projet ?

— Ça me semble être une bonne idée, ma puce, dit-elle sans grande conviction. Si tu penses vraiment pouvoir assumer la surcharge de travail.

— Il le faudra bien. C'est ça ou mettre la clé sous la porte, or je n'ai pas l'intention de faire ce plaisir à cet enfoiré de Dan Slater.

— Mmm, je serais prête à lui faire n'importe quel plaisir, moi, les yeux bandés... Enfin, non, je préférerais d'abord voir ce qu'il a à m'offrir.

Tout le monde n'est pas aussi enthousiaste que Finn, Louis et Tanya.

— Tu n'y penses pas ! proteste Grace.

Nous sommes mardi après-midi, et nous consultons toutes les deux des magazines spécialisés remplis de robes censées être des tenues de demoiselles d'honneur.

— À t'entendre, on croirait que je veux transformer *Tates* en club de claquettes.

Je tourne vivement une page pour ôter de ma vue un tailleur rose répugnant, à donner une crise cardiaque au fan des années soixante-dix le plus fervent.

— Mais, Ollie, ça ne te rapportera rien ! Tu as consacré toute ton énergie à établir ta réputation. Si tu fais de ton restaurant une gargote, la cote de *Tates* va descendre en flèche !

Agacée, je réplique :

— Sans ton détestable ami Dan Slater, je n'aurais pas à l'envisager.

— Dan ? Ce n'est certainement pas lui qui s'occupe des histoires de loyer.

— Oh, monsieur se contente de donner des ordres, n'est-ce pas ? S'il ne veut pas se salir les mains, alors pourquoi vient-il tout le temps déjeuner au restaurant ? Il n'a qu'à payer quelqu'un pour me harceler au lieu de s'en charger lui-même.

— Dan vient déjeuner ici ?

— Ou dîner, oui. Ne fais pas cette tête, c'est vexant, à la fin. Nous avons tout de même une bonne réputation !

Gray hoche distraitement la tête et reste un instant songeuse, puis elle esquisse un sourire énigmatique. Maussade, je marmonne :

— Qu'est-ce qui te fait rire ?

— Je viens d'avoir une idée très amusante.

— Je me réjouis que quelqu'un trouve la situation amusante.

Elle hausse les sourcils, l'air toujours aussi mystérieux. Je soupire :

— Bon, à ton avis, pourquoi Satan Slater a-t-il subitement décidé de se pointer régulièrement sous mon toit, en supposant que cela ne fasse pas partie de son plan retors pour me chasser de *Tates* ?

Gray continue à la jouer façon Mona Lisa. J'insiste :

— Allez, accouche.

— Eh bien… peut-être que tu lui plais, dit-elle enfin, en me considérant d'un œil malicieux.

— Je lui plais ? C'est ça, et moi, je vais danser toute nue à ton mariage, dis-je, sarcastique.

— Pourquoi pas ? lance-t-elle avec un grand sourire. Ça dépendra de la quantité de champagne que tu auras réussi à ingurgiter pendant que j'aurai le dos tourné ! Non, sérieusement, je suis sûre que Dan t'aime bien.

Je secoue la tête.

— Ça va, Gray, tu m'as déjà fait le coup l'autre jour. Daniel Slater ne s'intéresse à moi que parce qu'il a des vues sur *Tates*, dis-je, heureuse de ne pas lui avoir raconté l'épisode du baiser.

— Je t'assure, c'est parfaitement logique. Sinon, pourquoi viendrait-il ici, et pourquoi aurait-il insisté pour te raccompagner, l'autre jour ?

— Je t'ai déjà dit...

— Pour l'amour du Ciel, Ollie, enterre la hache de guerre et oublie ta théorie du complot !

— En tout cas, elle est plus plausible que ton hypothèse.

— Même en admettant que son but soit de te mettre à la porte, je ne vois pas en quoi le fait qu'il devienne un habitué pourrait aider ses coupables projets.

— Parce que c'est un sale pervers sadique, dis-je dans ma barbe.

— Allons, Ollie, tu te trompes du tout au tout sur Dan. Si ça se trouve, il apprécie ta cuisine, c'est tout. Nous sommes sortis quelques fois avec lui, crois-moi, c'est un bon vivant.

— J'imagine, oui.

— Écoute, il est célibataire, solvable et divinement sexy...

— Grands dieux, Grace, tu parles comme une collégienne enamourée ! On se demande pourquoi tu épouses Stuart...

— Pour être une femme comblée, répond Grace. Je devrais peut-être diriger vers vous deux ma baguette de Cupidon, on organiserait un mariage commun.

Grace esquive le paquet de bacon que je lui lance à la figure.

— C'est le comble de l'insulte, dis-je en récupérant mon bacon, qui a atterri au milieu des tranches de pain blanc que je viens de couper. Et Cupidon n'a pas une baguette, mais une flèche, ce qui est beaucoup plus meurtrier. Braque donc une flèche sur la poitrine de Dan Slater, si tu y tiens, du moment qu'elle est bien affûtée.

— Ollie, je suis sérieuse. Je trouve tout à fait vraisemblable qu'il vienne ici pour tes beaux yeux et pas seulement pour la table.

— Mais bien sûr ! Il me harcèle dans le seul but de m'ajouter à sa liste de conquêtes sans nul doute interminable.

— Pas si interminable que cela, assure Grace. Je crois simplement qu'il n'a pas encore trouvé la femme qu'il lui faut.

— Elle doit être drôlement difficile à dégoter, celle-là.

— Oui, acquiesce Grace, sans même remarquer le sarcasme. Il faudra qu'elle ait vraiment quelque chose de plus.

— Qu'elle soit une sainte ?

— Qu'elle soit très jolie. Tu l'es, tu sais.

— C'est cela, oui, dis-je d'un ton moqueur. Le saindoux, c'est excellent pour le teint.

— Qu'elle soit intelligente, drôle, intéressante, indépendante. Qu'elle ait sa propre entreprise, peut-être...

— Arrête les allusions, Grace, tu te montes la tête. Et puis, si ça ne tient qu'à Dan Slater, je ne l'ai plus pour bien longtemps, mon entreprise.

— Écoute, je suis sûre que Dan n'a rien à voir là-dedans personnellement. Mais si tu veux, je peux demander à Stuart de lui en toucher un mot...

— Je t'interdis de faire une chose pareille ! Je suis parfaitement capable de me défendre toute seule, merci.

— Avec huit livres de bacon et douze miches de pain tranché ?

— On ne critique pas. Ces ingrédients sont la clé de ma future stabilité financière.

— Alors, tu envisages sérieusement de le faire.

— Oui.

— Eh bien, j'admire ta détermination, mais franchement, Ollie, les œufs au bacon, ça n'a pas grand-chose à voir avec la grande cuisine.

— À moi d'en faire la nouvelle grande cuisine, voilà tout. Je vais proposer des assiettes rigolotes, avec deux œufs au plat pour les yeux et une tranche de bacon recourbée pour la bouche, et tu vas voir qu'en un rien de temps, on viendra de toute l'Angleterre pour petit-déjeuner chez moi. Blague à part, Gray, je me fiche que ce ne soit pas raffiné, du moment que ça me permet de ne pas déposer le bilan.

— La situation est si terrible que ça ?

— Elle le sera quand mon loyer augmentera. Voilà pourquoi je dois prendre des mesures radicales.

Grace s'empare de ma main et la serre dans la sienne.

— Dans ce cas, j'espère sincèrement que ça va marcher pour toi.

— Moi aussi, Gray. Moi aussi.

— Bon, dit-elle en me lâchant la main, un grand sourire aux lèvres. Et maintenant, on ferait mieux de vous choisir une tenue, à Tan et toi, sinon tu vas vraiment danser toute nue à mon mariage !

6

La porte de la cuisine s'ouvre, et le brushing impeccable de Tanya apparaît dans l'entrebâillement.

— Coucou là-dedans ! lance-t-elle joyeusement. Je suis passée voir comment tu t'en sortais pour ta première matinée en tant que gérante de snack-bar. Je pensais prendre un bol de céréales pour te manifester mon soutien mais, à voir la foule agglutinée dans la salle, je constate que c'est superflu.

Je lui souris en agitant une spatule.

— Je suis la reine de la friture. Je vais peut-être changer d'enseigne et m'appeler *Au bon graillon* ou quelque chose comme ça.

Tanya me serre dans ses bras, au risque d'exposer sa sublime petite veste Gucci à une myriade de substances hautement salissantes, parmi lesquelles figurent en bonne place gras de bacon et vinaigrette.

— Pour tout t'avouer, ajoute-t-elle, je ne pensais pas que ce genre de formule aurait du succès dans ce quartier.

— Tu rigoles ? Toute l'école de danse du coin de la rue est venue prendre un petit déjeuner complet ! Je me demande même si je ne ferais pas mieux de laisser tomber ma carte habituelle pour proposer des œufs au bacon toute la journée. Les bons vieux plats frits à l'anglaise reviennent en force. Qui l'eût cru ?

— Je me réjouis de voir mes doutes balayés par ton succès, déclare Tanya, l'air un peu penaud.

— Ne t'inquiète pas, ma puce, Grace avait les mêmes appréhensions que toi. En pire !

— À propos de Grace, il faut vraiment qu'on agisse. Je sais que tu as du pain sur la planche en ce moment… Pardon pour le jeu de mots, ajoute-t-elle, car je me suis remise à couper des tranches de pain. Mais cette saloperie de mariage se rapproche dangereusement, et apparemment elle ne va pas changer d'avis !

— Et que suggères-tu ?

— Il est temps de passer à la vitesse supérieure. Pour l'instant, toutes nos tentatives se sont soldées par des échecs.

— Ce qui est peut-être riche d'enseignement, non ?

— Précisément. Il faut adopter des mesures drastiques, maintenant.

— Oui. Leur ficher la paix, par exemple. Grace semble vraiment heureuse. On devrait peut-être laisser tomber notre croisade, non ?

— Elle se croit heureuse, précise Tanya. À ton avis, comment réagira-t-elle quand elle réalisera, quinze jours après le mariage, qu'elle vient de promettre de passer le reste de sa vie avec un mec ennuyeux comme la pluie ?

— Évidemment, vu sous cet angle… Mais que proposes-tu ?

— Eh bien, en tant que témoins et demoiselles d'honneur, à nous d'organiser son enterrement de vie de jeune fille. Ce sera l'occasion idéale pour l'entraîner dans une vaste chasse à l'homme. À son insu, bien entendu !

— Mmm… Et concrètement, ça prendra quelle forme ?

— Je ne sais pas encore. Tu as des suggestions ?

— C'est toi, la boîte à idées, je te rappelle.

Tanya se mordille la lèvre. Je peux presque entendre cliqueter les rouages de son cerveau.

— Si on partait tout un week-end ? dit-elle enfin. Un week-end entre filles, où le but serait de sortir et de faire la fête jusqu'à ce que coma s'ensuive ?

— Pourquoi pas ? Où ça ?

— Je ne sais pas... À Blackpool, par exemple. Une des filles du boulot y est allée, il paraît qu'il y avait cinq mecs pour une nana !

— C'est ça, cinq ivrognes coiffés de chapeaux sur lesquels il y a marqué « embrasse-moi ». Très tentant.

— Tu as mieux à proposer ?

— Quelque chose d'un peu plus romantique, peut-être ? Rome ?

— En Italie ?

— C'est là que se situait Rome la dernière fois que j'ai vérifié, oui.

Soudain, le visage de Tanya s'illumine.

— Oh, à nous les petits Italiens, les chaussures italiennes, les sacs à main italiens, la mode italienne ! s'écrie-t-elle, son excitation montant d'un cran à chaque exclamation.

— Apparemment, tu n'as rien contre.

— Rien contre ? Je cours faire mes bagages !

Une demi-heure plus tard, une autre tête se pointe dans l'entrebâillement de la porte.

— Comment ça se passe ?

Un grand sourire qui m'est adressé éclaire le visage amical et séduisant de Finn, qui ne semble pas remarquer que ses cheveux retombent sur son front et lui cachent l'œil gauche.

— Merveilleusement bien.

J'arrête de laver mes champignons pour l'embrasser.

— Quel flair, tu arrives juste à temps pour un petit déjeuner à l'anglaise aux frais de la maison.

— Ce serait avec plaisir, mais tu seras ravie d'apprendre que tu n'as plus une seule table de libre. Même celles du trottoir sont prises, et pourtant il fait franchement frisquet ce matin. Écoute, que dirais-tu d'aller boire un verre avec moi un de ces soirs pour fêter ça ?

— J'ai une meilleure idée. C'est moi qui t'emmène boire un verre pour te remercier.

— Je n'ai fait que planter la graine, c'est en toi que l'idée a germé. Et c'est toi qui te décarcasses.

— Alors, sortons carrément dîner, ça nous laissera toute une soirée pour nous congratuler mutuellement !

Mel roule des yeux.

— Bienvenue dans le très sélect club d'autosatisfaction de Finn et Ollie... soupire-t-elle.

— Seuls les membres sont admis, déclare-t-il en tirant la langue à Mel. Alors, ce soir, tu peux ? me demande-t-il.

— Non, je travaille.

— Demain ?

— Pareil.

— Jeudi ?

— Devine.

— Vendredi ?

Mon sourire désolé est suffisamment éloquent.

— Y a-t-il des soirs où tu ne travailles pas ?

— Bien sûr, environ deux par mois, et Tanya les a tous réservés pour les quatre prochains mois. Écoute, le plus simple, c'est que tu viennes dîner ici. Je tâcherai de me libérer au maximum, mais cela me permettra d'être sur place en cas de pépin.

— Ça ne va pas beaucoup te changer...

— La cuisine est excellente, et je te promets que tu auras la meilleure table de la maison. On pourra même rester boire un digestif après la fermeture, si les patrons sont de bon poil.

Il réfléchit un court moment, puis me gratifie d'un beau sourire.

— Ça marche. Mais promets-moi de ne pas passer la soirée à la cuisine pendant que je me morfondrai dans la salle en comptant les minutes.

— Le cas échéant, je t'enverrai Mel et une bouteille de Bollinger pour te tenir compagnie.

— Marché conclu ! approuve-t-il en décochant un clin d'œil à Mel, qui rougit comme une pivoine. Quel soir ?

— Jeudi, ça te va ? Nous n'avons pas encore trop de réservations.

— Alors, réserve-toi pour moi tout seul.

— Dis-moi, ça ressemble à un rendez-vous galant, votre histoire ! commente Mel après le départ de Finn. Tu te rappelles comment on fait, Ollie ? Non, attends, vous êtes déjà allés dîner ensemble une fois, je crois, alors officiellement, c'est votre deuxième rendez-vous. Mon Dieu, Ollie va dîner pour la deuxième fois avec un garçon ! Est-ce que... est-ce que ça pourrait signifier que... que tu sors avec quelqu'un ?

Elle fait semblant de s'évanouir et s'affale sur une des chaises de la cuisine.

— Désolée de t'ôter tes illusions, mais on est juste copains.

— Je l'ai déjà entendue, celle-là. On est juste copains ! Mon œil !

— Pourtant, en l'occurrence, c'est vrai.

Malgré l'incrédulité de Mel, c'est effectivement la vérité. J'adore Finn, mais je le trouve peut-être un peu trop parfait. D'ailleurs, tout homme qui passe plus de temps que moi dans une salle de bains suscite ma méfiance. Cela dit, il est absolument canon, il a beaucoup d'humour, il est gentil, attentionné, intelligent, sexy. Mais suis-je sensible à son charme ? Difficile à dire.

Nous nous entendons merveilleusement bien, mais a-t-il ce petit truc en plus que je recherche chez un homme ? L'inconvénient, c'est que j'ignore moi-même de quoi il s'agit. Alors, comment savoir si Finn a ce truc, puisque j'ignore ce que je cherche ? Je crains qu'il ne l'ait pas, sinon je ne serais pas en train de me demander s'il l'a ou non. Je le saurais, c'est tout. Vous êtes largués ? Rassurez-vous, moi aussi. Pourtant, je vois dans tout cela une sorte de logique typiquement féminine.

La dernière fois que j'ai ressenti une émotion qui pouvait s'apparenter à du désir physique, ce n'était pas avec Finn. Malheureusement.

Vous voyez peut-être à quoi je fais allusion. Parfaitement, à la fameuse scène du baiser.

Certes, j'étais ivre au point de ne plus savoir ce que je faisais, mais j'ai tout de même ressenti dans tout mon corps une onde de désir.

Évidemment, je ne l'ai avoué à personne.

Ce baiser a provoqué en moi une foule d'émotions – horreur, confusion, répugnance, même – mais il a indéniablement réveillé ma libido. Plus qu'une étincelle de désir, ça a été un vrai feu d'artifice, autant être honnête envers moi-même, et ce souvenir continue à faire faire des sauts périlleux à mon estomac dès que j'y repense.

Dan Slater est hautain, grossier, insupportable, insolent, bref, odieux avec un O majuscule. Et pourtant… rien que de penser à lui, je suis toute troublée. Malheureusement, c'est le genre de type avec lequel je ne me sentirai jamais en confiance. Si j'avais une aventure avec un homme comme Dan, je passerais mon temps à repousser les légions de femmes qui se jettent à sa tête.

Bon, mais qu'est-ce que je raconte, là ? Une aventure avec Dan Slater ? La seule aventure que j'ai avec lui, c'est une mésaventure, basée sur une haine réciproque.

Si seulement je pouvais cesser de fantasmer sur son anatomie, ce serait tellement plus simple...

Mon Dieu, ça y est ! Voilà, je me le suis avoué.

Dan Slater me fait craquer.

Méchamment.

Le jeudi soir arrive plus vite que le train fantôme à Disney World. Louis et Mel ont insisté pour nous attribuer l'alcôve présidée par Cupidon. Devant mes protestations, ils ont menti comme des arracheurs de dents et affirmé que c'était la seule table de libre ce soir-là. Quand j'ai ouvert le cahier de réservations pour vérifier leurs dires, j'y ai trouvé, inscrits au crayon, des tas de Smith et autres Brown qu'à mon avis on ne verra jamais.

Finn est un peu en retard. J'en profite pour faire un petit tour à la cuisine et m'assurer que tout est prêt pour une soirée quasiment détendue.

Il arrive à 20 h 15. Il est magnifiquement beau. Il sent magnifiquement bon. Ses yeux verts pétillent de plaisir lorsqu'il m'embrasse sur les deux joues, au grand amusement des deux autres, qui rôdent dans les parages, aussi près qu'ils peuvent l'être sans se montrer complètement importuns.

Malheureusement, lorsque je conduis Finn à notre table, je découvre que Mel et Louis ont profité de mon passage à la cuisine pour rendre le coin des amoureux encore plus propice à l'amour que d'habitude. On pourrait presque le rebaptiser « coin des étreintes ».

Je crois mourir de honte quand je remarque le petit vase de roses rouges sur la table et les bougies supplémentaires disposées un peu partout. Louis et Mel sont allés jusqu'à semer des pétales de roses sur toute la nappe, et ils ont remplacé la boîte d'allumettes aux armes de *Tates* par un paquet de trois préservatifs.

Je fais signe à Finn de s'asseoir et supprime prestement les ronds de serviette rouges en forme de cœur que Louis – ça ne peut être que lui – a également ajoutés et, d'un geste faussement distrait, j'expédie la majorité des pétales par terre sous l'œil amusé de Finn.

— Franchement, on ne tient plus son personnel, de nos jours, dis-je d'une voix forte, certaine que le personnel en question nous écoute en douce.

Mel et Louis ont failli se disputer, tout à l'heure, pour savoir qui aurait le privilège de nous servir ce soir. Finalement, ils ont décidé de se relayer. L'un nous servira pendant que l'autre nous espionnera, puis ils échangeront leurs informations.

Pour leur donner le moins possible d'occasions de venir dans l'alcôve, j'ai déjà posé sur la table les menus, une bouteille de vin rouge ouverte et une autre de sancerre dans un seau à glace. Ajoutez à cela du pain frais et du beurre, voilà qui leur ôte quelques prétextes pour s'approcher de nous.

Je sers à Finn un verre de vin rouge et commence par m'excuser :

— Il ne faudra pas m'en vouloir si je m'endors dans mon assiette. Ces horaires matinaux me tuent !

— Je ne te le pardonnerai jamais, réplique Finn. Je prendrai cela pour une insulte insupportable et je considérerai que tu me trouves complètement rasoir.

— Étant donné que tu t'es endormi devant moi au dîner de Grace, nous serons quittes, je crois.

— J'ai tout de même attendu que tu aies quitté la pièce.

Mel arrive prématurément pour prendre notre commande. Nous sommes assis depuis à peine deux minutes, mais la curiosité a eu raison d'elle.

— Eh bien, que puis-je vous servir? demande-t-elle gaiement, en clignant de l'œil à mon intention.

Finn qui, malgré mes efforts, a remarqué toutes les petites attentions supplémentaires, ainsi que l'intérêt du personnel, me fait aussi un clin d'œil, qui passe inaperçu de Mel.

— Voyons... dit-il en s'adossant à sa chaise pour consulter le menu.

Je reconnais cette expression. Il avait la même au moment où il a glissé du fauteuil, chez Grace, pour effectuer son raid vers la chaîne hi-fi.

— Je crois que je vais prendre le consommé au gingembre, puis le filet mignon aux cœurs d'artichaut, sans les pommes de terre, merci, j'ai déjà des poignées d'amour, mettez-moi plutôt de la salade, mais surtout pas d'oignons... Et comme dessert, j'aimerais assez la tarte aux fruits de la passion.

Si vous voyiez la tête de Mel!

— Tu crois que ça a marché? demande-t-il, après que j'ai passé commande et que Mel est partie raconter le gingembre, les fruits de la passion et *tutti quanti* à Louis.

— Absolument. J'ai les oreilles qui sifflent tellement fort que je ne vais pas tarder à devenir sourde.

— Je suis méchant, hein?

— Non. Ça leur fera les pieds.

— Il y a juste un petit problème.

— Ah ?

— Je n'aime pas le gingembre.

— Ne t'inquiète pas, je te donnerai quelques crevettes.

— Enfin, ça va jaser sec à la cuisine. Tu pourras me donner des frites, aussi ? J'adore ça.

Quand les entrées arrivent, nous versons discrètement le consommé dans l'oranger nain posé sur le rebord de la fenêtre. Puis nous prenons un malin plaisir à décortiquer mes gambas et à nous les faire manger mutuellement, avec des poses aussi lascives que possible et force sucements de doigts suggestifs chaque fois que nous voyons Mel ou Louis regarder dans notre direction.

Pour une fois, je me réjouis que le restaurant soit relativement calme. Comme je l'avais escompté, aucun membre du clan Smith ou Brown n'est encore apparu, et pour l'instant je profite de mon dîner comme une cliente ordinaire. Enfin, abstraction faite des fréquentes tentatives de Mel et de Louis pour passer nonchalamment devant l'alcôve et voir où en sont les choses.

Ils n'ont eu aucun prétexte pour venir depuis qu'ils nous ont servi le plat principal, et Louis tournicote derrière nous comme une mouche contre une vitre.

— Tout va bien ? demande-t-il enfin, incapable de rester dans l'ombre.

— Très bien, merci.

— Parfaitement bien, renchérit Finn. Je suis impressionné.

En apparence, il parle de la nourriture, mais c'est moi qu'il regarde. Ce détail n'échappe pas à Louis, qui m'adresse un clin d'œil enthousiaste que je fais mine de ne pas remarquer.

— Vous n'avez besoin de rien ?

— Non, merci.

— Un peu plus de vin, peut-être ?

— Il nous en reste encore beaucoup, tu vois bien, dis-je en tournant les yeux vers la salle pour lui ordonner de partir.

Louis sourit malicieusement mais obéit, et je me tourne de nouveau vers Finn.

— Franchement ! Tes amis sont-ils aussi indiscrets que les miens ? Encore heureux que Tanya ait été invitée au théâtre, ce soir, sinon elle n'aurait pas manqué d'être là avec sa dernière conquête, à nous adresser des signes depuis la table voisine.

— Tanya ?

— C'est vrai, tu ne la connais pas. Elle n'a pas pu venir au dîner de Grace. Il faudra que je te la présente, tu vas l'adorer. En fait, elle te ressemble.

— C'est-à-dire ? Belle comme un cœur, mais un peu fêlée ?

— Exactement… Sauf que, sur le deuxième point, je crois que tu la bats.

Finn me tire la langue, puis prend la bouteille de sancerre et fait mine de me resservir, mais je couvre mon verre presque vide de ma main.

— Non, merci. Le vin m'endort, et je tombe déjà de sommeil.

— Moi qui me croyais fascinant !

Tandis que Finn remplit son verre, je laisse mon regard errer par la fenêtre.

La journée, magnifique, s'est transformée en une agréable et douce soirée d'été. Il fait encore presque jour, et les toits de Londres se détachent sur un ciel bleu sombre où quelques rares nuages s'effilochent lentement. Les oiseaux qui ont fait leur nid dans l'épais lilas de la cour continuent à chanter, croyant, abusés par les lumières du restaurant, que la nuit n'est pas encore tombée.

Tandis que nous terminons le plat de résistance – que Finn, heureusement, a commandé parce qu'il aime le filet mignon – nous découvrons que nous adorons tous les deux les romans de Douglas Adams, Billy Connelly, Victoria Wood, mais seulement sur scène, et les Marx Brothers.

Je suis en train de raconter à Finn ma fameuse blague sur les bonnes sœurs, histoire de voir si quelqu'un qui n'est pas ivre mort peut l'apprécier, quand la porte du restaurant s'ouvre et que Dan Slater fait son apparition.

Je m'arrête en plein milieu d'une phrase et reste bouche bée, tandis que ma Melanie, excitée et servile, cesse soudain de nous espionner pour se précipiter vers les nouveaux arrivants.

Le revoilà.

C'est à peine croyable.

Où que je tourne les yeux, il est là. Comme si cela ne suffisait pas qu'il me fasse des choses terriblement troublantes dès que je m'endors !

Je reconnais aussitôt les deux hommes qui l'accompagnent. Ce sont ceux qui se trouvaient avec lui chez l'antiquaire.

Ils sont venus prendre les mesures du restaurant ! Foi d'Olivia, s'ils osent sortir leur mètre chez moi, je leur réserve le choc de leur vie !

— Que diable fait-il ici ? s'étonne Finn.

— C'est exactement ce que je me demande. Tu ne peux pas savoir, depuis que sa société a racheté pratiquement tous les immeubles de la rue, il est constamment fourré chez nous !

— Il vient s'assurer qu'il a fait un bon placement, suggère Finn.

Il se tord le cou pour observer les compagnons de Dan.

— Celui-là, je ne l'ai jamais vu, ajoute-t-il en désignant l'homme au mètre, mais l'autre, c'est Rupert Lock. Il est architecte.

— Comment le sais-tu ?

— Justement, c'est l'une des choses dont je voulais te parler ce soir. J'ai fait quelques recherches pour ton compte. Il y a des avantages à avoir un journaliste parmi ses amis, tu vois.

— Et qu'as-tu découvert ?

— Eh bien, aucune demande de permis de construire n'a été déposée pour ton immeuble. En revanche, ils ont racheté l'usine désaffectée qui se trouve au bout de la rue. Tu sais, où on fabriquait des ampoules électriques.

— Et alors ?

— Apparemment, ils comptent réhabiliter les locaux et créer six appartements de grand standing.

— Et Tates ?

— Pour l'instant, rien.

— Mais... et cette histoire chez l'antiquaire ?

— Eh bien, je me suis renseigné, là aussi.

— Comment ?

— Le plus simplement du monde : je suis entré dans la boutique et j'ai interrogé le propriétaire.

— Et il a accepté de te répondre ?

— Pas tout de suite, bien sûr. Mais lorsque je lui ai expliqué de quoi il retournait, il s'est montré très coopératif. Il n'a pas plus envie que toi de perdre son boulot, tu sais. Tu n'es pas la seule à qui on ait demandé une augmentation de loyer.

— Alors ? dis-je avec impatience. Qu'est-ce que Slater faisait là-bas ?

— Il achetait une cheminée.

— Une cheminée ?

— Exactement. Un énorme machin très impressionnant, qui est censé aller dans un loft horriblement cher d'un immeuble de Mayfair que les entreprises Slater sont en train de réhabiliter. Le type du magasin m'a donné l'adresse de la livraison, ça coïncide.

Alors, je me suis méprise sur les intentions de Dan Slater… et je l'ai vilipendé en public sans raison. À ce souvenir, je me sens virer à la même nuance de rose que les pétales qui jonchent encore le sol autour de notre table.

— Mon Dieu…

— Qu'y a-t-il, Ollie ? Ce sont plutôt de bonnes nouvelles, non ?

– Oh, oui, bien sûr, mais…

Je lui explique le sordide malentendu.

— Ne te mets pas martel en tête, répond-il gentiment. Ce n'est pas parce qu'ils n'ont pas encore demandé de permis de construire qu'ils n'ont pas l'intention de le faire. Ils l'obtiendront vraisemblablement plus facilement si les lieux n'abritent pas une affaire prospère. Je suppose qu'ils vont attendre le renouvellement de ton bail, en espérant que tu ne pourras pas assumer l'augmentation de loyer.

— Tu crois ?

— Quoi qu'il en soit, tu pourras faire face, n'est-ce pas ?

— Oui, grâce à toi.

— Le petit déjeuner se passe toujours bien ?

— Ce n'est que la première semaine mais, si les choses continuent sur leur lancée, je vais même augmenter mon chiffre d'affaires !

Je lève mon verre et répète :

— Grâce à toi.

Finn sourit avec modestie.

— Heureux d'avoir pu t'être utile. Mais tu aurais eu cette idée tôt ou tard.

— Si nous fêtions cela dignement?

Je cherche des yeux Louis ou Mel, qui papillonnent à présent entre notre table et celle de Dan Slater, sans trop savoir où se déroule le scénario le plus passionnant. Louis est le premier à réagir.

— Apporte-nous une bouteille de notre meilleur champagne, Louis.

— Tiens, tiens... Peut-on savoir ce que vous fêtez?

— Réjouis-toi: vraisemblablement, nous ne serons pas au chômage dans un mois. Contrairement à ce que certains espèrent!

Ai-je parlé assez fort pour que Dan Slater m'entende? J'ai essayé, mais j'ignore si le bruit de fond a couvert ou non ma voix.

Peut-être m'a-t-il entendue, car il me regarde d'un air réprobateur ouvrir bruyamment la bouteille et remplir nos coupes avec un grand sourire satisfait destiné à le faire enrager.

Ça ne lui plaît pas de me voir fêter quelque chose, je suppose. Il doit se douter que c'est synonyme de mauvaises nouvelles pour lui et ses satanés projets. Je lève mon verre et propose un toast à Finn.

— À l'avenir!

— À l'avenir, répète-t-il en avalant une longue gorgée.

Je coule un nouveau regard vers Satan Slater. Il m'observe toujours et semble vraiment agacé.

Tant mieux.

Je me sens extrêmement euphorique, soudain, à l'idée que c'est moi qui le contrarie, pour une fois, et non l'inverse.

Dans un élan de générosité dû en partie à l'alcool, nous envoyons le reste de notre bouteille à la cuisine pour Louis, Mel et Claude. Puis nous partageons un dessert. Enfin, partager est un bien grand mot, car Finn fait quasiment barrage pour nous empêcher, moi et ma petite cuillère, d'accéder à la tarte, et l'affaire se termine presque par un pugilat.

Nous passons ensuite au café et nous disputons les chocolats qui l'accompagnent, bien que Mel nous en ait fourni une bonne poignée au lieu des deux réglementaires.

Nous terminons la soirée par deux grands cognacs, que nous savourons lentement, en bavardant et en riant sans grande discrétion. À présent, le restaurant est quasiment vide, à l'exception de nous, d'un jeune couple dans l'autre alcôve et de Dan et compagnie.

Je m'appuie contre le dossier de ma chaise, caresse mon ventre et déclare joyeusement :

— Je ne pourrais plus rien avaler.

— La cuisine est bonne, ici, hein ? plaisante-t-il.

— Peut-être parce que, pour une fois, ce n'est pas moi qui étais aux fourneaux. J'ai failli avoir une attaque quand Claude s'est présenté tout à l'heure, fidèle au poste.

— Eh bien, je me réjouis qu'il soit venu. Mel est sexy en diable, mais ce n'aurait pas été pareil que de dîner avec toi.

— C'est vrai, ça m'a fait plaisir, à moi aussi.

— Je peux te raccompagner chez toi ? demande Finn avec un petit rire, sachant pertinemment que « chez moi » se trouve quelques mètres plus loin, à gauche en entrant dans la cuisine.

Je réfléchis au moins une seconde.

— D'accord.

Nous attendons que Mel et Louis aient disparu pour prendre la poudre d'escampette.

Dan Slater lève les yeux vers moi au moment où je passe devant lui. Je jurerais qu'il sourit presque. Puis Finn glisse un bras sous le mien et lui adresse un petit salut de la tête. Le demi-sourire de Dan disparaît, il lui répond de la même façon et se détourne aussitôt.

En général, je passe par la cuisine pour rentrer chez moi mais, pour éviter les regards curieux et les inévitables ragots, nous sortons comme des clients ordinaires et contournons le pâté de maisons jusqu'à la ruelle où donne l'entrée de service de l'immeuble. Ainsi, en cas de questions – et je suis prête à parier mon restaurant qu'il y en aura –, je pourrai affirmer que j'ai simplement raccompagné Finn à sa voiture.

Nous gardons le silence jusqu'au moment où nous arrivons devant la porte, contre laquelle Finn s'appuie en me regardant d'un œil amusé.

— Voilà, l'heure est venue, me dit-il, tandis que je cherche ma clé dans ma poche.

— Quelle heure ?

— Celle où je dois me demander s'il est correct de t'embrasser pour te souhaiter une bonne nuit.

— Je ne te savais pas aussi scrupuleux, dis-je en riant. De toute façon, j'allais te proposer d'entrer prendre un café.

— Attends une minute. Je m'en voudrais de rater un si joli clair de lune.

Nous sourions et nous approchons pour nous embrasser.

C'est le plus facile et le plus confortable des premiers baisers que j'aie jamais connus. Un peu trop confortable, même... Certes, je ne m'attendais pas à un feu d'artifice, mais...

Je m'écarte. Je dois avoir la même expression légèrement perplexe que je vois sur le visage de Finn. Interloquée, je lui demande :

— Je suis la seule à être bizarre ?

Il fait non de la tête.

— Rien. Rien du tout.

— Moi non plus. Pas une étincelle.

Finn paraît déçu.

— On pourrait réessayer, suggère-t-il. Histoire d'être vraiment sûrs.

Je hoche la tête, et nous nous embrassons une nouvelle fois.

Mes yeux s'ouvrent, et je vois le toit, ma gouttière dans laquelle semble pousser de l'herbe. Je suis en plein baiser passionné, et tout ce à quoi je pense, c'est qu'il faudrait que je nettoie ma gouttière ?

Je décide de reporter mon attention sur Finn, dans l'espoir que la vision, même floue, de son si beau visage déclenchera en moi un minimum d'émotion.

Toujours rien.

Je laisse vagabonder mes yeux par-dessus son épaule, tandis que Finn, sans doute par orgueil masculin, se donne plus de mal que moi et garde les paupières obstinément fermées, allant même jusqu'à enlacer ses doigts dans mes cheveux.

Il embrasse très bien, je l'admets, et mes yeux se ferment à moitié quand, soudain, ils se rouvrent en grand. Je suis certaine d'avoir vu une BMW noire rouler lentement au bout de la ruelle.

À deux reprises.

Non. C'est impossible. Je me fais des idées. Ce satané Dan Slater va finir par me rendre franchement paranoïaque. Revenons à nos moutons. À notre homme. Mais l'homme en question semble soudain baisser les bras.

Je m'écarte et demande :

— Et cette fois ?

Il secoue de nouveau la tête.

— Toujours rien.

— Moi non plus. J'ai l'impression d'embrasser mon frère... Enfin, je n'ai jamais embrassé mon frère, dis-je aussitôt. Pas sur la bouche, en tout cas.

— Ne t'inquiète pas, je comprends ce que tu veux dire. Moi non plus, je n'ai jamais embrassé mon frère.

C'est vraiment injuste. Voilà un homme qui me plaît vraiment, chose qui ne m'est pas arrivée depuis des siècles, et l'embrasser me fait à peu près autant d'effet que de manger un yaourt sans sucre. C'était un baiser parfait, mais mes hormones perverses refusent tout bonnement de suivre.

Une seule solution.

— Amis ? dis-je à Finn.

— Amis, répond-il en prenant ma main tendue et en la serrant.

— On n'a jamais trop d'amis, concluons-nous en chœur.

— Tu veux tout de même entrer boire un café ?

Finn se rassérène un peu.

— J'aurai le droit de regarder la cassette de *Une nuit à l'opéra* ? demande-t-il avec espoir.

— Et comment !

— Alors, je te suis.

Tanya déboule dès l'ouverture et exige un compte rendu circonstancié de ce qu'elle a intitulé « le rendez-vous érotique d'Ollie ».

— Alors, comment ça s'est passé ? demande-t-elle.

Elle chipe un toast et une tasse de thé que je viens de préparer pour un client, s'assoit devant la table de la cuisine et ouvre un pot de confiture aux trois agrumes.

— C'était sympa. On a passé une bonne soirée.

— Sympa ? Une bonne soirée ? Ah, non, tu ne vas pas recommencer !

Elle dépose une grosse cuillerée de confiture sur son toast au pain complet et l'étale en couche épaisse.

— Réservons ces termes à Stuart avec un *u*, ajoute-t-elle. Alors, tu lui as offert un café chez toi ?

— Oui.

— C'est pas vrai ?

— Ne t'emballe pas. On a regardé des films des Marx Brothers jusqu'à 4 heures du matin, puis on s'est endormis sur le canapé.

— C'est tout ?

— Hélas, oui.

— Je me trompe, ou tu as l'air un peu déçue ?

— Je le suis. Il est adorable, et on s'entend vraiment bien mais, ne me demande pas pourquoi, il n'y a strictement aucune étincelle entre nous. On est très bons copains, point final. À vrai dire, il me fait un peu penser à toi, hormis quelques détails anatomiques.

— Est-ce que ça signifie qu'il est aussi séduisant que moi ?

— Exactement.

— À quelle heure est-il parti ?

— Il est toujours là.

— Quoi ?

Le toast qui se dirigeait vers la bouche de Tanya atterrit brutalement sur la table.

— Il est en train de prendre son petit déjeuner dans la salle. Il voulait rester dans la cuisine, mais j'avais besoin de place, dis-je d'un ton lourd de sous-entendus.

— Il est encore là, et tu ne m'as pas présentée !

— Je n'en ai ni le temps, ni l'envie, dis-je pour la taquiner.

Tanya rassemble toast et confiture.

— À quelle table s'est-il installé ? Si tu refuses de me présenter, je vais m'en charger toute seule !

C'est inimaginable. Qui aurait cru qu'il fallait prendre rendez-vous pour essayer des robes ?

Grace nous fait entrer avec excitation dans une boutique de vêtements très sélecte pour mariées et demoiselles d'honneur. Tanya est craintive comme une petite souris. Ce genre de boutique la panique, et elle semble aussi rassurée qu'un prisonnier en cavale qui rôderait autour d'un commissariat.

De mon côté, je dois reconnaître que je préférerais occuper autrement mes précieuses journées de loisir, d'autant plus que dix minutes après notre arrivée, je me retrouve engoncée dans des hectares de ce que la grosse et joviale vendeuse appelle avec optimisme du « taffetas pêche » – un choix de Grace, apparemment, qui n'a pourtant pas si mauvais goût, d'habitude.

— Ce n'est pas pêche, c'est orange fluo, siffle Tanya dans l'immense salon d'essayage. Je ressemble à une grosse citrouille immonde, marmonne-t-elle entre ses dents serrées, lorsqu'elle émerge, rougissante et en nage, du décolleté rigide.

Je lui rappelle, en m'efforçant de ne pas hurler devant le reflet non moins terrifiant que me renvoie le miroir :

— Nous sommes les faire-valoir de la mariée. Cela dit, j'avoue qu'on ressemble à des lampadaires XXL affreusement kitsch. Mais n'oublie pas que le principal rôle de la demoiselle d'honneur est de mettre la mariée en valeur.

— À côté de nous, n'importe quel boudin aurait l'air joli.

— Souris, dis-je, tandis que nous écartons le lourd rideau de velours du salon d'essayage. Ce que Grace veut, Grace l'aura.

— Avec un peu de chance, elle viendra se les faire rembourser avant la date du mariage, chuchote Tanya avec espoir.

— Ainsi soit-il, dis-je en soupirant.

Nous nous plantons devant Grace, deux sourires figés plaqués sur le visage.

— Mon Dieu, mon Dieu ! s'exclame-t-elle. Vous êtes superbes ! Absolument ravissantes ! Allez-y, tournez sur vous-mêmes.

Nous nous exécutons gauchement et réalisons soudain que Grace sirote un café offert par la maison en déployant des efforts surhumains pour ne pas éclater de rire.

En comprenant qu'elle nous a menées en bateau, je hurle :

— Oh, espèce de garce perverse !

— Je suis désolée, je n'ai pas pu résister ! crie-t-elle, en renversant du café sur le velours rouge du siège capitonné sur lequel elle est assise. Oh, si vous aviez pu voir vos têtes ! Vous y avez vraiment cru, hein ?

Grace se roule pratiquement par terre de rire. Il vaudrait mieux pour elle qu'elle ne roule pas trop près, je pourrais bien lui donner un coup de pied.

— Ah ah, très drôle, marmonne Tanya en dégrafant rageusement son bustier orange.

— Comment avez-vous pu penser que je vous obligerais à porter des monstruosités pareilles ? dit Grace entre deux gloussements. Non, les vraies robes sont bien mieux, et vraiment originales, en plus. Vous savez, je n'aurais jamais cru qu'on faisait des robes de demoiselles d'honneur en écossais marron.

Elle recommence à s'esclaffer en voyant nos mines épouvantées et reprend :

— Non ? Ça ne vous tente pas ? Alors, que diriez-vous d'un look plus champêtre ? Une tenue de bergère, par exemple ? Vous seriez mignonnes comme des cœurs, et ce serait facile à accessoiriser. Il y a plein de moutons dans le Derbyshire !

7

— Passeport ?

— Emballé.

— Valise pleine de tenues dûment affriolantes, minijupes réglementaires ?

— Idem.

— Billets d'avion ?

— Idem.

— Bien. Il ne nous manque plus que la victime.

Août est arrivé, et le soleil tant attendu aussi. Ironie du sort, les prévisions météorologiques nationales pour le week-end sont excellentes, or c'est justement le week-end où, à l'insu de Stuart avec un *u*, nous kidnappons Grace pour l'emmener à l'étranger.

C'est vendredi après-midi, et Louis et moi mettons au point les derniers détails, car nous décollons ce soir, à 21 heures.

— Je la récupère à son bureau à 18 heures. Elle croit qu'on repasse ici se changer et qu'on sort en boîte, dis-je en rangeant mon billet et celui de Grace dans mon immense fourre-tout en cuir.

— Elle croit qu'on sort ? s'exclame-t-il.

— Que voulais-tu que je lui dise ? Si elle connaissait nos plans, elle trouverait je ne sais quelle excuse pour se débiner. C'est plus ou moins la tradition, non, d'emmener la future mariée enterrer sa vie de jeune fille dans un lieu secret ?

— Et comment va-t-on la convaincre de monter dans l'avion ? En la droguant ?

— On pourrait lui mettre un bandeau sur les yeux.

— Ben voyons, réplique Louis, sarcastique. Ding dong, les passagers du vol 069 à destination de Rome sont priés de…

J'ajoute :

— Un bandeau et des boules Quies ?

— Bah, espérons seulement qu'en arrivant à l'aéroport elle sera contente, dit Louis sans trop y croire. Quand on lui a dit qu'elle connaîtrait le programme au dernier moment, ça a semblé lui faire plaisir.

— Je sais, mais elle ne s'attend pas à quitter le pays.

En fait, Grace s'imagine que nous allons dîner chez *Tates* avec d'autres amis, puis que nous sortirons boire et danser jusqu'à l'aube, alors que nous allons prendre un avion pour Rome, puis boire et danser jusqu'à dimanche soir.

J'ai été dépêchée subrepticement chez elle pour préparer ses bagages, un soir où nous la savions chez Stuart, dans le Derbyshire. J'en ai profité pour choisir ses vêtements les plus sexy. Je suis sûre qu'elle n'a pas remarqué leur disparition : la chose la plus osée qu'elle ait portée récemment est une robe qui lui arrivait au genou.

À 17 h 30, je fais le pied de grue devant l'immeuble où travaille Grace. Elle ne finit jamais avant 18 heures, mais je préfère ne courir aucun risque. Dès que l'extrémité d'un de ses escarpins franchira la porte vitrée, je la ferai entrer de gré ou de force dans ma voiture.

D'après ce que j'ai compris, Stuart n'a pas été enchanté d'apprendre que sa bien-aimée allait s'embarquer dans ce qu'elle lui a décrit comme une soirée de débauche éthylique. Je le crois capable d'une tentative de dernière minute pour attirer sa promise chez lui ce week-end.

Grace sort du bâtiment à 18 h 10 et s'effondre avec lassitude dans ma voiture. Elle a l'air fatiguée et m'avoue que ce dont elle rêve ce soir, c'est de rentrer prendre un bon bain et de se coucher tôt.

Ça commence bien.

Seul avantage, elle garde les yeux fermés pendant les quinze premières minutes du trajet, et lorsqu'elle les rouvre, nous avons déjà fait une bonne partie du chemin.

— Mais... on n'est pas sur la route qui va au restaurant, constate-t-elle en regardant autour d'elle.

— Je sais.

— Et pourquoi ? demande-t-elle d'une voix lasse.

— Parce qu'on ne va pas au restaurant, dis-je avec un grand sourire stupide.

— Ollie, qu'est-ce qui se passe ?

Je lui souris de nouveau et tourne à gauche.

— Ollie !

La voilà soudain nettement plus réveillée.

— C'est ton enterrement de vie de jeune fille, ma puce.

— Je suis au courant.

— On te réserve une surprise.

— Ah ! Si c'est une surprise, tu aurais dû me prévenir, lance-t-elle, au mépris de toute logique.

— Fais-moi confiance, ma puce.

Malgré les embouteillages du vendredi soir, nous finissons par arriver à Mayfair. En bas de chez Tanya, je me gare sur la place où il est expressément indiqué « stationnement interdit » et klaxonne.

Pour la première fois de sa vie, Tanya est ponctuelle. Environ cinq minutes après mon coup de klaxon, elle apparaît sur une paire de sandales ridiculement hautes, suivie de près par Louis qui, malgré la douceur de la journée, ressemble à un adorable nounours en peluche dans son manteau en fausse fourrure.

Nous avons eu la présence d'esprit de cacher leurs bagages dans mon coffre la veille, afin de ne pas éveiller les soupçons de Grace, mais le fait que Louis arbore un vieux casque d'aviateur en cuir pourrait bien lui mettre la puce à l'oreille. Heureusement, elle est habituée à ses excentricités vestimentaires et ne fait pas attention à son accoutrement.

Quand nous arrivons enfin sur la M23 et que les panneaux indiquant l'aéroport de Heathrow se multiplient, elle commence à comprendre.

— On prend l'avion, c'est ça ? demande-t-elle avec une pointe d'appréhension.

Personne ne lui répond.

— C'est ça, hein ? Où est-ce que vous m'emmenez ?

Tanya, Louis et moi échangeons un sourire énigmatique.

— Allez, arrêtez ! Dites-moi où on va !

— Pas question, rétorque Louis en lui tirant la langue.

— Ce ne serait plus une surprise, ajoute Tanya.

— Et mes affaires ? Je n'ai rien emporté.

— Tout est prévu, dis-je en souriant et en agitant son trousseau de clés.

— Et Stuart ?

— Il n'a pas le droit de venir, répond vivement Louis.

— Ce n'est pas ce que je voulais dire, tu le sais très bien. Mais il est chez moi, et je lui ai dit que je sortais juste pour la soirée, que je rentrerais vers minuit. Il va m'attendre à la maison et s'affoler !

Sous l'effet de la panique, sa voix grimpe d'une octave.

— D'accord, d'accord, dis-je, magnanime. Tu as droit à un coup de fil pour le prévenir que tu ne seras pas de retour cette nuit.

— Je ne peux pas au moins lui dire quand je rentre ?

Gray a beau se plaindre et protester, je vois bien qu'elle est plutôt excitée par cette aventure. Je reconnais la petite lueur qui brille dans ses yeux et, si sa voix monte dans les aigus, je suis prête à parier que c'est plus dû à l'excitation qu'à l'inquiétude.

Je lui tends mon portable.

— Dis-lui que tu reviens dimanche soir... très tard !

— Dimanche ! s'exclame-t-elle.

Je lui adresse un clin d'œil, soulagée qu'elle n'exige pas que nous fassions demi-tour sur-le-champ. Au lieu de cela, elle compose le numéro de sa maison.

J'entends distinctement la voix de Stuart et, lorsque Gray me rend le téléphone, je commente :

— Il n'avait pas l'air content.

— Il est un peu inquiet, mais je lui ai dit que vous vous occuperiez bien de moi.

— C'est justement ça qui l'inquiète ! conclut Louis en riant.

Dans la salle d'embarquement, nous parvenons à empêcher Grace de découvrir quel vol nous prenons. C'est délicat, mais Tanya mène rondement l'opération distraction en entraînant Grace dans les boutiques duty-free.

— Alors, vous allez me dire où on va, maintenant ? demande Gray, une fois que nous avons embarqué.

Nous hésitons tous les trois.

— Écoutez, je suis dans l'avion, les portes sont refermées, nous roulons sur la piste, comment voulez-vous que je m'échappe ?

— Eh bien... commence Tanya.

D'un ton gentiment moqueur, j'interviens :

— Tu n'as pas remarqué le gros sigle « Alitalia » sur le côté ?

— L'Italie ! On va en Italie ?

Comme pour lui donner la réplique, la voix du pilote retentit à cet instant.

— Bienvenue à bord du vol 102 à destination de Rome...

Le cri d'excitation de Grace couvre le reste de l'annonce.

— Rome ! Mon Dieu ! J'ai toujours rêvé d'aller à Rome ! Vous le saviez, hein ? Oh, merci, merci, merci ! crie-t-elle en appuyant sur le bouton pour appeler l'hôtesse.

— De la vodka ! réclame-t-elle, lorsqu'un steward (sans *u*) se précipite pour voir quel est le problème. Beaucoup de vodka pour remercier mes amis ! Et maintenant dites-moi ce que vous avez prévu. Je veux aller au Vatican, au Panthéon, au Colisée...

— Ce sont des night-clubs ? demande Tanya en souriant de son enthousiasme.

— Non, répond Louis. C'est de la culture.

— Grands dieux...

Il est plus de minuit quand nous arrivons enfin à l'hôtel *Vincenzi*, que Louis rebaptise aussitôt *Vitesexy*, dans l'espoir, sans doute, que cela nous portera chance. L'air est chaud et figé, alourdi par l'arôme insolite et exotique d'un pays étranger.

L'hôtel est magnifique. C'est un imposant palace baroque bâti plusieurs siècles plus tôt pour je ne sais quelle personnalité italienne. Tanya et Louis sont un peu déçus de découvrir que j'ai réservé des chambres communicantes, ce qui, d'après eux, est idéal pour faire la foire en pleine nuit, mais pas franchement pratique en cas de rendez-vous galant avec un séduisant autochtone.

Grace et moi nous installons dans l'une des chambres, Louis et Tanya dans l'autre. Grace dort debout. Elle fait un petit passage dans notre salle de bains privée, et j'en profite pour ranger ses affaires avant qu'elle ne voie le genre de vêtements que nous lui avons emportés.

Les deux autres loustics me regardent faire, allongés sur mon lit.

— Bon, dis-je à voix basse, on a quarante-huit heures pour la soûler...

— Et la jeter dans le lit d'un apollon, coupe Louis avec un grand sourire.

— Ce n'est pas exactement ce que j'envisageais.

— Ah, bon ? s'exclament-ils en écarquillant des yeux incrédules.

— Bon, d'accord, l'idée a peut-être flotté dans mon imagination pendant une seconde. Mais je pensais qu'on allait simplement essayer de lui ouvrir les yeux sur d'autres... possibilités.

— D'autres hommes, tu veux dire, traduit Tanya.

— Voilà, approuve Louis.

J'entends la porte de la salle de bains s'ouvrir et les fais taire d'un regard.

— Qu'est-ce que tu fais ? demande Louis en voyant Grace s'asseoir devant la coiffeuse et se démaquiller.

— Je me prépare pour la nuit... Pourquoi ? s'étonne-t-elle.

— Tu plaisantes, j'espère ? gémit-il en bondissant sur ses pieds. La nuit ne fait que commencer !

— Je suis désolée, mais je tombe de sommeil. Il faut que je dorme, sinon demain je serai une vraie loque.

— Mais on pourrait sortir, partir à la découverte de la ville, vivre au rythme des Italiens...

— Si tu veux mon avis, les Italiens normaux sont couchés, à cette heure-ci, et c'est exactement ce que j'ai l'intention de faire.

Elle se déshabille rapidement et se glisse dans son lit. Puis, les couvertures remontées sous le menton, elle soutient le regard de Louis sans faiblir.

Louis le fêtard a prévu un week-end où le sommeil figure en dernier sur la liste des priorités. Sa lèvre inférieure tremble, mais Grace reste inébranlable.

— J'ai besoin de dormir, déclare-t-elle en éteignant sa lampe de chevet pour illustrer son propos.

Nous nous regardons, incrédules. Pitié, qu'on nous rende notre ancienne Grace ! C'est elle qui nous aurait entraînés de bar en bar jusqu'à ce qu'on demande merci.

— J'ai promis à Stuart de lui téléphoner en arrivant, murmure-t-elle en enfouissant sa tête dans l'oreiller. Mais je crois qu'il est un peu tard, non ?

— Oh, oui, beaucoup trop tard, affirme Tanya en débranchant discrètement la prise du téléphone à côté de son lit. Tu risquerais de le réveiller.

Louis est debout à 6 heures.

Je donnerais cher pour savoir où il puise son énergie. Il ressemble à un petit labrador tout fou de deux mois, alors qu'il a dormi à peine quatre heures et demie.

Pendant que je me dirige vers la salle de bains d'un pas lourd, les yeux en fente de tirelire, il va d'une chambre à l'autre en nous harcelant comme s'il était dopé aux amphétamines.

Nous prenons notre petit déjeuner dans la salle à manger magnifiquement ouvragée de l'hôtel, servis par deux garçons italiens que je suis trop endormie pour apprécier mais qui font honneur à la réputation de charme de leurs compatriotes, puis, à 8 heures, nous montons dans un taxi et partons découvrir Rome.

Magnifique, comme réveil. Les deux vitres arrière du taxi sont baissées, et le chauffeur se prend pour Fitipaldi au Grand Prix d'Italie.

— Si seulement Stuart pouvait voir ça, soupire Grace. C'est tellement beau...

Penchée à la vitre, elle admire l'architecture. Louis, penché de l'autre côté, est tout aussi enthousiaste, mais pas pour les mêmes raisons.

— C'est vrai, c'est fantastique, approuve-t-il. Oh, vous avez vu ce cul ?

À cet instant, notre chauffeur fanatique prend un virage sur les chapeaux de roue, et il manque de se faire décapiter.

— J'adorerais admirer des jolis petits culs ou l'architecture de Rome, dis-je, mais vous me bouchez la vue.

Grace réclame de la culture, Louis du cul tout court, et Tanya joue avec sa carte de crédit en murmurant le mot « cuir » toutes les cinq secondes. Nous trouvons enfin un compromis et échouons dans un bar.

Ce n'est que le premier d'une longue série.

Le suivant s'appelle *Julius Caesar.*

Puis nous nous retrouvons au *Big Mama,* dans la rue Trastevere.

Trois heures plus tard, passablement éméchés, nous entrons au *Monte Testaccio,* que Tanya rebaptise immédiatement *Monte Testostérone* pour des raisons évidentes.

— Tant d'hommes et si peu de temps, soupire-t-elle, telle une enfant devant une vitrine de bonbons.

— Je croyais que c'étaient les Italiens qui passaient leur temps à pincer les fesses, dis-je en la regardant.

— Tu sais bien que Tanya est pour l'égalité des sexes, me rappelle Grace en souriant.

Samedi soir, 22 heures. Nous voilà dans une boîte plutôt glauque. Louis a insisté pour que nous y entrions parce qu'ils vendent de la Carlsberg et qu'à ce stade d'ébriété il ne saurait souffrir aucune autre bière.

Grâce au rythme extrêmement soutenu de notre journée et à un itinéraire dans Rome qui a soigneusement évité toute cabine téléphonique, Grace n'a toujours pas pu joindre Ringardos, mais cela l'inquiète.

— Il faut vraiment que je l'appelle. J'ai essayé de la chambre ce matin mais, je ne sais pas pourquoi, la ligne ne fonctionnait pas.

— Il y a un téléphone à pièces à côté des toilettes, lui dit Louis, qui agite une poignée de lires dans l'espoir d'attirer l'attention d'un barman plutôt léthargique.

— Louis ! crie Tanya, dès que Grace a disparu. Pourquoi lui avoir dit ça ?

— Pas de panique, Monique ! lance Louis avec un sourire d'ivrogne. Je suis passé devant, la machine est cassée. Gray est tellement bourrée qu'elle va mettre dix minutes à comprendre que le téléphone ne marche pas, et à ce moment-là elle aura oublié qu'elle voulait appeler Stuart.

Incroyable mais vrai, les prédictions de Louis se réalisent. Dix minutes plus tard, Grace revient d'un pas mal assuré et se laisse lourdement tomber sur un tabouret de bar à côté de moi. Sans mentionner Stuart, sans s'intéresser au vaste éventail de bouteilles proposées, elle décide soudain qu'il lui faut absolument une glace.

Pour la chasse à l'homme, c'est raté.

Je m'étonne, à ce propos, que Tanya n'ait pas encore trouvé son bonheur. Elle a flirté avec une assiduité remarquable, mais sans suite. Elle ne tarde cependant pas à faire une conquête.

— Ollie ! dit-elle en me prenant par le bras. Tu ne vas pas le croire !

— Quoi ?

— J'ai rencontré Roméo !

J'imagine ma Tanya en haut de son balcon.

— Hein ?

— J'ai trouvé un homme superbe, et devine quoi ? Il s'appelle Roméo, pour de vrai ! déclare-t-elle en souriant jusqu'aux oreilles.

— Ça, c'est un signe, commente Louis. Où est Grace ?

— Elle a piqué du nez dans sa glace, je crois.

— Réveille-la et essuie-la, elle va devenir la Juliette de la soirée.

— Hé, c'est mon Roméo ! proteste Tanya. C'est moi qui l'ai trouvé !

— Sois charitable, Tan, c'est pour la bonne cause.

— Mais je n'ai jamais eu de Roméo, grogne Tanya en faisant la moue. Et je n'en rencontrerai probablement plus jamais, ajoute-t-elle en gémissant.

— Il ne faut jamais dire jamais, déclare Louis. Et puis, quel meilleur moyen d'empêcher Grace de commettre l'irréparable qu'en lui présentant un authentique Roméo certifié conforme ?

— Ça va, d'accord, je vous le laisse, soupire Tanya. Mais il y a un petit hic : il ne parle pas un mot d'anglais.

— L'amour ne connaît pas de barrières linguistiques, rétorque Louis avec optimisme.

Nous traversons la petite piste de danse noire de monde et suivons Tanya, qui se dirige vers une table, dans un coin sombre, où un David Ginola en plus petit et plus trapu bavarde avec deux amies aux cheveux noirs et aux yeux de biche. À la vue de Tanya, son visage s'illumine.

— *Ciao bella* ! lance-t-il en se levant.

— Ce n'est pas exactement ce à quoi je m'attendais, dis-je à Louis.

Je dois crier pour me faire entendre, car la musique est assourdissante.

— Comment ça ?

— Il ne ressemble pas vraiment à Leonardo DiCaprio.

— Moi, je le trouve mignon.

— Je n'aime pas trop les hommes qui se croient sexy sous prétexte qu'ils ont les cheveux un peu longs.

— Le but, ce n'est pas qu'il te tape dans l'œil, Ollie, mais qu'il plaise à Grace.

— Ça m'étonnerait que ça marche. Elle est obsédée par Stuart. C'est inimaginable comme elle a changé depuis qu'elle l'a rencontré. Elle n'a d'yeux pour personne d'autre. Depuis le début de la journée, on a vu une kyrielle d'Italiens tout à fait potables, et elle n'en a regardé aucun.

Pendant ce temps, Tanya essaie d'expliquer à un Roméo perplexe qu'il doit séduire quelqu'un pour nous. Ça m'étonnerait qu'il y comprenne quelque chose, d'autant que son intention manifeste est de la séduire, elle.

— Elle doit se marier bientôt, il faut qu'elle vive une dernière aventure, explique Tanya, en articulant comme si elle s'adressait à un enfant attardé.

— Pour qu'elle se rende compte que ce serait vraiment dommage que ce soit la dernière, ajoute Louis par-dessus son épaule.

— *Cosa ?*

Roméo plisse son joli visage, complètement largué.

— Laisse-moi essayer, je parle un peu italien.

Louis s'avance devant Tanya.

— *Buona sera. Come sta ?*

L'air désorienté de Roméo s'évanouit, et son visage se fend d'un large sourire au son de sa langue maternelle adorée.

Jusqu'alors, le décolleté de Tanya l'avait suffisamment hypnotisé pour qu'il supporte ce charabia anglais, mais il commençait à en avoir un peu assez.

— *Ah, buona sera,* dit-il avec un soulagement évident. *Parlà italiano ?*

— Sí, sí, fait Louis en opinant du bonnet d'un air sentencieux. *La telefono a sono.*

— *Prego ?* demande Roméo, surpris.

— Je croyais que tu parlais italien, dis-je en riant.

— C'était de l'italien.

— Le téléphone sonne ? Merci pour ton aide, Louis.

— Je me chauffais un peu, explique-t-il, vexé. Je me débrouille assez bien en italien pour lui apprendre à draguer une fille en anglais. Après ça, peu importe qu'ils ne se comprennent pas. Ça rendra même la situation plus excitante.

— Tu crois ?

— Affirmatif. Remarque, il a l'air déjà pas mal excité, si j'en juge par le renflement de son pantalon... À moins qu'il ne tienne une boutique de salamis et qu'il n'emporte du boulot à la maison.

Je laisse Tanya et Louis enseigner à Roméo les rudiments de la drague dans la langue de Shakespeare et commande un café noir pour réveiller un peu Grace. Elle est en train de glisser dangereusement et peu gracieusement de son tabouret.

De peur qu'elle ne finisse la nuit sur le carrelage plutôt que dans les bras de Roméo, je lui fais avaler presque de force un quadruple espresso et la regarde cligner des yeux lorsque la caféine atterrit dans son estomac, puis commence son parcours à travers ses veines. Elle se réveille juste ce qu'il faut pour se rendre compte qu'elle a désespérément besoin d'aller aux toilettes, m'adresse un grand sourire tordu et s'éloigne en titubant.

Quelques minutes plus tard, Louis vient me rejoindre.

— Comment s'en sort-il ?

— Je ne sais pas trop. Soit je lui ai fait comprendre qu'il plaît bien à Grace, soit je lui ai demandé de m'acheter un manteau, je ne suis pas très sûr. Je crois que je mélange un peu l'italien et le français, malheureusement. Par contre, il maîtrise parfaitement la phrase d'introduction et, quand je lui ai montré à qui il devait la dire, il a été emballé. Le seul problème, c'est qu'il croit que j'ai organisé un petit trio entre lui, Grace et Tanya. Elle est réveillée ?

— Oui, elle est allée s'asperger le visage.

— Parfait, dit Louis en se frottant les mains. Quand elle reviendra, elle trouvera Roméo sur son chemin.

Nous dépêchons donc Roméo pour intercepter Grace et attendons tous les trois au bar avec impatience.

Malheureusement, la piste de danse est encombrée de fêtards en état d'ébriété qui entreprennent de danser la macarena, et même debout sur mon tabouret, je ne vois plus ni Grace, ni Roméo. Cinq minutes plus tard, nous apercevons Grace qui se fraye un chemin au milieu des danseurs pour revenir vers nous. Seule.

— Un horrible petit homme m'a pincé les fesses et m'a demandé d'aller chez lui pour voir ses tantes japonaises, nous raconte-t-elle, scandalisée, en s'asseyant sur le tabouret voisin du mien.

— Qu'est-ce que tu as fait ?

— Je lui ai dit d'aller se faire foutre. Il était peut-être italien, mais il a très bien compris.

Nous nous regardons, consternés.

— Et comment a-t-il réagi ?

— Il a obéi, répond Grace en riant.

— Il est parti ? s'alarme Tanya.

— Par là, fait Grace en montrant la porte.

— Oh, Roméo, Roméo, où es-tu, Roméo… déclame Tanya avec mélancolie.

— Il est parti au volant de sa Punto, répond Louis en lui offrant sa bière.

— Ce n'est peut-être pas dans Shakespeare, dis-je en plongeant le nez dans ma troisième tequila. Mais, au moins, ça rime.

Nous avions prévu d'aller faire des courses à Porta Portese le dimanche matin, mais notre projet tombe à l'eau : à 8 heures du matin, nous sommes encore perchés sur nos tabourets de bar au *Monte Testostérone*. Ou, plus exactement, avachis sur nos tabourets de bar.

On dirait les trois petits singes philosophes. Enfin, les quatre.

Ne pas voir le mal : Louis est tellement soûl que ses yeux ne sont entrouverts que d'un millimètre.

Ne pas entendre le mal : j'ai passé la soirée assise à côté des haut-parleurs.

Ne pas prononcer le mal : les lèvres de Tanya remuent, mais c'est un gargouillis totalement inintelligible qui en sort.

Quant à Grace, elle ne risque pas de voir, entendre ou dire quoi que ce soit, vu qu'elle dort tranquillement, la tête sur le bar en marbre.

Bien que partiellement assourdie par huit heures de Fat Boy Slim en boucle, je suis en pleine forme.

— Tu ne crois pas que tu devrais lever un peu le pied, ma grande ? ânonne Louis d'une voix pâteuse, tandis que je demande au barman de remplir mon verre.

Avec assurance, j'affirme en avalant une nouvelle tequila frappée.

— L'alcool ne me rend jamais malade.

Je me répète cette phrase comme un mantra, tout en me dirigeant vers les toilettes d'une démarche quelque peu hésitante.

Nous regagnons l'hôtel à midi, fermons les volets et tombons sur nos lits, où nous nous endormons dans la seconde. Exception faite de Louis, ce cher ange, que j'entends vaguement, avant de sombrer dans le sommeil, fredonner la musique de la macarena dans la salle de bains.

C'est un cri perçant en provenance de la chambre voisine qui me sort de mon coma. Je me force à ouvrir les yeux et vois Tanya débouler dans notre chambre, les fesses à l'air, paniquée.

— Ollie ! Grace ! Ollie ! Grace ! s'écrie-t-elle en courant d'un lit à l'autre. Réveillez-vous ! Debout !

— Quoi ? Qu'est-ce qu'il y a ?

— On a raté l'avion !

— Quoi ?

Je me redresse beaucoup trop vite, et ma tête tournoie sur elle-même comme celle de la petite fille dans *L'Exorciste*. Oh, non, faites que je ne sois pas malade !

— On a raté l'avion ? hurle Grace, qui saute de son lit et se met à chercher frénétiquement les sous-vêtements qu'elle a égarés dessous quelques heures plus tôt.

— Eh bien, techniquement, non. Il décolle dans trente minutes exactement, mais ça m'étonnerait beaucoup qu'on ait le temps de faire nos bagages, régler la note et arriver à l'aéroport à l'heure.

— Merde, merde, merde !

Grace essaie d'enfiler sa jambe gauche dans la manche droite du petit cache-cœur Kookaï qu'elle portait la veille (et le matin).

Je remonte les couvertures au-dessus de ma tête et demande faiblement :

— Ça veut dire que je peux me rendormir ?

— Jamais de la vie ! rugit Grace. On a trente minutes, on va tout tenter pour y arriver !

Grace et moi nous activons comme deux folles furieuses, faisons tomber déodorants et shampooings des étagères directement dans nos sacs et parvenons à vider les deux chambres de nos affaires en moins de huit minutes, avant de réaliser que nous oublions un détail important.

— Louis ! crie Grace. Où est Louis ?

— Tel que je le connais, il a dû filer quelque part en ville, dis-je.

— En tout cas, quand je me suis réveillée, il y a deux heures, il était là, déclare Tan, qui a passé ces huit minutes à tournicoter dans nos pattes sans se rendre utile.

— Il y a deux heures ! répète Grace avec stupeur. Mais pourquoi tu ne nous as pas réveillées ?

Tandis que Grace file vers la salle de bains, dans l'espoir de trouver Louis endormi derrière le rideau de douche, je demande à Tanya :

— Tu l'as fait exprès ?

— Quoi donc, mon chou ?

— Je ne voulais pas le dire devant Grace, mais quelqu'un a coupé le réveil.

— Ah, bon ?

— Oui. Je l'avais réglé à 18 heures pour qu'on puisse prendre notre temps. C'est toi ?

— Moi ? répète-t-elle en plaquant la main sur sa poitrine. Moi, faire une chose pareille ?

— C'est toi, hein ?

Elle fait mine d'être horrifiée par mon accusation, puis soupire, l'air faussement contrit :

— C'est bon, monsieur le juge, j'avoue. C'est moi. Tu m'en veux ?

— Si je t'en veux ? Je suis furieuse, oui !

Le visage de Tanya se décompose.

— Furieuse... de ne pas y avoir pensé moi-même ! dis-je en m'avançant pour la serrer dans mes bras. Il ne reste plus qu'à espérer qu'on ne retrouvera pas Louis, et nous serons bel et bien coincés à Rome !

Malheureusement, deux minutes plus tard, un cri retentit. Grace a déniché Louis sur le balcon, toujours magnifiquement ivre et parfaitement serein. Apparemment, aucun écho de la scène frénétique qui vient de se dérouler à l'intérieur ne lui est parvenu.

Il est installé dans un transat, une bouteille de vodka dans une main, des jumelles d'opéra – Dieu sait où il les a dégotées – vissées aux yeux, et il reluque les Italiens dignes de l'être tandis qu'ils paradent dans les rues dans leurs habits du dimanche. Certains postérieurs, moulés dans des jeans couture qu'on croirait peints au pistolet directement sur eux, n'ont rien à envier aux sculptures romaines.

Il a emprunté une robe de plage fleurie à Grace, qu'il a assortie à des bottes en toile et des Ray Ban très mode, et il mate en gloussant comme un demeuré.

— L'Italie, moi, ça me botte, déclare-t-il en s'esclaffant, tandis que nous le hissons hors du transat pour le faire rentrer dans la chambre.

Lorsque nous arrivons à l'aéroport, aucun d'entre nous n'est vraiment surpris de découvrir que l'avion s'est envolé.

— Qu'est-ce qu'on va faire, maintenant ? demande Grace d'une voix tremblante.

— Prendre le suivant, bredouille Louis gaiement.

Il est tout à fait à l'aise dans le pantalon rose et orange que nous lui avons rapidement fait enfiler à la place de la robe de Grace et ne passe pas inaperçu dans le terminal, où l'on regarde avec stupeur et amusement cette créature que, au vu de son état d'ébriété avancé, nous avons jugé plus sage de transporter sur le chariot à bagages.

— Ce n'est pas aussi simple que de prendre un bus, Louis ! réplique Grace, exaspérée.

— Ah, bon ?

— Non. Tu vois, ça m'étonnerait qu'il y en ait un autre dans dix minutes.

Par un fait extraordinaire, Tanya est la plus sobre de nous tous. C'est donc elle qui est chargée d'aller aux renseignements. Vingt minutes plus tard, elle revient.

— Vous voulez d'abord la bonne nouvelle ou la mauvaise ?

— La bonne, sans hésiter, supplie Grace qui, visiblement, ne cesse de penser au pauvre Stuart.

— Eh bien, il y a un vol demain matin de bonne heure.

— Hourra !

Grace est la seule à s'enthousiasmer.

— Continue, nous sommes prêts à encaisser.

— Il ne reste que deux places.

— Alors, ça ne va pas, dis-je. Soit tout le monde part, soit tout le monde reste.

— Un pour tous... approuve Louis.

— ... tous pour un, termine Grace, un peu à contrecœur, me semble-t-il.

— Et il n'y a aucun vol avec quatre places disponibles avant mercredi, termine Tanya en m'adressant un clin d'œil guilleret.

— Mais c'est dans trois jours ! Qu'est-ce qu'on va faire ?

— Ils nous ont mis sur liste d'attente, au cas où quelqu'un se désisterait pour le vol de demain matin. Alors, il ne reste plus qu'à prendre notre mal en patience.

— Je propose qu'on retourne à l'hôtel, pour leur demander s'ils peuvent nous accueillir un peu plus longtemps.

— On ferait mieux d'attendre un peu ici, rétorque Grace, les sourcils froncés. Au moins pour voir si on peut prendre le vol de demain matin.

— Mais ça ne sert à rien de poireauter ici, alors que Rome nous tend les bras !

— Et rater le vol de demain matin ? demande Grace avec une certaine agitation.

— Fais-lui plaisir pour l'instant, me chuchote Tanya. On n'est pas sur liste d'attente, j'ai seulement réservé pour le vol de mercredi.

— Bravo ! dis-je à voix basse.

Nous trouvons un coin avec vue sur les pistes et quatre sièges libres et nous y installons, quand je remarque soudain qu'il manque un membre à notre petit groupe.

— Où est Grace ?

— Aux toilettes, sans doute.

— Elle n'a rien dit ?

Vingt minutes plus tard, toujours pas de Grace. Nous commençons à nous inquiéter sérieusement. Nous nous apprêtons à nous lancer à sa recherche quand je la vois qui revient vers nous en se frayant un chemin au milieu des vacanciers. Elle agite deux bouteilles de champagne en provenance directe du duty-free et semble nettement plus gaie qu'elle ne l'était une demi-heure plus tôt. En fait, elle n'a plus du tout l'air soucieuse.

— Gray ! Qu'est-ce que tu faisais ? On s'inquiétait !

Elle pose les bouteilles et nous adresse un sourire rayonnant.

— J'ai réglé notre petit problème de transport, annonce-t-elle.

Elle attrape la main de Louis et le fait se rasseoir sur le chariot à bagages.

— Venez, les affreux, on rentre à la maison.

Elle ramasse son sac et ses bouteilles et les empile sur un Louis surpris mais docile.

— Quoi ? Mais comment ?

— Quelqu'un va nous emmener.

— Mais qu'est-ce que tu racontes ?

— J'ai appelé Stuart.

— Et alors ?

— Il a trouvé quelqu'un pour nous ramener.

— Peut-on savoir comment il a accompli ce miracle ?

— Il a des amis haut placés, dit-elle, l'air énigmatique. Très, très haut placés. À neuf mille mètres d'altitude, par exemple...

— Ça m'aurait étonnée, aussi, que Dan Slater n'ait pas son jet privé, dis-je avec colère, en chassant une mouche avec un exemplaire roulé de *Cosmopolitan*.

— En fait, ce jet appartient à un des amis de Dan qui lui doit une faveur, répond Grace en me tendant sa bouteille de champagne presque vide.

J'en bois une gorgée en grognant :

— Un ami qui lui doit une faveur, mon œil ! Un homme d'affaires qui a peur de se faire plumer, oui !

Grace nous a conduits en taxi jusqu'à un aérodrome privé à une cinquantaine de kilomètres de Rome. Assis à l'ombre d'un olivier, nous regardons le soleil se coucher en nous soûlant au champagne et attendons Satan Slater, notre James Bond personnel.

Quel frimeur, ce type !

L'avion se pose enfin à 2 heures du matin, alors que je viens de m'isoler derrière un buisson pour faire un petit pipi. Ses phares balayent l'aérodrome comme des projecteurs dans une cour de prison, et je me dépêche de remonter ma petite culotte, de peur que le pilote ne s'imagine qu'il y a deux lunes, ce soir.

À l'extrême déception de Tanya, et à mon indicible soulagement, Dan n'est pas dans l'avion.

Stuart avec un *u* est présent à l'appel, en revanche. Il attend à peine que les marches soient sorties pour se jeter dans les bras grands ouverts de Grace

— Je me suis fait un sang d'encre ! s'écrie-t-il, en la serrant si fort que je l'entends suffoquer.

Je me fais des idées, ou Stuart est-il réellement en train de nous regarder d'un air furieux, Tanya et moi ? Enfin, furieux, c'est beaucoup dire. Avec son visage sain et raisonnable, il serait bien incapable de former une expression un tant soit peu méchante, mais il ne semble pas particulièrement content.

Je commence à me sentir vaguement coupable, jusqu'à ce que Grace, cramponnée à son fiancé, se tourne vers nous et agite la bouteille désormais vide qu'elle tient dans sa main libre, en bafouillant avec effusion :

— C'était fantastique, les filles. Fan... fantastique !

Je boude pendant tout le trajet. Je déteste l'idée de devoir quelque chose à Dan Slater. Avec ce satané jet privé, il marque encore un point.

Tanya est ravie. Elle passe son temps dans le cockpit, à draguer le pilote fort séduisant.

Louis est ravi. Il passe son temps dans le cockpit, à draguer le steward fort efféminé.

Un vrai steward pour un petit avion privé. Pff !

Une seule chose ternit la joie des deux autres : Stuart et Grace restent enlacés pendant pratiquement toute la durée du vol, comme si la légère dépressurisation causée par la fermeture des portes avait définitivement scellé leurs bouches l'une contre l'autre.

Le steward cesse de faire des moues aguicheuses à Louis le temps de me proposer un verre. J'en rêve, mais je préfère ne rien devoir de plus à Dan Slater et décline l'offre à contrecœur. De toute façon, j'ai assez d'alcool dans le sang comme ça. Finalement, je sombre dans un sommeil agité.

Dans mon cauchemar, Dan Slater essaie de faire atterrir un hélicoptère rempli d'amis à moi sur le toit de *Tates*, pendant que je cours nue, armée en tout et pour tout d'une tapette à mouches pour protéger ma pudeur – et pour protéger mon restaurant de la destruction, alors que l'hélicoptère en question se transforme en une météorite de la taille d'un petit pays.

8

Je passe le reste du lundi et la plus grande partie du mardi au lit, à me remettre de notre aventure romaine. Mercredi soir, encore fragile des cheveux, je découvre en descendant au restaurant que mon chef m'a une fois de plus laissée tomber.

Lorsque j'entre dans la cuisine, un Louis aussi fatigué que moi, mais nettement plus enjoué, m'annonce :

— Claude vient de se faire porter pâle.

— Oh, non ! Qu'est-ce qu'il a, cette fois ?

Louis consulte les notes qu'il a prises au téléphone.

— Il dit qu'il a...

Il plisse les yeux pour se relire.

— ... la maladie de Carré.

— La maladie de Carré ? Mais c'est un truc qui touche les chiens, Louis, pas les humains !

— Eh bien, c'est un vrai corniaud, ce type, ça ne compte pas ?

Je hurle avec colère :

— Non, ça ne compte pas !

— Hé, doucement, je ne suis que le messager, moi ! s'écrie Louis en levant les mains en signe de reddition.

Il hausse les sourcils à l'adresse de Melanie, qui articule

silencieusement « SPM », pour « syndrome prémenstruel ».

— Non, je n'attends pas mes ragnagnas, leur dis-je sèchement. J'ai quand même le droit d'être d'une humeur massacrante sans qu'on mette ça sur le compte de mes hormones, non ?

— Tu sais ce qu'elle a, en fait, Mel ? commente Louis en lui faisant un clin d'œil.

Mel pouffe, mais a la sagesse de se taire.

— Elle a le SMAX. Le Syndrome de Manque Accru de Sexe.

Je décroche rageusement mon tablier suspendu à la porte de la cuisine et le noue autour de ma taille en marmonnant :

— Très drôle.

J'espérais passer la soirée à jouer la patronne, ce qui consiste en gros à rester près du bar, papoter avec les habitués, bavarder avec les nouveaux clients dans l'espoir qu'ils deviennent des habitués, boire à volonté, ce genre d'avantages dont on peut profiter les bons soirs. Et me voilà clouée aux fourneaux pour la soirée dans la sueur et le graillon.

Super.

Plusieurs heures plus tard, alors que je transpire et baigne effectivement dans des odeurs de graillon, Louis arrive gaiement dans la cuisine, un sourire coquin sur son joli visage, et me lance :

— Devine qui est là ?

— Aucune idée, dis-je. Je ne suis pas d'humeur à jouer aux devinettes.

— Oh, Ollie, tu n'es vraiment pas marrante, en ce moment.

Je fronce les sourcils, et il pousse un soupir, mais je vois bien qu'il n'a pas perdu sa bonne humeur.

— Tu donnes la langue au chat, alors ? Eh bien, il s'agit de...

Il s'interrompt pour ménager ses effets. Mel et moi crions de concert, elle de curiosité frustrée, moi de frustration tout court :

— Louis !

Il me regarde, puis regarde Mel, et sourit.

— Satan Slater, le diabolique et délicieux promoteur, est de retour, ronronne-t-il d'un ton sensuel.

— Il est revenu ! hurle Melanie, qui en lâche une tranche de gâteau. J'en étais sûre. Ça veut dire qu'il m'aime bien.

— Ou qu'il aime bien notre cuisine, suppute Louis avec une pointe de jalousie.

Ou qu'il aime bien m'enquiquiner, tout simplement. Comme on l'imagine, je ne saute pas au plafond à cette nouvelle.

Je suis convaincue que Dan Slater vient ici uniquement pour me narguer. Soit il aime prendre des risques, soit il est très stupide. C'est vrai, je pourrais facilement cracher dans ses coquilles Saint-Jacques… ou faire bien pire dans ses pâtes au pistou.

— Je l'ai mis à la table trois, annonce Louis.

Il coule un regard triomphant à Mel, car c'est la table la plus éloignée de celles dont elle s'occupe.

— Eh bien, tu vas devoir le virer, dis-je avec lassitude.

— Quoi ?

— Louis, il est 22 h 30.

— Et alors ? Nous prenons les commandes jusqu'à 23 heures, normalement.

— J'ai décidé que ce soir, ce serait 22 h 30.

— Mais, Ollie ! gémit Louis, comme un gamin à qui on ordonne d'aller se coucher au moment où commence le générique de son dessin animé préféré.

— Pas de mais, Louis. Je suis claquée, je veux fermer, d'accord ?

— Alors, va le lui annoncer toi-même, réplique Louis, l'air boudeur, ne compte pas sur moi. Quand je pense qu'il nous a si gentiment rapatriés…

Pas de problème. Je m'essuie les mains sur mon tablier et quitte la cuisine à grandes enjambées. C'est déjà assez déplaisant de voir *Tates* devenir la cantine de Dan Slater, sans que mon personnel se mette à écouter ses pulsions au lieu de mes avertissements et à le traiter comme l'enfant prodigue chaque fois qu'il daigne se pointer ici !

Le restaurant est plein. C'est une vision que j'apprécie toujours.

Dan Slater est assis à une table près de l'immense cheminée qui, en raison des conditions météo, n'est plus allumée. Dans l'âtre, un bouquet de fleurs remplace le feu.

Évidemment, il est accompagné, et évidemment, sa compagne est une jolie blonde. Elle est même ravissante, de plus près, mais ressemble à tellement de jolies blondes qu'elle en devient quelconque.

À mesure que je m'approche de leur table, mon courage faiblit. Attention, j'ai toujours autant envie de le renvoyer dans ses pénates, mais je crains de provoquer une scène… Et, je ne peux pas me montrer si grossière. Après tout, même s'il m'est odieux de me sentir redevable, il faut bien reconnaître qu'il s'est donné du mal pour nous faire revenir de notre escapade italienne. Je sais, c'était pour rendre service à Stuart, mais j'ai bénéficié de cet altruisme.

Altruisme… Qui aurait cru que ce terme s'appliquerait un jour à Dan Slater ? Je pousse un lourd soupir et m'arrête.

Impossible de le virer.

Je m'apprête à retourner à la cuisine, ma fatigue en bandoulière, pour lui envoyer Louis et son carnet de commandes, quand la voix de Dan retentit dans le restaurant.

— Excusez-moi, mademoiselle.

Je mets un moment à comprendre qu'il s'adresse à moi.

— Mademoiselle ? répète-t-il avec impatience, en claquant impérieusement des doigts. Franchement, le service laisse à désirer, ce soir, ajoute-t-il, assez fort, à l'intention de sa compagne, qui émet un gloussement légèrement embarrassé.

C'est alors que je réalise qu'il est ivre. Complètement ivre.

Curieusement, je trouve ce Dan Slater nettement moins intimidant que l'homme d'affaires impassible et maître de lui en toutes circonstances. Je trouve aussi ce Dan Slater bien grossier et décide finalement qu'il ne mérite plus de dîner ici ce soir. Je me compose une attitude calme et digne et me dirige vers la table en affichant ma tête de patronne la plus professionnelle.

— Je regrette, monsieur, mais la cuisine vient de fermer.

Je ne mens pas. Jusqu'à nouvel ordre, ce restaurant m'appartient toujours, et je suis libre de cesser le service quand ça me chante.

— Eh bien, rouvrez-la.

— C'est impossible, monsieur.

— Pourquoi cela ?

Sa question me prend de court. Malgré son ébriété, Dan perçoit mon hésitation et en profite pour me demander quel est le plat du jour.

Sans répondre à sa question, j'adopte mon ton poli mais glacial, que je réserve en principe aux fournisseurs désagréables ou à mon banquier quand il m'exaspère, et déclare :

— Le chef n'est pas là, ce soir, et nous fermons tôt.

— Quel est le plat du jour ? insiste-t-il.

— Nous sommes fermés.

Il regarde autour de lui en plissant les yeux.

— Ce n'est pas l'impression que j'ai.

— Vous ne devez pas voir très bien, avec vos yeux injectés de sang.

Sa compagne blonde, qui regardait par terre d'un air vaguement gêné, pique un fard, marmonne qu'elle doit aller se laver les mains et se précipite vers les toilettes.

Sans relever le sarcasme, Dan pousse un soupir.

— Puisque vous vous obstinez à ne pas vouloir me dire quel est le plat du jour, aidez-moi au moins à trouver un menu, bon sang, marmonne-t-il.

— Le plat du jour, c'est du connard.

— Hein ? fait-il distraitement, en cherchant une carte des yeux.

Je grommelle de nouveau :

— Du connard.

Il m'a très bien entendue, cette fois.

— Je vous demande pardon ? s'exclame-t-il en me défiant du regard.

La blonde, qui sortait des toilettes, y retourne derechef.

Sans me laisser impressionner, je répète, d'une voix claire et intelligible :

— Du connard. Du connard laqué, du connard grillé, du connard aux olives, du sauté de connard, du gros connard qui passe son temps à venir dans mon restaurant et...

Une main ferme me saisit soudain au collet, et Louis me traîne vers la cuisine en marmonnant à Dan et aux autres clients que je n'ai pas pris mes gouttes ce matin.

Dès que nous avons franchi la porte battante, je me dégage et me tourne vers lui, furieuse.

— Qu'est-ce que tu fiches ?

— J'allais te poser la même question, rétorque Louis.

Son ton est sévère, mais un infime sourire flotte sur ses lèvres.

Je me mets à gesticuler, au comble de l'exaspération, et crie :

— Quel enfoiré prétentieux, ce mec ! Il est gonflé de débouler ici à une heure pareille, complètement bourré, et de réclamer qu'on le serve comme s'il était propriétaire des lieux !

— Je suis au regret de te rappeler, Ollie chérie, qu'il est effectivement propriétaire des lieux.

— De l'immeuble, peut-être, mais ce restaurant est à moi ! Ça n'a rien à voir, Louis. Rien du tout.

— Bon, calme-toi un peu, je vais prendre leur commande.

— Pas question, dis-je en croisant les bras.

Louis se tourne vers Mel, qui se balance d'un pied sur l'autre, ravie de cette distraction inattendue.

— Sois mignonne, Mel, va me chercher une bouteille de rouge à la cave. Du bon.

— J'ai dit non, Louis !

— Ce n'est pas pour lui, ma petite cacahuète en sucre, c'est pour toi.

Louis m'oblige à m'asseoir sur une chaise et, quand Mel revient avec la bouteille demandée, il me tend un grand verre et m'ordonne de boire.

— Voilà qui est mieux, commente-t-il, une fois que j'en ai vidé la moitié.

— Tu trouves ?

— Ça ne sert à rien de monter sur tes grands chevaux, Ollie.

— Tu as vu avec quel mépris il me traite ?

— Tu te méprends peut-être. Et puis il nous a vraiment rendu service, le week-end dernier…

— Je sais, je sais, c'est la seule raison pour laquelle je ne l'ai pas viré tout de suite.

— Que ça te plaise ou non, nous sommes ses obligés, Ollie. En tout cas, j'aimerais, en ce qui me concerne, lui offrir un verre.

— Justement, j'allais lui offrir une bouteille aux frais de la maison.

— C'est vrai ?

— Oui, pour la lui fracasser sur le crâne !

Louis continue à plaider la cause de Dan Slater pendant quelques minutes. Je finis par me laisser fléchir et l'autorise à aller prendre leur commande. Lorsqu'il revient à la cuisine, peu après, je grogne d'un ton acerbe :

— Alors, qu'est-ce qu'ils veulent ?

— Eh bien, madame prendra le crabe Bruchetta, suivi du filet d'agneau aux petits légumes.

— Et l'autre fumier ?

Louis suçote l'extrémité de son stylo et esquisse un sourire.

— Du thon poêlé en entrée et...

Il s'interrompt pour regarder son carnet et relève la tête. Ses yeux bleus pétillent.

— Un connard avec des frites. À point.

À 1 heure du matin, la salle est enfin vide et la cuisine rangée, prête à reprendre du service cinq heures plus tard.

Je renvoie tout le monde, mets un CD de Morcheeba et attrape la bouteille d'Errazuriz 1995 que Louis a ouverte à mon intention tout à l'heure. Munie de ce nectar consolateur, je m'assois à une table proche de la cheminée et hume l'arôme apaisant des pois de senteur placés dans l'âtre.

Cinq minutes plus tard, j'entends s'ouvrir la porte de service de la cuisine, puis le grincement de la porte battante. Louis est le seul à posséder un trousseau de clés. Il voulait m'aider à terminer la bouteille mais, après cette sale soirée, je n'avais aucune envie de papoter.

— Je t'ai dit que je voulais rester seule, Louis, dis-je sans me retourner. Rentre chez toi.

— J'ai déjà entendu ça, commente une voix traînante et amusée, vaguement familière, mais qui n'appartient certainement pas à Louis.

Je tourne lentement la tête, stupéfaite. Dan Slater se tient sur le seuil de la cuisine, les yeux vitreux, un impudent sourire sur son séduisant visage.

Je bondis comme un ressort et crie d'un ton accusateur :

— Comment êtes-vous entré ici ?

Le plus tranquillement du monde, il agite un gros trousseau, ce qui le fait osciller légèrement.

— Je me suis dit qu'une de ces clés devait marcher, et j'ai eu de la chance...

Il s'approche de moi, s'assoit en face de la chaise que je viens de libérer, prend mon verre et en avale la moitié d'une traite.

Je le regarde faire, incrédule.

— Écoutez, vous êtes peut-être propriétaire de l'immeuble, mais cela ne vous donne pas le droit de...

— Cela me donne le droit d'y accéder.

— Dans la mesure où cela ne perturbe pas la vie de ses occupants, et à des horaires raisonnables, dis-je en insistant sur ce dernier terme. Et je ne qualifierais pas de raisonnable le fait de vous introduire dans mon restaurant à une heure indue.

Il se laisse aller contre le dossier, ce qui fait se soulever de terre les deux pieds avant de sa chaise, et m'étudie avec calme.

— Vous savez, vous êtes très belle quand vous êtes en colère.

Je cligne bêtement des yeux. Celle-là, je ne l'ai pas vue venir. Je recule lentement.

— Écoutez, marmonne-t-il, nous avons quelques petits

problèmes relationnels à résoudre, tous les deux. Prenez donc un autre verre, asseyez-vous et parlons-en.

— Il vaudrait peut-être mieux que vous soyez sobre.

— Je suis parfaitement sobre, m'assure-t-il.

— Bien sûr, et moi, je suis la reine d'Angleterre.

— Eh bien, prenez donc un siège, Votre Altesse, insiste-t-il.

Il désigne une chaise, la fixe un instant et ajoute :

— Mon Dieu, comme le mobilier est étrange, ici...

Sur la défensive, je rétorque :

— Il me plaît.

— Croyez-le si vous voulez, Olivia, mais je l'aime bien aussi. À votre avis, pourquoi est-ce que je viens aussi souvent ici ?

— Parce que vous êtes un beau salaud, et sadique par-dessus le marché.

— Faisons comme si je n'avais rien entendu.

— Au contraire. Maintenant, partez.

— Allons, soyez gentille. Je suis venu tout spécialement pour essayer de vous donner un coup de pouce. Je crois que nous pourrions trouver une sorte d'arrangement, poursuit-il en passant une main dans ses courts cheveux bruns, main qu'il laisse ensuite retomber sur sa cuisse ferme. Je sais que vous avez du mal à faire face à la hausse du loyer et que c'est pour ça que vous avez décidé d'ouvrir tous les matins. J'admire votre ténacité, mais vous ne pouvez pas continuer à ce rythme, vous allez y laisser votre santé.

— Vous m'avez espionnée ?

— Oui, avoue-t-il sans s'émouvoir. J'aime bien cet endroit. Je pense que votre affaire est solide, qu'elle a de l'avenir... Je suis disposé à mettre des billes dans votre restaurant, Ollie. Nous pourrions envisager un partenariat. Qu'en dites-vous ?

— Je n'ai pas besoin d'associé.

— Mais vous avez besoin d'aide, vous ne pouvez pas le nier.

— Je m'en sortirai.

— En êtes-vous certaine ?

— Il le faudra bien. Je suis à votre merci, vous le savez pertinemment.

Un petit sourire se dessine sur sa bouche ferme.

— À ma merci... répète-t-il lentement. Est-ce que ça signifie que je peux faire de vous ce que je veux ?

J'écarquille les yeux.

— Êtes-vous en train de me faire des propositions malhonnêtes ?

— Peut-être.

— C'est insensé ! Comment osez-vous ?

— La plupart des femmes prendraient cela pour un compliment.

— Quelle invraisemblable arrogance !

Il se lève et contourne la table pour s'approcher de moi.

— Vous êtes beaucoup trop coincée, Ollie, décrète-t-il.

Instinctivement, je recule et réplique avec colère :

— Il est vraiment temps que vous partiez, cette fois.

Il ne bouge pas.

— Tant pis. C'est moi qui m'en vais, dis-je en tournant les talons.

Il m'attrape le poignet et me fait pivoter face à lui.

— Déjà ? Vous n'allez pas m'embrasser pour me dire bonsoir ?

C'est le bouquet ! J'essaie de rester calme et digne, mais en vain. Au souvenir du jour fatal où ces mots ont franchi mes lèvres, je me sens rougir violemment. Avant que je ne puisse trouver une réplique appropriée, il me prend l'autre poignet et m'attire si près de lui que je sens son cœur battre contre ma poitrine. Contrairement au mien, qui s'agite à tort et à travers, son pouls est parfaitement régulier. Sans desserrer son étreinte autour de mes poignets, il penche la tête et m'embrasse lentement sur la bouche, ses yeux rivés aux miens.

J'essaie de me dégager, mais il est beaucoup plus fort que moi. J'ai l'impression d'être Scarlett O'Hara en train de lutter contre Rhett Butler. Catastrophe ! Je n'aurais jamais dû penser cela, voilà que ça m'excite... Mon Dieu, comme il embrasse bien, comme il est fort... Il a glissé ses bras autour de moi, et je sens ses muscles tendus qui m'enserrent. Je cesse de me débattre. De toute façon, je ne peux plus résister. Autant me demander de recracher du champagne après avoir senti son goût me titiller les papilles et ses bulles me chatouiller la langue. Je mets mon cerveau sur pause, laisse une vague de désir me balayer tout entière et ferme lentement les yeux. Un plaisir intense remplace aussitôt mon indignation, mais lorsque je rouvre enfin les yeux, je constate que les siens sont grands ouverts... et qu'ils rient.

Il se moque de moi. C'est encore un de ses petits jeux de rapports de force !

Ma colère se réveille, plus forte que jamais. Je me tortille comme un petit lapin apprivoisé qui essaie de quitter l'étreinte étouffante d'un enfant trop câlin, mais sans grand succès.

Il va falloir changer de tactique.

La prochaine fois que sa délicieuse langue s'aventure dans ma bouche, je croque.

Dan pousse un cri et me lâche comme si j'étais une brique brûlante. Il ne rit plus. Il a même l'air franchement furieux. Il me fait peur, soudain. Il ne lèverait pas la main sur une femme, quand même... Pourtant, il a l'air prêt à me frapper.

Une seule chose à faire : lui donner un bon coup de pied dans les tibias et prendre mes jambes à mon cou.

Cinq heures plus tard – que j'ai passées terrée dans ma chambre, à trembler dans mon lit sans pouvoir trouver le sommeil et à redouter des martèlements contre la porte qui ne sont jamais venus –, je descends sur la pointe des pieds et entre dans le restaurant. Je m'attends presque qu'il émerge de l'ombre et me saute dessus, armé d'un couteau pointu.

La salle est vide.

Vide aussi la bouteille de vin qui était encore à moitié pleine quand je suis montée, la veille. Je l'examine en secouant la tête, stupéfaite.

Au lieu de se précipiter derrière moi, un couteau de cuisine à la main, Dan s'est rassis et a tranquillement terminé le vin. Il y a même sur la table, à côté du verre sur lequel j'ai laissé des traces de rouge à lèvres, une assiette avec un toast entamé et une tasse de thé.

La tasse est encore tiède. Il a dû rester ici toute la nuit. Et s'il était encore là, tapi quelque part ? Alarmée, je balaye la salle du regard, mais le restaurant semble désert. Quand je suis certaine d'être absolument seule, le reste d'angoisse que j'abritais en moi se transforme en indignation.

Avec colère, je nettoie la table et jette la vaisselle sans cérémonie dans l'évier. À la cuisine, Dan a laissé d'autres preuves de son passage : un couteau couvert de beurre sur la table, un sachet de thé dans le broyeur. Et quand je retourne dans la salle, je découvre un verre de cognac vide sur l'égouttoir du bar.

Je suis estomaquée par son culot. Apparemment, il se croit déjà en territoire conquis. Eh bien, je vais lui prouver qu'il se trompe.

Je fais un bond en l'air en entendant claquer la porte de

service, que j'ai laissée grande ouverte pour aérer. Des pas assurés résonnent sur le carrelage de la cuisine.

— Cette fois, je capitule !

Mon cœur revient dans sa cage thoracique, tandis que Tanya fait irruption dans le restaurant et se dirige droit vers le bar, où elle sort une canette de Coca light du réfrigérateur.

— Je baisse les bras, affirme-t-elle en s'asseyant sur un tabouret.

— Moi aussi, dis-je avec un soupir, en prenant place à côté d'elle.

— Tu ne sais même pas de quoi je parle !

— Pas besoin. Je baisse les bras, quoi qu'il advienne.

J'essaie de raconter à Tanya l'incident de la veille, mais elle n'écoute pas.

— Tu sais, j'ai réussi à la convaincre de sortir prendre un pot avec moi hier soir, et j'en ai profité pour lui présenter quelques-uns de mes copains préférés. Le dessus du panier, la fine fleur de ce que ce pays a à offrir en termes de célibataires appétissants… Eh bien, elle a passé la soirée à me bassiner avec son Stuart avec un *u*.

— Oh, tu parles de Grace.

— De qui veux-tu que je parle ?

Mon entrevue avec Dan a dû réveiller la mangeuse d'hommes en moi, car je me surprends à suggérer :

— Eh bien, puisque Grace semble désespérément accro à Ringardos, on pourrait peut-être tenter notre chance avec lui.

— Qui ? Stuart ?

— Exactement.

— Et qu'est-ce que tu proposes ?

— Qu'on lui trouve quelqu'un d'autre, à lui. Qu'on lui présente une autre femme.

— Tu plaisantes ? Qui accepterait une mission pareille ?

— Toi. Séduis-le.

— Moi ? hurle Tanya en écarquillant les yeux d'horreur à cette pensée.

— Eh bien, voilà, c'est réglé, dis-je en soupirant avec amertume. Si même toi, tu refuses, on n'a aucune chance.

— Je n'aime pas trop ce que tu sous-entends, rétorque Tanya.

— Ne prends pas la mouche. Tu sais très bien ce que je veux dire.

— Oui. Tu me crois capable de coucher avec n'importe qui.

Je ne proteste pas, et elle sombre dans un silence quelque peu blessé.

— D'accord, admet-elle enfin. Je ne suis pas bégueule, du moment qu'ils ont un grand cœur, un gros braquemart ou un gros portefeuille, mais Stuart, je ne pourrai jamais.

— Surtout avec un *u*.

— Même avec un *e* et un *w*, complète-t-elle avec un sourire peu convaincu.

— Si ça se trouve, ce mec n'est pas celui qu'on croit, dis-je, plus pour la faire rire qu'autre chose. Sous son air innocent, il cache peut-être l'âme d'un gros pervers.

— Ça me paraît aussi peu probable que si Tanya déclarait soudain qu'elle est vierge, dit une voix derrière nous.

Louis arrive pour le service du petit déjeuner, aussi peu en forme que moi, apparemment.

— Alors, tu as raconté à Tanya ce qui s'est passé hier soir ? me demande-t-il en se frottant les yeux et en nous rejoignant au bar.

— J'allais le faire. Mais tu ne connais pas toute l'histoire, Lou.

— Ouh ! là là ! Vas-y, accouche.

Louis et Tanya m'écoutent, aux anges, leur relater la fin de ma soirée. Je passe sous silence le fait que j'ai momentanément rendu son baiser à Dan Slater avec autant de fougue qu'il en manifestait lui-même et insiste sur ma lutte pour lui échapper. Une fois mon récit terminé, Louis me tapote l'épaule avec compassion. Tanya, elle, a un petit sourire rêveur qui m'inquiète.

— Ne me dis pas que tu approuves sa conduite ! dis-je avec stupeur. Tu n'es pas censée être impressionnée, mais horrifiée.

Tanya me fait la grâce de paraître vaguement penaude, mais ne nie point.

— C'est que... c'est tellement... macho, murmure-t-elle, songeuse. Dommage qu'on ne puisse pas le caser avec Grace, on ferait d'une pierre deux coups.

— À tout prendre, j'aime autant savoir Grace avec Stuart qu'avec ce fumier.

— Ah ? Pourtant, au moins, elle s'amuserait, avec Dan. Même si c'est un sale pervers, comme tu dis.

— Stuart serait peut-être aussi pervers que lui, si on lui en donnait l'occasion, dis-je. Après tout, les hommes sont tous des salauds, dans le fond, c'est connu.

— Tu veux dire qu'on devrait donner à Stuart l'occasion d'extérioriser ses mauvais penchants ?

— Exactement. Il n'a jamais jeté sa gourme, voilà tout. Ce qui n'est pas surprenant, quand on a une vie sociale qui se résume à une petite bière au pub du coin une fois par semaine.

— Alors, d'après toi, si l'occasion se présente...

— Il sautera peut-être dessus.

— Et comment la lui fournir, cette occasion ?

— Là, ça se corse un peu.

— Un peu ?

— Qui pourrait servir d'appât ? Mel ? Tu crois que tu réussirais à la convaincre ?

— Ça m'étonnerait beaucoup. Non, à ma connaissance, la seule personne qui accepterait de draguer quelqu'un qu'elle ne connaît pas, c'est Claude, et je ne suis pas sûre que vous reteniez sa candidature.

— Dans ce cas, ce ne peut être qu'une de nous deux, décrète Tanya.

Je sursaute violemment.

— Tu plaisantes ?

— On n'a pas le choix, Ollie.

— Personne ne nous oblige à employer un stratagème aussi radical. Il y a forcément d'autres moyens pour faire entendre raison à Gray.

— On a tout essayé.

— Alors, vas-y, Tan. C'est toi, la championne dans l'art de la séduction.

— Ce n'est pas juste. Tirons plutôt à la courte paille, propose-t-elle.

— Je présume que vous ne m'incluez pas dans ce petit jeu ? demande Louis en se servant un jus d'orange.

— Ma foi, c'est une idée. On ne sait jamais, peut-être qu'il faut un homme pour dévoyer Stuart, lance Tanya en lui adressant un clin d'œil.

Puis elle se retourne vers moi et demande :

— Tu as des pailles ?

— Seulement des Pailles d'Or.

— Tant mieux, je meurs de faim, intervient Louis.

Son estomac émet un gargouillis sonore, comme pour souligner ses dires.

— Je plaisantais.

— Du papier ? suggère Tanya.

— Ce n'est pas terrible, comme en-cas.

— La ferme, Louis.

Je vais chercher un bloc-notes pour Tanya et des gâteaux

pour Louis. Tanya découpe une feuille en trois parties égales, sort un rouge à lèvres Chanel de son sac à main et trace une croix rouge sur l'une d'elles. Puis elle plie chaque morceau de papier en quatre et glisse les trois dans un petit vase vide.

— Bien. Celui qui a la croix s'y colle.

Je fais une grimace et pêche le premier papier, imitée par Louis et Tanya. Nous les ouvrons ensemble. Les sourires de soulagement des deux autres sont suivis de près par mon cri atterré. Les yeux écarquillés, je fixe la croix rouge. Pourquoi faut-il que cela tombe sur moi ?

Je ne pourrais jamais, au grand jamais, embrasser Ringardos, même si on m'offrait un million de livres et la possibilité de remodeler mon corps en une silhouette de rêve – celle de Jennifer Lopez, peut-être, mais en un peu moins basse de la croupe.

Je jette mon papier au loin en hurlant :

— Jamais de la vie !

— Je regrette, ma puce, mais on était d'accord. Tu ne peux pas te défiler.

Je pousse un gros soupir.

— Je sais. Si toi ou Louis étiez tombés dessus, vous ne vous seriez pas débinés.

— C'est vrai, affirme Louis. Mais dans mon cas je pense que ça n'aurait pas servi à grand-chose. Ringardos n'est pas un homme à hommes.

— Bon... À moi de faire le sale boulot, alors.

Les deux autres hochent la tête, impassibles.

Grace nous a invités chez Stuart pour le week-end. Nous décidons que le « sale boulot » s'effectuera là-bas.

Cela me laisse le temps d'émigrer en Amérique du Sud. Et si je n'arrive pas à avoir de visa, je pourrai toujours me jeter sous un bus.

9

Tanya arrive chez *Tates* en taxi. Vingt minutes plus tôt, j'ai fait sortir mes derniers clients. Le restaurant était bondé, comme toujours le vendredi midi. Sans prendre le temps de souffler, j'ai entassé quelques articles de base dans un fourre-tout et ai sauté dans un jean propre. Pas maquillée, les cheveux encore mouillés après la douche, je suis un tantinet agacée de voir mon amie sortir du taxi vêtue comme si elle s'apprêtait à poser pour une séance de photos dans *Vogue*. Apparemment, elle a aussi apporté la panoplie vestimentaire nécessaire à la séance de photos en question.

— On part pour le week-end, pas pour l'année entière, gémis-je, tandis que le chauffeur exhume divers bagages Louis Vuitton de son coffre et les pose sur la banquette arrière de ma voiture. Je suis censée emmener aussi Louis, je te rappelle.

Elle sourit sans rien dire et m'ignore royalement.

— Louis, tu te souviens de Louis ? dis-je avec une pointe de sarcasme. Un mètre soixante-seize, cheveux noirs, beau garçon, qui s'assoit normalement à l'arrière ?

Elle cesse un instant de surveiller le transfert de ses précieux bagages, le temps de répondre :

— Je sais.

— Si ça continue, il ne va plus lui rester de place, dis-je un peu sèchement, comme le chauffeur, que l'effort fait transpirer, hisse encore une valise dans ma pauvre voiture. Pourquoi tu ne lui as pas demandé de les mettre dans le coffre ?

— C'est Louis qui ira dans le coffre, répond Tanya avec un petit sourire, en prenant place à l'avant. Il se nettoie plus facilement que la peau de chevreau.

Louis nous attend devant chez lui, perché sur un muret, en grande conversation avec son téléphone portable. Il porte un jean en velours noir, un blouson assorti, un tee-shirt Ted Baker uni, et il a teinté en bleu cobalt les pointes de ses cheveux noirs hérissés pour aller avec ses yeux. Bref, il est magnifique, comme toujours.

En nous voyant tourner au coin de la rue, il coupe court à sa communication et saute à bas du mur en agitant les bras avec excitation, ce qui me permet d'apercevoir le haut d'un caleçon vert pomme.

Il a presque autant de bagages que Tanya. Nous parvenons néanmoins à tout caser, Louis inclus, et nous nous mettons en route. Il nous faut plus de trois heures pour arriver dans le Derbyshire, et une heure encore pour dénicher la maison de Stuart, qui se trouve à deux kilomètres de la route principale et n'est indiquée par aucun panneau.

Nous passons trois fois devant sans le savoir et parcourons cinquante kilomètres de trop avant d'appeler Grace, qui nous guide par téléphone à travers la campagne ou, plus exactement, de pub en pub, ce qui est plutôt bon signe : il existe bel et bien une forme de vie sociale hors de Londres, et notre copine n'a pas fait un bond en arrière dans le Moyen Âge sans espoir de retour.

La maison de Stuart est imposante mais élégante. C'est le genre de propriété où une aile supplémentaire a été construite à chaque siècle. Sur le plan architectural, le résultat est donc assez éclectique, mais, de mon point de vue, magnifique.

— Quelle splendide maison ! s'exclame Tanya, lorsque nous découvrons la superbe façade au bout de la longue allée bordée de chênes. Voilà qui plaide en sa faveur.

— Pourquoi ? dis-je d'un ton boudeur.

Je redoute de plus en plus ce week-end, sachant que je vais devoir tenter de séduire Stuart avec un *u*.

— Gray n'est pas une fille vénale.

— Non, mais il faudrait être aveugle pour ne pas remarquer la beauté de cette maison. Je sortirais avec Quasimodo s'il possédait une propriété pareille.

L'appréhension me rend méchante, et je réplique :

— Tu sortirais avec Quasimodo de toute façon.

— Surtout s'il était bien membré, je sais, soupire Tanya. Il faudrait vraiment que tu arrêtes d'avoir cette image de moi, Ollie.

— Ce n'est pas une image, c'est la réalité.

— Eh bien, tu devrais être fière de moi, alors. Tu n'imagines pas à quel point c'est difficile d'être une fille facile ! plaisante-t-elle.

Louis dort profondément sur la banquette arrière, au milieu des bagages de Tanya. Dans son ensemble en velours noir, il ressemble à une petite taupe. Il se réveille brusquement quand je m'arrête devant la maison et qu'il reçoit sur la tête un vanity-case perché en équilibre sur la plage arrière, dans lequel Tanya a fourré assez de produits Estée Lauder pour faire couler le *Titanic*.

Tandis que Tanya et moi descendons de voiture et que nous dégageons Louis de la petite avalanche sous laquelle il est enfoui, la double porte s'ouvre en grand, et Grace apparaît, entourée d'une petite armada de chiens. Il y en a de toutes les sortes : des grands, des petits, des gros et des résolument bizarres. L'un d'eux en particulier ressemble à une perruque qui aurait été arrachée par Cher après un concert tumultueux, et un autre à une petite moustache sur pattes à la Hitler. Dans l'ensemble, ils n'ont pas l'air méchants, à l'exception d'un gros terrier, qui décide que son devoir est de défendre le territoire de son maître contre ces intrus et s'en acquitte avec une telle agressivité qu'on pourrait croire qu'il est au courant de nos coupables intentions.

— Où est le seigneur du château ?

Tanya, intrépide, montre les dents au terrier, puis, au péril de sa cheville, passe devant ses crocs pour aller planter deux baisers sur les joues de Grace.

— Cet endroit est fabuleux, ma puce ! Vraiment fabuleux !

Elle examine la façade avec l'œil expert de l'agent immobilier – pardon, de la conseillère en immobilier. Je ne serais pas étonnée de voir des dollars apparaître dans ses prunelles, comme dans les dessins animés.

— Stuart est dans les écuries avec l'amour de sa vie, annonce Grace. Venez, je vous y emmène. Ensuite, je vous ferai faire la visite guidée.

Dans les écuries ?

Plutôt prometteur. Nous allons peut-être enfin comprendre ce que Gray trouve à Stuart.

Sans doute a-t-elle succombé au syndrome Darcy. Vous savez, le séduisant gentleman-farmer solidement campé sur ses terres...

Tandis que nous suivons Grace dans un vestibule impressionnant, puis empruntons un immense couloir sombre jusqu'à l'arrière de la maison, je me surprends à imaginer Stuart sous un nouvel angle, à savoir nu jusqu'à la ceinture, vêtu de jodhpurs et d'une paire de bottes rutilantes, son torse viril couvert de sueur, faisant tourner à la longe un étalon rebelle, un immense fouet claquant dans l'autre main.

J'ignore d'où me vient cette vision de Stuart, mais l'image est saisissante. Depuis le début, je prie pour que Stuart recèle des profondeurs insoupçonnées, une qualité cachée qui nous ferait admettre qu'il est réellement le compagnon idéal pour notre Gray. Espérons que nous découvrirons son moi secret avant que je ne doive effectuer ma mission.

Cette idée me refroidit sensiblement.

Il y a bel et bien des chevaux dans la cour, qui piaffent, renâclent et nous considèrent avec nervosité depuis leurs boxes.

Apparemment, Tanya a les mêmes visions mâtinées de Jane Austen que moi. Elle semble très joyeuse et se penche même pour caresser une jolie petite chatte grise qui a eu l'audace de s'enrouler autour de la jambe de son pantalon Joseph. Mais lorsqu'un des chevaux sort amicalement la tête par la porte de sa stalle et dépose une bave verdâtre sur sa veste en cuir Gucci, son sourire se fige, et elle marmonne rageusement qu'elle déteste la campagne.

Nous trouvons enfin Stuart dans une vaste grange, et ma petite bulle d'espoir vole en éclats. Il ne s'occupe pas d'un pur-sang arabe à la crinière flottante et aux naseaux palpitants, mais d'une grosse locomobile noire et rutilante.

Au temps pour mes fantasmes.

Il n'est même pas vêtu d'une salopette ou d'un Levis déchiré, ce qui aurait quelque peu sauvé la situation, non, il porte un de ses sempiternels pantalons en velours côtelé, une chemise à carreaux verte, une espèce de gilet hideux et, comble de l'horreur, une casquette écossaise.

— Comment ça va ?

Avec un large sourire, il s'essuie la main droite sur son pantalon et nous la tend. Comme les deux autres restent pétrifiés – apparemment, la vision de la casquette leur a porté un coup fatal –, je décide qu'il me revient de m'acquitter des civilités d'usage.

Je lui serre la main.

D'ordinaire, elle est moite. Cette fois-ci, elle est huileuse. Charmant !

— Ça me fait plaisir de te revoir, dis-je en me forçant à sourire.

Je prends un mouchoir en papier dans mon sac et, tout en faisant semblant de me moucher, je m'essuie discrètement la main.

— C'est vraiment fantastique, ici.

— Ah, oui... Merci, dit-il, comme s'il venait juste de le remarquer lui-même.

— Il travaille sur cette bécane depuis ce matin, annonce Gray d'un ton attendri.

Elle désigne l'engin en souriant bêtement, comme si elle en était réellement fière.

— Si l'un de vous a envie d'une petite balade, je me ferai un plaisir... reprend Stuart.

— J'adorerais, dis-je avec enthousiasme. Je faisais du cheval, quand j'étais petite.

— Je crois qu'il parlait de la locomobile, me chuchote Louis, tandis que Stuart passe un doigt sur la plaque de son Ashbourne Belle pour éliminer un grain de poussière imaginaire.

Parfait. Il ne proposait pas un galop enivrant dans les champs, mais une excursion lente et cahoteuse sur son bijou. Nous déclinons poliment son offre, décidons que défaire nos bagages sera plus intéressant et retournons à ma voiture.

Il nous faut plusieurs allers et retours pour monter tous les sacs dans nos chambres.

— J'espère que Stuart a une femme de ménage, dis-je à Grace, alors que nous longeons pour la troisième fois le couloir d'au moins un kilomètre qui dessert les chambres. C'est très chouette d'avoir un château mais, à entretenir, ça doit être la galère.

— J'espère surtout qu'il a un majordome, s'exclame Tanya. La cuisine est à trois kilomètres ! Qui va aller me chercher une tasse de thé demain matin ?

— S'il avait un majordome, réplique Grace, tu crois qu'on serait en train de porter vos bagages ?

Comme Tanya me regarde avec espoir, je m'empresse de préciser :

— Ne compte pas sur moi pour venir tirer tes rideaux demain matin avec un grand sourire et une tasse d'Earl Grey.

Ma chambre semble sortir d'un magazine de maisons de campagne de charme. Deux fenêtres à guillotine à petits carreaux donnent sur un jardin bien entretenu à l'arrière de la maison. Au-delà, à perte de vue, s'étendent les terres de Stuart.

C'est une propriété de rêve.

Au bout du jardin, comme tombé dans un tableau de Monet, un cygne solitaire évolue paresseusement sur un grand lac, parmi les nénuphars et les roseaux. Où que se porte le regard, ce n'est que collines verdoyantes, champs et prés où galopent des chevaux et paissent paisiblement des vaches et des moutons.

Les murs de ma chambre sont lambrissés, le mobilier est en vieux chêne et les rideaux sont en chintz, mais jolis. Il ne manque plus que du lierre devant ma fenêtre pour qu'un chevalier servant vienne m'enlever.

Il me faut très précisément quatre minutes pour déballer mes affaires. À en juger par sa quantité de bagages, Tanya sera légèrement plus longue. Je me dirige donc vers la salle de bains située entre nos deux chambres avec un magazine que j'ai trouvé sur ma table de chevet.

Vingt minutes plus tard, je sors du bain et m'enveloppe dans une serviette de toilette pour aller voir Tanya.

Elle est encore en train de défaire ses bagages.

Quand j'arrive, elle sort de ce qui semble être la valise numéro trois une petite chose arachnéenne de chez Ghost, puis un grand chapeau à bords tombants orné de fleurs, une longue robe bleu nuit très classe avec gants de velours assortis, un pantalon ivoire et un lainage très BCBG qui doit être un chandail pour jouer au cricket. Elle a lu trop de romans d'Evelyn Waugh. Pour elle, la campagne n'est qu'un vaste cliché bucolique.

La valise suivante, toutefois, se rapproche davantage de la Tanya que je connais. Moshino, Mui Mui, Monolo, Vivienne Westwood. Rigolo, branché, sexy, mais pas vraiment adapté à la situation. Je la vois mal trottiner dans un champ plein de bouses de vaches en sandales Manolo Blahnik et bustier moulant.

Moi, j'ai apporté deux jeans, trois tee-shirts, un pull et l'incontournable petite robe noire, ainsi que deux bouts de cuir qui feront office de chaussures du soir, au cas où. Au cas où quoi, je l'ignore. J'ai comme l'impression que le meilleur moment de ce week-end sera le voyage de retour. La seule tenue décontractée de Tanya consiste en un jean Earl, que je lui aurais volé sur-le-champ si seulement j'avais pu loger mon postérieur taille quarante dans son trente-six, et un tee-shirt Pucci qui arbore toutes les couleurs de l'arc-en-ciel, couleurs parmi lesquelles il me semble remarquer une tache de Ketchup datant de sa dernière virée nocturne au fast-food.

Quand elle a enfin terminé de ranger ses affaires, elle passe sous la douche, où elle reste dix minutes, puis prend vingt autres minutes pour sécher ses cheveux mi-longs actuellement teints en un roux tout à fait seyant. Une fois réussi son brushing à la Jennifer Aniston, elle choisit un pantalon noir et hésite encore pendant une demi-heure entre le gilet de cricket et une ravissante veste de tailleur en velours rose qui fait très Stephen Fry, mais dont la couleur se marie assez mal avec celle de sa chevelure.

Pendant que je m'habille – trois minutes chrono –, elle se décide pour la veste rose, et nous descendons enfin retrouver nos hôtes.

Gray et Stuart sont installés l'un à côté de l'autre au coin du feu, dans le salon. *La Lettre à Élise* semble sortir tout droit d'un vieux gramophone. Stuart est plongé dans *Country Life*. Je m'attends presque à trouver Grace en train de faire du tricot, de la broderie ou du point de croix, mais je constate avec soulagement qu'elle feuillette le *Vogue* du mois dernier. Les dernières notes de Beethoven s'égrènent délicatement, puis le concerto brandebourgeois numéro trois de Bach jaillit des enceintes.

— C'est dingue, ils ont entendu parler du XXe siècle, ici ? murmure Tanya en pénétrant dans la pièce, la mine boudeuse.

Elle fait une grimace en voyant Grace, qui semble avoir de nouveau endossé les habits de sa grand-mère, le col remonté jusqu'aux orbites, la jupe ras les chevilles. Aux pieds, comble de l'abomination, elle porte des pantoufles en velours ornées d'une boucle dorée, du genre qu'on offre à une vieille tante pour Noël.

— Regarde-moi ça !

Tanya m'attrape par la main et m'attire dans le couloir avant qu'ils aient le temps de remarquer notre présence.

— On a bien fait de venir. Je savais qu'elle filait un mauvais coton, mais là ça frise le ridicule. Il faut absolument qu'on intervienne...

Ses chuchotements rageurs résonnent dangereusement fort dans le vaste vestibule.

— ... sinon, dans quelques années, ils seront toujours là, un peu plus vieux mais exactement dans la même position, couverts de toiles d'araignée.

Tan dramatise peut-être un peu, mais je comprends son point de vue. Gray n'est même pas encore mariée, et elle joue déjà la petite épouse modèle d'un roman de Dickens. Bientôt, elle va présider une œuvre de bienfaisance locale et faire des confitures au lieu de s'amuser et de vivre.

— Si on leur proposait de sortir prendre l'apéritif quelque part ? dis-je. Il doit bien y avoir un bar ou une auberge dans le coin.

— Tu as raison. Ce sera toujours mieux que de rester enfermés ici toute la soirée, à regarder Gray faire la châtelaine du manoir. Après quelques vodkas, elle sera peut-être un peu plus elle-même.

Nous retournons dans le salon, où Louis danse un ballet à sa façon sur la musique de Bach. C'est assez étrange à voir.

Il termine sa prestation par une série d'entrechats et s'effondre dans un fauteuil Queen Anne en levant les yeux au ciel. Tandis que nous nous asseyons, Gray annonce :

— On a prévu une petite fête pour demain soir.

Tanya et Louis échangent des roulements d'yeux affolés.

— Avec des carrés de gruyère et d'ananas embrochés sur des cure-dents et une chouette partie de chaises musicales, marmonne-t-il à l'oreille de Tanya, un rien trop fort.

— Maman sera là.

Tan et Louis s'animent à cette nouvelle.

La mère de Gray, Tula, est une authentique foldingue. Tanya et elle sont des âmes sœurs. Blonde, tape-à-l'œil, effrontée, Tula est une véritable mangeuse d'hommes.

Elle me terrifie.

La dernière fois que je l'ai vue, lors du dernier essayage de nos tenues de demoiselles d'honneur, elle est arrivée sur une Harley Davidson rugissante conduite par son troisième mari, Sylvester, qui possède une chaîne de bookmakers et s'habille avec des chemises à rayures, comme un gangster des années soixante-dix. Tanya et elle vont rigoler et mater toute la soirée, tandis que Sylvester, dès qu'il aura un petit coup dans le nez, draguera tout ce qui bouge, y compris moi, Louis et probablement l'épagneul breton qui ronfle sur le tapis.

Je veux rentrer à la maison !

Le gramophone s'arrête, et on entend le tic-tac d'une horloge comtoise dans un coin.

Je ne sais pas pourquoi, mais j'ai toujours eu horreur d'entendre une horloge faire tic tac dans une pièce silencieuse. Je trouve ça aussi agaçant que le bruit d'un robinet qui goutte, et en plus cela me rend mélancolique.

Quelle image terrifiante ! Grace enfermée dans cette grande et vieille demeure, seule avec Stuart. On se croirait dans la quatrième dimension. Si l'endroit est déjà sinistre avec nous tous, qu'est-ce que ça doit être quand ils ne sont que tous les deux ! Le salon a beau être assez grand pour abriter une petite boîte de nuit, j'ai l'impression que les murs se referment sur nous. Le tic-tac de l'horloge s'amplifie de minute en minute. Il est temps d'alléger l'atmosphère. Je cherche des yeux une télévision ou une chaîne hi-fi, mais ne vois que le vieux tourne-disque, avec sa pile de vinyles. Je ne suis pas sûre que Prodigy existait déjà à l'époque des 45 tours.

Tanya et Louis sont anormalement calmes, assis très droits dans leurs fauteuils, les mains sur les genoux comme des enfants dans une classe, résolument malheureux.

Leurs visages s'éclairent un peu quand, après plusieurs allusions assez lourdes de ma part, Stuart suggère que nous sortions boire un verre, et ils disparaissent en haut pour se changer.

Trois quarts d'heure plus tard, ils ne sont toujours pas prêts. Nous décidons de partir sans eux et leur crions, depuis le vestibule, que nous les attendons au pub du village.

Une demi-heure plus tard, Louis franchit la porte du pub, vêtu d'un pantalon bleu et argent étincelant que je suis sûre d'avoir vu dans la vitrine de Kookaï quelques semaines plus tôt. Il a emprunté un de mes tee-shirts, celui qui a une grosse fleur bleue sur le devant, avec la légende « fraîche comme une rose » dessous. Ce que personne ne sait, c'est qu'il s'agit d'une de ses tenues les plus sobres.

Quand Stuart lève la tête, il manque de s'étrangler dans sa bière.

Tanya, dans une robe rose moulante griffée qui ferait très chic dans le West End londonien, mais qui ici donne l'impression qu'elle sort des quartiers les plus louches de Soho, examine le plafond bas et ses poutres, les vieux clients penchés sur leurs bières, l'horloge dont le balancier va de gauche à droite avec une régularité de métronome. Ses yeux se posent sur moi, et elle dilate les ailes de son nez pour manifester son désespoir.

Pour Tanya, un bar se doit d'être plein d'hommes entre vingt et quarante ans, qui arborent American Express, montres en or, portefeuilles rembourrés ou entrejambes rembourrés. Elle foule la moquette à motif cachemire sur ses talons de dix centimètres et s'arrête, consternée, en voyant que Grace boit une bière.

— Les hommes n'aiment pas les femmes qui boivent de la bière, décrète-t-elle, en regardant Grace avec une indignation telle que je m'attends presque qu'elle lui donne une tape sur la main comme à une enfant désobéissante.

Je dois avouer que je suis un peu choquée moi-même de voir notre mademoiselle perfection incarnée essayer d'avaler un demi-litre de Best Bitter. À mon grand soulagement, après vingt minutes de grimaces, elle l'abandonne en faveur d'un grand gin tonic.

Tanya et Louis observent le pub avec horreur, marmonnent quelque chose sur l'âge de pierre et les sauts dans le temps, puis commandent une bouteille de vodka qu'ils emportent dans un coin tranquille pour boire non pas jusqu'à ce qu'ils sombrent dans le néant, puisqu'ils considèrent qu'ils viennent d'y arriver, mais au-delà encore.

J'engage la conversation avec Stuart, avant de me rappeler, mais trop tard, à quel point c'est difficile de discuter avec lui. À ma grande surprise, il se montre relativement disert. Bon, d'accord, il me parle locomobiles, chevaux et rotation des cultures, mais il fait un effort.

Il se sent probablement plus en confiance ici qu'à Londres, plus détendu, plus disposé à s'ouvrir à nous. Bientôt, je me retrouve en train de m'excuser pour l'épisode romain. Je n'ai pas oublié son visage anxieux et accusateur et me sens encore vaguement coupable.

— Bah, l'essentiel, c'est que j'aie pu venir vous chercher, répond-il, magnanime. Grâce à Dan, ajoute-t-il aussitôt.

Il fallait qu'il me le rappelle, hein ?

Lorsqu'il commence à me chanter les louanges de son bon copain Dan, je décide qu'il est temps d'aller rejoindre Tanya et Louis. Par chance, un ressortissant local alpague Stuart pour lui parler remembrement, et je parviens à m'éclipser discrètement.

Dans leur petit coin de paradis, Tanya et Louis boivent comme des chiens sauvages dans le désert et rient bêtement, sous les regards noirs d'une clientèle nettement plus réservée. La raison de leur excellente humeur est qu'ils ont déjà vidé la moitié de la bouteille. Ils descendent verre sur verre de la meilleure et plus forte vodka russe comme si c'était de l'eau minérale.

— On a décidé de se cuiter en beauté pour dormir toute la journée, demain, m'explique Tanya. Comme ça, il ne restera plus que la soirée et le déjeuner dominical à tirer, et ensuite, adios !

— Oh, la soirée, ânonne Louis d'une voix pâteuse. Ça va être tellement sympa !

— Oh, oui, je vois ça d'ici, renchérit Tanya. En musique d'ambiance, un des morceaux les plus rasoirs de Mahler, et sur le buffet, des petites saucisses et une bouteille de cidre tiède.

Elle porte une main à sa gorge et ajoute en feignant l'angoisse :

— Ciel, il me vient une idée affreuse ! Qu'est-ce que je vais mettre ?

— Je te prête mon pantalon rose, si tu veux, lance Louis.

Ils se tordent de rire sur leur banquette, complètement soûls tous les deux.

— Tu plaisantes ? réplique-t-elle. Non, tant pis, je vais être obligée de faire des courses en ville demain et de m'acheter quelque chose pour l'occasion. Un twin-set et une jupe en tweed, peut-être, avec des bottes en caoutchouc vertes.

— Et n'oublie pas la casquette, surtout, ajoute Louis en s'esclaffant.

Le lendemain soir, Louis, Tanya et moi descendons l'escalier en jean, quasiment pas maquillés à l'exception d'un trait de rouge à lèvres appliqué avec plus ou moins de conviction (sauf Louis, bien sûr, qui ne sort jamais sans son mascara bleu)... et nous trouvons en bas une foule de gens plus chics et branchés les uns que les autres. On se croirait à un défilé de mode parisien.

Au lieu de la petite réunion de famille à laquelle nous nous attendions, avec vin blanc tiède et cacahuètes, c'est une vraie fête que nous a organisée Grace. Il y a au moins cent personnes, des verres à la main, et beaucoup d'autres invités continuent à arriver par les portes grandes ouvertes.

Le salon a été transformé en discothèque, où un vrai DJ, équipé d'enceintes grandes comme des fesses d'éléphant et de projecteurs qui clignotent au rythme de la musique, passe le dernier morceau funk de Limp Bizkit. Un bar a été aménagé dans un coin de la pièce, derrière lequel sont campés deux barmen affublés de nœuds papillon tout faits agrafés derrière la nuque. Un buffet positivement impressionnant a été installé dans la salle à manger, de l'autre côté de l'immense vestibule. Des serveurs en chemise blanche et pantalon noir impeccables déambulent parmi les invités en proposant des flûtes de champagne.

Tanya s'immobilise au milieu de l'escalier, pousse un cri, tourne les talons et remonte en courant dans sa chambre pour se changer, talonnée par Louis et moi-même.

— Mais quand sont arrivés tous ces gens ? hurle Tanya en courant dans le couloir et en filant vers la salle de bains pour se laver les cheveux. Je sais que j'ai joué les abonnés absents toute la journée, mais comment ai-je pu ne rien remarquer ? Cette Gray, je vais la tuer ! Elle aurait pu nous prévenir qu'elle donnait une grande soirée ! À l'entendre, on aurait dit qu'elle n'avait invité que quelques vieux oncles et tantes !

Pendant qu'elle se jette sous la douche, je sors avec soulagement ma fameuse petite robe noire de sa housse en plastique et la pose sur le lit. Cette robe, je l'ai depuis trois ans, et j'ai déjà dû la porter cent fois. C'est une petite robe toute simple mais très classe, qui a la grâce d'être intemporelle et indémodable, et je ne me formalise pas que mes amis m'aient vue dedans en toute occasion un tant soit peu chic.

En ce qui me concerne, un rapide coup de brosse et un peu plus de maquillage suffiront, mais je sais par expérience que je vais devoir attendre ma camarade un bon moment.

Dix minutes plus tard, un hurlement quasi inhumain fait riper mon bâton de rouge à lèvres. Ça vient de la chambre de Tanya. Je me précipite vers la porte de communication. Fermée.

Je cours dans le couloir en petite culotte. Pour qu'elle crie comme ça, la situation doit être grave. C'est le genre de hurlement que poussent les filles dans les films d'horreur lorsqu'un tueur en série particulièrement pervers leur tombe dessus avec sa tronçonneuse. Comme un malheur n'arrive jamais seul, je croise le beau-père numéro deux de Grace, Sylvester, qui sort de sa salle de bains en peignoir rayé, et rougis des pieds à la tête.

Hors d'haleine, je me rue dans la chambre de Tanya et la trouve recroquevillée dans un coin à côté du lit, enveloppée dans une grande serviette blanche, hagarde, les yeux rivés sur une paire de chaussures.

Haletante, je demande :

— Qu'est-ce qui t'arrive ?

Elle frissonne et me montre les chaussures.

— Quoi ? Qu'y a-t-il ?

— Je sortais de la douche et j'ai trouvé…

Elle s'interrompt, mais garde le doigt pointé sur les chaussures. Une horrible grimace déforme sa bouche.

— Quoi, Tanya ?

— Ça ! crie-t-elle en agitant l'index.

Je me dirige vers l'endroit désigné, en me préparant mentalement à voir quelque spectacle affreux, genre cadavre en décomposition, quand soudain je sens une odeur infecte. Je m'arrête net.

C'est peut-être la partie décomposition de l'affaire, mais heureusement pas de cadavre en vue. Pour l'instant, en tout cas. Je me retourne vers Tanya.

— Qu'est-ce qui s'est passé, bon sang ?

Tanya tousse et renifle bruyamment, inspirant une bonne bouffée de puanteur.

— Un des chiens a crotté dans mes Jimmy Choo toutes neuves ! gémit-elle.

Pas de cadavre, donc. Pour Tanya, cependant, c'est un crime affreux qui a été commis. À présent, il n'y a plus aucune chance pour que Stuart trouve un jour grâce à ses yeux. Un cheval qui bave sur sa veste en cuir Gucci, passe encore, mais un gros tas de matière puante dans une délicate paire de souliers très chics et très chers, c'est impardonnable.

— Mon Dieu…

Pas vraiment constructif, comme commentaire, Ollie.

— Je sais qui l'a fait ! crie Tanya, telle miss Marple sur les lieux d'un crime.

— Qui ?

— C'est ce salopard d'immonde terrier merdique à poils longs ! crache-t-elle. Il m'a regardée de travers quand je lui ai montré les dents, hier soir.

— C'est un chien, Tanya. Les chiens font des crottes. Ils ne réfléchissent pas, ils font des crottes.

Je vois mal un chien remarquer qu'il a été insulté, encore moins chercher à se venger, mais Tanya est trop bouleversée pour entendre raison. Je reporte mon attention sur les dégâts.

— Eh bien, je crois qu'il va falloir te trouver d'autres chaussures.

— J'ai vraiment envie de mettre cette robe. Les chaussures sont assorties.

Tanya semble au bord des larmes. Bien que les Jimmy Choo aient dû ajouter une coquette petite somme au débit de sa carte de crédit, je sais qu'elle est surtout bouleversée parce qu'elle se trouve dans l'obligation de réfléchir à une nouvelle tenue.

Je suggère que nous jetions le paquet nauséabond dans les toilettes et que nous passions les chaussures sous la douche, mais Tanya me toise avec mépris, et nous finissons par fourrer les chaussures dans un sac en plastique avec force grimaces dégoûtées.

Se débarrasser des souliers souillés n'est pas une partie de plaisir, mais ce n'est rien comparé au travail qu'il me reste à accomplir pour persuader Tanya de choisir une autre tenue. Je passe encore vingt minutes à examiner sa garde-robe et à lui adresser d'habiles flatteries avant qu'elle n'accepte d'enfiler une robe diaphane de chez Whistles tout aussi sublime, sinon plus, que l'autre, ce qui ne l'empêche pas de continuer à bouder.

Sur ces entrefaites, Louis, qui a raté le tragique épisode, arrive dans la chambre en dansant pour voir si nous sommes prêtes à l'accompagner en bas. Avec sa veste en velours bordeaux très ajustée sur son torse nu et bronzé, son pantalon en moleskine moulant et les bottes en serpent roses de Tanya, il est superbe.

— Comment me trouvez-vous ? demande-t-il en tournoyant sur lui-même.

— Resplendissant ! approuve Tanya en embrassant les joues poudrées de notre grande folle préférée.

— Un peu trop, dis-je avec une grimace, en me demandant comment Grace va réagir, étant donné qu'elle est devenue plus conservatrice que Maggie Thatcher.

— Je ne me changerai pas, Ollie, déclare Louis en faisant la moue. Je suis comme je suis, et si ça ne plaît pas à Ringardos, il n'a qu'à aller fourrer son nez dans un des pots d'échappement de ses tracteurs.

À peine arrivée en bas, Tanya se met en quête de Grace, dans le but avoué de lui dire ce qu'elle pense de son attitude. Nous la trouvons dans le salon, avec sa mère.

La soixantaine blonde et ridée, Tula reste séduisante, d'une façon, disons, outrancière. Ce soir, elle porte une robe courte orange vif, des bottes pointues, des boucles d'oreilles qui plongent quasiment dans son décolleté, et elle est encore plus maquillée que Louis. Ses goûts n'ont pas beaucoup évolué depuis les années soixante.

— Je ne savais pas que c'était une soirée déguisée, marmonne Louis en haussant les sourcils.

— Je la trouve fabuleuse ! s'émerveille Tanya, qui oublie l'incident des chaussures à la perspective de faire la fête avec une personne qui est une de ses idoles depuis leur première rencontre.

Tula est également en train de reprocher à Grace d'avoir surpris tout le monde avec cette « petite soirée ».

— Tu sais, ma chérie, tu es la seule personne que je

connaisse à organiser une fête de fiançailles surprise trois semaines avant la date du mariage.

– On ne voulait rien faire, puis on s'est dit, zut, l'occasion ne se représentera pas, c'est maintenant ou jamais.

En entendant ça, je hurle dans l'oreille de Louis :

— C'est leur soirée de fiançailles !

— Tu aurais tout de même pu nous prévenir, continue Tula, dont l'un des passe-temps préférés consiste à faire des reproches à sa fille.

— On t'aurait apporté un cadeau.

— Un parfum d'ambiance, suggère Tanya d'un ton grinçant, en remarquant soudain que le chien soupçonné du meurtre de ses chaussures rôde furtivement du côté de la cheminée éteinte. Ou une caninette. Tu sais, je suis sûre et certaine que c'est ce sale terrier. Il n'arrête pas de me dévisager d'un air content de lui.

— C'est impossible, un chien n'a pas ce genre d'expression, dis-je.

— Crois-moi, celui-ci n'est pas comme les autres.

— Où est mon futur gendre ? demande soudain Tula, d'une voix que quelques gins rendent tonitruante.

— Le plus loin possible de sa future belle-mère, je suppose, dis-je en aparté à Louis.

— Le plus loin possible de tout le monde, sûrement, remarque Louis. N'oublie pas qu'il n'aime pas les fêtes. Je parie qu'il est dans la grange, en train d'astiquer son précieux engin.

Nous nous trompons tous les deux. Deux minutes plus tard, Tula pousse un petit cri ravi. Stuart tente en effet de nous rejoindre, non sans mal, car il est arrêté tous les deux pas par de nouveaux venus qu'il lui faut bien saluer. En le voyant, nous restons bouche bée.

— Ah ! Voilà l'heureux élu !

Notre surprise ne vient pas du fait que Stuart soit là – après tout, il est ici chez lui et ne peut tout de même pas se dérober à ses devoirs d'hôte – mais du fait que Stuart est beau.

Vraiment beau. Bel homme. Beau mec.

Il porte un costume Armani gris anthracite et une chemise d'une coupe superbe, avec juste le dernier bouton ouvert, ce qui lui donne un air tout à fait décontracté. Il s'est fait couper les cheveux, et sa coupe très courte à la George Clooney lui sied merveilleusement.

— Ah, voici mon homme, roucoule Grace. N'est-ce pas qu'il est beau ?

Pour une fois, nous pouvons manifester notre approbation sans mentir comme des arracheurs de dents.

— Sublime, le costume ! s'exclame Louis en trottinant aussitôt vers Stuart pour discuter fringues.

Je me tourne vers Grace.

— Quand s'est-il fait couper les cheveux ?

— Pendant que vous étiez tous en train de soigner votre gueule de bois. Au passage, je ne sais pas comment vous avez pu passer la journée entière au lit, avec le temps magnifique qu'il a fait aujourd'hui.

— Tu veux dire que tu as réussi à l'arracher à son Ashbourne Belle pour le traîner chez le coiffeur ? plaisante Louis.

— Je ne l'ai traîné nulle part. Il y est allé seul, et il a même acheté ce costume sans me le dire ! J'ai l'impression qu'il essaie d'impressionner quelqu'un. S'il n'avait pas promis de m'épouser dans trois semaines, je commencerais à me faire du souci !

— C'est vrai ?

— Non, je rigole, dit-elle avec un rire cristallin. À mon avis, il veut juste montrer à certaines victimes de la mode qu'il n'est pas si plouc.

— Oh… Je n'aurais pas cru qu'il était du genre à se soucier de ce qu'on pouvait penser de lui.

— Il ne faut pas se fier aux apparences.

Soudain, je me sens vraiment très nulle. Depuis le début, nous traitons Stuart comme s'il était trop obtus pour remarquer notre accueil franchement tiède, nos commentaires sarcastiques, nos chuchotements peu discrets.

Mieux vaut changer de sujet. Je demande :

— Finn vient, au fait ?

Grace secoue la tête et passe un bras consolateur autour de mes épaules.

— Désolée, mon chou. Malheureusement, il travaille sur je ne sais quel scoop en ce moment, et il n'a pas pu se libérer.

— Quel dommage ! s'écrie Tanya, dont le visage s'assombrit soudain.

— J'ai cru comprendre que vous passiez beaucoup de temps ensemble, tous les deux, me dit Grace avec un sourire taquin.

Tanya me jette un drôle de regard.

— Tu m'as toujours fait croire que vous étiez juste copains, dit-elle d'un ton presque accusateur.

— C'est le cas. Désolée de te décevoir. Tu sais, Gray, Tan me voyait maquée avec Finn pour le restant de mes jours. Elle pensait que j'étais enfin sortie de ma période de chasteté. Je te jure, Tan, qu'on est juste copains. Cela dit, je l'adore, il est vraiment mignon. Vous avez maté son petit cul ?

— Euh… non, pas moi, avoue Grace en riant.

— Mais s'il te plaît, pourquoi ne pas le croquer tout cru ? s'inquiète Tanya.

— Je crois que je préfère les fruits un peu plus acides, dis-je, énigmatique.

Le visage de Tanya se détend. Elle m'adresse un sourire entendu, puis se tourne vers Tula, qui lui tape dans le dos de sa main décharnée et couverte de bagues pour attirer son attention.

La vie nous fait parfois des coups tordus. On ne tombe pas amoureuse de tous les garçons qu'on rencontre, même s'ils sont drôles, séduisants et tout à fait sympathiques. Enfin, j'ai au moins gagné dans l'affaire un véritable ami, or chacun sait que l'amitié perdure quand la passion s'est évanouie depuis longtemps.

Je regrette que Finn ne soit pas là, j'aurais bien eu besoin d'un allié. D'autant plus que j'aperçois soudain Dan Slater debout près de la cheminée, en compagnie d'un cercle de femmes ravissantes et adoratrices, prêtes à flatter son ego déjà surdimensionné. Pourtant, il semble s'ennuyer et scrute la salle comme s'il cherchait quelqu'un. Je ne peux m'empêcher de grogner :

— Oh, non, pas lui !

Je n'ai pas revu Dan depuis notre dernière entrevue au restaurant, et j'espérais sincèrement que nos chemins ne se recroiseraient pas de sitôt.

Tula est partie sur ses talons aiguilles vers le bar, laissant de petits trous sur le plancher, dont les tapis chinois ont été retirés pour l'occasion. Tanya se retourne à temps pour m'entendre grommeler.

— Hein ? Qui ça ? demande-t-elle, intriguée par mon air agacé.

— Ce type, là-bas, dis-je en lui montrant Dan.

— Lui ? Tu le connais ? Tula et moi étions en train de tirer au sort pour savoir laquelle de nous deux irait l'aborder !

— Pour quoi faire ? Vous vous disputiez le privilège de le noyer dans le lac ?

— Tu plaisantes ? Il est canon !

— Canon mais immonde, dis-je avec un soupir.

Tanya plisse les yeux et me demande :

— Oh, oh… Serait-ce le sublime salaud qui t'a forcée à l'embrasser ?

— Exact. Ce beau ténébreux n'est autre que Satan Slater, mon ennemi privé numéro un, ma hantise, le cauchemar de mes nuits…

— Je comprends que tu hésites entre te pâmer ou le trucider.

— Oh, ne t'inquiète pas, je sais où j'en suis, maintenant. Vu ce qui s'est passé la dernière fois, je crois qu'il ne me reste plus qu'à l'achever.

— Eh bien, bonne chance, soupire Tan en partant rejoindre Tula.

Je la suis au bar en marmonnant dans ma barbe.

— Merci, Tan.

— Pour quoi ? demande-t-elle gaiement.

— Pour ton attitude compréhensive et ton soutien moral.

— Fais comme s'il n'existait pas, Ollie. Rien ne t'oblige à aller lui parler. Ignore-le, me conseille-t-elle.

Elle considère d'un œil hésitant le punch maison de Grace. Habituellement, cela consiste en un cocktail mortel concocté à partir de bouteilles qui flirtent dangereusement avec la date limite de consommation. Finalement, Tanya préfère rester prudente et demande au joli garçon derrière le bar un verre de vin blanc sec.

— Et n'abuse pas de ça, ajoute-t-elle, tandis que je me sers un verre du redoutable punch, l'avale en deux gorgées et me ressers aussitôt.

Elle me confisque mon verre, et je proteste :

— De quoi je me mêle ?

— Je te rappelle que tu as un boulot, ce soir. Un boulot important.

— Ah, bon ?

— Stuart.

Je feins l'innocence.

— Stuart ?

— Le séduire... chuchote-t-elle avec un regard appuyé.

— Ce soir ?

Je sens déjà mes jambes trembler, et ce n'est pas seulement à cause de l'ingestion d'un verre d'alcool quasiment pur.

— Ce soir, confirme-t-elle.

— Oh, je t'en supplie, Tan, non ! Tout mais pas ça !

— Désolée, mon chou, mais il ne nous reste plus beaucoup de temps.

— Je sais, mais je ne me sens pas de taille.

Quel cauchemar ! Tan pose une main rassurante sur mon bras.

— Ça va aller, ne t'inquiète pas. Pense à Grace.

— Arrête, je risquerais de me mettre à peloter ma meilleure copine au lieu de son fiancé !

— Tu sais très bien que ce n'est pas ce que je voulais dire.

Dès que Tanya s'éloigne avec Tula, je me sers deux nouveaux verres de punch. Il est peut-être infect, mais ça me donne un bon coup de fouet, et Dieu sait que j'en ai besoin. Pour faire bonne mesure, j'en avale encore un dernier verre, puis, munie d'une bouteille de vin qu'un serveur vient de déboucher, je me dirige vers un canapé et décide de me soûler au point de ne plus pouvoir me lever, parler, et encore moins séduire.

J'enfouis le nez dans mon deuxième verre de vin quand je vois Tanya s'approcher de moi.

Si je ne fais pas attention à elle, elle va peut-être s'en aller.

Raté.

Elle se plante devant moi et contemple d'un œil accusateur le verre et la bouteille auxquels je me cramponne farouchement, comme à un article précieux le premier jour des soldes chez Harvey Nicks.

— Qu'est-ce que tu fais ? me lance-t-elle.

— Je farte mes skis.

— Tu m'avais promis de ne pas boire, Ollie !

— Moi ?

— Parfaitement, toi, dit-elle, les lèvres pincées.

— J'ai besoin de boire. Premièrement, c'est une fête, et ça paraîtrait louche si je ne buvais pas une goutte, non ? Et deuxièmement, il est là…

— Qui donc ?

— Satan Slater, le vilain promoteur immobilier.

— Je croyais t'avoir dit de l'ignorer.

— Il m'a devancée.

— Comment cela ?

— On ne peut pas ignorer quelqu'un qui vous ignore déjà, parce qu'il ne remarque pas que vous l'ignorez, vu que c'est lui qui vous ignore le premier.

— Je crois avoir saisi l'idée générale, commente Tanya, visiblement affligée. Bon, eh bien, ne t'inquiète pas pour Dan. Si ça peut t'aider, je veux bien tenter une opération séduction sur lui.

— Tu ne préférerais pas tenter ton opération sur Stuart ?

— C'est vraiment pour ça que tu essaies de t'enivrer ? Parce que tu ne supportes pas l'idée de devoir draguer Stuart ?

— C'est leur soirée de fiançailles, tout de même.

— Mais on a un plan. Il faut s'y conformer.

Désespérée, je répète :

— Leur soirée de fiançailles…

— C'est tout toi, ça, de nous faire un subit accès de bonne conscience juste avant de passer à l'action ! soupire-t-elle, exaspérée. Ce n'est pas une vraie soirée de fiançailles, de toute façon. Aucune femme n'organise une fête de fiançailles après avoir enterré sa vie de jeune fille.

— Si, Grace.

— Bon, d'accord, va pour une soirée de fiançailles anticonformiste. Mais qu'est-ce que ça change ? Notre mission n'en devient que plus urgente, tu ne comprends pas ?

— Écoute, Stuart n'est pas si nul que ça, quand on le connaît un peu.

— Pas si nul ? s'exclame Tanya. Franchement, tu le vois vraiment rendre Grace heureuse ? Tu veux qu'elle passe le reste de sa vie à empester le labrador, à décrotter la Land Rover de monsieur, à broder des napperons et à pleurer parce que son mari lui préfère une stupide locomobile ?

— Non, bien sûr.

— Alors, il faut agir. Pour son bien.

— Oui, tu as sans doute raison, dis-je à contrecœur, en contemplant le fond de mon verre pratiquement vide.

— Tu ne veux pas le faire, hein ? Tu te dégonfles ?

— Comme un ballon crevé...

— C'est bon, j'ai compris, dit-elle sèchement. Il va falloir que je me dévoue.

Je pousse un immense soupir de soulagement.

— Oh, tu veux bien ?

— Oui. Mais à condition que tu viennes avec moi.

Je la regarde avec horreur.

— Quoi ? Tu vas lui proposer une partouze ?

Tanya lève les yeux au ciel.

— Mais non, imbécile, je veux que tu sois témoin au cas où ça tournerait au vinaigre. Où est Louis ?

— Il a une cote d'enfer avec le démonstrateur de velcro.

— Qui ça ?

— Le barman. Sa chemise se ferme avec du velcro, et il passe son temps à l'ouvrir pour montrer sa poitrine à Louis, dans l'espoir de l'impressionner.

— Pratique, quand on est pressé, approuve Tanya. Pas bête du tout, comme idée.

Elle secoue la tête.

— Bon. Assez ri. Il est temps d'agir. Je vais attirer Stuart dans la grange sous prétexte de m'intéresser à son affreuse machine, et je lui proposerai une petite partie de jambes en l'air contre la porte.

— Et s'il accepte ?

— C'est là que tu dois bondir de derrière une meule de foin et lancer ta tirade accusatrice.

— Et s'il refuse ?

Tanya me fixe comme si je venais de suggérer que le pape est alcoolique.

— Depuis quand... commence-t-elle, les poings sur les hanches, outrée que j'ose remettre en question son titre de reine de la séduction.

— Il y a un début à tout, dis-je faiblement

Puis, pour la énième fois, j'ajoute :

— Écoute, si on laissait tomber ? Regarde, ils ont l'air vraiment heureux, tous les deux.

Tanya se tourne vers Grace et Stuart, qui se tiennent par la main. Grace babille avec animation devant un groupe d'amis et de parents, tandis que Stuart reste en retrait, comme un enfant de cinq ans qui se cache dans les jupes de sa mère.

— Il ne s'agit pas de bonheur, mais de folie passagère, décrète Tanya. Elle le regrettera toute sa vie.

Elle se retourne vers moi et m'adresse un sourire encourageant.

— Je vais chercher Louis et parler à Stuart. On se retrouve dans la cour dans dix minutes, d'accord ? Et ne te défile pas.

Je suis censée garder les idées claires, mais il faut bien que je me donne un peu de courage, même si ce n'est pas moi qui jouerai le premier rôle dans notre petit scénario machiavélique. Je bois donc un nouveau verre de vin. Enfin, à contrecœur, je me dirige vers le petit salon et prends le couloir qui, je crois, me mènera dans la cour arrière, où Stuart parque ses chevaux et sa chère Ashbourne Belle.

Mais à peine ai-je parcouru deux mètres qu'une main se pose sur mon épaule. Je sursaute.

— Pardonnez-moi, je ne voulais pas vous faire peur.

Je me disais que la soirée ne pouvait pas plus mal tourner. Je me trompais. Dan Slater m'a suivie. Il a attendu que nous soyons dans un coin sombre pour m'agresser, histoire de se venger de son tibia meurtri et de sa langue ravalée.

— Je vous cherchais, continue-t-il.

— Ah ?

Je le dévisage avec crainte. Il fait trop sombre dans le couloir pour que je distingue nettement son visage, et j'ai du mal à deviner ce qui se cache derrière cette phrase.

— Oui.

Il hésite un moment, puis s'approche de moi, et je le vois mieux. Curieusement, il me paraît aussi nerveux que moi. Je recule hors de portée des coups de pied, on ne sait jamais.

— Écoutez, dit-il en levant les yeux vers moi, l'air très sérieux, je suis vraiment désolé, pour l'autre soir.

Il s'excuse ? Je manque de m'évanouir de stupeur. Certes, c'est lui qui a commencé à m'embrasser, mais c'est moi qui l'ai mordu, tout de même !

— J'étais complètement ivre. Je n'avais aucun droit de faire ce que j'ai fait. Je suis désolé, déclare-t-il avec une franchise désarmante.

J'en reste bouche bée.

— Vous êtes désolé ?

— Oui. Sincèrement désolé. Je n'aurais jamais dû entrer chez vous, j'ai eu tort. Quant au reste...

Il laisse sa phrase en suspens, gêné. Je le fixe bêtement, toujours sous le choc.

— Écoutez, Ollie, je sais que nous avons certains différends, mais cela rendrait les choses nettement plus faciles si nous pouvions être aimables l'un envers l'autre.

Ah, ça y est, je comprends. C'était le rameau d'olivier, maintenant, passons au coup de massue.

— Je vois, dis-je froidement. Vous voulez augmenter le loyer de *Tates*, mais avec le sourire.

Son visage se ferme. Il pousse un soupir et regarde par terre, l'air déçu.

— Pourquoi faut-il toujours qu'on en revienne à ce restaurant ? marmonne-t-il avec colère.

— Parce que c'est de cela qu'il s'agit, non ?

Il secoue la tête.

— Quand allez-vous enfin comprendre que vous me plaisez ? dit-il en relevant les yeux.

— Pardon ?

— Bon sang, Ollie ! s'écrie-t-il. Vous êtes grossière, arrogante, têtue comme une mule, parfois insupportable, mais je n'arrive pas à vous sortir de ma tête. Je ne comprends pas ce que vous m'avez fait, Ollie Tate. Je ne sais plus où j'en suis.

Timidement, il tend une main vers moi et, voyant que je ne me dérobe pas – et que je ne le mords pas –, il passe doucement les doigts sur ma joue et sur mes lèvres. Je suis hypnotisée, telle une mangouste devant les ondulations d'un serpent. Ses doigts déclenchent le même déchaînement d'émotions dans mon ventre que ce fichu baiser.

Je me sens fondre comme du beurre sur un épi de maïs chaud. « Résiste, Ollie, souffle une petite voix dans un coin de mon cerveau en délire. Il n'y a qu'une chose qui l'intéresse, et malheureusement ce ne sont pas tes beaux yeux. Il exploite son charme irrésistible pour obtenir ce qu'il veut : ton restaurant. » Le fumier ! Il est encore plus retors que je ne le pensais.

Avec effort, je me soustrais à cette caresse merveilleuse et relève le menton.

— J'ai compris, dis-je lentement. Séduisez-moi, faites de moi de la guimauve, et alors peut-être que je serai prête à tout pour vous. Y compris vous céder *Tates*.

Pendant un instant, il semble franchement furieux, puis un nuage assombrit son visage. Visiblement déçu, il secoue lentement la tête et me regarde une dernière fois, les yeux plissés, avant de tourner les talons.

Je reste plantée là pendant une longue minute, à regarder l'endroit où il a disparu. Puis j'entends une pendule sonner quelque part et, telle Cendrillon, je reviens à moi.

Zut ! Tanya !

Je cours vers la porte et percute violemment un corps qui se rue dans la direction opposée. L'odeur familière de Chanel Numéro 19 me rassure.

— Tanya, Dieu merci, c'est toi ! Tu ne devineras jamais...

— Ollie ! Mais que faisais-tu, nom d'un chien ? coupe-t-elle avec agitation. Je revenais te chercher ! Je suis censée retrouver Stuart dans la grange dans... trente secondes ! crie-t-elle en jetant un coup d'œil horrifié à sa montre. Je lui ai dit que je voulais admirer sa fichue locomobile. Il a sauté sur l'occasion, tu penses, ça lui permet de s'échapper un moment de la fête.

— Tan, je crois vraiment que ce n'est pas une bonne idée...

— Pour tout t'avouer, je suis dans mes petits souliers, mais il faut bien y passer.

Elle me prend la main, m'emmène au bout du long couloir et ouvre la porte.

— Louis doit être en place. Je lui ai dit de se cacher dans du foin, ajoute-t-elle, tout en piquant un sprint sur les pavés glissants de la cour, perchée sur ses talons de dix centimètres.

— Que dois-je faire ?

— Reste simplement dehors, au cas où j'aurais besoin de toi. Tu n'auras qu'à grimper sur une meule de foin pour regarder par la fenêtre, je crierai si... Ah !

Tanya perd l'équilibre et, sans me lâcher le poignet, tombe sur le sol dur et humide.

Après un silence de mort, où je ne perçois que le bruit de la fête, au loin, j'entends mon amie gémir. Alarmée, je chuchote :

— Tan, ça va ?

Elle renifle bruyamment.

— Tu peux te lever ?

— J'ai cassé mon talon ! s'exclame-t-elle d'une voix étranglée, les larmes aux yeux.

— Décidément, tu es maudite, ce soir ! Mais ne t'inquiète pas, on n'a qu'à échanger nos chaussures. Les miennes sont nettement moins chics, mais...

— Ce n'est pas ça ! proteste-t-elle en levant vers moi un visage déformé par la douleur.

Je m'accroupis et tâte délicatement sa cheville.

— Tu t'es tordu la cheville, on dirait. Viens, rentrons te soigner.

— On n'a pas le temps !

— Qu'est-ce que tu racontes ?
— Stuart doit m'attendre.
— Eh bien, qu'il attende ! Il y a plus urgent, tout de même !
Tanya secoue la tête et tente de se lever, mais elle pousse un gémissement.
— Oh, Ollie ! Je ne peux pas bouger. Il faut que tu y ailles.
Avec un fol espoir, je propose :
— On n'a qu'à reporter ça à une autre fois.
— Ils se marient dans trois semaines. C'est maintenant ou jamais.
— Jamais, alors.
Tanya me fusille du regard.
— D'accord, d'accord. Je vais le faire. Mais comment ? Qu'est-ce que je dois lui dire ?
— Parle-lui de son tas de ferraille, dis-lui qu'il est intelligent, fort, il va tout gober. Les hommes adorent les flatteries.
— Mais je ne…
— Vas-y. Il doit attendre.
J'hésite encore.
— Et toi, ça va aller ?
— Très bien. Allez, dépêche-toi, tu vas le rater.
Je me dirige vers la grange en traînant les pieds. La porte est ouverte, la lumière allumée. Je respire un grand coup, jette un dernier regard vers Tanya, qui me fait signe d'avancer, et entre.
Stuart est déjà là.
Il a retiré sa veste de costume, qu'il a accrochée à un râtelier et, les manches retroussées jusqu'aux coudes, il polit amoureusement avec une peau de chamois la partie en cuivre de la cheminée de l'Ashbourne Belle. Il semble nettement plus heureux qu'à l'intérieur de la maison.

— Euh... salut.

J'ai parlé si doucement, la voix paralysée par la panique, que Stuart ne m'a pas entendue. Je répète :

— Salut... Tanya m'a dit que tu serais là. Tu ne t'amusais pas, là-bas ?

Je suis tellement nerveuse que ma voix monte dans les aigus avec une intonation plutôt hystérique. Stuart hausse une épaule en manière d'excuse.

— Ce n'est pas vraiment mon truc, tu sais, tous ces gens sur leur trente et un, les conversations mondaines... Je ne suis pas très à l'aise en société, comme tu l'as déjà remarqué, je pense.

Je garde le silence un moment, touchée par tant de modestie et d'honnêteté, mais les paroles de Tanya résonnent encore à mes oreilles.

Je prends une profonde inspiration et enclenche le mode séduction avec l'aisance d'un vieux vélo rouillé à qui on essaierait de faire passer deux vitesses d'un coup.

— Apparemment, tu as d'autres dons, dis-je en indiquant l'engin.

Je m'approche en ondulant dûment de la croupe et ajoute :

– C'est vraiment du beau boulot.

Je n'ai jamais été très douée pour jouer la comédie, et mon interprétation sonne faux du début à la fin, mais Stuart sourit avec fierté. Cela me donne le courage de poursuivre.

— Tu as dû passer des heures là-dessus.

— Ça fait trois ans que j'y consacre un peu de temps tous les jours, répond-il en contemplant son engin avec adoration.

— Ouh ! là là ! Quelle dévotion !

Mon Dieu, mes minauderies me font honte ! Je feins d'être impressionnée et repete :

— Tous les jours pendant trois ans !

Seigneur, cet homme est un obsédé ! Ma meilleure amie va épouser un homme qui contemple une locomobile avec plus de concupiscence et d'affection que sa fiancée.

Tan a raison. On ne peut pas laisser ce mariage se faire. Mon instinct me souffle de cesser cette comédie, mais je l'ignore. Il faut que je continue. Pour le salut de Grace.

Je m'approche et passe ma main d'une façon suggestive – du moins, je l'espère – sur une aile noire rutilante, avant de la poser sur le bras de Stuart.

— Tu es un garçon très brillant, Stuart. Grace a beaucoup de chance.

J'ai employé mon murmure le plus sensuel. Stuart remarque soudain ce changement de ton, sent ma main sur son bras et se tourne vers moi, l'air ébahi.

— Beaucoup, beaucoup de chance, dis-je en faisant remonter ma main tremblante jusqu'à son épaule.

Nos visages sont à quelques centimètres l'un de l'autre.

Il faut que je ferme les yeux, je ne peux pas supporter de voir ce que je fais. Je me penche vers Stuart avec une moue censée être séductrice, mais qui, j'en ai peur, ressemble plutôt à la tête que je fais quand je dois absorber un médicament amer.

J'entrouvre une paupière.

En face de moi, Stuart est pétrifié. Il a les yeux écarquillés et terrifiés de Bambi devant l'incendie de forêt. Il semble avoir autant envie de m'embrasser que de se mettre la tête dans le four.

Miséricorde ! C'est maintenant ou jamais.

J'attrape le devant de sa chemise, l'attire vers moi et plante un baiser sur ses lèvres rigides et choquées. J'ai l'impression d'embrasser une surface en bois froide.

— Qu'est-ce que vous fichez, nom de Dieu ? tonne une voix coléreuse, qui retentit dans toute la grange.

Tel un chien à qui on ordonne de lâcher un os volé, je laisse tomber Stuart.

Je voudrais mourir.

De toutes les personnes qui auraient pu me surprendre, il fallait que ce soit lui ! Et où est passé Louis ? N'était-il pas censé monter la garde ?

Dan Slater pénètre dans la grange, les yeux étincelants de rage. Je regarde autour de moi, paniquée, et aperçois Louis qui se tapit derrière une balle de foin, terrifié, les yeux exorbités. Dan m'attrape par le bras et me traîne dehors, tandis que Stuart détale dans la direction opposée comme un lévrier nerveux qu'on vient de libérer de sa stalle de départ.

— Je ne peux pas le croire ! crie Dan d'une voix venimeuse et furibonde. Sale petite égoïste ! Vous ne supportez pas de la voir heureuse, n'est-ce pas ? C'est votre meilleure amie, bon Dieu ! Comment avez-vous pu ?

— Ce n'est pas ce que vous croyez.

— Je sais ce que j'ai vu et entendu !

Ses doigts s'enfoncent dans mon bras. J'essaie de me dégager, en vain. Il me fait traverser la cour et me ramène dans la maison.

— Je vous suggère de vérifier vos renseignements avant de porter des accusations sans fondement, monsieur Slater, dis-je, répétant les paroles qu'il m'avait jetées à la figure au restaurant.

Il s'arrête, me fait pivoter vers lui et saisit mon autre bras. Nous sommes revenus au même endroit que tout à l'heure, dans le couloir, mais cette fois il n'y a aucune trace de chaleur dans son regard. Ses yeux brillent, durs et froids. J'ai un peu peur.

— Je ne sais pas à quel petit jeu vous jouez, Ollie Tate, mais ça ne me plaît pas.

— Ce que je fais ne vous regarde absolument pas.

— Au contraire, cela me regarde, quand vous essayez de bousiller le bonheur de mes amis.

Je marmonne :

— Je ne coucherais pas avec Stuart pour tout l'or du monde.

— Alors, puis-je savoir ce qui se passait dans la grange ?

Je soutiens son regard sans répondre, aussi butée qu'une écolière en retenue, tant j'ai honte qu'il m'ait surprise en train d'essayer d'embrasser le fiancé de ma meilleure amie.

Je me dégage sèchement et tente de m'enfuir dans le couloir.

— Et où croyez-vous aller comme ça ?

Je tourne la tête pour cacher mes larmes, qui menacent de déborder de mes yeux, et grommelle :

— Je monte faire mes bagages.

— Pour gâcher la soirée de Grace ? Pas question ! Vous allez retourner dans le salon avec un beau sourire et faire comme si de rien n'était.

— Je ne peux pas !

— Alors, expliquez-moi ce qui se passe, bon Dieu !

— Impossible.

Je m'effondre sur la dernière marche du grand escalier et enfouis mon visage rouge et brûlant dans mes mains glacées.

Une éternité plus tard, alors que je n'ai toujours pas bougé, ni ouvert la bouche, j'entends la voix de Dan.

— Vous ne pouvez pas rester là, Ollie.

Les gens qui passent du salon à la salle à manger me regardent avec curiosité. Ils doivent penser que j'ai trop bu. Si seulement cela pouvait être aussi simple ! Je me lève soudain et annonce :

— Il faut que je boive quelque chose.

Je me dirige vers le salon et sens le bras de Dan se glisser sous le mien. D'une main ferme, il me guide vers le coin sombre où j'étais installée une demi-heure plus tôt. Mon Dieu, comme j'aimerais pouvoir revenir en arrière, effacer ce cauchemar...

Il me pousse sur un canapé, attrape deux flûtes de champagne sur le plateau d'une serveuse et me les tend.

— Vous, restez ici, m'ordonne-t-il.

Je voudrais lui dire de se mettre ses ordres là où je pense, mais je n'en ai ni l'énergie, ni le cran, et curieusement j'obéis et attends en buvant alternativement dans une flûte et dans l'autre.

Il réapparaît vingt minutes plus tard, accompagné d'un Stuart très pâle. Ce dernier m'ignore complètement et va rejoindre Grace et Tula, qui dansent avec entrain à l'autre bout de la pièce.

Dan vient s'asseoir à côté de moi. Il me prend une flûte des mains et la vide d'un trait.

— Vous avez de la chance, dit-il en la posant à ses pieds. J'ai réussi à convaincre Stuart que vous étiez ivre, dépressive et au bout du rouleau, et qu'il valait mieux oublier ce déplorable incident, dû à un moment de folie de votre part.

— Oh, de mieux en mieux. Ivre, dépressive et au bout du rouleau. Merci beaucoup, dis-je d'un ton morne. Je préférerais presque lui dire la vérité.

— À savoir ?

— Ce ne sont pas vos oignons.

Je cherche des yeux une gentille dame qui me donnera de l'alcool. Dans un sens, Dan a raison. Je suis dépressive, et le verre vide entre mes mains me déprime encore plus.

— Vous n'avez pas l'impression de vous répéter ? lâche-t-il avec sarcasme. J'ai le droit de garder le silence, tout ce que je dirai pourra être retenu contre moi...

Je décide de faire comme s'il n'existait pas. Malheureusement, au lieu de laisser tomber et de s'en aller, il se montre aussi coriace que Tanya tout à l'heure, quand elle m'a poussée à commettre l'erreur de ma vie. À propos, mes deux soi-disant copains m'ont magistralement faussé compagnie. Où sont-ils donc passés ? Je prie pour qu'ils viennent à ma rescousse, mais ils restent invisibles, et Dan ne me lâche pas d'une semelle pendant tout le reste de la soirée.

Devant mon silence obstiné, il ne m'adresse même plus la parole. Il reste simplement immobile, muet et revêche, comme une sentinelle en faction à Buckingham Palace.

Pour couronner le tout, Grace, le voyant collé à moi comme de la superglu sur une anse de tasse cassée, me chuchote qu'elle est ravie que nous ayons enfin trouvé un terrain d'entente.

Dan me fait attendre jusqu'à minuit, puis décide qu'il est temps, comme Cendrillon, que je quitte le bal. Contrairement à Cendrillon, toutefois, je ne m'enfuis pas seule.

Mon prince pas très charmant m'accompagne jusqu'à la porte de ma chambre, alimentant de ce fait diverses nouvelles rumeurs qui se répandent parmi les invités encore présents et suffisamment sobres pour nous regarder partir ensemble. La main de Dan me serre le bras si fort qu'en passant j'entends Tula, un brin surprise et jalouse, dire à Grace que Dan « m'a l'air très épris de ton amie, quoique, personnellement, je la trouve un peu terne pour un homme comme lui ».

J'aimerais bien que Dan me trouve terne. Ce serait déjà mieux que l'opinion qu'il doit avoir de moi en ce moment – Ollie Tate, la nymphomane qui se jette sur le fiancé de sa copine. Mieux vaut ne pas lui demander de m'embrasser, ce soir.

Enfin, je regagne ma chambre, ferme ma porte sans me retourner vers lui et m'effondre sur le lit.

Je ne serais pas surprise qu'il reste monter la garde dans le couloir, au cas où je me relèverais pour aller séduire Stuart en nuisette affriolante.

Beurk !

De toute façon, même si j'essayais de lui raconter la vérité, Dan ne voudrait sûrement pas m'écouter, maintenant. J'espère seulement qu'il a réussi à persuader Stuart que j'ai été victime d'un accès de déséquilibre mental qui ne connaîtra jamais de récidive. D'ailleurs, plus j'y pense, plus je suis convaincue que c'est ce qui s'est passé.

Fallait-il que je sois folle pour croire qu'un plan aussi stupide allait marcher ! Certes, si Stuart n'avait pas repoussé mes avances, Grace y aurait peut-être réfléchi à deux fois avant de l'épouser, mais quelles répercussions cela aurait-il eu sur une amitié qui est l'une des choses au monde qui comptent le plus pour moi ?

Deux minutes plus tard, mes nerfs tendus à craquer frémissent, et je bondis sous mes couvertures en voyant la porte de la salle de bains s'ouvrir. Grâce à Dieu, c'est le visage pâle de Louis qui se glisse prudemment dans l'entrebâillement.

— Tu es seule ? chuchote-t-il avec nervosité.

— Oui.

— Ça va ?

— Non.

— Je suis tellement désolé qu'on t'ait laissée tomber !

Il vient s'asseoir à côté de moi sur le lit et me serre dans ses bras. Le nez dans son épaule, je gémis, complètement désespérée :

— Où étiez-vous ?

— Aux urgences.

— Quoi ? Que s'est-il passé ?

— Eh bien, quand Dan t'a fait sortir de la grange *manu militari*, j'ai voulu vous suivre, mais j'ai trouvé Tanya recroquevillée dans un coin, en train de masser sa cheville qui avait triplé de volume.

— Oh, non, j'avais oublié. Elle va bien ?

— C'est juste une mauvaise entorse. Elle va nous rejoindre dans une minute, elle a été retardée par une foule de gens compatissants, en bas. C'est fou l'effet que peut faire une paire de béquilles ! Elle m'a promis de me les prêter quand elle irait mieux, ajoute-t-il avec un petit rire.

— Tu lui as raconté ce qui s'est passé avec Stuart ?

— Oui. Ça nous a occupés pendant qu'on poireautait à l'hôpital. Tu parles d'un désastre...

Je laisse ma tête retomber avec lassitude contre l'épaule de Louis.

— C'est rien de le dire, fait une voix fatiguée.

Tanya arrive à cloche-pied par la porte de la salle de bains.

— Je suis désolée, ma puce, tellement désolée ! s'exclame-t-elle en avançant maladroitement vers nous, avant de s'effondrer sur le lit. Tout est de ma faute ! J'ai vu Dan arriver, mais je n'ai pas pu te prévenir à temps.

— Qu'est-ce qu'on fait, maintenant ? demande Louis.

— Le mieux, c'est de partir le plus vite et le plus discrètement possible.

— Cette nuit, tu veux dire ?

— Non, ça paraîtrait un peu bizarre. Et puis je ne peux pas conduire, entre les vodkas d'hier et l'alcool de ce soir...

— Mais que fichait Daniel Slater là-bas ? marmonne Louis.

— Je crois qu'il me suivait.

— Pourquoi ?

— Il voulait qu'on parle.

— Du restaurant ?

C'est aussi ce que j'ai cru, au début. Mais à présent je n'en suis plus si sûre. Je hausse les épaules.

— Pour tout vous avouer, je n'en sais fichtrement rien.

Au milieu de cette déconfiture, j'avais presque réussi à oublier que Dan avait dit que je lui plaisais.

Eh bien, il a dû changer d'avis.

Le lendemain matin, nous formons un drôle de trio. Nous avons les traits tirés, mais hélas ce n'est pas à cause de la gueule de bois qui punit tous ceux qui, eux, se sont bien amusés hier soir.

Tanya boite, appuyée sur ses béquilles et soutenue par un Louis en piteux état. Elle connaît un bref moment de réconfort lorsqu'elle envoie un petit coup de canne sur le postérieur décharné de son ennemi personnel, le terrier à l'air moqueur et sadique.

Je me suis proposée pour transporter la plupart des bagages, dans l'espoir de me glisser dehors incognito, cachée derrière un mur de sacs Vuitton. Si je le pouvais, je me couvrirais des pieds à la tête de logos LV et ferais semblant d'être une valise.

Malheureusement, un petit comité d'adieu est là.

Grace est aussi euphorique que la veille. Elle sourit joyeusement, embrasse des joues, heureuse que la soirée ait été un tel succès et désolée que tout le monde s'en aille déjà. Stuart reste en retrait, comme d'habitude. Il serre la main de Louis, sourit distraitement à Tanya et m'évite avec autant de soin que si j'avais la lèpre.

J'ouvre le coffre et y jette sans cérémonie les coûteux bagages de Tanya, grimpe dans la voiture avec soulagement et mets le contact avant même que les deux autres soient montés.

Tandis que Grace nous demande pour la vingtième fois si nous sommes sûrs de ne pas pouvoir rester déjeuner, je fais rugir le moteur, agite la main et fonce dans l'allée en effarouchant les faisans. Au grand effroi de Louis, un lapin affolé zigzague dangereusement devant ma voiture, avant de se précipiter in extremis dans un fossé, sur le bas-côté.

Nous gardons tous le silence jusqu'à l'autoroute, où notre soupir de soulagement collectif est assez puissant pour embuer les vitres.

— À partir de maintenant, nous resterons soigneusement en dehors de tout ça, dis-je fermement. Ne comptez plus sur moi pour me laisser embarquer dans un plan aussi foireux ! Tout ce que j'espère, c'est que Stuart tiendra sa langue, sinon Grace ne voudra plus entendre parler de nous comme demoiselles d'honneur.

— Elle ne voudra plus entendre parler de nous tout court, grogne Louis à l'arrière.

— On ne va quand même pas la laisser se marier, proteste Tanya, mais son ton n'est pas très convaincu.

— Oh, si ! On ira à ce foutu mariage, on mettra les robes qu'il faudra, on affichera les sourires de rigueur et on fera semblant d'être contents pour elle. Après tout, c'est censé être le plus beau jour de sa vie.

— Et le pire de la nôtre, ajoute Louis.

Après avoir déposé les deux autres, j'arrive enfin à la maison, vers midi. Le déjeuner bat son plein à *Tates*, mais on n'a pas besoin de moi au restaurant, car je m'étais arrangée pour me faire remplacer tout le week-end. Je ne pensais pas que notre escapade campagnarde tournerait court, à vrai dire. Au moment où je monte mes bagages, j'entends sonner le téléphone dans ma chambre.

— Salut, ma puce. Il paraît que tu as passé un week-end désastreux.

C'est Finn. Curieusement, le son de sa voix amicale et enjouée me fait monter les larmes aux yeux. Je les essuie d'une main rageuse.

— Comment tu le sais ?

— Voyons, Ollie, on ne pose pas ce genre de question à un journaliste. De toute façon, je me doutais que tu ferais des bêtises si je n'étais pas là pour te surveiller.

— Oh, arrête. C'était un cauchemar, Finn. Un véritable cauchemar.

— Tu as envie de compagnie ?

— Oh, oui ! dis-je avec un soupir de gratitude.

— Mets Sid James, je suis là dans une demi-heure.

Finn arrive avec du vin, un paquet de gâteaux et un gros câlin – ce dont j'avais le plus besoin, mais j'accepte les autres présents avec reconnaissance.

Il débouche la bouteille, me tend un verre et s'assoit sur le canapé pendant que je lui raconte l'affaire dans tous ses sordides détails, rose de confusion (surtout au moment où je lui parle de la mémorable moue que j'ai faite avant de donner à Stuart le baiser du siècle) et avec moult soupirs et gesticulations mélodramatiques.

Enfin, je termine mon récit et relève les yeux vers Finn mais, au lieu de l'expression compatissante que j'attendais, je constate qu'il se mord les lèvres pour ne pas rire.

— Ça n'a rien de drôle ! Avant, je pouvais parler de tout avec Grace. Maintenant, je lui cache quelque chose, un horrible secret qui bousillerait notre amitié si jamais elle le découvrait. Tu crois que je ferais mieux de tout lui avouer ?

— Tu as envie de vider ton sac uniquement pour soulager ta conscience et te sentir moins coupable, dit-il, non sans raison. Mais ce n'est pas toujours la meilleure solution d'être totalement honnête, tu sais. Il vaut mieux oublier cet épisode. Crois-moi, dans quelques années, tu repenseras à tout ça en riant.

— Tu as peut-être raison, Finn, mais même en admettant que je puisse tirer un trait sur l'incident, il y a d'autres personnes qui ne l'oublieront pas de sitôt.

— Qui, par exemple ?

— Dan, déjà. Et Stuart. Imagine que l'un d'eux en parle à Grace ?

— D'après ce que tu m'as dit, Dan a plutôt pris le parti d'une opération coup de balai. Il gardera le silence.

— Peut-être, mais à l'heure qu'il est, il doit être en train de rédiger mon mandat d'expulsion, dis-je, morose. Et je sais que c'est égoïste de dire ça, étant donné ce qui s'est passé, mais l'une des choses qui me turlupinent, c'est qu'il doit penser que je suis attirée par Stuart avec un *u*.

Finn m'observe sans rien dire pendant un moment.

— Tu l'aimes bien, hein ?

— Dan ? Je voudrais qu'il brûle en enfer, oui !

Finn me regarde attentivement, avec un petit sourire entendu très agaçant.

— Tu sais ce qui te trahit ? C'est que dès que son nom vient dans la conversation, tu t'emportes.

À quoi bon nier ?

— D'accord, il m'attire. Mais mes sentiments pour lui sont complètement contradictoires. Je ne le trouve même pas sympa. Remarque, il y a de quoi. Je le connais à peine, et il s'ingénie à semer la zizanie dans ma vie !

Finn recommence à rire.

— Et voilà, c'est reparti. Si ce n'est pas de la passion, ça !

— Évidemment ! Il touche à quelque chose que j'adore.

— Et pourquoi fait-il ça, à ton avis ?

— Parce que c'est un affairiste. Il s'intéresse plus au profit qu'aux êtres humains.

— N'empêche qu'il t'attire quand même.

Je pousse un soupir.

— Eh oui.

Finn me serre contre lui.

— Chienne de vie, murmure-t-il.

Je pose ma tête sur son épaule, heureuse de voir qu'il me comprend et ne me juge pas.

— Tu sens bon, dis-je en humant son après-rasage au citron. Tu sais, parfois, je préférerais vraiment être attirée par toi.

— Je sais, ce serait plus pratique, hein ? Mais ce n'est pas la fin du monde. On pourrait peut-être quand même coucher ensemble, tous les deux ?

Je me dégage et le tape avec un coussin.

— Oh, mademoiselle veut jouer ? fait-il d'un ton moqueur. Ça s'apparente à des préliminaires, tu sais.

Je lui jette un regard faussement dégoûté, et il éclate de rire.

— Je plaisantais, rassure-toi ! De toute façon, je ne pourrais pas faire de bêtises avec toi, même si j'en avais envie.

— Ah, bon ? dis-je en arrêtant mon coussin en plein vol. Tu veux me parler de quelque chose ? Ou de quelqu'un, plutôt ?

— Pas pour l'instant, répond-il avec un sourire énigmatique. Il est bien trop tôt. Mais sois tranquille, tu seras la première informée.

10

Le lundi soir, Tanya reste dormir chez moi après ce qui était censé être une folle fiesta destinée à nous changer les idées et nous ragaillardir et qui s'est finalement soldée par une soirée plutôt morne, aucun de nous n'étant d'humeur à s'amuser. Même Louis est rentré chez lui peu après minuit, sans nous supplier de l'accompagner dans je ne sais quelle boîte pour faire la bringue jusqu'à l'aube.

Tanya et moi sommes en train de faire un sort à un pain aux céréales dans la minuscule cuisine de mon appartement quand la sonnette retentit avec insistance. Je sursaute et lâche ma tartine, qui tombe sur la table du côté beurré, comme il se doit.

— Qui cela peut-il être, à cette heure-ci ?

— Louis ?

— Il a la clé.

On sonne encore, plus longuement, et Tanya jette un coup d'œil par la fenêtre.

— Je n'arrive pas à voir.

Je suis tentée de prendre le couteau à pain, au cas où je tomberais sur un déséquilibré, mais je me raisonne et descends finalement l'escalier armée de ma seule tartine.

La personne qui se trouve sur le seuil a maintenant le doigt scotché à la sonnette. Je tourne la poignée en criant :

— Ça va, ça va, on se calme !

À peine ai-je ouvert que Grace, qui était visiblement appuyée contre ma porte, tombe dans l'entrée et s'effondre à mes pieds.

— Oh, merde ! s'écrie-t-elle en se frottant le genou.

— Grace ?

Elle lève la tête vers moi. Ses yeux tristes et cernés étincellent de fureur. Ma surprise fait place à l'inquiétude.

— Gray, qu'est-ce qui t'arrive ?

Elle secoue la tête, se relève et monte directement dans le salon. Abasourdie, je lâche ma tartine sur le paillasson, referme précipitamment la porte et grimpe l'escalier quatre à quatre.

— Grace ! Qu'est-ce qui se passe ?

Elle se tourne vers moi, vibrante d'indignation.

— J'ai quitté Stuart ! crie-t-elle en essuyant rageusement ses yeux rougis.

— Tu plaisantes ?

Tanya, qui sort tout juste de la cuisine, s'illumine et effectue une petite danse de joie dans le dos de Grace, malgré sa cheville encore fragile.

Je vois le visage de mon amie.

Et je n'aime pas ce que je vois.

— Qu'est-ce qui s'est passé, ma chérie ? dis-je en la conduisant vers le canapé.

— Tu ne vas pas le croire, lâche-t-elle d'une voix blanche. Tu ne vas jamais le croire !

— Raconte.

Elle lève les yeux vers moi.

— Stuart… Il… enfin… il… Oh !

Elle secoue violemment la tête, l'air incrédule.

— Oh, Ollie, c'est inimaginable ! s'exclame-t-elle en se tournant vers moi. Stuart... Il a eu le culot de suggérer que tu t'étais jetée à sa tête pendant notre soirée de fiançailles !

Je sens le sang se retirer de mon visage.

— Tanya, à la rigueur... reprend Grace en adressant à l'intéressée un sourire d'excuse. Je veux dire, tout le monde sait qu'elle est un peu nympho et qu'elle ne peut pas s'empêcher de faire du charme à tous les mecs qu'elle croise... mais oser insinuer que toi, tu l'avais dragué ! Quel salaud !

Elle s'effondre dans le canapé et lève vers moi ses yeux injectés de sang.

— Le pire, c'est la façon dont il m'a balancé ça. Il m'a dit qu'il avait d'abord décidé de ne pas m'en parler, mais qu'il préférait quand même me mettre au courant, de peur que je n'apprenne cette trahison par quelqu'un d'autre et que je ne sois encore plus choquée !

— Oh, non... Et tu l'as cru ?

— Si je l'ai cru ? Je sais pertinemment que tu n'es pas attirée par Stuart, déclare-t-elle d'un ton catégorique.

Elle hésite un instant, puis ajoute d'une voix plus faible :

— Il ne t'attire pas, hein ?

— Bien sûr que non !

Je suis intensément soulagée de ne pas avoir à mentir, au moins pour cette fois.

— Bien sûr que non, répète-t-elle. Je ne sais même pas pourquoi je te pose la question. Je ne peux pas croire qu'il m'ait sorti un mensonge pareil, Ollie. J'ai l'impression que... que je ne le connais pas.

Je m'assois à côté d'elle et, incapable de prononcer un mot, je lui tapote doucement l'épaule.

— En plus, il affirme que vous faites tout pour nous séparer depuis le début ! ajoute Grace en sanglotant dans mon épaule.

Par-dessus sa tête, je vois Tanya devenir aussi blême que moi.

— Comment ai-je pu être aveugle à ce point ? gémit Grace. C'est le contraire qui s'est passé. C'est lui qui a tout fait pour m'éloigner de vous. Il a essayé de dresser une barrière entre mes amis et moi pour m'avoir pour lui tout seul. C'est révoltant ! Il ne supporte pas que je fréquente d'autres gens. Il me veut vingt-quatre heures sur vingt-quatre, sept jours sur sept. Mais c'est fini, maintenant !

Elle se tait un instant, et je sens ses larmes couler sur mon épaule nue. Quand elle reprend la parole, il n'y a plus de colère dans sa voix, juste une infinie lassitude.

— Est-ce que je peux rester ici avec vous ? Je n'ai pas envie de rentrer chez moi. Ça me fiche le cafard d'être toute seule. Et puis, je ne tiens pas à lui parler, et comme il n'a pas ton numéro... Tu te rends compte, Stuart ne connaît même pas le numéro de téléphone de ma meilleure amie ! Ça en dit long, non ?

Brusquement, elle se redresse, se lève et inspire profondément, comme si elle suivait des cours d'accouchement sans douleur.

— Ça vaut peut-être mieux. Nous sommes tellement différents l'un de l'autre.

Elle se met à arpenter la pièce, les yeux baissés sur la moquette.

— Je croyais qu'on se complétait, mais c'était faux. Mon Dieu, ajoute-t-elle d'une voix étranglée, comment ai-je pu me tromper à ce point sur son compte ?

Elle s'immobilise soudain en plein élan, comme un jouet mécanique dont les piles auraient subitement rendu l'âme. Je me lève, la prends par les épaules et l'emmène dans ma chambre, où elle tombe sans se faire prier, la tête contre l'oreiller. Elle reste ainsi, immobile, complètement anéantie, les yeux grands ouverts.

— Je t'apporte du café, dis-je en remontant la couette sur elle.

Il fait très chaud dans ma chambre, mais son corps inerte me paraît glacé.

Tanya m'attend dans la cuisine. Toujours efficace en cas de crise, elle a déjà débouché une bouteille de vin, préparé du café et vidé dans une assiette un paquet de biscuits au chocolat d'une épaisseur écœurante.

— Comment va-t-elle ? demande-t-elle avec inquiétude, la bouche pleine.

Je m'assois à table, où je commence à jouer avec le paquet de gâteaux vide.

— Mal. Qu'avons-nous fait ?

— Exactement ce qu'on avait l'intention de faire, réplique Tanya en essayant de paraître désinvolte. C'est peut-être un dur moment à passer, mais c'est pour son bien. Tu le sais.

— On a enfin obtenu ce qu'on voulait, dis-je, en déchirant l'emballage comme s'il était responsable de la détresse de mon amie. Alors, pourquoi est-ce que je me sens si mal ?

— Parce qu'elle en bave, et c'est terrible de la voir souffrir.

— Oui. D'autant plus que c'est à cause de nous.

Grace reste deux jours chez moi. Elle parle à peine, boude les repas, mais grignote n'importe quoi dès qu'elle est seule. Je n'ai jamais vu une telle quantité de gâteaux et de mini Mars se faire dévorer en si peu de temps.

Elle appelle son bureau pour dire qu'elle est malade et passe son temps assise à côté du téléphone, en faisant semblant de ne pas être assise à côté du téléphone. Chaque fois qu'il sonne, elle sursaute d'un mètre, puis elle s'affaisse, déçue, en se rappelant que Stuart n'a pas mon numéro, à moins qu'il ne soit désespéré au point de faire des pieds et des mains pour se le procurer. Elle n'y compte guère et ne le souhaite pas, d'ailleurs, car, comme elle l'affirme désormais avec véhémence, elle le hait aussi passionnément qu'elle l'a jadis aimé.

Moi aussi, j'attends. J'attends que vienne le soulagement d'avoir sauvé Grace. J'attends d'avoir l'intime conviction que nous avons fait ce qu'il fallait.

Malheureusement, seule la culpabilité m'assaille.

À la fin du deuxième jour, Grace craque et rentre chez elle pour faire semblant de ne pas être assise à côté d'un téléphone dont Stuart connaît le numéro.

Je la reconduis à Islington, rongée par des sentiments contradictoires. Ça me déplaît qu'elle reste seule en ce moment, alors qu'elle est si malheureuse. Le problème, c'est que c'est moi qui ai abattu ce malheur sur elle, et cela me rend les choses très pénibles.

Impossible de la regarder en face. Et quand elle pleure sur mon épaule à 2 heures du matin, je me sens la dernière des hypocrites, même si je compatis de tout mon cœur à son chagrin.

La plupart du temps, je ne sais pas quoi lui dire, surtout quand elle ressasse leur dernière conversation pour la énième fois, qu'elle me rappelle les ignobles accusations de Stuart et qu'elle répète qu'elle ne peut pas croire qu'il lui ait menti comme cela. Elle ajoute invariablement que j'ai passé la soirée scotchée à Dan Slater et que je n'aurais pu m'éclipser nulle part sans qu'il me suive. Conclusion : Stuart est non seulement déloyal, mais stupide.

Je suis terrifiée. Non seulement j'ai fichu en l'air sa relation avec son fiancé, mais je crains que la nôtre ne survive pas à cette histoire. J'ai menti à ma meilleure amie. Je continue à lui mentir par omission, en ne rétablissant pas la vérité, en ne défendant pas Stuart.

Je la laisse chez elle après une longue étreinte. Je lui ordonne de revenir tout de suite si elle a le cafard, lui fais promettre de m'appeler à n'importe quelle heure du jour ou de la nuit si elle a besoin de moi. Nous nous disons au revoir, le cœur incroyablement lourd toutes les deux.

Le lendemain, le restaurant ne désemplit pas. Après un petit déjeuner et un déjeuner animés, je peux enfin faire une pause et m'attable dans la cuisine avec un gros sandwich et un journal à sensation. Mel, qui avait une heure de retard à midi, rattrape le temps perdu en récurant le four, malgré mes protestations.

J'envisage de nous servir quelque chose de plus fort que la tasse de café que je suis en train de boire – après tout, en ce moment, j'ai des excuses – quand j'entends la porte du restaurant qui s'ouvre. J'ai la tête ailleurs, aujourd'hui, j'ai dû oublier de fermer à clé.

À la perspective d'un touriste affamé, irritable et ne parlant pas anglais, à l'image de la majorité de ma clientèle de midi, je pousse un gros soupir, pose mon journal, me lève et me dirige d'un pas las vers la salle en disant :

— Je regrette, c'est fermé. Nous ne servons que jusqu'à 15 heures et...

Je m'arrête net.

Dan Slater se dresse au milieu de la salle. Curieusement, je ne suis pas surprise de le voir, mais cela n'empêche pas mon cœur d'aller rejoindre la moitié de mon sandwich salami-tomate dans mon estomac.

— Bonjour, dit-il avec calme.

Mel arrive de la cuisine en arrachant son tablier, ce qui n'est pas aisé, car sa taille est si fine que les lanières en font deux fois le tour.

— Je viens de finir de nettoyer le four, je peux rentrer à la maison, maintenant, chef? plaisante-t-elle.

Lorsqu'elle lève enfin les yeux du nœud de son tablier et reconnaît Dan, elle pousse un petit cri. Dan et moi cessons de nous observer d'un œil également méfiant pour nous tourner vers Mel. Pendant un moment, nous gardons tous les trois le silence, indécis.

Enfin, je retrouve l'usage de mes cordes vocales.

— Oui, c'est bon, Mel, vas-y.

— Tu es sûre? demande-t-elle en regardant Dan avec circonspection. Je peux rester, si tu as besoin de moi.

— Non, vraiment, ça va aller, merci. Rentre chez toi.

Elle part à contrecœur. Jamais je ne l'ai vue rassembler ses affaires aussi lentement à la fin de son service. En principe, elle appelle un taxi en servant le dernier café et file vers la porte à la seconde où le client termine sa tasse.

Lorsqu'elle a disparu, Dan reporte son attention sur moi, et cette histoire de silence gêné recommence. Au moment où je décide que je suis vraiment trop fatiguée pour jouer à ce petit jeu et pour m'inquiéter des raisons de sa présence, il déclare:

— Je ne suis pas là pour me bagarrer. En fait, j'espérais une trêve.

Je hausse les épaules.

— Enfin une bonne nouvelle. Je suis lasse de me battre. Vous voulez boire quelque chose?

Il me considère avec surprise et hoche la tête. Je me dirige vers le bar en demandant:

— Quel poison préférez-vous?

— Je ne suis qu'à moitié sûr que vous plaisantez, dit-il en souriant. Une bière, avec plaisir.

J'ouvre une bouteille de Bud fraîche et lui propose un verre qu'il refuse, puis je me prépare un gin tonic. Il m'a suivie au bar et s'est assis sur l'un des tabourets. Mon instinct me conseille de laisser un mètre d'acajou et plusieurs pompes à bière entre nous, mais presque malgré moi je contourne le bar et m'assois sur le tabouret voisin du sien. Nous sommes près l'un de l'autre, mais pas au point que nos cuisses se frôlent.

Je commence à boire à petites gorgées. Je meurs d'envie d'une bonne dose d'alcool, mais je juge plus raisonnable de garder tous mes sens en éveil. Quand je me trouve dans la même pièce que Daniel Slater, j'ai l'impression d'être un lapin enfermé dans la tanière d'un renard.

Adossé au bar, Dan contemple le foyer de la cheminée. Il vide la moitié de sa bouteille avant de reprendre :

— Je viens de passer voir Grace.

— Ah, dis-je lentement, tout en le regardant porter de nouveau la bouteille à ses lèvres.

Il me jette un regard en coin, et je détourne les yeux.

— Elle va bien ?

Il secoue la tête.

— Elle est très mal en point. Elle a une confiance aveugle en vous, Ollie.

— Je sais.

— Autrement dit, elle ne fait plus confiance à Stuart. Ce qui est plutôt injuste, ajoute-t-il en se tournant vers moi, étant donné que nous savons tous les deux qui dit la vérité.

Revoilà le pincement de culpabilité. Je bredouille :

— Ce n'était pas ce que vous pensez.

— Je sais.

— Ah ?

— J'ai déjeuné avec quelqu'un que vous connaissez, hier.

— Tiens donc, dis-je avec une nonchalance feinte.

— Finnian Connelly. Il m'a tout dit.

— Comment?

Je ne sais pas si je suis furieuse ou contente que le charmant mais peu discret Finn ait vendu la mèche. Dans un sens, je me réjouis que Dan sache la vérité, qu'il sache que je ne suis pas une garce qui essaie de piquer le fiancé de sa copine. J'espère seulement qu'il ne trouve pas le vrai motif de mes agissements encore pire. Pour quelque raison obscure, je tiens à ce qu'il ait une bonne opinion de moi... Enfin, pour une raison pas si obscure que ça. C'est une étrange émotion d'apprécier quelqu'un après avoir dépensé une telle énergie à le détester.

— Oui, il m'a raconté tout ce qu'il savait. Vous serez sûrement contente d'apprendre que j'ai eu un mal fou à lui tirer les vers du nez. Il est très loyal.

— C'est un bon ami.

— Oui, c'est ce qu'il m'a dit, commente Dan avec un coup d'œil en coin. Que vous êtes juste de bons amis.

Nous sommes subrepticement en train de glisser vers un sujet différent. Un sujet tabou, que nous essayons tous les deux d'ignorer... enfin, que moi j'essaie d'ignorer, en tout cas.

Malgré la suite des événements, je n'ai pas oublié notre conversation dans le couloir, chez Stuart, et je suis étrangement soulagée que Dan sache que Finn et moi ne sommes pas ensemble.

Dan termine sa bouteille et la repose sur le bar, derrière lui.

— Stuart ne correspond peut-être pas à l'image que vous vous faites de l'homme idéal, mais il ne s'agit pas de vous, n'est-ce pas, Ollie?

— Je souhaite ce qu'il y a de mieux pour Grace, dis-je sans m'avancer.

— Et de quel droit décidez-vous de ce qui est bien pour elle ? Certes, Stuart n'est peut-être pas aussi éblouissant, aussi drôle ou aussi mondain que vous l'aimeriez, mais avez-vous déjà vu Grace épanouie avec un homme, avant lui ?

Je baisse la tête. Nous savons tous les deux qu'il a raison.

— Vous pouvez vous mentir à vous-même, Olivia, mais si vous aimez vraiment Grace, comme vous le prétendez, cessez de lui mentir.

Je soupire longuement. Je me sens incapable de le regarder. Sans relever la tête, je marmonne :

— Je ne peux pas lui avouer ce qu'on a fait. Elle ne me le pardonnerait jamais. Et ça lui ferait encore plus de mal de savoir ça.

Consternée par le gâchis que nous avons causé, je me prends la tête entre les mains.

— Stuart est quelqu'un de bien, Ollie.

— Je sais, dis-je doucement.

Je sursaute en sentant ses mains ôter doucement les miennes de ma tête. Il me sourit. Je crois que c'est la première fois.

— Écoutez, je sais que vous pensiez agir pour son bien, même si c'était malavisé...

Sa voix est douce et gentille. C'est encore pire que s'il m'abreuvait d'insultes. Je ne supporte pas la gentillesse, surtout de la part de Dan, sans compter que je ne la mérite pas. C'est plus fort que moi, de grosses larmes salées et brûlantes commencent à rouler sur mes joues.

— Comment réparer tout ce gâchis ?

Il lâche ma main gauche et essuie mes larmes avec son pouce.

— Vous trouverez une solution.

— Mais laquelle ?

Cette fois, il y a une pointe d'ironie dans son sourire.

— Ce n'est pas l'imagination qui vous a manqué, jusqu'à présent. Vous trouverez un moyen d'arranger les choses.

— Et Stuart ?

— Eh bien, je lui ai parlé, répond-il en lâchant enfin mon autre main. Je lui ai expliqué ce que je pouvais sans trop le blesser. Comme je vous l'ai dit, c'est quelqu'un de gentil. Il a dit la vérité à Grace, et c'est vous qu'elle a choisi de croire plutôt que lui. Il est fou d'elle, mais il a son amour-propre, Ollie. Un amour-propre qui a été sérieusement entamé...

Super. Maintenant, j'ai des visions d'un Stuart malheureux comme les pierres.

J'avais presque réussi à l'oublier, celui-là. Je l'avais relégué dans un recoin de mon cerveau que je n'utilise jamais. À l'idée qu'il doit être aussi triste que Grace, mon cœur se serre un peu plus. Et je réalise que depuis le début, nous avons agi comme si Stuart était insensible. Moi qui pensais avoir atteint le fond du gouffre, je descends encore un peu plus bas.

Dan se lève et me sourit avec compassion.

— Ne vous inquiétez pas trop, Ollie. Je crois dur comme fer au destin. Si Stuart et Grace sont faits l'un pour l'autre, tout s'arrangera. Mais quoi qu'il advienne désormais, je suis sûr que vous réfléchirez un peu plus avant d'agir.

Il tend la main, comme s'il voulait serrer la mienne, puis se ravise. Ce geste paraît guindé et un peu ridicule, compte tenu des circonstances. Nous hésitons tous les deux et finissons par nous effleurer le bout des doigts. Il se retourne et se dirige vers la porte. Au moment où ses doigts se referment sur la poignée, je l'appelle :

— Dan ?

Il se retourne.

— Merci.

Il sourit et s'en va.

Le même soir, Grace revient dormir à la maison. Apparemment, le téléphone chez elle a brillé par son silence – ce qui ne m'étonne pas, après les explications de Dan – et elle préfère encore être chez moi. Cela ne la dérange pas que Stuart n'appelle pas un téléphone dont il ignore le numéro, mais elle a du mal à supporter qu'il n'essaie pas de la joindre sur la ligne dont il a enregistré le numéro sur ses téléphones privé, professionnel et portable.

Elle a tout de même emporté son mobile.

Le choc initial s'est tassé, et elle passe maintenant ses journées avachie devant la télévision, sans ouvrir la bouche.

Elle est anéantie.

Je passe le week-end à travailler, tout en réfléchissant à la meilleure manière de réparer les graves torts commis. Le lundi soir, une semaine après le jour où j'ai trouvé Grace en larmes sur mon paillasson, je la laisse scotchée au canapé devant une série télévisée, avec une boîte de kleenex, une bouteille de frascati et son téléphone portable, et je descends au restaurant sous prétexte d'y faire un petit inventaire. Dans la cuisine, j'appelle Tanya et Louis et les convoque à une cellule de crise.

Louis arrive le premier, la mine soucieuse.

— Comment va-t-elle ? demande-t-il aussitôt. Je lui ai apporté des livres, des magazines et une grosse boîte de chocolats pour lui remonter le moral.

Je secoue la tête.

— Je ne l'ai jamais vue aussi abattue. Elle était secouée quand elle s'est séparée d'Arty, mais là, ça n'a absolument rien à voir.

— Me voilà ! lance Tanya en surgissant dans la cuisine. Qu'est-ce qu'il y a de si urgent, mon chou ? J'étais en pleine négociation.

— C'est ce que je vois, dis-je, lorsqu'elle s'assoit et que son trench-coat s'ouvre, révélant en tout et pour tout une petite culotte et un éclat tout à fait révélateur.

Je me tais et les regarde tour à tour. Pourvu qu'ils soient de mon côté !

— Bon, dis-je. Il s'agit de Grace et de Stuart. Il faut les réconcilier.

— Quoi ? s'écrie Tanya.

Je lève les mains et réponds doucement :

— Oui. Je crois sincèrement qu'une seule chose pourra rendre le sourire à Grace.

Louis soupire et secoue la tête.

— Tu as raison. Ça me fait mal au sein de l'admettre, mais c'est aussi ce que je me disais.

— Mais on vient de l'empêcher de faire un mariage qui l'aurait rendue très malheureuse ! proteste Tan.

— Je regrette, Tan, mais avec Stuart elle nageait dans le bonheur. C'est nous qui la rendons malheureuse.

Je suis convaincue d'être dans le vrai et suis par conséquent très résolue.

Elle me toise un moment d'un œil sceptique, puis son visage se décompose.

— Tu as raison, lâche-t-elle en reniflant. Complètement raison. J'ai l'impression d'être une vraie garce, gémit-elle en venant enfouir ses larmes mélodramatiques dans le col de mon tee-shirt. Quel merdier !

— Oui, on a fait une belle bourde, et maintenant il va falloir arranger ça.

— Comment ?

— En disant la vérité ?

— Impossible ! réplique Tanya, qui abandonne vivement mon épaule et me fixe avec des yeux exorbités.

— Elle comprendra. On a fait ça uniquement parce qu'on l'aime.

— On ne peut pas tout lui balancer comme ça ! Il faut que ce soit un peu plus subtil.

— Comment veux-tu être subtile ? J'ai fait des avances à l'homme de sa vie. Il n'y a pas de moyens subtils d'annoncer ça !

— Bien sûr, mais tu ne serais pas allée jusqu'au bout. On espérait juste qu'il accepterait de te sauter dans l'écurie...

— Comme ça, on aurait su que c'était vraiment un salaud et on ne se serait pas sentis aussi coupables de les avoir séparés, alors qu'on n'avait aucune raison de le faire, conclut Louis, morose.

Je hoche la tête et renchéris :

— On n'avait aucun motif valable de vouloir que ça casse.

— On pourrait lui dire qu'on l'aime tellement qu'on voulait mettre Stuart à l'épreuve, suggère Tanya. S'assurer qu'il lui serait fidèle. Et qu'il a passé le test haut la main.

— Tu crois qu'elle va gober ça ?

— C'est toujours mieux que l'atroce vérité : ses amis qui sont de vraies ordures et qui ont tout fait pour saboter la plus belle histoire d'amour de sa vie, marmonne Louis.

Il se lève pour effectuer une razzia dans le frigo, comme toujours dans les moments de crise.

— Ne te frappe pas trop, mon grand, dis-je. On croyait vraiment bien faire. On va se rattraper.

— D'accord, soupire Tanya. Mais comment va-t-on se sortir de ce pétrin ?

— Je n'en sais rien, mais comme quelqu'un me l'a dit l'autre jour, dis-je en pensant une fois de plus à Dan, on trouvera une solution.

Nous décidons de faire aussi simple que possible, et je suis dépêchée à l'étage pour essayer de convaincre Grace de téléphoner à Stuart. Ce serait déjà un pas dans la bonne direction.

L'entreprise se révèle beaucoup plus difficile que prévu. Elle est toujours déchirée entre le besoin désespéré de lui parler et celui de ne jamais plus adresser la parole à un homme qui lui a raconté d'ignominieux mensonges au sujet d'une personne à laquelle elle tient comme à la prunelle de ses yeux.

Je ne mérite pas une loyauté aussi acharnée. J'insiste et répète pour la centième fois :

— Appelle-le. Je sais que tu en as envie.

— Non, répond-elle d'un ton farouche.

— Tu ne dois pas trop lui en vouloir... dis-je, hésitante.

— Pas trop lui en vouloir ! Tu sais ce qu'il a dit sur vous ? Que vous essayiez de nous séparer depuis le début !

J'inspire profondément et avoue :

— Nous lui avons peut-être donné cette impression. Tu sais combien nous sommes protecteurs.

— Tu crois ?

Pendant un moment, Grace semble reprendre espoir, puis son visage s'assombrit de nouveau, et elle hausse les épaules.

— De toute façon, il n'a même pas pris la peine de me contacter. S'il m'aimait, il m'aurait téléphoné. Il ne l'a pas fait, donc il ne m'aime pas, conclut-elle avec une logique déprimante.

— C'est toi qui l'as quitté. Il doit être assis à côté du téléphone, à attendre que tu l'appelles.

Grace cligne des yeux à travers ses larmes.

— Tu crois ?

J'acquiesce vigoureusement, et elle réfléchit un moment, avant de secouer la tête.

— Je ne l'appellerai pas, insiste-t-elle avec obstination. Il m'a menti à ton sujet. Ça, Ollie, c'est impardonnable.

Maintenant. C'est maintenant que je devrais lui dire la vérité et réhabiliter Stuart, mais je ne peux m'y résoudre. Je suis quelqu'un d'ignoble.

Je suis nulle.

Allez, courage...

J'en suis incapable.

Finalement, je laisse Grace à son désarroi et descends rejoindre les deux autres dans la cuisine du restaurant. Assise sur la table, Tanya serre les mains autour d'un café noir. Elle doit vraiment être à bout, car elle fume une cigarette, ce qui lui arrive très rarement. Comme à son habitude, Louis a la tête enfouie dans le réfrigérateur pour compenser.

— Qu'est-ce que ça a donné ? demande aussitôt Tanya.

Je secoue la tête, découragée. Elle esquisse un sourire.

— C'est inimaginable. On s'est donné un mal de chien pour les séparer, et là il va falloir se décarcasser encore plus pour les rabibocher.

Louis émerge alors du frigo. Il brandit une fourchette sur laquelle est piqué un gros morceau de gâteau au chocolat maison.

— Je crois que j'ai une idée, annonce-t-il.

Comme je considère son butin d'un œil désapprobateur, il ajoute :

— C'est bon pour les neurones, le chocolat.

— Vas-y, crache. L'idée, pas le gâteau, dis-je en le voyant regarder sa fourchette d'un air déçu.

Louis croque dans son morceau de gâteau et entreprend de mastiquer soigneusement, si bien que je perds patience et finis par lui confisquer sa fourchette.

— La première fois, elle est tombée amoureuse de lui quand il l'a sortie du fossé.

— Oui, et alors ?

— Eh bien, il faut créer une nouvelle occasion comme celle-là. Transformer Stuart en héros.

— Et qu'est-ce que tu proposes, cette fois ? demande Tanya avec sarcasme. De kidnapper Gray et d'envoyer une demande de rançon à Stuart ? De l'attacher sur une voie ferrée et d'espérer qu'il arrivera à temps ?

— Un peu risqué, dis-je en souriant sans conviction. On ne peut plus se fier aux horaires des trains, de nos jours.

— La dernière fois, elle avait eu un accident de voiture…

À cet instant, Louis a encore un petit creux et replonge la tête dans le réfrigérateur, pendant que j'objecte :

— Je ne sais pas si c'est vraiment une très bonne idée de la renvoyer dans le fossé…

— Ce n'est pas ce que je voulais dire, proteste Louis.

— Explique-toi, alors !

Il ressort armé d'une saucisse, qu'il a coincée entre son nez et sa lèvre supérieure en guise de moustache.

— Et maintenant, écoutez-moi bien… déclare-t-il, avec un sourire qui fait trembler la saucisse.

Le lendemain soir, à 18 heures, le soleil brille, pour une fois. Les oiseaux s'égosillent pour fêter ce rare événement, et Tanya, Louis et moi roulons sur une petite route de campagne du côté de l'abbaye de Woburn.

Le timing est un élément crucial de notre plan, c'est pourquoi nous avons jeté notre dévolu sur Woburn, qui se situe à mi-chemin entre Islington et Derby. Nous venons de trouver ce qui semble être le seul téléphone isolé et en état de marche du voisinage qui accepte des pièces, car aucun de nous ne possède de carte. Je sais que nous avons des téléphones portables, mais la cabine en elle-même fait partie intégrante de la stratégie : c'est le seul élément distinctif sur ce tronçon de route, par ailleurs déserte à l'exception d'un timide chevreuil aperçu dans la forêt.

Tanya et moi nous entassons dans la cabine rouge vif, et Louis se presse contre nous en tenant la porte ouverte. C'est moi qui compose le numéro.

Apparemment, Grace est toujours collée au téléphone, car elle répond à la première sonnerie.

— Allô ?

— Grace, c'est moi.

Je l'entends pousser un petit soupir. Elle est visiblement déçue de constater que je ne suis pas un certain mâle amateur de locomobiles, mais ensuite elle semble contente de m'entendre.

— Salut, ma puce. Qu'est-ce que tu racontes ? Où es-tu ? Mel vient de me dire que tu étais sortie, mais tu ne m'en avais pas parlé, et j'ai essayé d'appeler ton portable mille fois.

— On est dans la mouise ! gémit Louis d'un ton désespéré.

— Bien joué, Lou, murmure Tanya, mais un peu dramatique pour une simple panne de voiture.

Je croise les doigts derrière mon dos et m'apprête à lui mentir encore une fois.

— Nous sommes tombés en panne, Grace, lui dis-je. Est-ce que tu pourrais venir nous chercher ?

— Oh, zut ! Bien sûr, j'arrive tout de suite.

Je l'entends attraper les clés de sa voiture, posées à leur place habituelle, à côté du téléphone.

— Où êtes-vous ?

— Dans le Buckinghamshire.

— Le Buckinghamshire ! répète-t-elle. Mais qu'est-ce que vous fichez là-bas ?

— Euh… des courses.

— Vous êtes allés faire des courses… dans le Buckinghamshire… sans moi ?

Sa voix se brise un peu. J'explique rapidement :

— On voulait te rapporter une surprise pour te changer les idées, alors on ne pouvait pas t'emmener.

— Oui, et pour une surprise… glousse Louis derrière moi, avant que Tanya ne le réduise au silence.

— Ça ne t'ennuie pas de venir, alors, Gray ? On est loin de tout !

— Ne vous inquiétez pas, j'arrive. Dis-moi exactement où vous êtes.

— Tu ne peux pas nous rater, on est sur la A4012, à la sortie de Woburn, devant une vieille cabine téléphonique rouge.

Et d'une.

— Elle est en route, dis-je aux deux autres.

Je m'écarte et passe le téléphone à Louis, préposé à l'étape suivante pour des raisons évidentes : si c'était moi qui appelais Stuart, il me raccrocherait au nez.

Le téléphone sonne indéfiniment. Et s'il n'était pas là ? Oh, non, faites que non, nous n'avions pas pensé à cette éventualité. Au moment où nous allons renoncer, il décroche enfin.

— Allô ? dit-il d'une voix un peu essoufflée, comme s'il avait couru.

— Stuart ? demande Louis en nous souriant avec excitation. C'est Louis… Oui, ça va, merci. Et toi ? Je sais, je sais. Justement, c'est à son sujet que je t'appelle. Elle a besoin de toi, Stuart. Elle a eu un petit accident… Non, non, apparemment, elle n'a rien, mais elle est toute seule, et on ne peut pas se libérer pour aller lui donner un coup de main. On ne savait pas qui d'autre appeler.

S'ensuit une longue pause, et Louis nous adresse un grand sourire en levant le pouce de sa main libre.

— Oh, tu es un amour. Où ? Tu ne peux pas la rater. Elle est sur la A4012, à la sortie de Woburn, devant une vieille cabine téléphonique rouge.

Presque exactement deux heures plus tard, la voiture de Grace s'arrête à côté de la cabine téléphonique. Cachés derrière une haie en bordure d'un petit bosquet, nous l'observons.

Louis, qui était en train de rouspéter parce qu'il a dû aller cacher la voiture dans une clairière à deux kilomètres de là, se tait immédiatement et plonge à côté de moi, sous abri. Grace reste assise dans sa voiture, visiblement perplexe, puis elle sort et regarde autour d'elle. Une minute plus tard, elle retourne dans sa voiture et consulte sa carte.

Je grogne entre mes dents serrées, en espérant contre tout espoir que nos calculs approximatifs de temps, de distance et de circulation se révéleront justes :

— Allez, Stuart, dépêche-toi ! Pourvu qu'il ne soit pas coincé dans un bouchon !

— Ou que sa Land Rover ne soit pas tombée en panne.

Louis jette un coup d'œil à sa montre.

— Mais qu'est-ce qu'il fabrique ? chuchote-t-il. Elle a vu qu'on n'était pas là, elle va repartir d'un moment à l'autre.

— Elle doit penser qu'elle s'est trompée d'endroit.

Grace remet la clé de contact en place, prend son téléphone et compose un numéro. Heureusement, mon téléphone est réglé sur le vibreur. Il ne manquerait plus que le buisson se mette à entonner *I'm in the mood for love*, mélodie que Louis a piratée sur Internet et a chargée sur mon portable un jour où il était d'humeur taquine, pour se moquer de ma vie amoureuse inexistante.

J'hésite à répondre et, malgré les encouragements gestuels de Tanya, je renvoie l'appel sur ma messagerie vocale.

— Pourquoi tu fais ça ? chuchote-t-elle.

— Je ne savais pas quoi lui dire, j'aurais tout gâché.

Grace redémarre.

— Vite, elle s'en va ! Dépêche-toi, appelle-la !

— Pour lui dire quoi ?

— Je ne sais pas, qu'on est allés voir si on trouvait à manger, par exemple. Raconte-lui que Louis a eu une fringale et qu'on revient, qu'elle nous attende là où elle est.

— Et la voiture ? Elle ne va pas s'étonner de ne pas la voir ?

— Et si elle propose de nous récupérer à l'endroit où on est censés être ? ajoute Louis.

— Dis-lui qu'on a coupé à travers champs parce qu'on a vu une lumière et qu'elle ne peut pas nous rejoindre en voiture, dit Tanya. Je ne sais pas, improvise, invente n'importe quoi, mais empêche-la de s'en aller !

Je compose en hâte le numéro de Grace.

À notre extrême soulagement, dès que son téléphone commence à sonner et qu'elle reconnaît mon numéro, elle coupe le moteur, serre le frein à main et décroche aussitôt.

— Ollie, où êtes-vous, bon sang? Je crois que je suis arrivée à l'endroit que tu m'as indiqué, mais je ne vous vois pas !

— Tu es devant une cabine téléphonique rouge sur l'A4012 ?

— Oui.

— Et il y a... euh...

Je regarde frénétiquement autour de moi.

— ... un gros arbre... c'est ça, un arbre juste à côté, avec une branche fourchue à peu près à la hauteur de la troisième vitre de la porte de la cabine, qui donne l'impression qu'elle fait le V de la victoire ?

Tanya lève les yeux au ciel. Grace ne répond pas tout de suite. Je la vois se retourner vers la cabine, puis un sourire de soulagement éclaire son visage.

— Oui, c'est bien ça, je la vois. Tu as le chic pour remarquer ce genre de détails, toi !

— Alors, tu es au bon endroit. On revient dans un petit quart d'heure, ne bouge pas.

— Mais où êtes-vous, Ollie ? Et où est la voiture ?

— Pardon, je t'entends mal, la ligne est mauvaise...

— Je te demandais où était la voiture...

— Shshkkkkkk... Désolée, Gray, je capte mal, on se retrouve tout à l'heure... Shshshkkkkk... Reste où tu es, surtout !

Je coupe la communication et roule des yeux en direction des deux autres. Mon cœur bat si fort que je le sens cogner contre ma cage thoracique. Nous observons Grace en retenant notre souffle. Elle compose un numéro. Le mien, sûrement. Je déconnecte rapidement mon portable pour qu'elle tombe sur la messagerie. Grâce à Dieu, elle ne redémarre pas.

La nuit tombe.

L'air désemparé, Grace sort de la voiture et s'éloigne un peu sur la route, puis elle revient sur ses pas et tourne lentement sur elle-même, avant de reprendre place dans sa voiture et d'attraper un journal sur le siège passager.

Quinze minutes s'écoulent encore avec une lenteur effroyable. Grace regarde sa montre presque aussi souvent que nous. Elle vient de ressortir de la voiture pour inspecter encore une fois la route avec anxiété quand nous voyons enfin des phares arriver côté nord.

Nous poussons un soupir collectif, mais notre soulagement est de courte durée, car ce n'est pas la Land Rover de Stuart qui se dirige vers nous.

C'est la panique générale quand une Saab noire rutilante s'arrête derrière la voiture de Grace. Grands dieux, elle va être secourue par un autre homme ! Mais non, ouf, c'est bien Stuart qui sort précipitamment de la Saab et court vers elle.

— Il a une nouvelle voiture ! chuchote Louis, stupéfait.

— Et il est en jean ! remarque Tanya.

Incrédule, j'ajoute :

— Avec un tee-shirt Red or Dead !

— C'est bon signe, décrète Louis. C'est un énorme effort pour lui. Je dis bien énorme.

— Grace ! Grace ! appelle Stuart avec inquiétude. Tu vas bien ?

Il avance dans le faisceau des phares de la Saab, qu'il a laissés allumés, et Grace distingue à présent l'identité du nouveau venu. Pendant un moment elle s'illumine, puis, comme si quelqu'un avait appuyé sur une sonnette d'alarme, les volets se ferment, et son visage devient glacial.

— Qu'est-ce que tu fais ici ? demande-t-elle d'un ton froid.

— J'ai reçu un coup de fil de Louis. Il disait que tu avais des ennuis, que tu avais eu un accident...

Stuart s'interrompt en réalisant soudain que la voiture de Grace est très propre et nullement endommagée. Celle-ci perd un peu de sa réserve et le considère avec étonnement.

— Mais Ollie m'a appelée pour me dire qu'ils étaient tombés en panne...

Ils se taisent tous les deux, tandis que la lumière se fait dans leur esprit.

— Je crois qu'on nous a tendu un piège, commente Stuart en haussant les sourcils.

Grace hoche la tête et se mord la lèvre inférieure. Ils se regardent un moment sans rien dire, puis j'aperçois un sourire sur les traits tirés de Grace.

— Et tu es venu jusqu'ici pour voir si j'allais bien ?

Stuart fait signe que oui.

— Eh bien, tu vois, je n'ai pas besoin d'être secourue, finalement, dit Grace en s'efforçant d'adopter un ton léger, mais sa voix se brise, trahissant sa douleur.

— Dommage, dit Stuart.

Il essaie de rire, lui aussi, mais ne réussit qu'à produire une sorte de petite toux émue et ajoute avec regret :

— Te porter secours a été l'un des meilleurs moments de ma vie.

Grace ne peut retenir un petit sourire, ce qui donne à Stuart la force de lui demander :

— Que nous est-il arrivé, Grace ?

Le sourire s'efface, et le visage de Gray redevient sévère et impénétrable.

— Au cas où tu l'aurais oublié, tu as proféré des atrocités sur Ollie, répond-elle sèchement, avant de tourner les talons et de regagner sa voiture.

Avant qu'elle n'ait le temps d'ouvrir la portière, Stuart lui attrape le bras.

— Je ne t'ai pas menti, Grace, il faut que tu le saches, dit-il d'un ton désespéré. Je ne comprends rien à ce qui s'est passé avec Olivia, mais je crois que tout cela n'est qu'un stupide malentendu.

Dans un murmure, il poursuit :

— Tu dois savoir que je serais bien incapable de te mentir, Grace. J'ai toujours été parfaitement sincère avec toi... Tu comptes tellement pour moi...

— Alors, que s'est-il passé ? demande Grace en se tournant vers lui.

— À vrai dire, je ne sais pas trop. Mais ce dont je suis sûr, c'est que je t'aime. Plus que jamais. Être loin de toi est une souffrance de chaque instant. Je te jure sur ma vie, Grace, que je ne t'ai jamais menti, en tout cas pas sciemment, et que je n'ai jamais voulu t'induire en erreur.

Sa voix tremble un peu, et il se détourne pour que Grace ne voie pas les larmes lui monter aux yeux. Mais je les vois, moi, et je dois faire appel à tout mon sang-froid pour ne pas voler entre eux et convaincre Grace que Stuart lui dit la vérité.

— Je t'en prie, ne laisse pas un stupide quiproquo gâcher la chose la plus merveilleuse qui me soit jamais arrivée, murmure-t-il. Nous étions si heureux ensemble...

Pendant un long moment, Grace ne dit rien. Lorsqu'elle reprend la parole, sa voix n'est qu'un chuchotement à peine audible.

— Nous pourrions l'être encore.

— Qu'est-ce que tu as dit ? demande Stuart, qui n'ose croire à ce qu'il vient d'entendre.

— Nous pourrions encore... être heureux ensemble... si c'est ce que tu souhaites.

— Si c'est ce que je souhaite... répète-t-il, incrédule. Oh, Grace, je suis tellement désolé.

— Moi aussi.

— Grands dieux, quel mélo ! commente Tanya depuis ses hautes herbes.

— Chut, siffle Louis. C'est encore mieux que *Les Feux de l'amour*.

— Tu m'as tellement manqué, murmure Grace en s'approchant de Stuart.

— Je n'ai été qu'une loque, sans toi, répond-il en avançant timidement d'un pas.

Tanya lève les yeux au ciel et pousse un soupir.

Stuart tend une main hésitante vers Grace et touche son visage. Voyant qu'elle ne se dérobe pas, il s'enhardit. Il l'attire dans ses bras, la contemple avec adoration et, enfin, il l'embrasse. C'est un baiser prolongé, passionné, qui manque peut-être un peu de technique à notre goût, mais pour la première fois depuis des jours, Grace sourit.

— Je t'aime, chuchote-t-elle, alors que ses lèvres touchent encore celles de Stuart.

— Moi aussi, je t'aime, répondit-il en fermant les yeux et en appuyant son front contre le sien. Et j'ai une chose vraiment importante à te demander.

Il s'écarte d'elle, visiblement à contrecœur, lui prend la main et met un genou à terre. Incrédule, Grace lui sourit, et les larmes commencent à couler sur son pâle visage lorsqu'elle comprend ce qu'il va faire.

— Grace... dit timidement Stuart.

Il respire un grand coup, se ressaisit et la regarde droit dans les yeux.

— Grace Ellerington, veux-tu m'épouser ?

Nous retenons notre souffle pendant un interminable moment, et je suis au bord de l'asphyxie quand j'entends enfin Grace chuchoter :

— Oui, s'il te plaît.

Puis Stuart se relève, et ils s'enlacent encore. Grace se cramponne à lui comme si elle ne voulait plus jamais le lâcher.

— Hourra !

Louis et moi sautons en l'air et retombons dans les buissons en nous faisant mutuellement signe de nous taire, tandis que Stuart et Gray se retournent, surpris.

Je m'enfouis dans les broussailles. En me tournant vers Tanya, je constate, stupéfaite, qu'elle se tamponne les yeux avec un mouchoir.

— Tu pleures ?

Tanya range prestement son kleenex dans la poche de sa veste.

— Bien sûr que non ! C'est la poussière. Ça m'irrite, avec les lentilles…

Une fois que Stuart et Grace se sont enfin écartés l'un de l'autre, après la plus longue étreinte de l'histoire de l'humanité, sont remontés dans leurs voitures respectives et partis tous les deux en direction de Londres en papotant au volant grâce à leur kit mains libres, nous sortons de notre cachette et époussetons brindilles, feuilles et terre de nos vêtements et de nos cheveux.

Louis, qui semble avoir beaucoup apprécié cet épisode bucolique, a les cheveux verdis par la mousse. La nuance jure un peu avec ses yeux.

— Et voilà, commente Tanya, un brin morose. On a réussi.

— On a fait ce qu'il fallait faire, dis-je en la serrant contre moi.

— Je sais, soupire-t-elle.

Mais, cette fois, elle sourit.

Nous nous embrassons tous les trois avec effusion, puis nous repartons à pied jusqu'à la clairière où Louis a laissé sa vieille Mini.

Nous avons froid, nous sommes sales, fatigués, mais nous éprouvons tous les trois le même sentiment d'allégresse. Seule vient le ternir, en ce qui me concerne, une terrible envie de faire pipi, mais je me refuse à retourner dans les broussailles.

Il nous faut marcher une bonne demi-heure dans le noir avant d'arriver à la clairière. À ce point, nous sommes ravis de retrouver les sièges de la Mini, summum de l'inconfort à l'aller mais asile douillet en cet instant.

— Je propose qu'on s'arrête au premier pub, suggère Louis en enfonçant la clé de contact.

— Proposition acceptée, approuve Tanya en s'étalant sur la banquette arrière.

— J'espère que le premier pub n'est pas à plus de cinq minutes, dis-je en me tortillant et en croisant fortement les jambes.

— Civilisation, nous voici ! clame Louis en mettant le contact. Je suis sûr qu'on est passés devant un pub en arrivant. Prions pour qu'ils servent encore à manger ! Je crève la dalle et...

Louis se tait soudain en réalisant qu'il a beau tourner la clé, la voiture ne démarre pas. Elle toussote comme si elle avait avalé quelque chose de travers.

Louis me coule un regard craintif, tourne de nouveau la clé... et le moteur rugit – enfin, c'est un bien grand mot. Il sourit, soulagé, passe la première et démarre. Nous parcourons une dizaine de mètres, puis le moteur recommence à crachoter et périt d'une mort lente et sordide. Des grincements métalliques quelque part sous le capot accompagnent son agonie.

— Et merde.

— Que se passe-t-il ? demande Tanya en se redressant d'un bond.

— Eh bien, répond Louis en secouant la tête, incrédule, figurez-vous qu'on est en panne.

Un drôle de bruit étranglé qui ressemble fort à un sanglot nous parvient de la banquette arrière, et je me retourne, persuadée de trouver ma Tanya en larmes.

Elle pleure mais, à ma stupeur, ce sont des larmes de rire.

Nous rentrons chez moi peu après minuit et nous effondrons tous les trois sur mon immense lit, épuisés.

Le réveil m'arrache au sommeil à 6 heures, et je m'efforce de ne pas réveiller les deux autres pendant que je me douche et m'habille pour aller préparer le petit déjeuner.

Un quart d'heure plus tard, Tanya et Louis viennent me rejoindre, les yeux à peine ouverts, et commencent à m'aider en silence.

Si j'en avais le temps et l'énergie, je les embrasserais tous les deux. Manque de chance, le restaurant ne désemplit pas de la matinée.

En principe, j'ai au moins une bonne heure entre la fin du coup de feu du petit déjeuner et l'arrivée des premiers clients de midi. Aujourd'hui, j'enchaîne sans répit jusqu'à 16 heures passées. Grâce à l'aide de mes amis, je m'en sors sans incident, et le restaurant est enfin vide. Nous sommes tous les trois sur pilote automatique et nous nous exprimons par monosyllabes. Le pauvre étudiant que j'ai pris en extra aujourd'hui est convaincu qu'il a fait quelque chose de mal et qu'il est mis en quarantaine, car personne ne lui parle. Il ne comprend plus rien quand, à la fin du service, je l'embrasse et lui donne un billet de vingt livres pour le récompenser de nous avoir supportés toute la journée. Car, voyez-vous, sous mon apparence flapie se cache le plus grand sourire du monde. Mais, après le stress et la fatigue de la veille, mes muscles faciaux ne fonctionnent plus.

Nous sommes sur les nerfs, car nous n'avons pas encore eu de nouvelles de Grace. Nous n'avons pas osé la contacter depuis l'accomplissement de notre mission et ses retrouvailles avec Stuart, car en nous subsiste la crainte qu'elle ne veuille plus nous parler de sa vie.

Nous sommes assis au bar devant trois assiettes de lasagnes réchauffées et une bouteille de rouge pour fêter ce que nous espérons être un succès. À peine avons-nous avalé deux bouchées qu'on frappe à la porte du restaurant avec insistance.

— Laisse tomber, dit Tanya.

— Je n'ai pas le choix, dis-je. Même si je le voulais, je n'aurais pas la force de tirer le verrou.

— C'est fermé ! crie Louis, tandis que les coups continuent.

L'intrus renonce mais, deux secondes plus tard, un visage apparaît à la fenêtre. C'est Grace.

Nous nous précipitons tous. Louis arrive en premier à la porte et l'ouvre en grand. Tan et moi entrons plus ou moins en collision derrière lui, reculons un peu, puis davantage, pour laisser Grace pénétrer dans le restaurant. Nous ressemblons à des adolescents mal à l'aise dans une soirée, qui se mesurent du regard sans trop savoir que dire.

J'essaie de déchiffrer l'expression de Grace, mais son visage étonnamment impassible ne trahit rien. Enfin, elle prend la parole.

— J'aurais sans doute dû vous contacter plus tôt, dit-elle, mais je suis ravie de vous apprendre que je viens de passer la journée au lit avec mon fiancé.

Elle se tait et guette notre réaction à l'annonce de cette nouvelle.

— Mon fiancé, répète-t-elle, en agitant la main qui porte de nouveau la bague offerte par Stuart, l'homme que je vais épouser samedi en huit.

— Alors, le mariage est revenu à l'ordre du jour ?

Grace hoche la tête. Un grand sourire fend son visage d'une oreille à l'autre.

— Bravo ! s'écrie Louis en envoyant un coup de poing en l'air.

Tanya et moi ouvrons les bras en trépignant d'excitation, et nous nous amalgamons tous les quatre pour nous étreindre comme jamais.

Écrasée au milieu de l'embrassade générale, Grace nous regarde avec une certaine incrédulité, mais elle semble ravie. Elle est soulagée que nos sourires soient, cette fois, totalement sincères.

— Merci, chuchote-t-elle en nous serrant les uns après les autres dans ses bras. Pour hier soir. Vous êtes tous complètement cinglés, mais je vous adore.

Mon Dieu, je sais que nous avons réparé les pots cassés, mais un élan de culpabilité m'assaille de nouveau à la pensée que j'ai menti à cette personne qui m'est si chère.

Il faut que je me confesse.

Je regarde Louis et Tanya et hausse les sourcils en manière d'interrogation. Tanya fait une grimace, mais elle opine du bonnet, de même que Louis.

Je respire un bon coup et je me jette à l'eau.

— Grace, nous avons quelque chose à te dire...

Sans me laisser le temps de continuer, Grace secoue la tête.

— Chut, dit-elle en posant un doigt sur mes lèvres. Je ne veux rien savoir.

— Mais...

— Non, affirme-t-elle en nous regardant tous les trois tour à tour. Nous avons été un peu dépassés par les événements, ces derniers temps, ajoute-t-elle avec un petit rire. Je ne sais pas très bien ce qui s'est passé, mais je suis sûre d'une chose, c'est que Stuart m'aime de tout son cœur. Être séparée de lui a été monstrueusement dur, cela m'a prouvé à quel point je tiens à lui. Je ne veux plus jamais que nous soyons loin l'un de l'autre. Alors, vous voyez, dans un sens, tout ça a été une bonne chose. Après un test pareil, je suis parfaitement sûre de moi...

Elle soupire, puis sourit de nouveau et nous regarde en plissant les yeux.

— Quant à vous trois, eh bien, je sais maintenant que, quoi que vous fassiez, vous le faites parce que vous tenez vraiment à moi. Hein ?

Je hoche la tête en me mordant la lèvre pour ne pas éclater en sanglots.

— Parce que vous m'aimez autant que je vous aime, petits crétins.

Louis se maîtrise moins bien que moi, et il sanglote bruyamment dans le cardigan griffé de Tanya.

— Allons, trêve de pleurnicheries, dit Grace en essuyant ses yeux humides. Oublions les dernières semaines et tournons-nous vers l'avenir, d'accord ?

Louis renifle et hoche la tête. J'attrape un verre propre et sers Grace.

— À l'avenir ! lançons-nous en levant nos verres.

Grace boit une longue gorgée de vin, puis repose son verre sur le bar, au milieu de nos assiettes à peine entamées.

— Bon, et maintenant que tout est enfin arrangé, bande d'affreux, il ne reste plus qu'une chose à faire. Terminez ça et venez avec moi, ordonne-t-elle d'un ton sans réplique. Nous avons un mariage à organiser et une semaine seulement pour tout préparer !

11

Heureusement, Grace n'avait pas pu se résoudre à tout annuler. Pour réorganiser le mariage du siècle, il n'y a donc rien d'autre à faire que de rassurer les parents proches : oui, ils vont bel et bien devoir sortir leurs chapeaux de la naphtaline et se rendre jusque dans le Derbyshire où, au mépris de la tradition qui veut que la cérémonie nuptiale se déroule dans le fief de la jeune mariée, Grace et Stuart s'uniront dans la petite église du village de Stuart.

Le vendredi, veille du jour J, je n'aurai plus qu'à travailler toute la matinée avant d'aller chercher ma robe, qu'il a fallu retoucher en raison du poids que j'ai perdu pendant ces quinze jours d'anxiété, et de passer prendre Tanya, Louis et Finn, que j'emmène tous là-bas dans ma voiture.

Cependant, le vendredi matin, alors que je descends un peu en retard au restaurant, je trouve non seulement Louis dans la grande cuisine, mais aussi Tanya et Finn. Leurs bagages sont prêts, et eux aussi, à l'heure qui me conviendra. Louis a déjà commencé les préparatifs du petit déjeuner. Du bacon grésille sur le gril, un tas de beaux champignons blancs fraîchement lavés attendent d'être émincés sur la planche à découper, et des croissants dans le four emplissent la pièce d'une odeur appétissante.

Louis est en train de remplir le grille-pain industriel avec une demi-miche de pain de mie épais, et Finn et Tanya font mine de donner un coup de main en étalant du beurre sur des toasts, mais ils en mangent plus qu'ils n'en préparent pour les clients. La pendule au mur indique 7 h 30. C'est la première fois depuis que je connais Tanya que je la vois debout et habillée avant 10 heures un jour où elle n'a pas à travailler. Louis me tend une tasse de thé, et je m'assois à table avec les deux autres pour la boire.

— Je suis toujours ravie de vous voir, leur dis-je en soufflant sur ma tasse fumante, mais que diable faites-vous ici ?

— Je ne pouvais pas dormir, marmonne Tanya en baissant les yeux. Le trac prénuptial, sans doute.

— Je croyais que c'était réservé aux mariés, dis-je en riant. Et toi, Finn ? Ne me dis pas que tu as le trac, toi aussi.

Il secoue la tête.

— Pas du tout, répond-il, la bouche pleine. En fait, j'ai de bonnes nouvelles pour toi, et j'étais impatient de te les annoncer. Je me suis dit que j'allais faire d'une pierre deux coups et venir tout de suite.

— Et ?

— Il s'agit des entreprises Slater.

— Oh, non, je t'en supplie. Pas aujourd'hui.

Je lâche le toast que je viens de lui chiper et me lève.

— Je voudrais oublier tout ça jusqu'à lundi prochain, s'il te plaît.

— Ça va être difficile, étant donné que Dan est chargé du placement des invités à l'église, annonce Finn en me coulant un regard en biais pour voir comment je vais digérer la nouvelle.

— Quoi ? Grace ne m'en a jamais parlé !

— Elle craignait que tu ne trouves une excuse imparable

pour jeter aux orties ta robe de demoiselle d'honneur. Je crois qu'elle espère secrètement que vous lui donnerez tous les deux l'occasion d'être demoiselle d'honneur à son tour.

Tanya enfonce son coude dans les côtes de Finn.

— Arrête de la harceler, vieux grigou. Rassure-toi, Ollie, Grace n'espère rien du tout. Enfin, rien d'aussi renversant pour l'instant, en tout cas. Elle est seulement convaincue que vous formeriez un couple formidable si vous cessiez de vous chamailler et que vous admettiez vos véritables sentiments.

— Mon agressivité envers Dan s'est un peu calmée ces derniers temps, mais tu connais le vieil adage : ne jamais mélanger les affaires et le plaisir.

— Eh bien, intervient Finn avec un petit sourire, il y a encore deux jours, j'aurais peut-être été d'accord avec toi, mais j'ai reçu une lettre très intéressante, hier. De Dan Slater.

— Ah, c'est vrai, il paraît que vous êtes devenus très copains, tous les deux, dis-je en fronçant les sourcils. Un déjeuner ensemble la semaine dernière, et maintenant une lettre ? Qu'est-ce que c'est ? Une carte de la Saint-Valentin en avance ?

— Tu n'es pas loin de la vérité, figure-toi... répond Finn, dont le sourire s'élargit. Sauf qu'elle n'est pas pour moi.

— Qu'est-ce que tu racontes ?

Finn rit de mon air confus, mais ne condescend pas à s'expliquer.

— Ne fais pas cette tête, ma grande, ce sont de bonnes nouvelles, je t'assure.

Il prend une nouvelle bouchée de toast, qu'il mastique avec une insoutenable lenteur, avant d'ajouter :

— Les entreprises Slater ont effectivement investi dans le quartier. Elles ont racheté pratiquement tous les immeubles sur lesquels elles ont pu mettre la main.

— Je suis au courant, merci, dis-je en soupirant. C'est ça, ta bonne nouvelle ?

Finn hoche la tête avec enthousiasme.

— Ils vont réhabiliter tout le quartier, Ollie. Tu ne comprends pas ? C'est idéal pour ton restaurant. Au lieu d'être entourée de vieux bâtiments désaffectés, tu vas avoir autour de toi de beaux appartements chics, peuplés de beaux clients non moins chics qui vont tous se précipiter chez *Tates*.

— Si *Tates* existe encore.

— C'est la raison de ma venue…

Finn prend la grande enveloppe blanche posée à côté de son assiette et me la tend.

— Dan m'a chargé de te remettre ça.

Je fais passer la lettre d'une main dans l'autre comme si c'était une bombe à retardement.

— Qu'est-ce que c'est ?

— Ton nouveau bail pour *Tates*.

J'aurais dû m'y attendre, étant donné que l'ancien expire à la fin du mois.

— Ouvre, insiste Finn.

Tous les yeux se posent sur moi tandis que je déchire sans enthousiasme l'épaisse enveloppe et en sors le contenu. Je pose la liasse de documents sur la table et lis le courrier qui l'accompagne.

— Ils me disent qu'ils m'envoient un bail révisé qui comporte certaines modifications et qui annule et remplace le contrat précédent. Ils ont le droit de faire ça ? De changer tout ce qu'ils veulent et de m'ordonner de signer ? Des modifications ? Qu'est-ce que ça signifie, d'abord ? Qu'est-ce qu'ils ont encore trouvé pour me pourrir la vie ?

Tanya, qui vient de parcourir le contrat de location, me tend les papiers.

— Lis ça.

Je les prends à contrecœur et lis le paragraphe qu'elle me montre du doigt.

— Un bail de dix ans à loyer mensuel fixe... C'est la même somme qu'avant le rachat de l'immeuble par les entreprises Slater ! Mais qu'est-ce que... C'est impossible !

— Il faut croire que non, Ollie, me dit Tanya en souriant. C'est écrit là, noir sur blanc.

— Mais pourquoi ? Je ne comprends pas... Leur lettre précédente stipulait clairement que le loyer allait être augmenté.

— Tu croyais que Dan jouait la comédie en prétendant que tu l'intéressais, qu'il n'agissait ainsi que dans le but de mettre la main sur *Tates*, intervient Finn. Je suppose que c'est le seul moyen qu'il a trouvé pour te montrer que tu te trompais.

— C'est Dan qui est à l'origine de ça ?

Finn hoche la tête lentement.

— Mais... je ne peux pas accepter.

— Bien sûr que si, voyons ! De toute façon, il est trop tard. Le contrat a déjà été rédigé.

— Eh bien, je le renverrai, voilà tout.

— On n'est pas chez Marks & Spencer, Ollie ! s'exclame Tanya. Tu ne peux pas aller demander un remboursement au service clientèle !

— Je n'ai rien signé, Tanya. Le contrat n'est valable que si je le signe.

— Il faudrait que tu sois folle pour ne pas le faire.

— Je n'ai pas envie qu'on me fasse la charité !

— Ce n'est évidemment pas ainsi que Dan voit les choses, précise Finn d'un ton calme. Tu sais très bien qu'il s'intéresse à toi.

Je baisse les yeux vers la table.

J'ai déjà eu assez de mal à m'avouer à moi-même mes sentiments pour Dan Slater, je ne suis pas encore prête à les clamer à voix haute, fût-ce devant mes amis... Et puis je ne suis pas du tout sûre que Dan éprouve effectivement quelque chose pour moi. Enfin, je sais que je ne lui suis pas indifférente, mais les sentiments que je lui inspire doivent plutôt pencher du côté de l'agacement, voire de la haine pure.

— Il veut simplement donner une chance à *Tates*, Ollie. Et, à mon avis, il espère aussi vous donner une chance à tous les deux. Essaie d'être honnête envers toi-même, pour une fois, et reconnais que c'est aussi ce que tu souhaites.

— Peut-être, mais ce n'est certainement pas la meilleure solution. Pas avec ce fichu contrat pendu au-dessus de ma tête comme une épée de Damoclès. Je me sentirais redevable pendant dix ans.

Je me tourne vers Tanya, qui sourit dans son coin d'un air lascif, et j'ajoute d'un ton quelque peu hargneux :

— Et je t'interdis de suggérer que je le paie en nature ! De toute façon, c'est décidé, je ne signerai pas.

Tanya cesse subitement de sourire.

— Tu choisis de payer un loyer plus élevé ? demande-t-elle, incrédule.

— Non, je choisis de me débrouiller toute seule.

Je sors de la cuisine d'un pas ferme et résolu.

— Où vas-tu ? me crie Louis avec inquiétude.

— Les appeler.

Tandis que la porte se referme derrière moi, je l'entends marmonner :

— C'est bien ce que je craignais.

Dans les bureaux des entreprises Slater, une standardiste polie m'annonce que M. Slater est en voyage d'affaires et qu'il ne reviendra pas avant la semaine prochaine. Mais elle me passe une Edina Mason remarquablement obséquieuse, qui, nonobstant notre précédente rencontre, se montre absolument charmante.

Lorsque je reviens dans la cuisine, Tanya et Finn se rassoient précipitamment sur leurs sièges, et Louis, tout rouge, passe son torchon sur un plat que je l'ai vu essuyer tout à l'heure.

À l'évidence, ils avaient tous les trois l'oreille collée à la porte pour m'espionner. Apparemment, ils n'ont rien entendu, car Louis demande presque aussitôt :

— Alors, qu'est-ce qu'ils t'ont dit ?

— Il est en déplacement. Ils ne savent pas exactement quand il rentrera. Mais ils m'ont confirmé que le loyer indiqué sur le contrat était correct. Comment a-t-il pu me faire une chose pareille ?

— À t'entendre, on croirait qu'il essaie de te posséder ! Remarque, c'est un peu ça, dans un sens.

— Tanya !

— Bon, revenons aux choses sérieuses. Que t'ont-ils dit d'autre ?

— Qu'ils allaient réhabiliter le quartier, que mon restaurant était le genre de commerce qu'ils voulaient attirer et que c'était un geste pour m'encourager à rester.

— Tu vois ? Ça se tient tout à fait. Tu leur rends service, en fait.

— Vu sous cet angle, c'est vrai que... Mais ça n'empêche que je ne signerai pas.

— Mais pourquoi, Ollie ?

— Je ne veux pas lui être redevable.

Tanya lève les yeux au ciel.

— Miséricorde ! Vous êtes vraiment faits l'un pour l'autre, tous les deux !

— Tu trouves ?

— Oui, vous êtes aussi ridiculement orgueilleux et stupidement têtus l'un que l'autre.

Mel, qui va tenir la boutique tout le week-end pendant notre absence, est arrivée tôt. J'ai également embauché mes deux étudiants pour le week-end. Même Claude, qui, incroyable surprise, est en place aux fourneaux, a signé de son sang qu'il serait présent pour chaque déjeuner et chaque dîner.

Je fais donc taire mes appréhensions, laisse *Tates* sous leur responsabilité, et nous partons pour le Derbyshire en début d'après-midi.

La voiture est pleine à craquer de bagages et de cadeaux, nos robes de demoiselles d'honneur soigneusement emballées dans leur housse. Tanya et Finn s'assoient à l'arrière, et je sauve in extremis le sublime service à thé que nous offrons aux jeunes mariés et qui a bien failli finir en miettes sous les fesses de Louis.

La circulation est déjà assez dense, comme tous les vendredis, bien que nous ayons pu nous libérer de bonne heure. En ce qui me concerne, je ne suis pas pressée. Plus nous approchons, plus je sens mon estomac se nouer. Je n'ai pas revu Stuart – enfin, pas face à face – depuis le soir où je l'ai coincé dans la grange pour lui faire mon petit numéro de charme.

Certes, nous avons rabiboché les tourtereaux, mais je me demande quand même quel accueil le jeune marié nous réserve. Nous avons été si odieux avec lui...

Des nuages orageux s'accumulent à l'horizon. À mesure que nous roulons vers le nord, ils se font de plus en plus menaçants. Je prends cela comme un mauvais présage, et mon humeur s'assombrit notablement.

Tanya et Finn plaisantent à l'arrière. Louis est à moitié

tourné vers eux, sa ceinture de sécurité tirée au maximum. Il essaie de me faire participer, mais devant mon mutisme, au bout d'une demi-heure d'efforts, il renonce à m'égayer. Lorsqu'elle remarque enfin ma morosité, Tanya se penche pour me murmurer à l'oreille que je n'ai pas à m'inquiéter.

— Grace ne nous en veut pas. Elle nous l'a déjà clairement fait comprendre. Même si elle ne sait pas tout. Comme elle l'a dit, c'est de l'histoire ancienne. Et puis, vous êtes copines depuis toujours. Si quelqu'un devait s'inquiéter, ce serait plutôt Louis et moi. Plus l'amitié est ancienne, plus on a de chances de se faire pardonner.

Je ne suis pas d'accord avec elle. Plus l'amitié est ancienne, plus le crime est impardonnable.

Cela dit, je n'avais pas à m'inquiéter au sujet de Grace. À peine me suis-je garée devant la somptueuse maison de Stuart qu'elle bondit pour nous accueillir, encerclée par l'habituelle meute de chiens, aussi heureuse de nous voir que le gros labrador chocolat qui se met à fouiner fort amicalement sous l'ourlet de la jupe très courte de Tanya.

Elle se jette à mon cou et me fait tournoyer si vite que mes pieds quittent presque le sol. Puis elle étreint Tanya, Finn et Louis de la même façon, avant de revenir vers moi et de nous conduire à l'intérieur, un bras passé sous le mien.

La maison est en effervescence.

Les membres de la famille de Grace qui sont déjà arrivés sont pris en main par Tula, qui fait absolument comme chez elle et organise une visite guidée en montrant fièrement les nombreux éléments dont peut s'enorgueillir la maison, comme si elle appartenait à sa famille depuis des générations. À l'arrière, un petit salon a été transformé en QG matrimonial. Un assortiment hétéroclite de tables et de chaises récupérées dans toutes les pièces accueillent les cadeaux et les corbeilles de fleurs prévues pour la réception et l'église. Une armada de bouteilles de champagne reposent dans une vieille baignoire en étain remplie de glace. À côté, une petite table supporte trois immenses cartons sur lesquels est inscrit « Ellerington », le nom de famille de Grace, au marqueur noir. Ils contiennent apparemment les différents étages du gâteau, dont Grace nous apprend avec excitation qu'il est composé d'une couche de fruits, d'une couche de génoise et d'une de chocolat. Louis, gourmand comme un enfant, hume les cartons avec un sourire concupiscent. Je le laisse essayer de convaincre Grace qu'elle devrait goûter les gâteaux pour être sûre qu'ils sont bons et m'approche de la porte-fenêtre ouverte.

Dehors, plusieurs hommes en salopette dressent une immense tente sur la pelouse verdoyante et douce, en jetant de temps à autre des coups d'œil inquiets vers les cieux noirs. Un peu plus loin, des chaises pliantes sont entassées en rangées bien ordonnées, et deux autres hommes transportent des tables rondes en jurant abondamment.

Je me retourne et me retrouve nez à nez avec Tanya. Elle me montre discrètement Stuart, qui vient d'entrer dans la pièce à la recherche de sa future épouse.

Il regarde Grace avec un grand sourire, qui s'évanouit dès que ses yeux se posent sur Tanya et moi. Il hésite une seconde, puis nous adresse un bref signe de tête, avant de tourner les talons et de ressortir.

— Il faut que j'aille lui parler, dis-je.

— Laisse tomber, conseille Tanya. Au moins, il n'a pas fait comme si on n'était pas là. La dernière fois, il nous fuyait avec horreur.

— Je sais, mais il faut que je le fasse, Tanya. Je ne veux pas qu'il pense ces choses affreuses sur moi. Je considère Grace comme ma sœur, et demain il deviendra son mari...

Je me précipite à la suite de Stuart.

— Stuart, attends !

Il s'arrête, se retourne, et soudain j'oublie complètement mes excuses, que je répète pourtant depuis huit jours. Je reste bêtement plantée devant lui, à ouvrir et refermer la bouche sans qu'aucun son en sorte. Mon cerveau refuse de fonctionner.

— Écoute… dis-je enfin, je suis désolée.

Il ne répond pas.

— Pour tout.

Il hésite un instant, retire ses lunettes et se frotte le coin de l'œil droit, puis essuie une poussière imaginaire sur un de ses verres avec l'ourlet de sa chemise, pendant que je fixe le parquet, terriblement gênée. Enfin, je bredouille :

— Voilà… Enfin, je voulais juste te le dire, et c'est sincère. Bon, j'y vais, maintenant…

J'ai déjà tourné les talons quand il dit :

— Ollie, c'est bon.

Je tente un sourire conciliant et plein d'espoir. Il respire un grand coup et relâche lentement son souffle.

— Le mieux, je crois, est d'oublier tout ça.

Je hoche la tête en signe d'acquiescement.

— Je dois admettre que j'étais fou de rage, au début… mais Dan m'a tout expliqué. Tu essayais seulement de protéger ton amie. La tactique était plutôt douteuse, mais je suppose que c'était assez héroïque de ta part. D'autant plus que je me rends compte à quel point ça a dû être pénible pour toi de m'embrasser.

Je m'oblige à relever les yeux. À ma grande surprise, il semble amusé.

— Nous avons été bien bêtes, dis-je avec un petit sourire timide.

— Tu m'ôtes les mots de la bouche, commente-t-il en continuant à sourire.

— Pardon. Je suis désolée.

— Je sais. Et puis, vos machinations foldingues ne sont pas toutes mauvaises. Merci pour l'autre soir.

— Le coup de la panne ?

— Oui. Ça, c'était une trouvaille de génie !

Le petit sourire s'élargit et devient ma foi très amical, ce qui transforme complètement son visage. Certes, il ne se métamorphose pas soudain en Mel Gibson, et je continue à ne pas le trouver séduisant, mais je comprends un peu mieux comment il peut plaire à Grace.

— Je t'embrasserais bien, mais je ne suis pas sûre que ce soit une bonne idée, dis-je.

— Il ne faudrait pas que quelqu'un se méprenne sur tes intentions, plaisante-t-il en serrant solennellement la main que je lui tends.

— Bon...

Je lâche sa main. Elle est toujours moite, mais cette fois ça ne me dérange pas.

— Il vaut mieux que j'y aille. Je dois me coucher tôt, ce soir. Ma meilleure amie se marie demain...

— Ça alors ! s'exclame-t-il. Moi aussi, je me marie demain. Quelle coïncidence !

Nous nous sourions un peu bêtement pendant un moment, pour la première fois presque complices.

— Bien, reprend enfin Stuart. Je vais aller répéter mon discours. Tu me connais, à l'idée de prendre la parole en public, c'est le blocage cérébral total, conclut-il en levant les yeux au plafond et en se tapant le front.

— Moi aussi, j'ai du boulot. J'ai quelques devoirs à accomplir auprès de la mariée. J'ai promis de l'aider à épiler sa moustache. Il faut qu'elle soit à son avantage sur les photos.

Je me retourne et vais rejoindre Tanya, qui m'attend avec nervosité là où je l'ai laissée, en essayant de faire comme si elle ne nous regardait pas.

— Au fait, Ollie... lance Stuart.

— Oui ?

— Tu veux bien me faire plaisir ?

— Bien sûr, dis-je, surprise. Comment ?

— Arrête d'être agressive avec Dan. C'est un type bien, tu sais.

— C'est ce que tout le monde me répète.

Stuart éclate de rire.

— Peut-être parce que c'est vrai, réplique-t-il avec un nouveau sourire.

La pluie qui s'abat contre la fenêtre est tellement violente qu'elle me tire d'un sommeil assez agité. Je me lève, drape le couvre-lit sur mes épaules nues et vais regarder dehors.

L'orage qui menaçait a éclaté.

La tente blanche se gonfle, on dirait un gros fantôme enchaîné qui tenterait une fugue de dernière minute avant les événements du lendemain. Des mares de pluie s'accumulent dans les replis affaissés du toit, puis dégringolent sur les côtés comme de mini chutes du Niagara chaque fois que la toile s'enfle sous les rafales de vent.

Un éclair spectaculaire fissure soudain le ciel et illumine une silhouette dans le jardin. Appuyé contre un immense chêne qui le protège un peu de la pluie, un homme assiste au même spectacle que moi. Il a un verre de cognac dans la main gauche et a enfoncé la droite dans la poche de son pantalon. Ses épaules sont un peu voûtées, ses cheveux mouillés sont plaqués sur son front, mais il semble aussi hypnotisé que moi par la colère des cieux.

Il se retourne au moment où une série d'éclairs illumine le jardin avec autant de clarté qu'en plein jour. Puis il lève la tête vers le ciel, et je vois son visage.

Dan Slater.

Durant la fraction de seconde supplémentaire que dure l'éclat des éclairs, il se tourne vers la maison, et nos regards se croisent. Aussitôt après, sa silhouette se perd de nouveau dans l'obscurité projetée par les hauts murs de pierre de la maison.

La seconde suivante, la lumière extérieure s'allume, et je le vois qui lève les yeux vers ma fenêtre. Lentement, il me sourit, mais nous sursautons tous les deux quand les portes-fenêtres du petit salon utilisé comme QG des opérations matrimoniales s'ouvrent et claquent bruyamment contre le mur, de chaque côté.

Les compositions florales destinées aux tables de la grande tente sont rangées juste devant l'une des tables. La bourrasque s'empare du premier bouquet et le soulève comme une plume, puis le projette dehors. Telle une demoiselle d'honneur sautant pour attraper le bouquet de la mariée, Dan tend prestement une main et l'attrape au vol.

Il me sourit, brandit les fleurs d'un geste triomphal et lève son verre, comme pour dire « bien joué ». Puis il rentre dans la maison.

Le lendemain matin, je suis réveillée par les cloches de l'église. Les carillonneurs révisent pour tout à l'heure.

Je tire les rideaux et constate avec soulagement que la grande tente est toujours là. L'orage a lavé le ciel de ses vilains nuages gris, et c'est une magnifique matinée estivale qui s'offre à nous.

En bas, dans l'immense cuisine, Tanya, toujours en robe de chambre, les cheveux hérissés de gros rouleaux roses, fait honneur au copieux petit déjeuner de noces. Elle me chuchote à l'oreille qu'elle a tellement le trac qu'elle a passé trois heures, juste après l'aube, la tête dans les toilettes, à régurgiter tout ce qu'elle a avalé depuis au moins un mois.

En revanche, Grace, la seule personne qui ait de vraies bonnes raisons d'être nerveuse, est plus calme qu'un escargot sous Prozac.

Une femme joviale aux joues roses et aux boucles brunes, affublée d'un immense tablier beaucoup trop grand pour elle, surveille trois grandes poêles sur le gigantesque fourneau. Elle prépare des œufs au plat, huit par poêle, et me sourit lorsque j'entre dans la cuisine en frottant mes yeux ensommeillés.

Je lui rends son sourire et vais m'asseoir à côté de Grace devant la longue table en bois.

Tula, resplendissante comme jamais dans un tailleur orange acidulé flamboyant et coiffée d'un chapeau qui, à mon avis, vient d'entrer, encore incandescent, dans l'atmosphère – et a dû mettre en transe la NASA et un bon nombre de fans de *X-Files* – a le nez dans une coupe de champagne. Elle repousse l'idée d'y ajouter du jus d'orange, auquel elle substitue du Grand Marnier.

Le trac de Tanya doit être contagieux.

La charmante cuisinière pose un plat plein de bonnes choses entre Grace et moi. J'admire mon amie, qui entame avec appétit une immense assiette d'œufs au bacon. Mon estomac gargouille comme un siphon bouché, mais je crois que même un petit pois ne passerait pas.

Je remercie la dame, qui a dû être recrutée pour la journée, mais avec un sourire Grace lui prend la main pour l'empêcher de retourner derechef au fourneau.

— Ollie, annonce-t-elle, je te présente la mère de Stuart.

Je bondis sur mes pieds et m'exclame en lui tendant la main :

— Mon Dieu ! Je suis désolée, j'ignorais complètement...

— Ne vous en faites pas, mon petit, répond-elle d'une voix assez raffinée, malgré un fort accent du Derbyshire.

Elle montre Tula qui, installée dans un fauteuil en osier, contemple avec morosité les profondeurs de sa flûte vide et réclame un grand gin tonic.

— Mme Butterfly ici présente, ajoute-t-elle, m'a déjà reproché de ne pas avoir ouvert son lit hier soir !

Sur ce, elle éclate d'un rire tonitruant.

De retour dans ma chambre, l'estomac toujours vide mais toujours gargouillant, je me tiens solennellement, enfin, aussi solennelle qu'on peut l'être en sous-vêtements, devant ma robe de demoiselle d'honneur, accrochée devant l'armoire. Après l'effroyable essayage qu'elle nous a infligé, Grace nous a choisi une robe droite et fluide à taille haute en soie citron merveilleusement douce et aux délicates broderies dorées. Elle est si belle que même Tanya n'a pas trop rechigné à la perspective de la porter.

J'ai l'impression de vivre un grand moment lorsque je sors la longue robe et l'enfile précautionneusement. La coiffeuse de Grace, Pansy, une blonde exubérante qui ne mâche pas ses mots, aux seins comme des oreillers contre lesquels il fait bon s'appuyer pendant qu'elle vous bichonne la tête, est venue exprès de Londres pour nous coiffer. J'ai à présent les cheveux rassemblés au-dessus de la tête et parsemés de petites roses de soie, coiffure que je redoutais comme la peste, mais qui est en définitive si incroyablement flatteuse que je passe mon temps à couler vers la glace des regards stupéfaits et ravis.

— Ce que tu peux être vaniteuse, critique Tanya, qui entre dans ma chambre en soulevant son ourlet, telle une héroïne de Jane Austen en train d'enjamber une flaque d'eau. Comment est-on censé marcher, là-dedans ?

— Avec grande difficulté. Et je ne suis pas vaniteuse. Je suis simplement surprise d'être à peu près potable dans tout cet attirail.

— Tu n'es pas seulement potable. Tu es tout à fait comestible.

— Tu crois ? dis-je en jetant un regard par-dessus mon épaule pour observer mes fesses dans la grande psyché.

— Et ne commence pas à te demander si ça te fait des grosses fesses, dit Tanya. Crois-le ou non, mais tu es absolument sublime.

— C'est vrai ?

— Affirmatif.

— Hé, tâchez de ne pas être trop belles tout de même, lance une voix nerveuse. Vous allez éclipser la mariée.

Tan et moi nous retournons et voyons une silhouette en soie sauvage entrer dans la pièce d'un pas hésitant.

— Quelqu'un veut bien m'aider à accrocher mon voile ? demande Grace, tandis que nous la contemplons, bouche bée.

Dans la vie, il y a des moments dont on sait qu'on ne les oubliera jamais.

Celui-ci est l'un d'eux.

Pendant un instant, ce n'est pas la jeune femme brillante et séduisante de vingt-neuf ans que je connais et que j'aime qui se tient devant moi, mais la gamine de onze ans timide et anxieuse que j'ai rencontrée il y a dix-huit ans et avec laquelle j'ai tissé les liens d'amitié les plus incroyables et les plus merveilleux qui puissent exister.

Je sens les larmes monter, comme si on avait ouvert un barrage juste derrière mes yeux.

— Alors, comment vcus me trouvez ? demande-t-elle, de plus en plus inquiète. Non, non, ne dites rien, je vois bien vos têtes. Vous trouvez ça nul, hein ? Je suis ridicule, c'est ça ? Oh, je sais que j'aurais dû choisir quelque chose de plus...

Incapable de dire un mot, je me tourne vers Tanya, dont les yeux habituellement pétillants sont assombris par les larmes.

— Tu es... dit-elle d'une voix tremblante. Tu es...

Elle se détourne, renifle un grand coup et cherche fébrilement des yeux un mouchoir en papier. En désespoir de cause, elle ramasse une de mes chaussettes abandonnées et se mouche à grand bruit dans les rayures rouges et jaunes.

— J'espère que tu ne pleures pas parce que je suis affreuse, murmure Grace avec un sourire tremblant.

Ébranlée par notre émotion, elle laisse une larme rouler lentement sur sa joue.

— Tu es fabuleuse !

Tanya a enfin retrouvé sa voix, un peu plus rauque que d'habitude.

— Toutes les mariées sont fabuleuses, remarque Grace en riant, mais merci quand même !

Brusquement, son visage se décompose, et elle s'écrie, paniquée, en se tournant vers moi :

— Mon Dieu, c'est affreux ! J'ai complètement oublié !

— Oublié quoi ?

— Quelque chose de vieux, quelque chose de neuf... explique Grace.

— Ne t'en fais pas, ma chérie, ce n'est qu'une superstition idiote.

— Ce n'est pas une simple superstition ! réplique Grace, paniquée. C'est la tradition !

— Du vieux, eh bien, on l'a, intervient Tanya. Moi. Je suis

la plus vieille demoiselle d'honneur de toute l'Angleterre.

— Quelque chose de neuf, quelque chose d'emprunté ? bafouille Grace.

— Mes chaussures, dis-je. Vite, on fait la même pointure, on échange. Elles sont neuves, et tu vas me les emprunter. Ce sont pratiquement les mêmes que les tiennes, et de toute façon, sous nos robes longues, personne ne les verra.

Nous procédons rapidement à l'échange.

— Et quelque chose de bleu, maintenant ?

— Je peux peut-être vous aider, les filles, lance une voix trop enjouée pour être complètement sobre.

Tula apparaît sur le seuil. Elle a dû trouver le gin tonic qu'elle réclamait tout à l'heure. J'ai comme l'impression que si elle ne s'appuyait pas à la porte, elle tomberait.

— C'est quoi, ton idée ? demande Grace, tandis que Tula, au péril de sa vie, lâche la porte et se rattrape en serrant sa fille contre elle.

— Un bleu, déclare-t-elle en lui pinçant le postérieur. Et si ton mari s'en étonne pendant la nuit de noces, un bon point pour lui. Ça voudra dire qu'il regarde tes fesses.

Tula embrasse Grace, laissant deux traces orange sur les joues parfaitement maquillées de sa fille.

— Je passais juste te dire que je te retrouverai à l'église, ma chérie. Il faut que j'arrive là-bas avant ta tante Alba. Elle a choisi un chapeau aussi énorme qu'elle, la pauvre personne qui se trouvera assise derrière ne verra rien du tout !

Le chapeau de Tula est lui-même tellement large qu'il passe à peine dans l'encadrement de la porte, et je la regarde sortir avec inquiétude, craignant qu'elle ne reste coincée dedans. Pendant ce temps, Tanya, efficace, répare les dégâts causés au maquillage de notre amie et lui tend son bouquet, composé de glorieux lys crémeux.

— Prête ? lui demandons-nous.

Grace inspire profondément et hoche la tête.

— Prête.

— Ravi de l'apprendre, ronronne une voix à la porte. Car ton escorte est arrivée.

Louis est appuyé contre la porte ouverte, splendide. Il ressemble à Sean Connery jeune. Il a boudé le costume et est merveilleusement beau avec son kilt et sa large ceinture, et pour la première fois depuis que je le connais, il n'arbore pas une touche de maquillage, pas le moindre bijou scintillant, pas le moindre cheveu teint. Un examen plus approfondi m'apprend cependant que le kilt vient de chez Westward, rayon femmes.

Il entre dans la pièce et s'incline devant une Grace radieuse. Tandis qu'elle s'avance pour prendre la main qu'il lui tend, il lui chuchote à l'oreille :

— Tu es magnifique, mon ange, absolument magnifique.

La grande maison est étrangement vide, car tout le monde est déjà parti pour l'église. Nous descendons à notre tour et attendons dix minutes le père de Grace dans l'entrée. Enfin, Louis remonte à l'étage pour le convaincre de sortir des toilettes, où il vient de passer deux heures en compagnie d'une bouteille de Jack Daniel's, du *Racing Post* et de son téléphone portable, afin d'éviter son ex-femme.

Tout cela a fini par nous mettre en retard. Nous faisons monter Grace et son père sans cérémonie dans le cabriolet tiré par le cheval qui avait bavé sur la veste Gucci de Tanya.

Tanya et moi restons prudemment à l'écart de cet animal susceptible de produire à tout moment des sécrétions répugnantes par n'importe quel orifice, et nous décidons de voyager avec Louis dans une vieille Bentley que Stuart a exhumée d'une grange pleine d'engins à moteur.

Grace tient toujours ma main serrée entre les siennes, bien qu'elle soit à présent un mètre au-dessus de moi. Je la presse gentiment et m'arrache difficilement à son étreinte pour aller rejoindre les autres dans la Bentley qui, si elle étincelle à l'extérieur, a conservé quelques brins de paille à l'intérieur, ainsi qu'un poussin désorienté perché sur la boîte à gants.

Nous grimpons tous les trois à l'arrière et agitons les bras lorsque le cabriolet de Grace se dirige vers le village, puis nous attendons que quelqu'un vienne nous conduire. Il nous faut plusieurs minutes avant de réagir.

Louis regarde sa montre.

— Qui est censé conduire ce truc ?

— Je croyais qu'on avait un chauffeur, répond Tanya.

— Sylvester avait dit qu'il nous emmènerait, non ? dis-je.

Les deux autres me dévisagent avec horreur.

— Il est parti avec Tula il y a une demi-heure !

Paniquée, je m'écrie :

— Alors, qu'est-ce qu'on attend ? Allons-y !

Tanya se tourne vers moi et sourit avec espoir, mais je proteste :

— Ne me regarde pas ! Je ne sais pas conduire cet engin !

— Du calme, les filles, je suis là ! déclare Louis. Quand on a conduit une Mini antédiluvienne, on peut piloter n'importe quoi.

Il se glisse à l'avant, se retourne vers nous et nous sourit.

— Accrochez-vous à vos perruques, lance-t-il.

Sur ce, il tourne la clé de contact.

Rien. Il ne se passe absolument rien.

— Oh, non ! On va tout rater !

— Essaie encore ! crie Tanya.

Un léger déclic se fait entendre, mais aucune activité côté moteur.

— Il va falloir y aller à pied. Je ne peux pas sortir ma voiture du garage, la tente est devant.

— Mais l'église est à presque trois kilomètres d'ici ! On n'arrivera jamais à temps !

— Écoutez, le village est en contrebas et la route en pente. On n'a qu'à se laisser rouler, suggère Louis.

Je secoue la tête.

— Attendez, attendez. Stuart est fou de voitures, il y a forcément un engin en état de marche quelque part !

Nous courons vers l'arrière de la maison et fouillons fébrilement les granges et les écuries accessibles. Les deux autres refusent catégoriquement de sauter à cru sur un cheval, je ne sais pas pourquoi, et nous commençons à avoir très chaud et à devenir très fébriles quand Louis pousse un cri de victoire.

— Venez voir ! J'ai trouvé quelque chose !

Je n'aime pas trop la façon dont il a dit « quelque chose », mais c'est peut-être notre seule chance. Lorsque mes yeux s'accoutument à l'obscurité, j'aperçois la « chose » trouvée et écarquille les yeux.

C'est une vieille moto dotée d'un side-car, qui doit dater de la Seconde Guerre mondiale. Sur mes talons, Tanya pile net.

— Oh, non ! crie-t-elle en portant les mains à sa bouche pour réprimer un rire hystérique. Tu es fou ?

— On ne peut pas se permettre de faire les difficiles, répond Louis d'un ton néanmoins hésitant.

Assez tergiversé. Il est temps d'agir. J'écarte Louis, remonte ma robe et la coince dans ma petite culotte, puis j'enfourche la moto.

— Ollie ! Qu'est-ce que tu fais ?

— J'ai eu une mob quand j'avais seize ans, dis-je en donnant un coup de kick. Je l'ai revendue le jour où je me suis fait doubler par une camionnette de laitier, espérons que cet engin aura un peu plus de reprise. Allez, en selle ! On a un mariage à célébrer !

Nous arrivons à l'église avec une demi-heure de retard. Dans le side-car, Louis a les cheveux rabattus en arrière par le vent. Perchée derrière moi, Tanya se cramponne à ma taille. Elle a commencé par pousser des hurlements d'agonie, puis elle a compris qu'il valait mieux garder la bouche fermée et la tête baissée, et elle est de ce fait la plus soignée de nous trois. Je descends, lisse ma robe et retire un moucheron d'entre mes dents en frissonnant de dégoût.

Grace nous attend devant l'église, folle d'anxiété.

— Qu'est-ce que vous faisiez ? crie-t-elle. J'allais envoyer quelqu'un vous chercher.

— Petit problème de voiture, ma puce.

— Je croyais que tu ne viendrais jamais ! gémit-elle en se jetant à mon cou.

— Quoi ? Rater le mariage de ma meilleure amie ? dis-je affectueusement. Jamais !

Le prêtre, qui est sorti voir ce qui retenait la mariée, aperçoit Tanya, qui a du mal à retirer sa robe longue de sa petite culotte, et court l'aider. L'instant est immortalisé par le photographe hilare, pour la postérité... et pour la une du journal local !

— J'aurais préféré devenir célèbre autrement, soupire Tanya en réprimant un éclat de rire. Je vois l'article d'ici !

— Avec en gros titre : « La calotte et la culotte » ! glousse Louis.

Tula, cramponnée au bras de Sylvester, semble très agacée que nous lui ayons volé la vedette et entraîne son mari vers le premier rang. Nous franchissons le seuil de l'église au moment où la chorale termine le chant d'entrée.

— Les amis du marié à droite, les amis de la mariée à gauche, susurre une voix familière.

C'est Finn, qui s'approche en souriant pour nous guider.

— Je crois que les demoiselles d'honneur sont censées rester au milieu, pour l'instant, lui dis-je d'une voix un peu tremblante.

Par les portes ouvertes, je vois que l'église est bondée. Une vague de timidité m'envahit, accrue encore par la vue de Dan Slater, qui installe un autre retardataire, magnifiquement beau et sûr de lui dans son costume anthracite.

Le prêtre, revenu à sa place, fait signe à l'organiste de changer de musique.

Tout le monde se retourne et regarde vers les portes avec curiosité, tandis que retentit *La Marche nuptiale*. Dan se tourne lui aussi. Pendant un moment, nos regards se croisent, provocateurs, comme toujours, puis il sourit. Un lent sourire, rassurant, qui m'emplit de chaleur et d'une sérénité toute neuve. Je respire un grand coup et presse la main de Tanya.

— Ça y est. C'est le grand moment.

— On pourrait peut-être clamer qu'on s'oppose à ce mariage, dit-elle avec un petit sourire coincé, sans se tourner vers moi. C'est notre dernière chance.

— Cette fois, c'est la mère de Grace qui nous tuerait. En plus, ce n'est pas vraiment ce que tu veux, n'est-ce pas ?

— Non. Plus maintenant.

— Bon, les filles, c'est à vous, dit Finn en se penchant pour retirer une coccinelle des cheveux de Tanya. On avance son pied d'appel droit devant et on garde le rythme, d'accord ?

Tandis que nous passons devant lui, je le vois adresser un clin d'œil à Tanya, auquel elle répond par un doux sourire presque timide.

Tanya ? Timide ? Attendez, il y a quelque chose qui cloche.

Et soudain je comprends tout.

J'avais bien trouvé bizarre que Finn soit si vite au courant de ma tentative de séduction ratée sur Stuart. Et cette allusion à une nouvelle histoire d'amour, le jour où il était venu me réconforter, et cette arrivée étonnamment matinale dans la cuisine, hier, à une heure où ils auraient dû être au lit... Tout ça était bel et bien suspect.

Je chuchote à l'oreille de Tanya :

— Finn et toi ?

Son sourire béat de demoiselle d'honneur reste en place, mais les coins de sa bouche frémissent.

— Que de mystères ! Quand je pense que tu ne m'as rien dit ! Si tu avais peur que je ne sois pas d'accord, tu avais raison. Je t'adore, Tanya Mathers, mais Finn est bien trop gentil pour être mené à la baguette par une fille comme toi !

— Je lui suis fidèle depuis six semaines, murmure-t-elle, sans me regarder et sans se départir de son sourire angélique.

Sous le choc, je m'arrête net. Louis, qui marche derrière moi, me donne un petit coup dans le dos avec son sporran, le sac assorti à sa tenue écossaise. Je rattrape précipitamment Tanya et siffle, incrédule :

— Six semaines ?

Grace rejoint Stuart, et nous nous installons derrière elle.

— Mmm, acquiesce Tanya sans remuer les lèvres.

— *It must be love*, fredonne Louis.

— Tu étais au courant ? dis-je en me retournant brièvement vers lui.

— On ne peut rien me cacher, réplique-t-il avec un sourire satisfait.

Le prêtre nous fait taire d'un regard, et la célébration commence. Je suis la première surprise de constater que

Tanya, Louis et moi-même suivons la cérémonie sans broncher. Quand Stuart prononce ses vœux, il sourit à Grace avec une tendresse infinie, comme s'ils étaient seuls dans l'église et que la foule d'amis et de parents sur leur trente et un n'étaient pas là. Ce regard... Si quelqu'un me regardait de cette façon, je serais probablement heureuse jusqu'à la fin de mes jours.

Nous nous étions promis de ne pas pleurer, mais les deux demoiselles d'honneur et le garçon d'honneur honoraire versent des larmes de crocodile avec un bel ensemble.

Heureusement, le garçon d'honneur a un paquet de kleenex caché dans son sporran.

Tout en reniflant dans mon mouchoir, je chuchote à Tanya :

— Tu sais, je viens de comprendre, tout d'un coup. Tu as compris aussi, non ?

— Quoi ?

— Stuart est gentil. On n'est pas habituées à ce que les hommes soient gentils.

— Un homme gentil, c'est un oxymore. Les deux termes sont foncièrement contradictoires.

— Non. Leur histoire, ça prouve qu'on n'est pas condamnées aux relations foireuses avec des fumiers.

— Tu as raison, on n'est pas obligées d'en baver quand on est amoureuses.

— Ils vont couler des jours paisibles et heureux, entourés de leurs deux enfants virgule cinq.

— Ce qui est exactement ce à quoi on aspire toutes.

— Mais qu'on n'a jamais avec les bourreaux des cœurs.

— Alors, il faut forcément tomber sur un mec gentil pour être heureuse ? s'inquiète Tanya, en repensant aux années de rigolade et de sexe torride qu'elle a vécues avec tous ces salopards sans cœur qu'elle a eu le plaisir de rencontrer.

— On peut peut-être tomber sur un salaud gentil.

— Ce ne serait pas un peu antinomique ?

— Eh bien, tu vois, je n'en suis pas si sûre, dis-je en lui souriant.

Et nous regardons toutes les deux Finn et Dan, debout solennellement côte à côte.

Une heure plus tard, Grace et Stuart, désormais M. et Mme Masterson, sortent au soleil, rayonnants, et partent pour la réception dans l'Ashbourne Belle.

Minuit a sonné depuis bien longtemps. Le repas, les discours, les toasts, le découpage du gâteau, le lancer du bouquet de la mariée (je tiens à préciser que j'ai dû baisser la tête pour l'esquiver, car Grace, avec son manque de subtilité habituel, l'a jeté droit vers moi), toutes ces formalités sont terminées, et le groupe de jazz qui nous enchante vaillamment depuis cinq heures commence à montrer quelques signes de fatigue.

Je regarde Stuart guider Grace sur le plancher de l'immense tente blanche, et une vague de béatitude m'envahit, qui n'a rien à voir avec le quatrième verre de cognac auquel je me cramponne.

Tanya et Finn dansent juste à côté, enlacés dans une valse lente. Les cheveux aujourd'hui châtains de Tanya caressent l'épaule de Finn. Je dois avouer qu'ils forment un couple magnifique.

Leo et Cornelia, non loin de là, nous régalent d'une véritable démonstration de danse. Cornelia tient sa main gauche avec une certaine raideur, afin que chacun voie bien le saphir bleu de la bague de fiançailles qu'elle arbore si fièrement.

À l'autre bout de notre grande table ronde, Louis papote avec le serveur qui essayait d'attirer son attention à la soirée de fiançailles de Grace et Stuart.

Était-ce il y a quelques semaines seulement ?

Cela me paraît loin, si loin.

Les événements survenus entre ce jour-là et aujourd'hui m'ont sûrement fait vieillir de deux ans d'un coup, mais tandis que je regarde Stuart chuchoter quelque chose à l'oreille de Grace, puis se pencher pour embrasser son visage radieux, je réalise avec un intense soulagement que tout va pour le mieux dans le meilleur des mondes.

Enfin, presque tout.

— Eh bien, nous avons réussi, dit une voix à cet instant.

Je la reconnais instantanément et lève les yeux. Soudain, je me sens curieusement timide. Je pose mon verre vide et cherche quelque chose à dire, en vain.

— Je propose qu'on porte un nouveau toast, déclare Dan Slater en m'offrant une coupe de champagne. Après tout, sans votre intervention, nous ne serions pas ici ce soir.

— Comment dois-je le prendre ?

— Comme un compliment sincère. Je ne sais pas comment vous avez fait, Ollie, mais ça a marché.

Il lève son verre.

— À l'avenir.

— À l'avenir, dis-je en adressant mentalement ce souhait aux jeunes mariés.

Puis je me tourne vers Dan et constate qu'il me regarde. Son visage habituellement hostile est chaleureux, mais hélas quelque peu méfiant.

Je ne peux pas lui en vouloir. Jusqu'à présent, nos rapports n'ont pas été des plus sereins.

Il doit s'attendre que je lui jette mon champagne à la figure. Il ne m'a pas approchée jusqu'à maintenant, mais il m'a observée toute la journée, tel un chien de berger qui tourne autour d'une brebis pour être sûr qu'elle ne va pas filer. Et j'ai remarqué qu'à l'église, au moment où le prêtre a demandé s'il y avait « quelqu'un pour s'opposer au mariage », il s'est immédiatement tourné vers moi.

— Comment vont… les choses ? demande-t-il.

— Bien.

— Les affaires ?

— Le restaurant tourne bien. J'ai reçu le nouveau bail.

Il hoche la tête lentement, et j'ajoute en baissant le nez vers mon champagne :

— Et je l'ai renvoyé à l'expéditeur.

— Bien.

— Non signé.

— Pardon ? s'étonne-t-il.

Je lève les yeux vers lui avec une petite grimace.

— Je ne veux pas qu'on me fasse la charité, Dan.

C'est la première fois que je l'appelle par son prénom, et je me rends compte que j'aime le goût que cela a dans ma bouche.

— Vous vous êtes fait comprendre, et moi aussi. Nous sommes quittes.

— Quittes ? répète-t-il en fronçant les sourcils.

— Sur un pied d'égalité.

Un lent sourire se dessine sur son beau visage et dans ses magnifiques yeux bleu-gris, qui se plissent aux coins.

Tanya et Finn reviennent vers nous en se tenant la main. Le petit orchestre, sur son estrade, est passé d'une valse lente au rythme plus soutenu d'une samba vigoureuse. Ils sont fatigués, un peu ivres, et ils rient, hors d'haleine.

Dan regarde la piste de danse.

— Vous voulez danser ? C'est la dernière valse, ajoute-t-il, après que l'un des musiciens a annoncé la fin de la soirée.

Surprise, j'hésite un peu trop longtemps.

Une jolie jeune fille un peu éméchée, aux cheveux blonds comme les blés et au rouge à lèvres très rose, passe devant notre table et s'arrête en voyant Dan debout à côté de moi, quelque peu mal à l'aise.

— Daniel Slater ! s'exclame-t-elle. Te voilà, bel apollon ! Je te cherchais partout. Viens danser !

Elle l'attrape par le bras et commence à l'entraîner vers la piste de danse.

— En fait… dit-il, hésitant, en me regardant.

Mais je lui souris sans conviction, hausse les épaules, et la blonde déterminée traîne sa proie parmi les autres couples.

— Comment as-tu pu le laisser filer comme ça ? me dit Tanya d'un ton sévère, en s'asseyant à ma droite.

— Elle lui a demandé d'aller danser.

Ma voix n'est pas aussi nonchalante que je le voudrais.

— Il te l'avait proposé en premier !

— Par politesse.

Tanya roule des yeux à l'adresse de Finn et pousse un soupir exaspéré.

— Bon sang, Ollie, que faut-il qu'il fasse, ce pauvre garçon, pour te convaincre que tu lui plais ?

— Tu crois vraiment que je lui plais ? Tu comprends, j'ai besoin d'en être absolument sûre… J'ai tellement peur de me ridiculiser… Je me suis trop souvent rétamée, je ne veux plus me tromper…

— Fais-moi confiance, intervient Finn en me pressant la main. Tu lui plais.

— Alors, pourquoi m'évite-t-il ? C'est la première fois qu'il m'adresse la parole depuis le début de la journée.

— Il ne t'est pas venu à l'esprit qu'il attendait peut-être

que à ce toi, tu ailles lui parler ? Il a déjà fait pas mal d'efforts, et regarde où ça l'a mené : nulle part !

— Peut-être, mais il a été tellement subtil qu'il aurait fallu des sous-titres pour le comprendre !

— On ne peut pas lui reprocher d'avoir toujours été subtil ! objecte Finn en riant. Il faut croire que vous ne parlez pas la même langue.

— Disons plutôt que tu as préféré te boucher les yeux et les oreilles, parce que c'était Satan Slater, ajoute Tanya. Tu es trop têtue.

— C'est à toi d'agir, maintenant, ma grande, me conseille Finn.

— Tu vas le faire, n'est-ce pas ? demande doucement Tanya.

J'opine du bonnet.

— Alors, qu'est-ce que tu attends ?

— Qu'il me pousse des ailes. J'attends d'avoir le courage.

Morose, j'avale une nouvelle gorgée de champagne.

— Bon sang, Ollie, qu'est-ce qui t'arrive ? proteste Tanya. Je te connais, quand tu penses que quelque chose est bon pour toi, en général, tu te bats bec et ongles pour l'obtenir.

Le dernier morceau se termine, et tout le monde applaudit l'orchestre avec enthousiasme. Les musiciens s'inclinent brièvement, avant de quitter l'estrade pour aller se désaltérer au bar. La blonde, qui ne lâche pas la main de Dan, le ramène vers la table où ils étaient tous deux assis et l'invite à s'installer sur la chaise voisine de la sienne. Deux minutes plus tard, cependant, il s'excuse et se dirige vers Grace et Stuart pour leur dire bonsoir. Il serre la main de Stuart avec chaleur et embrasse Grace sur la joue. Ils discutent un moment, puis Dan se tourne et marche vers la sortie. Juste avant de partir, il marque une pause et regarde dans ma direction. Nos regards se croisent.

— Il s'en va déjà ? s'étonne Tanya, déçue.

— Il part tôt demain matin, explique Finn en saluant Dan de la main. Il m'a dit ça tout à l'heure. Il va à New York pour affaires et il ne sait pas quand il reviendra.

Sur ce, Finn m'adresse un regard sévère. Je scrute alternativement son visage et celui de Tanya, puis celui de Louis et celui de Grace, qui regarde Dan s'éloigner, avant de me lancer un regard implorant.

Après une minute de réflexion, je respire un bon coup, repousse ma chaise et me lève.

— Qu'est-ce que tu vas faire ? demande Tanya.

— Ce que j'aurais dû faire depuis longtemps.

Je soulève ma robe, quitte la grande tente et traverse délicatement la pelouse humide de rosée en direction de la maison. Dix secondes plus tard, quelqu'un me rejoint, et une main me saisit le poignet.

C'est Grace.

— Il est dans la chambre verte, chuchote-t-elle. Trois portes après la tienne.

Elle se penche et me serre fort dans ses bras. Timidement, je lui demande :

— Tu crois que j'ai raison de faire ça ?

Elle hoche vigoureusement la tête.

— Mon seul regret, c'est que tu ne l'aies pas fait plus tôt. Que de temps perdu ! Quant à moi, je m'en vais chercher mon mari pour l'emmener sur la couche nuptiale, annonce-t-elle avec un sourire ravi. Tu te rends compte, Ollie, je suis mariée, ajoute-t-elle en regardant son alliance, encore incrédule. Mon Dieu... C'est à peine croyable !

Nous rions, nous embrassons encore, puis Grace me lâche et me pousse doucement vers la maison.

— Allez, fonce, je ne peux pas attendre toute la nuit. J'ai un mariage à consommer, moi !

Je secoue la tête et ris un peu nerveusement.

— Vas-y ! insiste Grace, au moment où Stuart apparaît à l'entrée de l'immense tente.

Quand j'arrive sur le seuil de la maison, je me retourne. Grace et Stuart, main dans la main, gloussent comme deux imbéciles en courant vers la meule de foin, du côté des écuries.

Ce que je m'apprête à faire est extrêmement scabreux. Car j'ai un projet, figurez-vous.

Je monte l'escalier sans faire de bruit, soupire avec indulgence devant un couple enlacé dans un coin et m'engage non sans hésitation dans le couloir. Je passe devant ma propre chambre, compte trois portes sur la gauche et prie le Ciel de tomber sur la chambre verte. La main tremblante, je tourne la poignée. Grâce à Dieu, elle n'est pas fermée à clé. Tout doucement, j'entre.

Debout devant la fenêtre, Dan regarde le jardin. Le DJ a remplacé le groupe de jazz. Il est 2 heures du matin, les hôtes ont abandonné leurs invités, mais la fête bat son plein.

La chambre est plongée dans l'obscurité. Dan a eu le temps de prendre une douche et ne porte qu'une serviette drapée autour de la taille. Ses cheveux mouillés luisent à la lumière du clair de lune et de la lanterne extérieure qui se balance doucement, bercée par la brise tiède.

Il se retourne en entendant la porte se refermer derrière moi. Sa surprise est telle qu'il en perd presque sa serviette.

— Ça alors ! s'exclame-t-il en la rattrapant et en la resserrant promptement autour de ses hanches.

J'ai le cœur qui bat comme un fou.

— J'avais une chance sur deux que la porte soit ouverte...

Son air surpris laisse la place à un lent sourire. Encouragée, j'avance timidement d'un pas.

Bien qu'il soit pratiquement nu et moi tout habillée, il fait preuve d'un calme remarquable. Je décide de la jouer effrontée et commence à onduler des hanches comme Tanya dans un bar rempli de mâles, avant de me rendre compte que ça ne me va pas du tout et de marcher normalement jusqu'à lui.

Il me contemple d'un air interrogateur, sans rien dire. Apparemment, j'ai laissé mon cerveau sous la tente, et je reste lamentablement muette.

— Que faites-vous ici, Ollie ? demande-t-il.

Je reste bêtement plantée là. Toutes les petites phrases spirituelles, tous les bons mots que j'avais hâtivement répétés avant d'entrer s'envolent en formation par la fenêtre comme une nuée d'oiseaux migrateurs. Au bout d'un moment, je bredouille :

— À vrai dire, je n'en suis pas très sûre...

Il hausse les sourcils, mais ne dit rien. Je sais qu'il ne va pas me rendre les choses faciles, cette fois. C'est à moi de me jeter à l'eau.

— Est-ce qu'on peut recommencer ? Je veux dire, je crois vraiment qu'on devrait tout reprendre à zéro.

— D'accord, dit-il avec un petit sourire. Vous ressortez et vous rentrez, mais en frappant, cette fois.

Je sens le rouge me monter aux joues.

— Ce n'est pas vraiment ce que j'avais en tête.

— Oh, vous voulez parler d'un nouveau départ ? dit-il, légèrement moqueur.

— Eh bien, oui... Histoire d'oublier le passé.

Je me tais et fixe la moquette en regrettant soudain d'être venue. Il doit me trouver complètement idiote.

— Je ne sais pas si j'ai envie d'oublier le passé, annonce Dan avec calme.

Je me mords la lèvre.

— Bien sûr… Enfin, je voulais juste… Eh bien, c'est-à-dire… Je suis désolée de vous avoir causé tant de problèmes… Bon, je vais vous laisser, maintenant.

— Je n'ai pas envie d'oublier le passé… répète Dan.

Alors que je me détourne pour partir, il m'attrape par le poignet et m'attire face à lui, avant de terminer :

— … parce qu'il y a certains épisodes que j'aime à me rappeler.

Je lève vers lui des yeux pleins d'espoir.

Pas de sourire sarcastique, pas d'ironie, pas de reproche. En fait, il me sourit avec une sorte de tendresse affectueuse.

Lentement, il pose ses doigts sur mes lèvres, puis les fait glisser sur mon menton, le long de mon cou.

— Tu es si belle, murmure-t-il, si courageuse, si loyale et si… idiote, parfois.

Il secoue la tête et se mord la lèvre inférieure.

— Tu es si têtue et si exaspérante, Ollie Tate, que tu m'as souvent donné envie de t'étrangler.

Je sens ses doigts serrer très doucement ma gorge tandis qu'il parle, et je remarque avec un plaisir mêlé d'anxiété que le feu d'artifice qui s'est emparé de mon estomac depuis un petit moment vient de démarrer une exhibition rivalisant avec celle du millénaire.

— Tu me faisais penser à un renard pris au piège, qui essaie de mordre la main du pauvre malheureux qui tente de le relâcher…

Il n'y a pas de colère dans sa voix, juste un agacement amusé.

— Après ce qui s'est passé, nous pourrions nous détester… ajoute-t-il.

— Nous continuerons d'ailleurs sûrement à nous quereller, dis-je d'une voix un peu étranglée.

Je retiens mon souffle tandis que ses doigts descendent et effleurent la peau de ma gorge, de mes seins. Il glisse un bras autour de ma taille et murmure :

— Et nous passerons beaucoup de temps à nous réconcilier.

Il m'attire délicatement contre lui.

— Je suis désolée, dis-je en l'enlaçant à mon tour.

— De quoi ?

— D'avoir mis si longtemps à comprendre

— Je ne vois qu'une façon de te rattraper... murmure-t-il doucement, sa bouche tout contre la mienne, si près que je sens son souffle tiède sur mes lèvres. Demande-le-moi.

— Quoi ? dis-je d'un ton faussement innocent.

— Demande-le-moi, Ollie, répète-t-il en faisant glisser sa main jusqu'à la cambrure de mes reins. S'il te plaît. Parce que, cette fois, je sais que tu le désireras vraiment...

Je m'enhardis et réplique :

— Retire ta serviette, je me laisserai peut-être convaincre.

Sans un mot, il me lâche et s'exécute avec un sourire espiègle. Je recule en titubant, stupéfaite. Pendant un instant, je le fixe, bouche bée. Il soutient mon regard, pas le moins du monde embarrassé, et je sens un immense sourire stupide me fendre le visage.

— Comment pourrais-je refuser...

Je me laisse tomber sur le lit derrière moi, les jambes en coton, et courbe lentement un index pour l'inviter à me rejoindre. Puis, sans le quitter des yeux, je lui demande d'un ton provocant :

— Alors, vous ne m'embrassez pas pour me dire bonsoir ?

Dans la même collection

Déjà parus

Tess dans tous ses états	Catherine ALLIOTT
Pause-bébé	Diana APPLEYARD
Jamais sans les hommes	Sarah HARVEY
Passeport pour les embrouilles	Jane HELLER
Alex & Nick... et Simon aussi	Amanda LEES
Les mésaventures de Miranda	Jill MANSELL
Dingue de toi	–

À paraître

Tenue incorrecte exigée	Maggie ALDERSON
Rosie change de vie	Catherine ALLIOTT

Cet ouvrage a été composé
par Chesteroc International Graphics
et imprimé par Bussière Camedan Imprimeries
à Saint-Amand-Montrond
pour le compte des Éditions J'ai lu
84, rue de Grenelle, 75007 Paris
Diffusion France et étranger : Flammarion

Achevé d'imprimer en septembre 2002

Dépôt légal : septembre 2002
N° d'édition : 0049. N° d'impression : 024084/4.

Imprimé en France